L'ANGE DE BAGDAD

Romans du même auteur

Money, Denoël, 1980
Cash !, Denoël, 1981 (Prix du Livre de l'été 1981)
Fortune, Denoël, 1982
Le Roi Vert, Éditions 1/Stock, 1983
Popov, Éditions 1/Olivier Orban, 1984
Cimballi, Duel à Dallas, Éditions 1, 1984
Hannah, Éditions 1/Stock, 1985
L'Impératrice, Éditions 1/Stock, 1986
La Femme pressée, Éditions 1/Stock, 1987
Kate, Éditions 1/Stock, 1988
Les Routes de Pékin, Éditions 1/Stock, 1989
Cartel, Éditions 1/Stock, 1990
Tantzor, Éditions 1/Stock, 1991
Les Riches, Orban, 1991
Berlin, Éditions 1, 1992
L'Enfant des Sept Mers, Stock, 1993
Soleils rouges, Stock, 1994
Tête de diable, Stock, 1995
Les Maîtres de la vie, Stock, 1995
Le Complot des Anges, Stock, 1996
Le Mercenaire du Diable, Stock, 1997
La Confession de Dina Winter, Stock, 1997
La Femme d'affaires, Stock, 1998
Dans le cercle sacré, Stock, 1999
Oriane ou la cinquième couleur, Stock, 2000
La Vengeance d'Esther, Stock, 2001
Le Président, Stock, 2002

Compilations Éditions 1

Les Grandes Sagas de femmes (Hannah, l'Impératrice), 1999
Les Prédateurs de la finance (Le Roi Vert, Cartel), 1999
Les Grands Romans exotiques (La Femme pressée, Kate), 1999
Les Grandes Sagas historiques (Tantzor, Berlin), 1999
Les Grands Thrillers (Popov, Duel à Dallas), 2002

Paul-Loup SULITZER

L'ANGE DE BAGDAD

EDIT1IONS

© Édition°1, 2004
ISBN 2-84612-142-7

À Eva

1

Assis dans une chilienne sur la terrasse de sa villa qui dominait le Tigre, Michel Samara attendait le signal. C'était une fin de journée comme les aimaient les Bagdadis. Depuis les cafés-jardins bordant le fleuve montaient des airs d'oud et de flûte, et les clameurs d'un mariage. On se mariait encore à Bagdad, ce 19 mars 2003. Michel Samara se sentait redoubler d'affection pour un peuple capable de rire et de danser sous la menace de la guerre. N'eût été la présence accrue de soldats aux carrefours de la ville et le dépôt de sacs de sable ici et là, rien ne pouvait laisser deviner le drame qui rôdait.

Les jours précédents, l'armée avait creusé d'immenses douves tout autour de la cité, avant de les remplir de pétrole. Les leaders du parti Baas de Saddam Hussein avaient prévenu sur les ondes les aviateurs américains au cas où ils auraient osé s'aventurer dans le ciel de Bagdad. Des lacs entiers de pétrole seraient enflammés. La fumée qui s'élèverait serait si noire qu'elle deviendrait le linceul des barbares et de leurs B52.

Mais le ciel, ce soir du 19 mars, était d'un bleu saphir, calme et serein comme dans les imageries naïves des Mille et Une Nuits. Nul ne voulait penser à la mort et aux bombes, même si, dans les maternités de la ville, certaines femmes priaient les médecins de déclencher leur accouchement au plus vite pour qu'elles puissent se mettre à l'abri chez elles, ou s'enfuir très loin. Leur instinct les prévenait du danger imminent que bravaient les fêtards des bords du Tigre captivés par les danseuses du ventre.

Michel Samara marchait maintenant sur la terrasse en guettant un signal vers le portail d'entrée. On lui avait fait savoir une heure plus tôt que le raïs le recevrait à la tombée du jour, et qu'il devait se tenir prêt. Il était prêt. Depuis le début de l'embargo américain, Michel Samara orchestrait les exportations clandestines de brut irakien. À tout juste trente ans, il s'était imposé auprès de Saddam Hussein comme un chaînon précieux dans le maintien du train de vie de la nomenclature. Il comptait davantage que le ministre des Finances, et il le savait. Chaque nuit depuis des années, des centaines de camions gorgés de brut quittaient sur ses ordres des zones connues de lui seul pour gagner la Jordanie, la Syrie et même la Turquie, par des itinéraires secrets régulièrement modifiés au dernier moment afin d'échapper au contrôle des satellites espions et des observateurs des Nations unies.

De sa formation financière à Harvard, de ses contacts personnels avec les acheteurs de pétrole à travers l'Europe entière et les États-Unis, Michel Samara avait puisé un savoir-faire sans pareil pour négocier au meilleur prix l'or noir réputé sale de la République irakienne, dont il abreuvait sous le manteau des dizaines d'États. Par un jeu complexe de comptes bancaires en cascade, il brouillait les pistes et garantissait au régime de Bagdad de confortables retombées financières. Saddam Hussein tenait Michel Samara pour une sorte de magicien et regrettait seulement qu'il ne fût pas son fils.

Le jeune prodige tenait cependant à distance le maître de Bagdad depuis qu'il soupçonnait ses services d'avoir éliminé son père adoptif, le professeur Al-Bakr Samara. Français d'origine, Michel était arrivé en Irak à l'âge de dix ans avec sa mère Thérèse Lemarchand, une enseignante en histoire-géographie. Jolie et célibataire, la jeune femme était rapidement tombée sous le charme d'Al-Bakr Samara, un génie de la chimie de confession chrétienne qui faisait à lui tout seul la réputation de la faculté des sciences. Les deux amoureux s'étaient rapidement mariés à l'église chaldéenne de Bagdad, et Michel Lemarchand était naturellement devenu Michel Samara, le cœur plein de reconnaissance pour cet humaniste qui avait développé chez l'enfant le goût universel de la culture et de la tolérance. Le professeur Samara était un poète égaré dans l'univers scientifique, et il savait raconter de mémoire les histoires sans fin conçues par Shéhérazade pour charmer le sultan Chahriyar. Ses étudiants se bousculaient dans son amphithéâtre car ils savaient qu'ils ne ressortiraient pas seulement avec en tête la composition de l'hydrogène ou la chaîne complexe des réactions provoquées par l'acétylène monté en température. L'homme usait de son savoir pour éveiller chez son auditoire le sens du respect des vieilles pierres de Babylone, et plus encore des êtres de chair et de sang qui constituaient, davantage que NaCl, le vrai sel de la terre.

Sept ans plus tôt, comme il rejoignait à pied son bureau de la faculté de chimie, le professeur Samara avait été violemment heurté par un véhicule sans plaque minéralogique, dont le conducteur avait aussitôt pris la fuite. Quelques témoins avaient reconnu les traits d'un des hommes de main du chef de la sécurité. Ils avaient compris que leur intérêt était de ne rien dire. Al-Bakr Samara avait succombé à ses blessures sans avoir repris connaissance.

Traumatisée, Thérèse Lemarchand était repartie vivre en France et avait retrouvé un poste dans un lycée de la banlieue parisienne. Michel Samara, lui, soupçonnait le Baas d'avoir supprimé le brillant professeur, bien que l'enquête eût conclu à un regrettable mais banal accident de la circulation. Le raïs en personne s'était déplacé aux obsèques d'Al-Bakr Samara et, instinctivement, Thérèse Lemarchand avait refusé son accolade. Elle avait aussi renvoyé sèchement un émissaire du président venu lui proposer une importante somme d'argent en guise de dédommagement. Seule la proposition des étudiants de la faculté de chimie de baptiser leur amphithéâtre du nom d'Al-Bakr Samara reçut son approbation.

Quant à Michel, que ses talents de financier et de diplomate de l'ombre rendaient indispensable aux yeux du pouvoir, il avait choisi de rester au cœur du système avec l'espoir de démasquer un jour les assassins de son père. En sept ans, il n'avait guère avancé sur les motivations qui avaient pu pousser le Baas à se débarrasser du professeur Al-Bakr Samara. Jusqu'au soir où un vieux collègue de son père lui avait confié dans un luxe de précautions que le malheureux Al-Bakr avait refusé de mettre ses compétences au service d'un programme de mise au point d'armes chimiques. « L'accident » était survenu à peine huit jours après que le professeur Samara eut marqué son vif désaccord avec la fabrication de têtes de missiles à base de bacille de charbon.

Le cœur de Michel Samara s'était gonflé de fierté en apprenant que son père s'était refusé à collaborer à ces projets mortels. Il se souvenait de la dépression qui avait gagné le professeur lorsque l'armée de Saddam Hussein avait gazé les villages kurdes au lendemain de la guerre du Golfe. Sans doute s'était-il aperçu que ses travaux avaient pu être détournés de leur objet pour conduire à l'élimination massive d'innocents, de femmes et d'enfants dont la presse occidentale avait publié de terribles photos, dignes de figurer parmi les pires crimes contre l'humanité.

Depuis ce jour, Michel Samara attendait la chute du régime dont il ne manquait pas d'instruire en secret le procès. Rompu à l'art de faire du commerce, il n'oubliait pas l'enseignement de son père adoptif pour qui la vraie mesure des valeurs humaines s'entendait avant toute chose par la grandeur d'âme. Une semaine plus tôt, il avait fait savoir à un informateur du palais qu'il souhaitait un tête-à-tête avec le président Saddam Hussein, sans préciser l'objet de cette rencontre. Jamais le raïs ne lui avait refusé une entrevue. Ses requêtes étaient rares. Et Saddam savait que la parole du fils Samara, comme on le désignait au palais, pesait lourd en dollars. Michel avait été prévenu que, ce soir-là, une auto banalisée viendrait le chercher d'une minute à l'autre.

Il attendait.

Porterait-il un de ces costumes croisés qu'il achetait chez un couturier de Londres ? Ou passerait-il la longue galabieh grise dont ne se déparait jamais son père, même quand il montait en chaire devant ses étudiants de l'université, leur prouvant que, tout chrétien qu'il était, il ne lui déplaisait pas de se vêtir à la mode orientale. C'était sa manière à lui d'enseigner la tolérance en même temps que la science subtile des molécules dont, disait-il, chaque homme est fait, quels que soient son rang et sa confession.

Michel Samara avait hésité. Finalement, il choisit de se présenter dans un costume moderne. Il ne voulait pas lire dans le regard de Saddam l'expression condescendante qu'il lui connaissait lorsque celui-ci s'adressait à quiconque pouvait lui rappeler ses origines paysannes. Michel, ce soir, parlerait au dictateur d'égal à égal, c'est du moins ce dont il rêvait. Une fois pour toutes, et au nom de tous ceux qui ne pourraient jamais lui témoigner ni leur peur ni leur lassitude, il dirait son fait à Saddam Hussein. À sa manière.

Un feu d'artifice fut lancé de la rive ouest du Tigre, sans autre raison que de narguer les assaillants déclarés du ciel de Bagdad. Michel Samara déplia sa longue carcasse en s'appuyant sur les accoudoirs de la chilienne. Il lui sembla entendre un bruit de moteur, derrière le mur du jardin. Il rajusta sa cravate en soie, veilla à fermer à clé la porte derrière lui, puis s'engagea sur le petit chemin bordé de palmiers qui descendait jusqu'aux grilles. L'air était encore chaud bien que le disque du soleil eût disparu depuis longtemps. Bagdad brillait comme une ville d'Europe un soir de printemps, comme Paris vers la tour Eiffel ou Londres près de Big Ben, et son reflet flottait nonchalamment à la surface du fleuve. Des effluves de pipe à eau parvenaient jusqu'à la villa, chargés d'un parfum de pomme et de miel.

Michel Samara eut une pensée pour sa mère qui aimait tant ces moments paisibles de l'Orient. Le souvenir de son père aussi le traversa comme une fulgurance. L'auto dont il avait entendu le moteur s'était rapprochée. L'obscurité et les vitres fumées lui interdisaient de distinguer les traits du conducteur, mais il s'agissait à coup sûr d'une Mercedes appartenant au parc présidentiel. Michel Samara s'approcha et échangea deux mots avec un homme en costume sombre qui était sorti côté passager. Puis il s'engouffra dans la limousine qui démarra aussitôt. Il avait eu le temps de remarquer que le véhicule ne portait pas de plaque minéralogique.

2

Lorsque la Mercedes, après un itinéraire compliqué, pénétra dans l'enceinte immense du palais de la République, elle ne se dirigea pas vers le bâtiment principal mais beaucoup plus loin, sur une voie étroite qui menait au pavillon de chasse. Illuminées d'habitude par une débauche de lumière, les constructions apparaissaient dans la nuit comme des épaves sombres de gros bateaux échoués. Des ordres avaient été donnés pour maintenir dans l'obscurité les ministères et les demeures officielles de Saddam Hussein.

Le chauffeur et son passager n'avaient pas échangé un seul mot et Michel Samara sentit la nervosité contenue dans chaque geste des deux hommes. Ils lui indiquèrent une entrée latérale gardée par des soldats en faction puis le déposèrent sans le saluer. Chacun portait au poignet une montre à l'effigie du président. Il était dix-neuf heures vingt et les aiguilles phosphorescentes dessinaient sur le visage de Saddam Hussein des moustaches pointues de Méphisto, comme si le raïs s'était soudain trouvé au cœur d'une farce diabolique. En d'autres circonstances, Michel Samara se serait amusé de ce temps qui dévorait la figure impassible et fière du dictateur. Il espéra simplement que, désormais, ses heures étaient comptées. Il ne pouvait imaginer l'expression hagarde et résignée que Saddam, quelques mois plus tard, offrirait à la face du monde stupéfait, une fois tombé aux mains des Américains.

L'impression dura seulement quelques secondes, assez pour

le troubler. Quand il fut introduit dans le vaste bureau où l'attendait son hôte, il ne put s'empêcher de penser qu'il avait déjà affaire au fantôme de Saddam, à l'un de ses sosies qu'on sortait comme une marionnette, certains jours, pour tromper les médias occidentaux ou les stratèges du Pentagone.

À maintes reprises déjà, Michel s'était trouvé en présence de ces succédanés du président qu'il avait appris à reconnaître, à condition de pouvoir s'approcher suffisamment près, ou de les entendre s'exprimer. Tous avaient été recrutés dans sa tribu de Tikrit ou alentour, dans les villages sunnites du Nord d'où sortaient de solides gaillards aussi intelligents que colériques, pleins de sang et de morgue. Ces « comédiens » avaient appris depuis des années à s'exprimer comme Saddam, à marcher comme lui, à poser le même regard impassible et froid sur leur interlocuteur. Mais quelques failles demeuraient dans leurs imitations qui, si elles restaient convaincantes pour un œil ou une oreille mal exercés, relevaient du gag aux yeux d'une poignée de familiers du régime. Michel Samara était de ceux-là.

Sur les quatre doublures identifiées du président, trois étaient à ses yeux assez reconnaissables. L'un des sosies était parfait à condition qu'il garde le silence. Il fournissait aux journaux et aux télévisions l'image idéale de Saddam, comme s'il eût été son frère jumeau, bien que dans le détail ses sourcils fussent légèrement moins fournis, son nez un peu moins écrasé, l'implantation des cheveux plus haute sur le front. Mais à peine parlait-il que la supercherie était éventée. Malgré ses efforts pour « grossir » sa voix, il n'avait pu modifier un timbre de ténor, là où s'imposait au moins, pour imiter le maître de Bagdad, celui d'un baryton. Ses professeurs en « saddamologie », deux proches du vrai président et l'écrivain de cour Ali Rahim avaient eu beau l'aider, il ne passait pas à l'oral. Même les séances de cigares où il devait fumer plusieurs havanes d'affilée pour enrober sa voix n'étaient guère concluantes. La malheureuse doublure ne supportait pas le goût âcre du tabac et chaque barreau de chaise péniblement grillé lui occasionnait des nausées suivies de vomissements.

Restait ce son de fausset qui sortait de sa bouche en produisant le plus vilain effet. Informé de ce défaut majeur, Saddam était entré dans une rage folle qui avait fait redouter le pire. L'idée qu'on puisse lui prêter un organe de castrat ou assimilé l'avait mis hors de lui, tant il tenait à la virilité de son image qui s'étalait sur tous les murs du pays. Si ce double lui ressemblait de manière frappante, il dut ainsi se contenter de commémorations silencieuses, de sorties exposées dans la foule où sa voix était de toute façon couverte par des milliers de vivats. La rumeur voulait qu'il en conçût une certaine amertume car ses prestations n'étaient pas aussi bien rémunérées que celles de ses « collègues » en trompe l'œil. On parlait à travers tout le pays d'une certaine concurrence entre les sosies, chacun espérant être choisi pour devenir le fidèle reflet de celui qui se présentait comme descendant de Mahomet par sa fille Fatima.

Certaines villes du Nord, réputées hostiles au régime, avaient de façon occulte lancé un concours de sosies de Saddam afin de court-circuiter les sosies officiels, mais cette tentative avait été réprimée dans le sang. Deux candidats très ressemblants avaient été éliminés par la police secrète de Saddam, l'un à Kirkuk, l'autre à Mossoul. Le raïs craignait qu'un sosie d'obédience kurde ou chiite ne tienne en son nom des propos qui l'auraient discrédité aux yeux de son peuple ou, une pire, aux yeux des nations qui le craignaient.

La deuxième doublure agréée était assez convaincante en terme d'expression faciale, mais Michel Samara avait constaté de la manière la plus évidente que celui qu'il appelait S2, comme le nom de code d'une formule chimique, n'était pas du tout à la hauteur. Une question de taille, tout simplement.

Le test avait été imparable. Du haut de ses 1,88 mètre, le président Saddam Hussein pouvait se targuer de dominer de la tête et des épaules la plupart de ses sujets. Le respect qu'il portait à Michel tenait à l'intelligence qu'il lui prêtait à juste titre, doublée de son aptitude à démêler l'écheveau à ses yeux inextricable des questions financières surgies au lendemain de l'embargo pétrolier. Saddam nourrissait aussi une certaine admiration – qu'il prenait soin de ne point trop afficher – pour le seul être qui, dans son entourage, n'avait pas besoin de lever les yeux pour lui adresser la parole. Michel Samara était aussi blond que les cheveux de Saddam, savamment teintés, brillaient d'un noir corbeau. Les yeux de Michel étaient aussi clairs, à la limite de la transparence, que ceux de Saddam étaient foncés. Mais s'ils se ressemblaient en un point physique, c'est qu'ils étaient grands. Le président disait parfois en souriant que seul Michel Samara avait osé mesurer la même taille que lui. Même ses fils adorés Oudaï et Qoussaï n'avaient pas eu ce culot.

Fasciné en secret par le cinéma américain, Saddam Hussein avait demandé à Terence Young, le réalisateur des *James Bond*, de lui consacrer un film de six heures. Lors d'une projection privée, Saddam avait présenté Michel au cinéaste, qui aussitôt s'était exclamé « *My God, it's incredible, you're Lawrence of Arabia !* ». Depuis, inconsciemment, le raïs avait la sensation de serrer la main au Peter O'Toole mis en scène par David Lean chaque fois qu'il rencontrait Michel Samara. Et ce regard bleu lagon posé sur lui ne manquait pas de l'intriguer, comme si le jeune financier avait été la réincarnation d'un rêve ancien de l'Arabie éternelle.

Cette égalité de taille avait permis à Michel de ne pas être abusé par S2 qui, en langage de boxe, lui rendait facilement six ou sept centimètres. Si la deuxième doublure se tenait assise derrière un bureau, l'illusion pouvait être parfaite, et certains prétendaient qu'une interview dite officielle de Saddam Hussein, accordée un an plus tôt à la chaîne Fox News, avait en réalité été donnée par S2. On chuchotait que, pendant ce temps, le président coulait des jours tranquilles dans un de ses nombreux palais en compagnie d'une créature. Mais cette allégation n'avait pas franchi les limites de la rumeur. Le nom de son colporteur était venu aux oreilles de Saddam Hussein. Son fils Oudaï s'était aussitôt chargé de le faire disparaître.

S3, c'était autre chose. D'après Michel Samara, l'homme était de corpulence sensiblement égale, et aucun détail ne sautait aux yeux à première vue laissant penser qu'il n'était pas le dictateur en personne. Mais en dépit de cours de diction donnés par les meilleurs orthophonistes, il n'avait pas réussi à se défaire d'un bégaiement qui ressurgissait chaque fois qu'il était en proie à une vive émotion. Remplacer Saddam Hussein était un honneur si grand qu'il se mettait à doubler chaque mot, et lui aussi n'apparaissait plus que pour la galerie : sourire et lever les bras, et surtout ne jamais parler, pendant que le président vivait sa vie secrète.

Quand il approcha de Saddam Hussein, Michel Samara eut cette brève sensation d'avoir en face de lui le dernier des sosies, S4, le plus difficile à démasquer, celui dont certains disaient qu'il s'agissait peut-être de Saddam lui-même, mais un Saddam au visage plus marqué qu'à l'accoutumée, les yeux mangés par des lunettes à large foyer, les épaules légèrement voûtées. Un homme grave assurément, au regard qui pouvait effrayer lorsqu'il se fixait sur son interlocuteur, et plus précisément sur son cou, comme s'il avait repéré l'endroit où, de ses propres mains, il finirait par l'étrangler.

Le président lisait le résumé d'un épais rapport et fit signe à Michel de venir jusqu'à lui en indiquant une petite table ronde sur laquelle était posée une bouilloire. Saddam se leva et, à sa claudication, son visiteur fut quasiment certain d'être en présence du dictateur. Les médecins de Saddam n'avaient pas réussi à soulager son dos depuis qu'il souffrait d'un déplacement discal. Il avait beau nager chaque jour dans une des innombrables piscines de ses résidences, Saddam Hussein était désormais affligé d'une démarche claudicante. Son sosie S4, celui dont Michel Samara aurait juré qu'il l'avait rencontré au moins une fois à la foire de Bagdad, ne boitait pas le moins du monde. Et si ses observations étaient justes, il n'avait pas non plus, imprimés à la naissance du poignet droit, les trois petits points bleus alignés qui trahissaient les origines campagnardes de Saddam Hussein. Depuis l'âge de cinq ans, comme tous les enfants des villages du Nord, le raïs portait ce tatouage que bien d'autres ensuite, à l'âge adulte, tentaient désespérément d'effacer avec de l'eau oxygénée, ou s'obstinaient à dissimuler. Saddam, lui, les arborait avec une certaine fierté, comme pour montrer au peuple qu'il était issu de ses rangs.

Le président leva sur Michel Samara le regard las d'un homme qui dort peu et mal. Il l'autorisa d'un geste à s'asseoir et donna des ordres pour qu'on lui apporte un poisson grillé et quelques légumes frais. Sur son poignet, comme trois points de suspension, couraient les petits points bleus. C'était bien lui, et Michel Samara fut parcouru d'un frisson qu'il ressentit tout au long de sa colonne vertébrale. Le moment était venu de parler. De lui parler d'autre chose que de combines pétrolières et de comptes numérotés à Zurich.

Pour se donner du courage, le jeune homme d'affaires pensa une nouvelle fois au professeur Al-Bakr Samara. Il revit son sourire paisible. Il songea aussi aux mots de sa mère la dernière fois qu'il était allé l'embrasser à Paris : « Saddam Hussein est la plaie de son peuple. Il faut qu'il parte. Crois-moi, Michel : s'il avait vécu, ton père qui t'aimait tant aurait eu le cran de le lui dire en face. »

Et c'était ce message que Michel Samara était venu porter dans le sanctuaire choisi cette nuit-là par Saddam. Un pavillon de chasse sans grand apparat comparé au palais de la République voisin, où il venait de réclamer un poisson venu avec la cargaison habituelle de homards, de saumons, de viandes maigres et de fromages qu'il importait spécialement d'Europe par avion-frigo. Un majordome poussa une desserte à roulettes jusqu'à la petite table où avaient pris place les deux hommes. Saddam goûta le Mateus rosé puis demanda qu'on lui serve en premier le poisson en filet. Il s'assura que chaque plat avait été goûté, puis demanda qu'on donne un verre à Michel, qui refusa. Pour rien au monde il n'aurait trinqué avec le dictateur. Mais Saddam exigea qu'on remplisse les deux verres et Michel renonça à protester. La grande porte sculptée de la salle s'était refermée. Les volets de chaque fenêtre avaient été rabattus et colmatés pour ne laisser filtrer aucun rai de lumière.

3

— Je t'écoute, fit Saddam Hussein en jetant un coup d'œil sur sa montre. Tu as voulu me voir. Me voici. Je connais un chien de Texan qui baverait pour être à ta place avec le couteau que tu tiens.

Michel acquiesça sans répondre au sourire du raïs qui avait passé son habit militaire olivâtre et portait, vissé sur son crâne, légèrement de côté, son béret noir des jours de campagne. Le jeune homme réalisa tout à coup qu'il était seul avec le dictateur et qu'un seul geste aurait suffi pour que le sort d'une partie du monde basculât. Un simple coup de couteau à la magnifique lame argentée. Mais Michel ne se sentait pas le destin d'un héros de l'Histoire, même si enfant son père l'avait fait rêver de Soliman le magnifique, et sa mère de Jean Moulin. Il se contenta d'essuyer ses lèvres et s'enhardit à parler, avec l'espoir que ses mots siffleraient comme des balles aux oreilles de Saddam.

— Depuis plusieurs années je vous sers avec loyauté. J'aurais eu bien des raisons de quitter notre pays. À commencer par le lien du sang qui me lie à la France où ma mère est retournée vivre après la mort de cet être merveilleux qu'était le professeur Al-Bakr Samara, dont je suis fier de porter le nom.

— Une mort que je regrette chaque jour, le coupa Saddam, qui avait laissé la moitié de son assiette.

— Je suis resté ici par attachement à la culture somptueuse de la Mésopotamie dont m'a nourri mon père. Mon rôle auprès de vous, bien qu'il m'en ait coûté souvent, fut d'œuvrer habilement pour que nos ressources pétrolières puissent financer les achats de nourriture destinée à la population. Je n'ignore pas que bien des cargaisons ont été détournées de leur objectif premier, puisque j'ai moi-même établi des circuits de livraisons occultes et de rétributions propices à votre clan.

— C'était la règle du jeu, observa Saddam d'une voix neutre.

— En effet. Je trouvais injuste que le peuple d'Irak soit frappé aussi durement par les privations qui s'ajoutaient aux bombardements quotidiens sur les frontières de notre pays. J'ai aussi accepté de soutenir votre régime pour que les États-Unis ne se croient pas libres d'imposer leur volonté. Mon rôle, depuis plus d'une décennie, a consisté à établir un certain équilibre entre les sommes qui servaient aux besoins du peuple et celles qui permettaient de vous maintenir au sommet de l'État pour continuer de narguer Washington.

— Tu as été payé, et bien payé, dit calmement le président. Et je sais par mes réseaux que tu as utilisé une partie de ces fonds pour alimenter des villages chiites de la région des Marais dont les populations me sont hostiles. Comme tu as pu le constater, je t'ai laissé faire. Quel besoin as-tu de revenir là-dessus ?

— Je ne serai pas long. Laissez-moi continuer, avec mon respect.

Saddam plissa les paupières et croqua dans un fruit posé près de lui.

— Au cours des derniers mois, j'ai multiplié les voyages aux États-Unis. Vous ne mesurez pas la haine que nourrit pour vous l'establishment américain. Dans l'État du Texas, aucun condamné à mort n'a jamais été gracié, et je peux vous assurer que le clan Bush vous a déjà condamné à mort.

— Je sais également tout cela, réagit le président de sa même voix tranquille, comme s'il avait décidé ce soir-là que rien ne serait en mesure de lui apporter la moindre contrariété.

— Non, insista Michel Samara, vous n'avez pas ressenti ce que j'ai ressenti moi en regardant les Américains dans les yeux, en les écoutant parler entre eux. La plupart ne savent pas situer l'Irak sur une carte du monde et les jeunes croient que Babylone est une boîte de nuit sur la Treizième Rue de New York. Mais croyez-moi, leur détermination fait froid dans le dos sitôt qu'on leur demande qui doit payer l'addition du 11 septembre. Ils disent « Saddam, Saddam ! ». Chaque jour, la presse américaine regorge de témoignages d'opposants vivant à Detroit qui dénoncent les méfaits de votre régime, votre cruauté et votre cynisme.

– Des traîtres qui ont quitté l'Irak avant la première guerre du Golfe ! Ces gens-là sont des déserteurs et leur parole ne vaut pas la salive usée pour la prononcer.

– Écoutez-moi, avec votre respect. Les dirigeants américains n'ont mis la main ni sur Ben Laden, ni sur le mollah Omar. Alors ils sont sûrs qu'ils viendront vous cueillir ici à Bagdad, dans ce pavillon de chasse ou ailleurs. Rien ne les arrêtera. Les Bush en ont même fait une affaire de famille. Au fils de terminer le travail du père. Ils pensent au pétrole, mais pour emporter le monde derrière eux, ils n'ont à la bouche que les violations des droits de l'homme, les atteintes faites à notre peuple.

Saddam haussa les épaules et se resservit un verre plein de Mateus qu'il vida d'un trait.

– Le peuple est derrière moi. Le peuple se confond en moi. Je suis le peuple d'Irak. Mais tu n'as pas l'air de partager cet avis...

Il avait parlé avec une grande douceur, comme pour mettre Michel en confiance et l'inciter à se livrer davantage. Le jeune homme restait sur ses gardes, sans perdre de vue ce qu'il était venu dire au dictateur, dont les yeux s'étaient creusés de cernes bistres.

– Monsieur le Président, il serait temps de suivre le chemin de la sagesse.

– Le chemin de Damas ? sourit Saddam qui n'ignorait pas les racines chrétiennes de son interlocuteur.

– Je crois que vous devriez partir pendant que l'ultimatum des Américains n'est pas écoulé. Bush a promis que vous et votre famille seriez protégés et bien traités si vous acceptiez de partir en exil. Ce sont des paroles qu'il faut prendre en considération. Si vous pensez que vous incarnez le peuple irakien, alors faites-le pour votre peuple.

Il y eut un silence. Michel fixait le regard du président, qui s'était rejeté en arrière dans son fauteuil.

– Toi aussi tu es avec eux ? demanda soudain Saddam.

– Non, je suis avec mon pays. Je suis avec l'Irak.

Le président partit dans un long éclat de rire, un éclat de rire interminable qu'il entrecoupa d'un autre verre de rosé. Ses conseillers massés derrière la grande porte de bois devaient frémir en écoutant ce rire. On disait à Bagdad que les rires du dictateur étaient plus terrifiants encore que ses silences, et qu'ils annonçaient souvent une action brutale. « Quand Saddam rit, la mort n'est pas loin », avait écrit un jour Oudaï dans son journal *Babel*. Et Oudaï savait ce qu'il écrivait. Un jury officiel ne l'avait-il pas élu journaliste du siècle ?

– Il y a trois jours, fit Saddam Hussein en reprenant son sérieux, un émissaire russe est venu jusqu'ici pour me présenter le même scénario : partir ! Je l'ai accueilli aussi froidement que l'hiver sibérien et il a repris sans tarder l'avion pour Moscou. Les propositions arrivent de partout, de chez les Saoud et les princes dégénérés de Riyad, de Jordanie, de Syrie. Même les Américains me promettent une vie de rêve avec des Rolls-Royce et une pluie de dollars pour chacun de mes fils si je renonce au pouvoir. Ils me connaissent mal. Je suis ici chez moi. Je ne manque de rien. Je suis l'héritier glorieux d'une longue dynastie de princes qui ont toujours su éloigner les importuns. Mais si tu ne te sens pas bien, si tu as peur de ce qui se prépare, alors tu peux t'en aller. Moi, je reste.

– Président, reprit Michel Samara, qui n'avait pas touché à son verre de vin, des hommes et des femmes vont mourir, des enfants vont mourir. Vous seul pouvez encore empêcher que les armes parlent en vous retirant dignement. N'est-ce pas vous qui avez écrit que les excès d'orgueil sont le comble de l'égoïsme ? Vous vouliez marquer l'histoire de notre pays ? Vous l'avez fait. Vous avez transformé l'Irak en nation moderne. Mais vous semblez oublier que, depuis des années maintenant, ce peuple que vous dites aimer a peur de vous, tellement peur qu'il n'ose pas se l'avouer à lui-même, comme s'il craignait que votre police secrète ne lise dans ses pensées. Connaissez-vous l'histoire de ce souverain qui, par la fenêtre, voit son royaume à feu et à sang ? « Que se passe-t-il donc ? demande-t-il. Le pays est en crise ! » Son plus fidèle conseiller se rapproche de lui et dit : « Sire, ce n'est pas une fenêtre, mais un miroir. »

Michel s'interrompit. En d'autres temps, le quart de ces propos aurait suffi pour l'envoyer dans les geôles de Saddam ou dans ces camps du Sud dont on revenait en poussière avec le vent brûlant du désert. Les deux hommes gardèrent le silence. On avait frappé à la grande porte de bois sculpté.

Sans attendre de réponse, une silhouette épaisse s'avança sans un bruit jusqu'au milieu de la pièce. C'était Ben Gaza, le chef des services de sécurité. Il chuchota quelques mots à l'oreille de Saddam, que Michel ne put entendre. Le président consulta une nouvelle fois sa montre et, d'un mouvement de menton, signifia à Ben Gaza qu'il n'allait pas tarder à sortir.

— Parle-moi donc encore de cette fameuse peur, demanda le raïs quand le chef de la sécurité eut disparu.

— Vous la connaissez aussi bien que moi, répondit Michel. Les gens vous comparent à Staline et n'osent pas se plaindre à leurs voisins de crainte qu'ils ne soient des indicateurs de mèche avec les policiers baasistes. Les parents s'interdisent aussi de parler devant leurs propres enfants. Ils savent que les petits rapportent leurs propos aux instituteurs passés sous la coupe de vos hommes. Quand on fait allusion à vous dans un café, on ne dit pas Saddam mais...

— Je sais, il paraît qu'on m'affuble d'un prénom français, Maurice, non ?

— Oui.

— Eh bien ! Existe-t-il un dictateur dans le monde nommé Maurice ? J'en connais un qui s'appelle George et un autre qui s'appelait George aussi. Nazis sionistes de père en fils. Marchands de canon et va-t-en-guerre. Mais Maurice, cela me va très bien. Il paraît qu'un chanteur français très populaire s'appelait Maurice Chevalier, alors...

— Les gens sont las de ne pas manger à leur faim, de manquer du strict nécessaire, d'user leurs forces et leur patience dans des filles d'attente interminables. Voyez les hommes de quarante ans. La moitié ont perdu un bras, une jambe, une main pendant la guerre contre l'Iran. Ils croyaient se battre pour une cause juste et voici qu'à votre tour vous vous réclamez de la guerre sainte, ce djihad qui fait couler le sang partout ! Et parlons-en, de votre sang ! Une édition entière du Coran a été écrite à la main par des copistes qui en ont utilisé plusieurs litres, à raison de prélèvements réguliers, chaque mois pendant trois ans, centilitre après centilitre...

— J'en suis fier ! opposa Saddam.

— D'autres vont verser leur sang en votre nom et ce ne sera pas pour remplir les pages vierges d'un Coran ! Vous ne pouvez pas prendre vingt-cinq millions d'Irakiens comme boucliers humains. Si vous ne quittez pas le pouvoir de vous-même, c'est lui qui vous quittera. Il vous glissera entre les mains comme l'eau de vos fontaines.

Michel essayait de rester maître de ses propos, mais l'absence de réaction de Saddam Hussein l'incitait à aller toujours plus loin dans la critique et le sarcasme.

— Je voudrais que toute la peur accumulée par votre peuple s'abatte brusquement sur vos épaules, que vous la sentiez de façon tangible et brûlante comme toutes les petites gens à bout de forces qui ont fini par préférer l'éclatement de la guerre à l'idée de supporter encore votre joug, même s'ils doivent perdre la vie.

— Tu parles de la peur de mon peuple alors que partout j'entends des louanges. Écoute ce que dit la foule à mon passage : « Vive notre leader adoré ! » Le référendum d'octobre m'a donné cent pour cent des suffrages et tu me dis que ces gens me craignent ?

Saddam ne voulait pas entendre. Il était semblable à ses milliers de portraits qui hantaient jusqu'à la moindre échoppe des souks. Une sorte de figure figée dans ses certitudes et son entêtement à n'entendre que les flatteries orchestrées par son parti, à coups de menaces et d'intimidations.

Le fils du professeur Al-Bakr Samara, qui tenait de son père adoptif le goût de la franchise et de la vérité, joua cette fois le tout pour le tout. Il prit une profonde inspiration et se mit à parler d'une voix sourde, si bas que Saddam dut s'approcher pour ne pas perdre un mot de ce que cette figure angélique de Lawrence d'Arabie lui assénait avec un culot monstre.

— Monsieur le Président, avec mon respect, vous allez tomber.

Il n'y eut pas de réaction. Michel Samara continua.

— Demain ou dans un mois, dans six mois peut-être, mais vous tomberez. Vos statues aussi tomberont. Ceux qui les saluent aujourd'hui avec la frayeur dans les yeux les piétineront et les mutileront à coups de masse. Ils riront autour et ils cracheront dessus. Tous les symboles de votre grandeur seront jetés à terre, et de vous, il ne restera que le souvenir d'un homme aveuglé par son ambition personnelle. « J'aime Saddam ! » disent les banderoles. Le « oui » est sorti des urnes sans une seule voix discordante, comme au plus beau temps du stalinisme, et vous prenez tout cela pour de l'amour comptant. Mais qui aurait eu le courage de cocher le « non » sur des bulletins mis sans enveloppe dans les urnes, remplis au vu et au su de vos espions ? Dans la rue, les gens ont appris à mentir et ceux qui refusent de jouer la comédie préfèrent garder le silence. On est toujours en mauvaise compagnie quand on parle à des inconnus, ici. La plupart se révèlent être des sbires affiliés à votre cause pour de l'argent. Vous avez reconstruit Babylone avec des briques gravées à votre nom, mais le seul idéal que vous ayez insufflé à vos féaux est de s'enrichir au détriment de la masse. S'enrichir, l'obsession de votre clan. Vous avez pris un pays entier en otage avec vos ambitions de lucre. Vous ne valez pas mieux que cette Amérique qui convoite nos puits de pétrole. Vous vous targuez d'incarner le rayonnement d'une civilisation cinq fois millénaire, vous frappez les esprits avec vos rêves de Saladin ou de Nabuchodonosor, mais vos véritables desseins sont ceux d'un méchant Picsou de Disneyland. Même ceux de vos proches qui se permettent une critique sont limogés ou tués. La valse s'est accélérée, ces derniers mois, car vous voyez des complots partout. Que sont devenus notre ministre de l'Énergie, notre ministre de la Santé, notre ministre de l'Électricité ? Ils ne figurent plus depuis des semaines sur les photos officielles. Sont-ils réduits au silence pour vous avoir offensé, vous et vos intérêts tribaux ?

Abandonnant toute prudence, Michel Samara but une gorgée de vin rosé avant de se relancer. Saddam avait appuyé ses bras sur les accoudoirs de son fauteuil et semblait maintenant se demander jusqu'où irait ce flot de reproches.

— En attendant, avec votre respect, monsieur le Président de la République d'Irak – et Michel détacha soigneusement ces derniers mots comme pour mieux en souligner la valeur dérisoire –, en attendant, des hommes et des femmes ne peuvent pas se soigner dans notre pays que vous aviez pourtant placé sur la voie de la croissance économique, du bien-être et de la prospérité. Mais c'était il y a plus de vingt ans et vous vous faites vieux. La vieillesse réussit rarement aux dictateurs. Le culte de votre personne l'a emporté sur le souci du bien commun. On mourra sûrement sous les bombes à Bagdad. Mais aujourd'hui on meurt de diabète et d'infections mal soignées, on meurt d'épilepsie, et je vous répète une fois encore qu'on meurt de peur.

À ces mots, le raïs réagit enfin. On venait encore de frapper à la porte et le responsable des services de sécurité lui adressait de grands signes. Mais Saddam l'interpella dans un dialecte inconnu de Michel Samara, sans doute celui de leur village commun d'Al-Awja. L'expression de l'homme s'assombrit et il referma la porte en refrénant un mouvement d'humeur. Ben

Gaza savait que des fidèles de Saddam avaient goûté la disgrâce pour moins qu'un geste d'impatience, moins qu'un mouvement des sourcils.

Lorsqu'ils furent de nouveau seuls, le président plongea ses yeux noirs dans ceux, transparents, de Michel. Jamais l'expression « fusiller du regard » n'avait paru si appropriée. Mais le fils d'Al-Bakr Samara était prêt à soutenir ce regard. Il songea qu'il vivait peut-être les derniers moments de sa vie. D'une minute à l'autre, un homme en armes entrerait dans la salle. Il ferait feu sur l'ordre impérieux du dictateur qui en avait trop entendu, et c'en serait terminé de cet inconscient qui était venu braver le pouvoir jusque dans son sanctuaire. Curieusement, Michel n'avait pas peur. Il se sentait au contraire léger, comme si des millions et des millions de voix silencieuses s'étaient condensées en lui pour l'armer du courage de braver la force aveugle et sourde de Saddam. Comme si l'addition de toutes les peurs de son peuple s'était changée en puissance.

Quand il repenserait plus tard à l'âpreté de l'échange, ce n'est d'ailleurs pas le sentiment d'avoir eu du courage qui dominerait. Plutôt une impression de soulagement, de sérénité, de devoir accompli et d'une forme de justice rendue par la parole. La satisfaction que, au moins une fois dans son existence, Saddam Hussein aurait entendu de la bouche d'un amoureux fou de l'Irak que son temps était fini.

Il y eut un long silence. La porte du grand salon de chasse ne s'ouvrit plus. Saddam Hussein prendrait-il la peine de répondre à ces accusations inacceptables ? Malgré la fermeture des volets, le chef de la sécurité avait fait éteindre l'éclairage électrique des lustres et c'est à la lueur de quelques bougies que l'entretien se poursuivit. Dans l'esprit de Saddam Hussein, l'envie de s'expliquer l'avait emporté sur la tentation de faire disparaître Michel Samara, comme sans doute il avait fait disparaître son père. Au moins lui laissait-il un sursis. Le temps de le convaincre. Car comme tous les puissants n'ayant d'entendement que pour les rapports de force, il ne doutait pas de ses capacités à faire plier l'opinion de ceux qu'il jugeait plus faibles que lui.

4

Le dictateur se leva. D'une démarche lente qui n'effaçait pas sa claudication, il se dirigea vers son bureau puis souleva le couvercle d'un petit coffre en bois d'où il tira un long havane. Il le glissa entre ses lèvres et se saisit d'un briquet avant de revenir s'asseoir avec la même lenteur. Quand il reprit place à ses côtés, Michel Samara constata que Saddam avait de nouveau l'air calme. Si ses yeux brillaient d'une étrange lueur, c'était le reflet de la flamme des bougies qu'amplifiait celle du briquet dansant sous la robe de son cigare. À moins que ce ne fût l'effet du Mateus dont il avait terminé la bouteille à lui seul, avant d'en faire ouvrir une deuxième. Il finit par téter goulûment son havane après avoir desserré d'un bouton sa vareuse militaire. La fumée enveloppa les deux hommes et le raïs, oubliant les consignes données par son chef de la sécurité, prit tout son temps pour dire ce qu'il avait à dire. Comme si Michel Samara, si effronté qu'ait été son propos, était jugé digne par lui de le juger.

Le jeune Français – il l'avait toujours tenu avant tout pour un ressortissant français – l'avait séduit depuis longtemps. Était-ce la blondeur paille de ses cheveux, sa haute stature, sa manière de regarder droit et sans ciller avec des yeux semblables à de pures émeraudes ? Sans parler de cette intelligence vive qu'il avait percée chez lui dès l'adolescence, lorsque son père l'emmenait au palais, à l'époque de leur amitié. Saddam s'accrochait maintenant à cette chimère un peu vaine de séduire Michel, perdant un temps précieux pour filer alors que Bagdad bruissait déjà de sa fin prochaine.

L'information avait filtré par une télévision américaine que Saddam faisait préparer des dîners dans chacun de ses palais afin de tromper ses éventuels poursuivants, ne choisissant qu'au dernier instant le lieu où il se rendrait. Il ne dormait jamais plus de trois heures d'affilée, et jamais dans le même lit, courant de bunker secret en alcôve de femme moins avouable encore. Mais ce soir, son objectif suprême était de rallier un homme, un seul homme, à sa propre grandeur. Comme pour se prouver à lui-même que, vieillissant et sans doute menacé, il savait encore se montrer irrésistible.

– Je vais te raconter une histoire qui va peut-être adoucir la sévérité de ton jugement à mon égard, commença le raïs en tirant une nouvelle bouffée sur son havane. C'était il y a plus de vingt ans. Je m'étais mis en tête de venir me battre aux côtés de notre armée qui luttait avec une vaillance exemplaire contre les fanatiques iraniens gavés de haine par leurs ayatollahs. Je te fais remarquer au passage qu'en ce temps-là, l'Amérique nous tenait pour ses alliés et ne se privait pas de nous offrir à des prix imbattables ce que ses dirigeants d'aujourd'hui appellent des armes de destruction massive. Mais laissons cela pour l'instant. J'étais présent avec notre artillerie lorsque soudain il me sembla que la ligne de front s'était déplacée. Les tirs ne venaient plus de devant, mais de derrière. Je marchais avec mon revolver et, en regardant autour de moi, je ne voyais plus aucun des nôtres. Crois-moi si tu veux, ils m'avaient laissé seul avec un simple revolver dans une zone contrôlée par les Iraniens. Tout seul ! Je me suis mis en embuscade et par bonheur, *Allah Akbar*, nous avons regagné cette position. J'ai pu revenir sain et sauf dans nos rangs et nous avons remporté cette guerre de façon glorieuse.

« Si je te parle de ce moment, c'est pour que tu retiennes ceci : il n'y aura jamais d'exil pour Saddam car ma place est au milieu de mon peuple, parmi les hommes et les femmes qui sont prêts à défendre notre pays avec des fusils, avec leur corps s'il le faut. Je suis le plus grand phare de l'Irak depuis la Mésopotamie.

« Qui es-tu pour me dire que le salut est dans l'abandon, dans la fuite ? Tu n'étais pas né quand la génération de mes grands-parents a chassé les Britanniques de notre sol avec des bâtons et des carabines. La trace que je laisserai, c'est sur la terre qui m'a vu naître, et s'il faut mourir, je mourrai dans mon pays.

Le dictateur se passionnait tout seul pour ses propos, comme s'il avait eu face à lui George W. Bush. Mais le président des États-Unis avait rejeté son offre d'un duel télévisé mondial, et Saddam Hussein ne parlait plus que dans le vide lorsqu'il réfutait l'un après l'autre les arguments donnés par Washington pour le punir durement. Maintenant, dans ce théâtre d'ombres éclairé par de simples bougies, Saddam semblait sous le charme de sa propre voix, de ses hauts faits qu'il racontait avec complaisance : ses années d'exil en Égypte où il s'était juré de ne plus jamais connaître l'humiliation de l'éloignement, ses années de prison sous la monarchie, et enfin sa prise de pouvoir dans l'ombre tutélaire de son oncle. Ses joues avaient pris la teinte rosée du Mateus et il paraissait parfaitement détendu, les yeux mi-clos, maître de son sujet, sculpteur de sa légende.

Sa voix se mit à résonner sous les hauts plafonds de marbre gris du pavillon de chasse :

— Plus jamais l'exil, car mon peuple est ma maison, et chaque habitation d'Irak peut devenir sur-le-champ mon palais. Tu me dis que les Américains crient « Saddam, Saddam ! » quand on leur demande le nom du malheur. Moi, lorsque j'entends crier « Saddam, Saddam ! », c'est mon peuple qui m'acclame et me demande de rester auprès de lui. C'est ce que je ferai pour que dans cinq cents ans, dans cinq mille ans, je sois resté le symbole de la résistance aux forces de la décadence. N'oublie pas que nous avons chassé les Mongols. N'oublie pas que le père du chien texan n'a jamais osé marcher jusqu'à Bagdad. Si la curiosité te pousse à franchir le hall de l'hôtel Al-Rasheed que fréquentent les riches Occidentaux de passage à Bagdad, tes semelles piétineront le visage du père Bush reproduit sur les dalles de l'entrée. Chaque jour, de puissants hommes d'affaires du monde entier marchent sur la tête de ce chacal et pas un seul n'a protesté auprès de la direction du Rasheed. Tu vois que j'ai de quoi me réjouir ici de certains petits spectacles distrayants, sans penser une seconde à fuir comme un lâche.

Michel Samara observait son interlocuteur. Il songea à ce que son père disait parfois de Saddam : « La poche gauche de sa chemise ne sait pas ce qu'il y a dans sa poche droite. » À l'écouter, il succomberait en héros au milieu des siens, il resterait leur référence et leur protecteur, même sous les bombes des infidèles. Michel demandait à voir. Parmi toutes les galeries creusées sous les palais de Bagdad, il y en aurait bien une pour abriter sa fuite le moment venu. En attendant, le raïs se servit un nouveau verre de Mateus qu'il leva à la santé du jeune insolent.

– Tu prétends que mon peuple a peur. Eh bien, je vais te prouver le contraire. En début d'année, j'ai prononcé mon discours de la mère de toutes les batailles. L'as-tu écouté ?

– Oui.

– Alors tu te souviens sûrement de ce que j'ai dit à propos de nos ennemis.

– C'était un discours-fleuve, avec mon respect, monsieur le Président... répondit Michel, qui s'était résolu à faire honneur au vin rosé.

Une expression d'agacement traversa le visage de Saddam Hussein.

– C'est un discours que j'ai écrit sans l'aide de personne, fit-il en haussant la voix et en tirant d'une poche intérieure de sa vareuse un stylo à encre de marque française, cadeau d'un émissaire secret du Quai d'Orsay.

Michel Samara réprima un sourire. Il savait que le raïs se piquait d'écriture et on lui attribuait officiellement la paternité d'au moins deux romans, *Zabiba et le Roi* et *Le Château fort*, publiés à Bagdad sous un pseudonyme signifiant : « écrit par celui qui l'a écrit » ou « écrit par son auteur ». Avant chaque parution, Saddam était aussi fébrile et humble qu'un premier communiant. Il faisait alerter une poignée d'écrivains du pays pour solliciter leur avis. En contrepartie de quelques milliers de dollars et de rames de papier, un bien devenu luxueux dans l'Irak sous embargo, ils trouvaient au président des talents de plume d'autant plus étourdissants qu'ils acceptaient de corriger ses fautes d'orthographe et ses lourdeurs de style...

– Dans mon discours, reprit Saddam en se redressant sur son fauteuil, je disais ceci : « Malheur aux agresseurs animés d'intentions maléfiques et de desseins misérables ! Malheur à tout agresseur perfide qui osera attaquer Bagdad. Que vos fusils... » et là je m'adressais à nos combattants, précisa-t-il *mezza voce*, « ... que vos fusils soient aux aguets et guidés par le rayon et la lumière de votre foi ! La Nation se lèvera pour défendre son droit à la vie et ses valeurs sacrées ». Et as-tu vu l'admirable réaction des fils et des filles de l'Irak ? L'autre jour à Mossoul, cinquante mille civils ont revêtu leurs uniformes et ont marché au pas cadencé, kalachnikov sur l'épaule. Des hommes et aussi des femmes, maquillées, casquées, voilées, des femmes jugulaires au menton prêtes à faire rendre gorge aux Yankees.

Michel Samara restait insensible à cette propagande pour nations sous-développées.

— Et ces femmes admirables, renchérit Saddam, que criaient-elles ? Qu'elles allaient manger ces Américains comme des lapins. Qu'elles étaient prêtes à boire tout le pétrole d'Irak plutôt que d'en laisser la moindre goutte aux affairistes du clan Bush ! Quel baume au cœur que ces déclarations venues du cœur, de la foule qui hurlait « longue vie à toi, Saddam Hussein ! ».

L'aveuglement du dictateur finit par causer une sensation nauséeuse à Michel Samara. Bien sûr, il se doutait que le président ne se laisserait pas entamer par ses propos quand il lui suffisait d'interroger le moindre conseiller servile pour croire à sa popularité sans faille. Mais le jeune homme aussi avait vu les images télévisées de cette armée en guenilles, maladroite, vêtue de bric et de broc, dont la bonne volonté de façade cachait les terribles faiblesses. Comment Saddam pouvait-il s'abuser à ce point ? Il vivait dans une illusion parfaite. Michel eut la sensation très forte qu'il habitait un monde détaché du réel, flottant dans un rêve que ses courtisans s'ingéniaient à fabriquer sans cesse.

— Il suffira que chaque homme valide tue cinq ennemis pour que l'armée soi-disant la plus puissante du monde vienne mourir en Irak, insistait encore le raïs, l'air convaincu comme jamais. Ils rentreront chez eux dans des sacs plastique. Qu'ils viennent ! Nous allons les attirer dans nos rues, dans nos pièges. Tu verras ce que je te dis, Michel, ce sont eux qui trembleront de peur. J'ai veillé moi-même à ce que nos hommes soient armés correctement, qu'ils aient de la graisse pour leurs fusils et des munitions en suffisance. Qu'ils soient entraînés pour marcher soixante-quinze kilomètres dans une seule journée. Les combattants du djihad arrivent de tout le monde arabe et même d'Europe pour nous porter assistance. Des coiffeurs de Tunis, des garagistes de Londres, des architectes de Hambourg. As-tu vu ce maître de kendo qui a quitté sa famille en secret pour venir se battre à nos côtés avec ses sabres en bandoulière ? Et que dis-tu de tous ces boucliers humains que nous ne savons plus où placer ?

— Ce sont des illuminés, rétorqua Michel. Que feront ces malheureux sous le feu des B52 ?

– Nous enflammerons les douves de pétrole qui entourent Bagdad. L'air sera si noir que leurs pilotes se perdront en appelant leurs mères ! Dans les combats de rue, nous les attendons. Et les tempêtes de sable viendront à notre secours. Le sable de Bagdad sera la neige de Stalingrad. C'est ça, Michel, Bagdad opposera la résistante héroïque de Stalingrad.

Heureux de sa formule, Saddam se tut et tira sur son cigare. Michel Samara, dans les ombres portées des bougies qui diminuaient, eut un instant comme une hallucination. Il n'était plus avec Saddam Hussein dans un petit palais de Bagdad, mais à Stalingrad en 1943, face au général Staline pris de boisson qui refaisait le monde pendant que son peuple mourait pour lui. Saddam-Staline, Bagdad-Stalingrad, tout se mélangeait dans l'épaisse fumée bleue du havane.

Au moment où il prononçait ces derniers mots, des crépitements d'armes automatiques se firent entendre. Saddam sourit.

– Nos hommes sont impatients. Ils tirent en l'air pour montrer à l'ennemi qu'il peut venir quand il veut, nous le recevrons avec de drôles de fleurs et des chansons de notre cœur. Dire que les Américains croient libérer le pays comme leurs grands-pères ont libéré la France ! Ces *boys* sont vraiment des enfants, à commencer par ceux qui les dirigent. Notre pays n'est pas occupé par une puissance étrangère, que je sache ! L'Irak n'est pas le Liban ! Bush ne devrait pas sous-estimer l'esprit de sacrifice de nos combattants, qui mourront en martyrs s'il le faut pour libérer leur terre de ces barbares impurs.

À la grande surprise de Michel, le président se mit à réciter à mi-voix plusieurs sourates du Coran qu'il avait apprises par cœur, lui le chef d'État qui se prévalait depuis si longtemps de sa laïcité, lui le vainqueur des ayatollahs les plus rétrogrades. Puis il regarda de nouveau son visiteur avec défiance et déclara :

– Un pays qui puise ses racines dans plusieurs millénaires d'une glorieuse histoire ne peut être conquis par un État dont l'ancienneté ne dépasse pas celle d'une barque ou d'un barrage irakiens. Que Bush et les sionistes se méfient de notre grandeur !

Saddam se tut et Michel Samara eut le sentiment que l'audience était terminée. Une troisième bouteille de Mateus avait été vidée. Le jeune homme d'affaires se demanda si le raïs n'était pas dans un état de franche ébriété. Il se leva et inclina la tête pour le saluer.

— Nous leur briserons le cou, répéta Saddam. Mais à ceux que tu rencontreras dehors, dis bien que je suis confiant dans l'avenir. Je dors comme un bébé sitôt que je m'allonge. Et même quand vous ne me voyez pas sourire, je souris intérieurement. Je souris du bonheur que me procure la voie que nous avons choisie.

Il pressa sur un bouton de sonnette et aussitôt surgit le chef des services de sécurité à qui il demanda de faire raccompagner Michel Samara. Loin de vouloir à son tour quitter le pavillon de chasse, il demanda un maillot de bain et une serviette en éponge.

— Faites éclairer le bord de la piscine, ordonna Saddam. Je me sens un peu embrumé. Rien de tel que l'eau. Je vais nager.

Ben Gaza le considéra avec surprise mais il obtempéra. Devant Michel Samara, il poussa une porte latérale qui s'ouvrit sur un vaste bassin. Les appliques dorées des murs s'illuminèrent. Aucune fenêtre extérieure ne risquait de dénoncer une présence ici.

Au pays du grand désert, entre Tigre et Euphrate, l'eau était une richesse suprême et Saddam avait fait construire dans ses palais une profusion de salles de bains, de vasques et de fontaines, de bassins protégés des regards où il aimait effectuer quelques brasses qui soulageaient son dos. Sans attendre le départ de Michel, il se dirigea lentement vers la piscine après avoir écrasé le restant de son havane dans un cendrier creusé dans un morceau de marbre blanc. Ben Gaza déplia la grande serviette de bain pendant que le raïs enfilait son slip de bain. Michel Samara songea que l'Irak était gouverné par un tyran aux caprices d'enfant, un dangereux irresponsable qui acceptait le sang de son peuple comme un cadeau.

— Prends soin de toi, cria-t-il à son visiteur qui s'apprêtait à sortir.

Ces paroles, dans la bouche de Saddam, résonnèrent comme une menace, et Michel se tint sur ses gardes. Il se demanda si le président avait bien entendu les propos qu'il lui avait tenus, s'il s'en souviendrait le lendemain, lorsque les effets du vin rosé se seraient dissipés.

La même Mercedes qui l'avait emmené attendait devant le pavillon de chasse, mais ce n'était plus le même chauffeur. Michel regarda autour de lui. Deux soldats surveillaient les abords du bâtiment en grillant une cigarette. Il les entendit parler avec cet accent du Nord qui trahissait leurs origines. Comme tous les membres de la garde rapprochée de Saddam, ils venaient des villages de la région de Tikrit. Le raïs n'accordait sa confiance qu'aux hommes de sa région natale. On prétendait aussi qu'il avait sur eux droit de vie et de mort.

À l'instant où il montait à bord de la Mercedes, une autre voiture passa lentement à sa hauteur, se dirigeant vers la sortie. À l'arrière se tenait une femme en robe d'apparat dont le beau visage se découpait contre la vitre. Tout à coup, le cœur de Michel Samara bondit dans sa poitrine. Malgré l'obscurité, malgré les vitres fumées, il n'eut pas de mal à reconnaître Maureen, la plus célèbre chanteuse de tout le pays. Il la croyait au Liban. La télévision irakienne avait évoqué la récente tournée de l'artiste au Moyen-Orient, puis son installation à Beyrouth pour plusieurs mois. Cette vision surprit Michel et le plongea dans une profonde mélancolie. Ils s'étaient bien connus dans leur jeunesse. Ils avaient vécu ensemble une longue idylle avant que la ravissante créature, cédant aux pressions de sa famille, n'épouse un dignitaire du parti Baas proche des fils de Saddam Hussein.

Michel avait connu depuis de nombreuses femmes. Mais Maureen était restée comme une cicatrice mal refermée dans son cœur. À l'occasion d'un voyage pour une réunion de l'OPEP à laquelle il devait participer à Vienne, quelques mois auparavant, ils s'étaient croisés brièvement à l'aéroport de Roissy. Elle rentrait à Bagdad et Michel continuait son voyage vers l'Autriche. La belle chanteuse lui avait avoué qu'elle l'aimait encore, qu'elle n'avait jamais cessé de l'aimer, puis elle avait disparu sans se retourner. Depuis, ils ne s'étaient plus rencontrés. Chaque fois que Michel voyait une affiche en couleurs la représentant drapée dans une robe d'apparat devant un des grands hôtels de la capitale, il détournait son regard.

Ce soir-là, il lui sembla que Maureen s'était volontairement collée à la vitre pour voir Michel, et se faire voir de lui. Il eut même le sentiment qu'elle avait cherché à lui dire quelque chose, sans qu'il puisse deviner quoi. Dans son regard, il avait lu de l'inquiétude. Il entra à son tour dans la voiture qui lui était réservée en se demandant ce que faisait Maureen, à cette heure tardive, dans le palais de la République.

L'auto démarra. Les longues allées du domaine présidentiel étaient éteintes, et le chauffeur n'avait allumé que les veilleuses de la Mercedes. Quand il eut quitté l'enceinte, il se dirigea vers le périphérique en direction des quartiers résidentiels de Jadriya où habitait Michel Samara. Mais au dernier moment, traversé par une curieuse intuition, il demanda qu'on le dépose au début de la rue Haroun Al-Rachid. Il était bientôt minuit. L'heure des combats de coqs dans la cour poussiéreuse du café Tanit. Pour rien au monde il n'aurait manqué une de ces rencontres, dont la rumeur avait circulé la veille dans les souks qu'elle mettrait aux prises des bagarreurs de premier choix. Michel Samara avait horreur de voir le sang couler. Mais il trouvait chez les coqs un courage qu'il désespérait de voir un jour parmi ceux qui se disaient des adversaires du raïs.

5

Le chauffeur fit mine de n'avoir rien entendu. Avait-il reçu des consignes précises pour raccompagner son passager jusqu'à son domicile ? Michel répéta en haussant la voix qu'il voulait descendre avant que la Mercedes ne quitte le centre de la ville. L'homme au volant finit par obtempérer de mauvaise grâce. Il stoppa brusquement et déverrouilla les portes. Le jeune homme ne s'était pas aperçu qu'elles avaient été bloquées de l'intérieur. Cinq minutes plus tard, il marchait dans la grande artère commerçante de Bagdad avec un poids sur la poitrine. Était-ce cette incroyable entrevue avec le dictateur ? Était-ce d'avoir parlé si longuement selon son cœur au mépris du danger ? Ou alors cette vision fulgurante de Maureen qui continuait inconsciemment d'occuper ses pensées ? Il marcha sans se hâter à travers les souks. La plupart des marchands avaient tiré les rideaux en tôle de leurs échoppes, mais la tiédeur de la nuit exacerbait le parfum des épices stockées dans ces minuscules cavernes d'Ali Baba.

Michel hésita quelques secondes puis s'engagea dans une ruelle qu'il savait déboucher sur l'arrière du café Tanit. Quelques hurlements de gallinacés lui confirmèrent qu'il approchait. Plusieurs fois il eut l'impression d'être suivi, mais en se retournant, il ne vit personne.

Alors que la guerre paraissait imminente, les coqueleurs bagdadis n'avaient d'yeux que pour leurs athlètes : des coqs de cinq ou six kilos qui semblaient mieux nourris que leurs maîtres et dont le bas des pattes brillait d'éclats d'acier : leurs ergots artificiels, savamment attachés, étaient prêts à frapper l'adversaire. On sentait déjà l'appel du sang, la soif d'en découdre chez ces animaux qui avaient peut-être senti que bientôt, ce serait au tour des hommes de prendre leur place.

Le premier combat mit en lice un coq cendré aux plumes immaculées bordées de noir et un splendide spécimen madras, aux couleurs vives rouge orangé. Les spectateurs s'étaient massés autour de la courette de terre battue. Un homme au regard sans expression passait de groupe en groupe pour relever les paris. Les billets de deux cent cinquante dinars à l'effigie de Saddam circulaient de main en main pour atterrir dans les poches du bookmaker, et celui-ci se plaignait qu'il fallût maintenant des dizaines de billets de mise, là où trois ou quatre coupures suffisaient avant les rumeurs de guerre. La monnaie irakienne fondait à toute allure, et les parieurs jouaient moins pour faire fortune que pour oublier, l'espace d'une soirée, que leur pays était un bateau ivre.

Michel observa le visage de ces hommes qui criaient fort et se bousculaient pour assister à ce spectacle. Ils étaient comme fascinés, plongés dans une sorte de transe, pendant que les lutteurs se frappaient avec leur bec et leurs ergots métalliques. Soudain, le coq au plumage immaculé tomba raide dans la poussière. Un trait rougeâtre apparut à la surface de sa robe blanche, près du cœur. Ses pattes continuèrent à remuer mécaniquement pendant quelques secondes, comme celles d'un lapin-tambour arrivé à épuisement de ses piles. Déjà, le propriétaire du beau coq madras l'avait hissé devant lui sous les vivats, pendant que les protagonistes du deuxième combat se préparaient. Le perdant, lui, fut dépecé en deux temps trois mouvements et les meilleures parts furent mises de côté pour le propriétaire du coq victorieux.

Soudain apparut au milieu de la cour un énorme gallinacé aux cuisses de lutteur, très haut sur pattes et le corps recouvert d'un plumage bleu roi. La crête et les oreillons lui avaient été enlevés pour ne pas servir de cible facile à ses adversaires, ce qui lui donnait une tête fine et presque ridicule au regard de ce corps disproportionné. Mais ses grands yeux noirs cerclés de rouge étaient si menaçants qu'on en oubliait cette atrophie. Dès qu'il apparut, la foule des parieurs fut saisie d'une fièvre intense et le bookmaker ne savait plus où tendre la main sous la pluie de billets qui affluaient. « Saddam ! Saddam ! »

hurlaient les gens. « Saddam ! Saddam ! » Le patron du café Tanit surgit comme un diable de derrière son bar et donna à son tour de la voix :

– Vous n'êtes pas un peu fous ! Moins fort ! Si la police entend vos cris, je serai obligé de fermer et nous finirons tous sous les verrous !

Malgré son avertissement, la rumeur se poursuivit, mais sourde cette fois, une sorte de grondement venu du fond des gorges, un murmure soutenu qui répétait encore « Saddam, Saddam » à la vue du grand coq bleu, comme des moines tibétains psalmodiant le nom de leur dieu. Face à cet athlète de basse-cour érigé en monarque, un coq plus chétif au plumage rouge suscita lui aussi la curiosité des parieurs. Certes, il n'avait pas la corpulence de son adversaire, mais son maître avait toutes les peines du monde à le contenir. Celui-là voulait à tout prix en découdre et l'envergure du coq bleu ne semblait pas l'effrayer. Il le toisait en guerrier. Les connaisseurs n'hésitaient pas à se délester de quelques milliers de dinars pour soutenir les couleurs de cette boule de plumes incandescentes. Une voix lança :

– Lui, c'est Bush !

Des rires fusèrent. On se regarda avec un mélange de ravissement et de stupeur, comme sous l'effet d'un coup d'audace. L'assistance reprit en chœur :

« Bush ! Bush ! »

D'autres ripostèrent :

« Saddam ! Saddam ! »

Le patron du café resurgit le visage livide et incita ses clients à se calmer, mais l'excitation était telle tout à coup qu'il ne parvint pas à se faire entendre. En désespoir de cause, il regagna l'arrière de son bar en priant qu'aucun mouchard de la police secrète ne vienne fourrer son nez ici.

Michel était abasourdi. Il lui sembla d'abord que l'écrasante majorité des hommes était favorable au coq Saddam. Mais à mesure que les deux champions de la soirée s'affrontaient, davantage de voix eurent l'audace de crier le nom du président américain, pendant que le patron du Tanit s'arrachait les cheveux. Aux tables de l'intérieur, les clients fumaient leurs pipes à eau ou jouaient au jacquet. Certains sirotaient discrètement du whisky ou du vin rouge dont les bouteilles étaient déposées au pied de leurs chaises. Attirés par les cris et par les noms donnés aux protagonistes de ce combat au sommet, quelques-uns des consommateurs se précipitèrent autour du « ring » et prirent à leur tour des paris.

— Le combat dure six minutes, cria le bookmaker. Mais s'il le faut, on en rajoutera deux autres pour les départager.

Le duel avait atteint une rare intensité. Après un début foudroyant, le coq Saddam avait perdu un peu de sa superbe et le coq Bush le harcelait, piquant son adversaire à la poitrine et aux reins à la faveur de manœuvres habiles et très rapides de contournement. Les cris des spectateurs enflèrent à nouveau lorsque les deux coqs ne formèrent plus qu'une énorme boule de plumes, sans que l'on puisse discerner lequel des rivaux prenait l'avantage sur l'autre.

Trop happé par le spectacle pour songer à prendre parti, Michel entendait monter à nouveau la rumeur « Saddam, Saddam », que venait contrer la rumeur « Bush, Bush ». Les voix timbrées comme des gongs résonnaient dans l'enceinte de la cour et jusque dans les souks voisins.

À Bagdad comme partout dans le monde, aux Antilles ou dans les Flandres, les coqs étaient connus pour leur incroyable courage. Même blessés, ils ne se rendaient qu'en dernière extrémité, lorsqu'un coup fatal était porté dans une artère. Le sang coulait alors par le bec et les yeux du battu se plissaient irrémédiablement. Mais tant que l'animal sentait de la vigueur dans ses pattes, l'issue du combat demeurait incertaine.

À deux reprises, il y eut des « arrêts de jeu » destinés à nettoyer la tête des deux coqs aveuglés par leur propre sang. Chaque propriétaire frictionna son protégé, lui décongestionna le poitrail, le gava d'aspirine, l'embrassa. On entendait encore le roulement de tambour des supporters, « Saddam, Saddam », « Bush, Bush », puis les hostilités reprirent. L'arbitre consulta son chronomètre. Il restait encore plus de deux minutes avant la fin du temps réglementaire. C'était assez pour s'entretuer.

Pris par l'intensité du duel, Michel approcha encore du ring. Avec sa forte carrure, il n'eut aucun mal à se frayer un passage jusqu'aux premiers rangs. Il en avait même oublié son beau costume taillé à Londres et sa cravate de soie d'un jaune éclatant. Les deux coqs s'étaient figés en plein milieu du champ de bataille, comme si une force d'attraction les avait poussés à occuper un centre magnétique ou le mille d'une cible imaginaire. L'espace d'un instant, ils s'observèrent sans remuer ni patte ni tête, et la foule sentit que quelque chose d'extraordinaire se préparait. Chacun retenait son souffle. Manifestement, les partisans de Bush avaient atteint en nombre ceux de Saddam, et Michel n'en revenait pas d'entendre des hommes du peuple qu'il savait dominés par la terreur oser braver le dictateur, même à travers un simple combat de coqs.

Au même moment, comme s'ils s'étaient concertés dans le silence de leur instinct, le grand coq bleu et le petit rouge se ruèrent l'un sur l'autre en poussant des cris qu'on aurait crus seulement autorisés aux paons, des cris rauques et stridents à la fois. En un éclair, et ce fut bien un éclair car l'acier des lames fixées aux pattes parut s'enflammer, en un éclair le combat cessa, faute de combattants. Chaque coq avait porté à l'autre un coup fatal et concordant. « Ton cœur contre mon cœur », semblaient se dire « Saddam » et « Bush », tous deux inertes sur le flan, destinés à la poussière, à moins qu'un acheteur peu superstitieux ne consentît à les transformer en plat du vendredi.

Les deux propriétaires, qui se faisaient face derrière les barrières, se ruèrent sur leur champion. Un silence de mort régnait maintenant autour du gallodrome de fortune. On entendait de nouveau la chanson d'un artiste égyptien qui passait à la radio, et le bruit noyé des pipes à eau. Le propriétaire du coq Saddam fendit la foule à la hauteur de Michel Samara qui s'écarta aussitôt. Mais à l'instant où l'animal passait devant lui, il eut un dernier spasme, si violent qu'un jet de sang épais vint arroser la cravate de soie et la chemise du géant blond. Michel fit un pas en arrière. Trop tard. Même le bas de son visage était maculé. Un cri de stupeur accompagna la scène. Le propriétaire s'excusa d'un air navré, l'œil débordant déjà de tristesse après la perte de son champion. À grandes enjambées, Michel pénétra dans le café puis courut se débarbouiller dans les toilettes. Dans la glace, son image lui procura une véritable sensation d'effroi. Ce sang sur lui était comme un signe de la mort, envoyé de surcroît par un coq surnommé Saddam.

Il regagna la salle et demanda un thé à la menthe. Les clients le regardèrent avec étonnement, se demandant qui pouvait bien être cet homme si bien mis dont les vêtements étaient maculés de poussière et de taches nauséabondes, qui imprégnaient le tissu prince-de-galles. Quand il se fut désaltéré, il sortit dans la rue et songea à regagner sa maison. Il était près de deux heures du matin et seuls quelques miliciens rôdaient aux alentours des carrefours.

Le centre de la ville était désert. Michel se mit en quête d'une auto qui le raccompagnerait jusque chez lui. À Bagdad, n'importe qui était chauffeur de taxi depuis que la crise avait jeté dans la rue professeurs et fonctionnaires, architectes, chercheurs ou simples jardiniers. Mais aucun véhicule n'était en vue. Certains chauffeurs de voitures banalisées dormaient au volant en attendant le jour. Michel eut la tentation d'en réveiller un lorsqu'une ombre passa entre deux immeubles et lui fit signe d'approcher. Sans s'en rendre compte, il avait marché jusque dans le quartier des grands hôtels. Il regarda autour de lui et pensa à tous les événements de cette soirée, depuis que les hommes de Saddam l'avaient mené auprès du dictateur. L'ombre reparut à une trentaine de mètres et il lui sembla reconnaître une voix de femme qui prononçait son prénom.

– Non, viens plutôt vers moi, demanda Michel.

– C'est trop risqué si on me voit ici, ne crains rien, lui répondit la voix.

Était-ce possible ? Le jeune homme pressa le pas et se glissa dans l'obscurité du hall d'immeuble moderne où l'attendait la silhouette, toute de voiles et de mystère.

– Maureen !

– Tais-toi, malheureux, fit la jeune femme. Si tu savais ce que je risque en venant ici ! J'étais folle d'inquiétude. Je t'ai fait chercher partout pendant mon spectacle au Rasheed. Mon cousin Naas ne t'a pas trouvé, alors après, j'ai passé ces habits et j'ai pensé que tu étais peut-être allé au café Tanit. J'espérais tellement que tu n'étais pas rentré chez toi ! Comme j'ai eu peur !

– Mais pourquoi donc ? demanda Michel.

– Tu n'as pas compris qu'ils ont piégé ta maison ? J'étais au palais ce soir pour une réception privée quand les hommes de la sécurité de Saddam sont sortis brusquement. Je n'ai pas entendu tout ce qu'ils disaient, mais j'ai compris que tu étais en danger. Quand je t'ai aperçu ensuite devant ta voiture, j'ai essayé de t'alerter, mais je ne pouvais pas faire grand-chose. Tu n'as pas réussi à lire sur mes lèvres ?

Michel fit « non » de la tête.

– C'est bien ce que je craignais. Mais j'étais dans la voiture d'Oudaï et cet homme est effrayant. Il a des yeux partout, même derrière la tête. Et puis il ne se sépare pas de son lionceau qu'il installe devant, à la place du passager. Oudaï m'a déposée au Rasheed et j'ai prié pour que tu ne sois pas rentré dans ta villa. C'est leur spécialité, maintenant. Ils tuent les gens chez eux. Ils font brûler leur maison ou ils les abattent froidement puis maquillent leurs crimes en les faisant passer pour des cambriolages qui auraient mal tourné. Si tu savais de quoi ils sont capables.

— Je sais, coupa Michel. J'en viens certains jours à souhaiter que les Américains les écrasent sous un tapis de bombes...

Soudain la jeune femme s'interrompit.

— Mon Dieu, mais ce sang sur ta joue, et là sur ta chemise ! Mais tu es blessé ?

— Rassure-toi, c'est le sang de Saddam.

— De Saddam !

— Un coq très vaillant qui a été tué sous mes yeux par un autre coq nommé Bush, si tu vois ce que je veux dire, fit Michel en essayant de sourire.

— Viens, suis-moi, dit la jeune femme en pénétrant dans l'immeuble. Tu vas dormir ici.

— Où, ici ?

— Chez mon cousin Naas. Il est veilleur de nuit au Rasheed. Il est prévenu. Je lui ai dit que si je retrouvais ta trace, je te conduirais à son appartement. Il vit seul mais surtout, ne te montre pas.

— Et toi, où vas-tu ? Où est ton mari ?

Maureen hésita.

— Il n'est pas là. Il va rentrer bientôt. Il est à Tikrit depuis deux jours.

— À Tikrit ? Mais pour quoi faire ?

— Je ne peux pas te répondre. Je n'en sais rien moi-même. Je crois qu'il se méfie de moi. Il voudrait que je renonce à ma carrière d'artiste, avec tous ces hommes qui me regardent. Mais ça, jamais !

Michel contempla le pâle visage de Maureen qui se découpait dans la lueur d'une veilleuse. Il eut la tentation de la serrer contre lui mais ses vêtements empestaient.

— Reste avec moi cette nuit, murmura-t-il.

— Impossible, fit la jeune femme. Si mon mari apprenait que je suis dans la rue à cette heure-ci, il deviendrait fou. Il peut se montrer si violent...

— Il te frappe ?

Elle ne répondit pas.

— Maureen, partons tous les deux, allons en France ou aux États-Unis. J'ai beaucoup d'amis là-bas. Ce serait facile...

Il sentit que mille pensées traversaient l'esprit de la belle danseuse.

— Tu ne connais pas la famille de mon mari. Ils me feraient chercher au bout du monde. Souvent j'ai pensé rester en Finlande ou à Beyrouth au lendemain de mes tournées, ne plus rentrer, essayer de disparaître. Mais je sais que c'est une chimère. Mon mari est un intime du chef de la sécurité, et aussi du responsable des services secrets. D'Oudaï aussi, cela va sans dire. Dès qu'il absente, il me confie à Oudaï. Heureusement qu'il s'enivre souvent, celui-là, je peux facilement lui fausser compagnie. Mais parfois il ne boit rien du tout et il me regarde danser avec des yeux injectés, en attendant de me raccompagner à la fin du spectacle. Tu n'imagines pas comme j'ai dû user de stratagèmes et distribuer de bakchichs pour être libre de mes mouvements, ce soir... Mon mari n'a qu'à lever le petit doigt pour savoir ce qu'il veut savoir. Laisse-moi filer. Et puis... Et puis on m'attend à l'autre bout de la ville.

— Pour quoi faire ?

— Ne me pose pas de questions, Michel. S'il te plaît... Voilà les clés de l'appartement. Troisième étage, la porte du milieu sur le palier. Sois discret. Et change de vêtements. Mon cousin est plus petit que toi, mais tu trouveras sans doute une chemise à ta taille. Les siennes sont toujours trop longues.

Il voulut la retenir. Mais elle courait déjà dans la rue. Il entendit un bruit de moteur et puis plus rien que le ronflement lointain d'un hélicoptère qui veillait sur le ciel de Bagdad.

# 6

— Aaah!
Michel sursauta et se redressa brusquement.
Il s'était endormi à peine avait-il quitté ses habits poisseux de sang, après une douche froide et une vigoureuse friction de tout son corps au savon parfumé qu'il avait trouvé près de la baignoire ; un savon de luxe enveloppé d'un papier cristal aux armes de l'hôtel Al-Rasheed. Une fois essuyé, Michel s'était jeté en travers sur un grand lit aux draps frais, comme si sa venue avait été préparée de longue date. Il n'avait pas tardé à sombrer, et c'est en criant qu'il se réveilla, devant un visage qui l'observait. Le visage de la mort.

— Qui êtes-vous ? demanda Michel pétrifié. (L'image lui traversa l'esprit de ces combats de coqs auxquels il avait assisté). Et quelle heure est-il ? demanda-t-il encore. Où suis-je donc, bon Dieu, vous allez me le dire ?

— Ne vous énervez pas, monsieur Samara, je suis Naas, le cousin de Maureen. Pardonnez-moi si je vous ai réveillé. Ils ont dit à l'hôtel que je devais rentrer chez moi, ils n'avaient plus besoin que je reste à surveiller le hall, alors me voilà. Mais continuez à dormir, il est à peine cinq heures du matin.

L'homme avait parlé d'une voix terriblement éraillée, à peine audible, comme si sa gorge avait été remplie de sable ou frottée au papier de verre.

— Naas ? répéta Michel en écarquillant les yeux.
Il dévisagea l'homme qui se tenait devant lui, dont les traits auraient effrayé une bête sauvage.

– Mais que t'est-il arrivé, Naas ? finit par demander Michel après que ses yeux se furent habitués à la demi-obscurité, et qu'il eut pris toute la mesure de cette figure atrocement mutilée.

Le cousin de Maureen détourna son regard. Sa voix était celle d'un jeune homme mais ses cheveux étaient prématurément blanchis et semblaient avoir été arrachés par touffes entières au milieu du crâne et sur les tempes. Quant au visage proprement dit, il ressemblait à celui de ces gueules cassées de la Première Guerre mondiale qui hantent les vieux livres d'histoire : les oreilles déchiquetées, le nez comme aplati à la massue, le menton couturé en long et en travers, des pommettes rendues asymétriques par de mystérieux stigmates tenant de la scarification ou de coups de poing américain violemment assénés... Et ces yeux ! Ces yeux sans expression, étrangement fixes, au blanc comme fissuré par de minces vaisseaux ensanglantés. Des yeux enfoncés dans leurs orbites, inaccessibles, déjà morts. Le corps aussi était contrefait, avec un bras qui ne pouvait pas se déplier, que Naas tenait en permanence contre sa poitrine comme pour se protéger d'un ennemi invisible qui semblait le terrifier.

– Je suis désolé de vous avoir fait peur, fit Naas en évitant de répondre à la question de Michel.

– Pas grave, répondit le géant blond en soupirant. Excuse-moi. C'est que je n'ai pas passé une très bonne soirée, alors...

– Je sais, répondit Naas, dont la démarche bancale rappelait celle de Quasimodo. Mais rendormez-vous. Vous êtes en sécurité, maintenant.

– Non. Le jour va bientôt se lever. Il faut que je rentre chez moi. Des documents à prendre, des objets auxquels je tiens.

– Mais c'est de la folie. La police secrète a dû piéger toutes les pièces. Quand ils ne font pas le boulot eux-mêmes à l'arme blanche ou à la kalach, ils minent...

Michel réfléchit. Au départ de sa mère, il avait gardé la villa où ils avaient été heureux tous les trois, elle, son père et lui. Dans la grande bibliothèque du séjour, il conservait la bible en huit volumes reliés en peau d'oryx qui appartenait au professeur Al-Bakr Samara. Son père adoptif avait laissé à l'intérieur de nombreux signets pour retrouver facilement les passages consacrés à la Mésopotamie. « Nous sommes les plus vieux chrétiens de cette terre, et aussi les plus vieux Irakiens », disait-il à son fils. « Jésus parlait notre belle langue chaldéenne.

Quand je te parle, c'est avec les mots du Christ. Et n'oublie pas que les Rois mages sont venus d'ici porter leurs présents au divin enfant. Cela, personne ne pourra nous l'enlever ». Michel restait suspendu aux paroles de son père, émerveillé comme s'il avait été soulevé par un tapis volant.

— Vous n'allez pas risquer votre vie pour des livres ! s'exclama Naas.

— Et pourquoi pas ? réagit Michel avec véhémence. C'est tout ce que je garde de mon père.

L'homme au visage de spectre essaya de le dissuader.

— Ils sont capables de tellement de choses.

— Je les connais, approuva Michel. Je suis même resté longtemps à leurs côtés, ajouta-t-il après une hésitation, mais j'avais mes raisons.

— Maureen m'a dit tout cela. Vous n'avez pas à vous justifier. L'important est de rester pur à l'intérieur de soi, n'est-ce pas ?

— Tu as raison, Naas, répondit Michel. Il essaya de ne pas détourner son regard de l'homme qui lui portait la voix de la sagesse, à travers cette bouche déformée dont il s'aperçut qu'elle était horriblement édentée.

— Tu ne veux pas me dire ce qui t'est arrivé ? insista encore le grand gaillard en essayant de trouver des vêtements à sa taille.

— Attendez, je vais vous donner un costume de mon frère qui devrait vous aller.

— Tu as un frère qui vit ici ?

— Il ne vit pas ici

— Il t'a laissé sa garde-robe, alors ?

— Oui, si on veut.

Naas sortit d'un placard un beau costume d'alpaga protégé par un film de plastique.

— Essayez, je crois que ça ira.

Michel s'exécuta sans un mot.

— Je te le rendrai quand je serai passé chez moi.

— Il n'en est pas question. Et ma cousine m'a fait jurer que je vous garderais au moins deux ou trois jours.

— Pour quoi faire ?

— Pour votre sécurité.

— Et si ton frère réclame son costume ?

— Là où il est, on ne porte pas de costume.

— Tu veux dire que...

Naas hocha la tête sans prononcer le mot.

— Oui. Il n'a pas supporté. Nous étions ensemble et...
Il renonça à poursuivre.

— Parlons d'autre chose, d'accord. Je vais vous préparer du café puisque vous ne voulez plus dormir.

— Raconte-moi, Naas, s'il te plaît. C'est important que je sache.

— Ce ne sont pas des choses qui se racontent. Et puis à quoi bon puisque les Américains vont faire un sort à ce criminel de Saddam. Je ne sais pas combien il a fait tuer d'hommes et de femmes de notre peuple, combien de villages il a rasés, combien d'innocents il a soumis aux plus atroces des tortures. Peu importe maintenant. Il va payer. Et si tu ne peux pas m'entendre parce que mes cordes vocales sont usées d'avoir hurlé nuit et jour dans une geôle pendant deux ans de ma vie, sache que dans ma tête je crie : « Tuez Saddam, tuez-le vite et livrez-le aux serpents du désert ! »

Michel s'approcha plus près encore de Naas et se força à le regarder droit dans les yeux comme pour voir en face les ignominies dont pouvaient se rendre coupables les hommes de Saddam.

— Deux ans en prison ? reprit Michel en espérant faciliter les confessions de celui qui lui avait accordé son hospitalité.

— À vrai dire, j'ai connu toutes sortes de sévices plus ou moins atroces. D'abord ils m'ont emmené un matin très tôt au centre d'investigation 52, dans le quartier Hakimiya.

— Le poste de la sécurité générale ? fit Michel.

— Oui.

— Mais pour quelle raison ?

— Mon frère n'avait pas voulu faire son service militaire. Il se cachait des autorités en vivant chez moi ou chez des cousins du Sud. Les derniers temps, je l'hébergeais en permanence. Pour ma part, j'étais un bon nageur, avant, et j'étais même un espoir du pays pour les championnats du monde. Imagine que je mettais moins d'une minute pour le cent mètres nage libre ! C'est si loin...

Naas s'interrompit, perdu dans le rêve d'une jeunesse à jamais vandalisée.

— Et puis ?

— Oudaï m'avait remarqué.

— Le fils aîné de Saddam ? Encore lui !

— Oui, c'est ça. Il présidait le comité olympique et avait fait de moi sa mascotte. J'avais mes entrées dans le club de la piscine Al-Kadifia, là où toute la jeunesse dorée de Bagdad venait nager et flirter.

Michel plissa les yeux et, à son tour, s'abîma dans le souvenir de ce bassin profond à l'eau bleu azur. C'était là que, pour la première fois, il avait vu apparaître une magnifique naïade sortant du bain, que ses amis appelaient Maureen.

– Tu étais donc un habitué d'Al-Kadifia ?

– J'y venais autant que je voulais. Je crois que j'aurais eu des chances de médaille. Je m'entraînais des heures et des heures...

– Moi aussi je fréquentais cet endroit, lâcha Michel pensif.

– Je sais, monsieur Michel. Je vous y ai vu souvent.

– Tu m'as vu ?

– Oui. Vous ne passiez pas inaperçu, avec votre carrure et ce casque blond. Je suis certain que vous auriez fait un bon nageur, vous aussi, avec vos fines attaches et vos muscles longs.

Michel Samara sourit.

– Merci pour le compliment. Cela ne me dit pas comment tu es passé de cette existence privilégiée au centre 52.

Naas soupira.

– J'ai perdu le fil. Je te parlais de mon frère, tout à l'heure. Abou en avait assez de passer de longues journées à tourner en rond dans mon appartement. Un jour, alors que j'étais parti disputer une compétition à Mossoul, il a pris ma carte du club signée par Oudaï lui-même et il a passé la journée à la piscine. Quand il est sorti de l'eau, deux gardes sont venus l'intercepter. Les surveillants de l'accueil avaient bien vu que la photo sur la carte ne lui correspondait pas. Ils ont cru à un simple voleur avant de l'identifier. Ils ont ensuite découvert qu'il s'agissait de mon frère aîné. J'ai appris que les services de sécurité possèdent les photos de tous les déserteurs du pays. Je n'imaginais pas que nous vivions à ce point chez Big Brother, avant ces événements. Quand je suis rentré de Mossoul, j'ai vu que mon frère n'était pas dans l'appartement. Je ne me suis pas inquiété car il m'avait parlé d'aller se cacher à la campagne. À l'aube le lendemain, on a cogné à ma porte et c'est là que l'enfer a commencé.

Michel se retenait de lui demander son âge. Il songea que si Naas avait été un espoir olympique, il n'avait pas beaucoup plus de vingt ans. Un vieillard de vingt ans. Combien le régime de Saddam en fabriquait-il à l'abri des regards, dans ses prisons et ses bagnes du désert, dans ses centres 52 ?

– Vous connaissez sûrement les Moukhabarat.
– Les agents des services secrets, confirma Michel.
– Parfaitement. Maintenant je les appelle sévices secrets, voyez, j'ai encore un peu le sens de l'humour, malgré ce qu'ils m'ont fait.
– Pourquoi t'ont-ils retenu toi ? Tu n'avais rien à te reprocher, après tout !
– Pendant son transport entre le centre 52 et la maison d'arrêt, mon frère a réussi à fausser compagnie aux policiers. Ils avaient eu le tort de ne pas le menotter. Il s'est échappé alors que leur voiture était prise dans les embouteillages de la rue Sadoun. Moi, je n'avais aucune raison de m'enfuir. Ils m'ont cueilli sans difficulté et après, ils ont voulu que je leur dise où il pouvait être. Comme je n'en savais rien, ils ont décidé de me condamner pour complicité avec un déserteur, puis ils m'ont torturé pour deux. L'un des bourreaux me disait : « Il n'est pas très gentil, ton frère, de te laisser tout prendre. Si tu nous disais où il se cache, on te laisserait tranquille immédiatement. »
– Et tu n'as rien dit...
– Non, plutôt mourir. D'ailleurs je suis presque mort. Après la première séance de supplice, ils m'ont fait subir l'épreuve de la sardine.

Michel haussa les sourcils.
– Qu'est-ce que c'est ?
– Imaginez une cellule de trois cents mètres carrés aérée par deux minuscules fenêtres. Et trois cents détenus à l'intérieur. Il y avait là toutes sortes de gens, des Kurdes, des chiites, des membres du Parti communiste, des opposants qu'on croyait partis en exil depuis des années. On aurait dit le métro du Caire à l'heure de pointe, et on restait ainsi debout ou accroupis, des heures et des heures. Régulièrement la porte s'ouvrait et ils emmenaient un homme qu'on entendait plus tard hurler. C'était la *falaka*.
– La *falaka* ?

Michel allait de découverte en découverte. Il se demandait pourquoi le raïs ne l'avait pas fait exécuter sur-le-champ, la veille, quand il lui avait dit ses vérités. Saddam était-il sous l'emprise de l'alcool ou d'un produit euphorisant qui avait fait glisser sur lui toutes les accusations de Michel ?
– La *falaka*, poursuivit Naas, ça ne se raconte pas. Ils t'allongent à moitié nu sur un lit en prenant soin d'ôter tes chaus-

sures. À tour de rôle, ils prennent une matraque et ils frappent tes pieds, frappent et frappent encore, comme si ton talon était une balle de golf. Au bout d'un moment, les os de la cheville éclatent, le tibia, le péroné, jusqu'au genou. L'un des bourreaux criait en riant : « Tu n'auras qu'à nager la brasse coulée ! » Maintenant, mes jambes sont tordues comme des ceps de vigne et j'ai des rhumatismes articulaires qui m'obligent à vivre sous calmants. Et c'est tellement difficile de se procurer un simple cachet.

Michel était abasourdi. Il sentait cependant qu'à mesure qu'il parlait Naas reprenait un peu vie, comme si d'avoir trouvé une oreille compatissante allégeait le fardeau de son malheur. Cette fois, Michel aurait bien demandé à son interlocuteur de parler d'autre chose. Il prit sur lui de demander :

– Et ton visage ?

Naas se leva et ouvrit un tiroir de la petite commode installée près de son lit. Il attrapa une chemise de cuir à l'intérieur de laquelle étaient rangées quelques photos. Il en sortit trois dans sa main contrefaite et les tendit à Michel.

– Celle-là, c'est à la piscine olympique l'année de ma victoire aux championnats du Moyen-Orient. Et la deuxième, c'est avec Oudaï, à l'époque de ma présélection aux jeux.

Michel ne disait rien. Il n'en croyait pas ses yeux. Était-ce bien Naas, ce jeune athlète souriant de toutes ses dents, aux pectoraux nettement dessinés, aux cuisses fuselées, à la figure rayonnante ?

– Celle-ci, dit l'ancien nageur en tendant la troisième photo, c'était quelques semaines avant mon arrestation.

Michel découvrit un gros plan de l'ancien visage de Naas, un jeune homme de dix-sept ou dix-huit ans, la tignasse noire, les traits réguliers, pétillant de santé. Il les lui rendit sans commentaire, ému aux larmes.

– Mes cheveux blancs, fit Naas, c'est le jour où ils ont menacé de me tremper dans un bain d'acide si je ne livrais pas mon frère. J'ai tellement hurlé qu'ils m'ont giflé à tour de rôle, cinquante gifles sur une joue, cinquante sur l'autre, avec l'obligation pour moi de les compter à voix haute. Comme je refusais de parler, ils se sont mis à m'arracher les dents une par une avec une tenaille.

Et soudain, Michel réalisa que la bouche débile qui lui parlait était un orifice noir, où ne restaient que quelques molaires dans le fond. Les lèvres s'étaient affaissées. Le visage de Naas était comme ces mines percées de toutes parts dont chaque filon a été exploité jusqu'à la moelle.

— Cela va vous surprendre, dit encore le jeune homme supplicié, mais d'une certaine manière, j'ai eu de la chance. Bien sûr, ils m'ont aussi brisé les os du nez, ils m'ont brûlé les pupilles et arraché les ongles sans que la vie ne me lâche. Un être moins entraîné que moi aurait succombé. Moi, je devais vivre. Certains que je voyais à la prison Ghreib où ils m'ont transporté ont péri au bout de quelques semaines.

— Mais comment en as-tu réchappé ? demanda Michel.

— Devinez, monsieur Michel.

— Tu n'as pas...

— Livré mon frère ? Non, certainement pas. J'avais reçu assez de coups pour ne pas craquer à l'usure. J'avais accepté l'idée de mourir. La nuit, je priais Allah en lui demandant de m'emporter ou de venir à mon secours. Finalement, c'est ma cousine Maureen qui m'a sauvé. Elle est intervenue auprès de son mari qui a fini par l'entendre.

— Tu connais son mari ? demanda Michel brusquement.

— Il vaut mieux ne pas le connaître, mais je lui dois sûrement d'être vivant, et libre.

— Je vois, fit Michel. Et ton frère, qu'est-il devenu ?

— Ils ne m'ont pas dit qu'ils l'avaient repris quelques jours après sa fuite. Pour lui, le traitement a été spécial. Je sais qu'il a fini dans un bain d'acide. Mais je l'ai appris seulement au lendemain de ma libération.

— Ils t'ont donc détenu tout ce temps pour rien...

— Pas pour rien. Pour que je dérouille jour et nuit, des jours et des nuits.

Les deux hommes se turent. Le jour se levait sur Bagdad et tous les deux contemplèrent en silence le spectacle de la ville qu'ils aimaient.

Soudain, une énorme explosion se fit entendre de l'autre côté du Tigre, dans le quartier des ministères et du palais de la République. Une fumée noire monta aussitôt dans le ciel, et les flammes d'un grand brasier.

— Ils bombardent ! hurla Michel.

— Enfin... murmura Naas de sa voix blessée.

Tous deux s'approchèrent de la fenêtre. Bagdad dormait encore et quelques habitants commençaient à se masser devant les immeubles en inspectant le ciel. Certains se tournaient déjà en direction de La Mecque et entamaient leurs prières. Mais pas un seul avion n'était visible. Passée l'explosion initiale, un lourd silence était retombé sur la ville, comme si rien ne s'était passé.

— Probablement un missile, expliqua Michel. Ils ont dû tirer d'un bateau mouillé au loin, dans le golfe Persique.

— Pour un tir aussi précis ? s'étonna Naas.

— Oui. C'est le début de la guerre chirurgicale. Tu verras. Ils atteindront leur objectif à toute allure et dans une semaine, on n'entendra plus parler de Saddam Hussein, fit Michel dans un élan de confiance pour la machine militaire « made in USA ». Peut-être l'ont-ils éliminé d'un seul coup. Sinon, pourquoi juste un tir isolé ?

— Qu'Allah vous entende, dit Naas. Une guerre qui serait finie avant de commencer, ce serait un véritable rêve. Mais je ne crois pas que les Américains soient capables de nous faire rêver.

Michel consulta sa montre sans répondre à Naas. Il était exactement cinq heures trente-deux du matin, le 20 mars 2003. La guerre venait de commencer.

7

— Sortons ! décida Michel Samara au bout de quelques minutes.

— Sortir ? Mais vous êtes fou, monsieur Michel, fit Naas en se dressant devant lui. S'ils recommencent à tirer !

— Je veux rentrer chez moi, protesta Michel. Je serai mieux là-bas. Viens et sois sans crainte. Je sais comment nous pourrons nous mettre à l'abri si les bombardements se poursuivent. Tu as une auto ?

L'homme hésita.

— Non, mais il y a la moto de mon frère. Je ne peux plus la piloter à cause de mes jambes, je n'ai pas la force de la retenir. En revanche, je sais qu'elle roule. Il m'arrive quelquefois de la prêter à un voisin, lorsque sa voiture est en panne.

— Tu es sûr qu'il ne l'a pas prise.

— Ça m'étonnerait. Elle était encore là tout à l'heure, et puis j'ai les clés, ajouta-t-il en désignant un petit trousseau posé sur la commode.

— Parfait. Alors suis-moi.

Naas s'exécuta. Il était difficile de résister au charme communicatif de Michel, à son énergie tranquille, à ce visage franc et net au regard transparent où se mêlaient douceur et conviction.

Au moment où ils sortirent dans la rue, de nouvelles explosions se firent entendre à la périphérie de Bagdad, aussitôt suivies de ripostes tous azimuts de la DCA irakienne. De nouvelles colonnes de fumée noire montèrent à l'assaut du ciel qui s'éclaircissait avec le jour. Des sirènes se mirent à hurler dans toute la ville. Naas eut la tentation de faire demi-tour.

— Ne crains rien, je te dis, dans moins de dix minutes nous serons dans un abri que tu ne peux même pas soupçonner.

— Si tu crois que ta maison est un abri, tu te trompes! s'écria effrayé le cousin de la belle chanteuse. Tu ne veux donc pas comprendre qu'à l'heure qu'il est, ta somptueuse villa est une bombe à retardement. Aussitôt que tu pousseras la porte, boum!

— Ne dis pas de bêtises. Les hommes des services secrets ont eu d'autres chats à fouetter cette nuit que d'aller piéger ma maison. Peut-être qu'à l'heure où nous parlons, Saddam est déjà mort! s'enthousiasma Michel.

— Ne parle pas si fort! fit Naas en lui plaquant sa main tordue sur la bouche.

— Tu as raison. Allez, viens.

Michel Samara savait ce qu'il faisait. Il ne fut pas long à démarrer la moto de Naas, une petite 125 cm^3 dont le carburateur avait manifestement été trafiqué pour rouler plus vite. Le jeune homme aux cheveux de vieillard passa ses bras en collier autour de la taille du grand blond et ils disparurent en direction du quartier Saddaya, où Michel se sentait chez lui. Il n'avait pas quitté la maison du professeur Al-Bakr depuis le mariage de Thérèse Lemarchand avec son père adoptif. Et même après la mort suspecte de ce dernier, il était resté là comme le gardien de sa mémoire, malgré les angoisses de sa mère qui, sans oser le lui dire, craignait pour sa vie. Il avait su la rassurer en lui prouvant que le régime baasiste avait besoin de lui. Et de fait, il n'avait jamais été inquiété. Mais une mère ne serait pas une mère si elle ne tremblait pas pour son fils, si fort et hardi fût-il. Et Thérèse Lemarchand, à des milliers de kilomètres de Bagdad, continuait de vivre en silence dans la crainte du pire. Ce pire qui lui avait pris un mari et son bonheur de femme. Ce pire à qui pour rien au monde elle ne donnerait son enfant.

— Accroche-toi bien, Naas. Je mets pleins gaz!

Les deux hommes filèrent à toute allure sur la moto pétaradante pendant que plusieurs bâtiments aux façades staliniennes se transformaient en immenses brasiers dont il ne resterait plus bientôt que des carcasses noirâtres. Intérieurement, Michel jubilait. Il était convaincu que l'assaut américain serait très bref et d'une précision remarquable. Il songea à la dernière discussion qu'il avait eue à Paris avec sa mère, une ou deux semaines plus tôt. Thérèse Lemarchand participait avec fougue au mouvement anti-guerre, aux cris de « Bush assassin! ». Michel avait été saisi par les arguments de sa mère et de son cercle d'amis qui voyaient les États-Unis comme une puissance néo-coloniale dont le seul objectif était de faire main basse sur le pétrole d'Irak, sans se soucier des conditions de vie d'un peuple exsangue. La mère et le fils s'étaient séparés en désaccord, et en traversant Bagdad sur la moto de Naas, dans ce petit matin déjà tiède, Michel se berçait de l'illusion d'un apaisement rapide dans son pays, une fois le dictateur chassé.

L'engin s'engagea dans l'avenue Sadoun. Il régnait un étrange silence. La plupart des grandes villas, bien abritées derrière leurs fiers remparts, semblaient endormies ou désertes, étrangères en tout cas aux bombardements sporadiques qui ébranlaient de loin en loin le sol de la capitale. Les vents de sable qui avaient débuté depuis deux jours s'étaient intensifiés. Les décors familiers avaient pris les tons presque irréels d'une photographie décolorée.

Michel remit les gaz dans la légère montée qui précédait la villa familiale. Il se sentait si attaché à cette maison qu'il avait l'impression de n'avoir connu qu'elle. Dans sa mémoire avaient fini par s'effacer les années de sa petite enfance où il avait vécu seul avec sa mère, dans un appartement sombre de l'Est parisien, près de la mairie des Lilas. Parfois il se souvenait du parfum des tilleuls dans la cour de son école, au printemps, ou de l'odeur de la pluie sur le bitume, mais ces souvenirs survenaient comme par inadvertance et il ne s'y attachait guère. La France s'incarnait en tout et pour tout dans le visage de sa mère, et au fil des années ce visage aussi s'estompait, comme un paysage qu'on aime mais dont on finit par oublier certains traits.

Pour lui, le lieu de sa naissance véritable était l'Irak, et il s'étonnait toujours de lire sur ses papiers d'identité qu'il avait vu le jour à Paris. Son nom d'adulte, Michel Al-Bakr Samara, résumait sa condition. Il était irakien avec un cœur français, de confession chrétienne, dépositaire de la tradition religieuse chaldéenne de son père, dont il portait fièrement le patronyme.

La villa familiale avait toujours conservé aux yeux de Michel l'attrait magique et mystérieux qu'elle avait eu pour lui le premier jour, lorsque sa mère lui avait dit : « Mon chéri, je t'emmène dans la maison du professeur qui va devenir notre maison, ta maison. » Parvenu à l'âge adulte, il avait conservé pour cette demeure des yeux d'enfant émerveillé.

D'abord se dressait le corps principal, avec sa haute façade blanche percée de larges fenêtres aux contours ouvragés, défendues par des arcs bombés de fer forgé. On pénétrait dans un immense vestibule au sol recouvert de tapis, où veillait un grand cheval à bascule à la robe noire et vernie. Il fut le premier ami de Michel quand celui-ci entra dans ce qu'il croyait être un palais princier. Une vasque en forme de coquillage apportait de la fraîcheur ainsi qu'un bruit ininterrompu de cascade. Il suffisait de fermer les yeux pour se croire transporté au bord d'un torrent de montagne aux accents cristallins. Suivait une enfilade de pièces qui formaient un long chapelet s'arrondissant autour d'un jardin intérieur percé d'une piscine. On devinait que, longtemps, le professeur Al-Bakr Samara avait été choyé par le régime.

Ce qui frappait le plus Michel, chaque fois qu'il se laissait prendre par les lieux, c'était l'esprit qui y régnait. L'esprit entièrement projeté vers les racines et vers la foi de son père adoptif. Le moindre pan de mur était décoré d'objets chaldéens, croix incrustées de lapis-lazuli, images pieuses, pages d'enluminures protégées par des rectangles de verre dépoli, tableaux de la Pentecôte rappelant une vérité admise à Rome : c'était en Mésopotamie que les chrétiens avaient vu l'Esprit saint descendre sur les apôtres de Jésus. Le professeur avait aussi disséminé sa bibliothèque dans chaque pièce, comme s'il avait voulu que sa maison soit imprégnée jusque dans son moindre recoin par l'aura resplendissante des premiers chrétiens d'Irak. « Le Christ a multiplié les pains. Moi, je multiplie les traces de son passage parmi les hommes ! » disait joyeusement le professeur, et c'était cette joie de vivre mâtinée de générosité qui avait séduit d'un seul et même coup Thérèse Lemarchand et son petit garçon.

Un mois plus tôt, Michel avait effacé lui-même l'inscription insultante que des inconnus avaient portée sur la façade de la maison. Rentrant de voyage un après-midi, il était tombé sur cet anathème rempli de haine et marqué à la peinture rouge en énormes lettres : « Chrétiens, fils de Bush ! ». Son sang n'avait fait qu'un tour et, encore vêtu d'un de ses costumes taillés à Londres, il était parti louer un kärcher pour effacer cet acte de vandalisme. Non pas qu'à cette époque il se sentît particulièrement éloigné du président américain. Étudiant à Harvard, il avait même coulé des jours heureux à Boston, où il s'était pris d'affection pour cette société certes désespérément matérialiste, mais désireuse de bien faire et croyant aux valeurs individuelles de courage et d'audace. Pour autant, Michel refusait que la demeure de son père devienne la cible de fanatiques irresponsables.

Depuis la première guerre du Golfe, le sort des chrétiens à Bagdad avait été moins favorable. Certes, Tarek Aziz, le plus connu d'entre eux, avait préservé son rôle auprès de Saddam, bien que la rumeur le désignât parmi ceux que le raïs tenait désormais à une certaine distance. Face aux témoignages d'hostilité de la population arabe, les chrétiens avaient quitté le pays par centaines de milliers, et ceux qui tenaient bon étaient désormais en butte à des agressions naguère inimaginables. Michel se souvenait d'avoir assisté à des mariages chaldéens où seule la mariée était présente, seule et faussement joyeuse dans sa belle robe blanche, pendant que le futur mari travaillait dans un pays d'Europe, en France ou en Suède, ou plus loin encore, aux États-Unis. Ces « mariages orphelins », comme on les appelait, étaient devenus monnaie courante à mesure que les hommes en âge de travailler fuyaient l'Irak pour des cieux plus cléments quand on avait une croix chevillée au cœur. Et il n'y avait pas plus triste que ces larmes dans les yeux des jeunes mariées, dont le regard orienté loin dans le ciel cherchait le sourire d'un amour exilé. Chaque jour à Bagdad, l'islam renforçait son emprise. Les « vieux turbans » s'en prenaient ouvertement aux chrétiens d'Orient qu'ils faisaient mine d'assimiler aux chrétiens d'Occident pour mieux les dénoncer comme traîtres à la patrie, comme suppôts du grand Satan américain.

Pour Michel Samara, la foi dont il était porteur ne se résumait nullement à ce bras de fer stupide entre un Bush et un Saddam changés en *supermen* aux biceps gonflés ou en coqs de foire. S'il était venu à douter de ses propres sentiments, la villa de son père et ses murs « habités » lui rappelaient sans aucun doute possible la grandeur et la solidité de son engagement spirituel. À ses amis du régime baasiste qu'il avait parfois conviés chez lui, convaincu de ne pas heurter la philosophie de son père toute pétrie de pardon, Michel montrait les incroyables rayonnages de volumes rares et précieux, témoignant de la curiosité des chrétiens de Mésopotamie.

C'est en piochant au hasard de ces trésors que le père adoptif du jeune Français avait parfait son éducation. Les manuels d'astrologie côtoyaient ceux d'astronomie, de magie, de théologie ancienne, de contes et de légendes dont s'était inspiré l'Ancien Testament. Michel était émerveillé par les gros manuels illustrés qu'il ne pouvait soulever qu'avec l'aide du professeur. Ils posaient ensemble les lourds volumes sur une table basse puis, les genoux enfoncés dans d'épais coussins de velours à glands rouge et or, ils se promenaient dans *L'Épopée de Gilgamesh*, un texte édifiant et picaresque qui avait précédé l'*Iliade* et l'*Odyssée*. Le professeur Samara en récitait des passages par cœur, les yeux fermés, le visage ravi. Il terminait en chuchotant : « Ces mots ont été écrits trente siècles avant Jésus-Christ, mon fils. Trente siècles... »

Et l'homme faisait voler devant lui ses mains comme des oiseaux, pour signifier la démesure du temps et l'inconscience de l'homme à vouloir s'y mesurer. « Nous autres chrétiens d'Irak avons retenu la leçon de Gilgamesh qui, par péché d'orgueil, a voulu croire à l'éternité de l'homme, disait-il de sa voix douce emplie de sagesse. Nul n'est éternel, pas même Saddam, contrairement à ce qu'il croit. Mais ces mots-là, ajoutait-il en se tournant vers son fils, garde-les sous ton bonnet, car il ne fait pas toujours bon ici dire la vérité aux puissants. »

Avant de négocier le virage qui débouchait sur sa villa, Michel et Naas furent pris dans un nuage de fumée âcre et irrespirable. Le motard ralentit. Il finit par stopper net au milieu de la route, tant ses yeux et la gorge le brûlaient.

– Que se passe-t-il ? cria Naas.

Michel garda le silence. Il essaya de regarder autour de lui mais les vapeurs toxiques saturaient l'air. La mort dans l'âme, il entreprit de faire demi-tour.

– Ne restons pas là, décida Michel. Le vent nous envoie tous ses miasmes dans la figure. Je connais un autre chemin. Mais j'ai bien peur...

Il ne termina pas sa phrase. Naas avait compris. Après un long détour, ils parvinrent enfin devant la maison du professeur. Ce n'était plus qu'un château de papier rongé par le feu, que la moindre pichenette aurait projeté au sol dans une ultime explosion de poussière.

Quand Naas réussit à entrouvrir les yeux, il vit Michel essuyer les larmes qui noyaient les siens. De grandes traînées noires parcouraient ses joues.

Les deux hommes descendirent de la moto et s'approchèrent du brasier. Le vent poussait la fumée à l'opposé. Personne n'était sorti des villas voisines. Personne n'avait sonné l'alerte, comme si les consignes avaient été données de ne pas approcher de cette maison marquée d'un signe fatal. Aucun camion de pompiers n'était venu. Tout allait disparaître de ce lieu béni, de son âme et des souvenirs qu'il abritait depuis si longtemps, tout partait en poussière devant le regard perdu de Michel Samara.

— Il reste la chapelle ! s'écria le géant blond en contournant la ruine calcinée qui se dessinait à travers la fumée.

— La chapelle ! Quelle chapelle ? demanda Naas qui restait immobile, pris par une véritable phobie du feu qui remontait à sa détention au centre 52, lorsque ses tortionnaires approchaient de ses pupilles la flamme de leurs briquets.

Mais Michel ne répondit pas. Il était déjà dix pas devant, à se frayer un chemin près des décombres.

C'était la fierté suprême de son père adoptif. Un petit bâtiment de brique blanche et bleu pâle surmonté d'un toit d'ardoises, que l'on ne pouvait pas apercevoir de la rue. Au-dessus de la porte en olivier se dressait un christ en croix, taillé lui aussi dans un bois très dur. Cette chapelle discrète, construite derrière le bâtiment principal pour ne pas provoquer les dignitaires sunnites du quartier, était dédiée à saint Thomas, le prédicateur du premier siècle, figure légendaire du christianisme mésopotamien. Thomas, dont le père de Michel portait avec ferveur le prénom juste après son prénom arabe. À l'intérieur, le professeur avait fait peindre autour du chœur les lieux mythiques de sa religion par un peintre chaldéen de ses amis. Une vue de Ninive avant sa cruelle destruction, la cité d'Arbelle et celle d'Alqosh, sœur de Mossoul, villes chrétiennes depuis toujours dans cet Irak qui priait de plus en plus férocement le nom d'Allah.

— C'est un miracle, murmura Michel en découvrant la chapelle presque intacte.

Quelques tuiles étaient tombées du toit et un pan de mur avait été endommagé suite à la chute de poutrelles provoquée par l'incendie.

Michel signa son front après avoir trempé ses doigts dans le petit bénitier de l'entrée. Aussitôt l'eau devint sombre. Il s'aperçut que ses mains étaient maculées de suie. Naas lui avait emboîté le pas. Michel fut bouleversé de retrouver la fraîcheur des lieux, malgré le brasier qui continuait son activité de volcan, à moins de trente mètres. Il faut dire que son père avait fait élever sa chapelle dans les règles des constructions antiques des Assyriens, dont il possédait de précieux volumes d'architecture. Son fils évita de penser à ce qu'ils étaient devenus. Le vieux papier avait dû servir de combustible idéal pour relayer les explosifs qui emportaient ses biens. Près du banc de prière, une vieille version de la Bible établie par l'Église d'Irak semblait attendre les mains qui viendraient la délivrer. Michel se précipita vers le livre monumental qu'il eut la tentation de feuilleter. Mais l'extrémité noircie de ses doigts l'en dissuada.

Enchâssé dans le mur du fond, le vitrail commandé à des artistes verriers de Bagdad n'avait pas été endommagé. Il représentait une sainte Thérèse en long manteau bleu roi, dont le visage n'était pas sans rappeler celui de Thérèse Lemarchand, la mère de Michel. Pour le premier anniversaire de leur mariage, le professeur Samara avait conduit un matin son épouse dans la chapelle avant le lever du jour, en lui demandant de patienter quelques instants. Ils avaient attendu en silence, la main dans la main, dans un silence paisible. Quand s'était levé le soleil, la jeune femme avait eu la surprise de découvrir ce vitrail d'une rare pureté, littéralement enchanté par la présence de la sainte. Bouleversée, Thérèse avait appelé son fils encore enfant qui, découvrant à son tour le vitrail baigné de soleil, s'était exclamé : « Maman ! ». C'est ainsi que la petite chapelle placée sous la protection de saint Thomas et de sainte Thérèse avait abrité le bonheur familial, jusqu'à la disparition du professeur.

– Mon père repose ici, dit Michel en désignant une dalle devant l'autel de pierre. Maintenant, regarde bien.

Il s'agenouilla et, d'une pression du pied, fit pivoter un socle en marbre évidé qui laissa apparaître un grand carré de métal. Un large anneau fixé en son milieu permettait de le soulever.

– Aide-moi, demanda-t-il à Naas.

Son compagnon écarquillait les yeux. Il glissa sa main sous l'anneau sans poser de question.

– À trois on tire. Prêt ?
– Prêt.

Dans un effort bref mais intense, ils réussirent à dégager la plaque de métal qui bouchait un orifice peu engageant s'ouvrant sur un abîme.

Naas eut un mouvement de recul.

— Tu ne vas pas nous faire entrer là-dedans ?

— Ne t'en fais pas. Nous y serons à l'abri. En bas c'est éclairé, et la salle est très vaste. C'est une très ancienne citerne. Regarde, il y a une échelle de fer scellée dans la paroi.

— Je ne vois rien, protesta Naas.

— Je te dis que c'est sans danger. Quand il m'emmenait là, mon père disait qu'on trouvait toujours la lumière dans l'obscurité. Je passe devant. Allez, courage, si rien n'a été endommagé en bas, nous serons à l'abri et comme des rois. Je t'ai promis une surprise. Tu verras que je suis un homme de parole.

À contrecœur, mais intrigué par les propos de Michel, Naas hocha la tête et se mit à descendre après lui.

Plus loin dans Bagdad, une énorme explosion se fit entendre. L'aviation américaine poursuivait son pilonnage.

8

– Mon père savait qu'un jour où l'autre, il faudrait se protéger de Saddam et de ses sbires, expliqua Michel lorsqu'ils eurent touché le sol, tandis que Naas, habituant peu à peu ses yeux à l'obscurité, restait sans voix devant le spectacle qui s'offrait à lui. À peine franchi un petit sas défendu par une lourde porte en métal, épaisse comme celle d'un coffre-fort de banque suisse, ils avaient pénétré dans une immense salle caverneuse où résonnait chacun de leurs pas. Un système de regards apportait, filtrée, la lumière du jour, trente mètres au-dessus de leur tête, qui tombait très douce à chaque extrémité de la pièce. Une partie était dévolue à la cuisine, avec une table ronde en bois et quelques chaises, et surtout un buffet rempli de boîtes de conserve, légumes verts, fruits en bocaux, miettes de thon et de crabe, pâtes à cuisson rapide. Plusieurs packs de bouteilles d'eau avaient aussi été stockés, ainsi que du lait en poudre et du café, du sucre, du chocolat. Deux plaques électriques et plusieurs petites bonbonnes de gaz à ouverture manuelle étaient aussi disposées sur un plan de travail de fortune situé à proximité d'une bouche d'aération.

– Une famille de quatre personnes peut tenir ici pendant un mois. Nous serons tranquilles un bon moment, fit Michel.

– Les tueurs de Saddam te chercheront plus longtemps que ça, observa Naas.

– Sois tranquille, dans moins d'un mois les Américains auront libéré notre peuple et une autre vie commencera pour les Irakiens.

Naas fit une moue sceptique qui n'échappa pas à Michel.

— N'oublie pas que les Américains sont avant tout des démocrates, insista le jeune géant.

— Nous verrons, conclut son compagnon.

Mais déjà Michel l'entraînait vers une autre partie de la salle. Il y avait là deux banquettes de pierre et, contre les murs tapissés de tentures en damas, quatre petits lits individuels.

— Ce n'est pas le Rasheed-Hôtel, mais je peux te certifier que l'endroit est calme.

Naas approuva en silence.

— Mais il te reste à découvrir l'essentiel. Suis-moi.

Michel poussa une porte cachée par un voile et ils arrivèrent dans une pièce plus petite entièrement capitonnée de plaques de liège. La première fois que le professeur Samara avait montré cet endroit à son fils adoptif, il lui avait dit : « C'est comme la chambre de l'écrivain de ton pays, Marcel Proust ». Mais les étagères fixées au mur ne croulaient pas sous les livres. Une multitude de petites boîtes en métal étaient alignées les unes contre les autres, soigneusement étiquetées par année depuis 1991. Des disquettes, où étaient consignées toutes les transactions pétrolières occultes réalisées au nom du régime. « Il y a là de quoi faire tomber des têtes », se contenta de dire Michel, tout en restant discret sur leur contenu. Jamais pourtant il n'avait livré tant de confidences, et aussi rapidement, à un inconnu. Mais jamais non plus il ne s'était senti aussi seul. Et dans le sang du jeune homme coulait un peu du même sang que dans les veines de Maureen. Il pensait qu'il ne pourrait être trahi par un proche de cette femme qu'il plaçait au-dessus de tout, bien que le destin les eût éloignés l'un de l'autre.

En revanche, il fut fier de montrer à Naas l'immense écran de télévision numérique qui tapissait le fond de la pièce, ainsi que l'ordinateur PC posé sur un bureau d'angle. Deux gros fauteuils étaient disposés devant le téléviseur, que Michel s'employa à mettre en route avec une télécommande.

— Tu comprends l'anglais ? demanda Michel.

— Oui, assez bien. Je l'ai appris au contact de Maureen, à force de l'accompagner dans ses tournées à l'étranger.

— Je vois, dit Michel.

Il y eut un grésillement sur l'écran et en moins de trois secondes, une image parfaite de la cordillère des Andes s'inscrivit dans l'obscurité de cette drôle de caverne.

– Je suis venu ici la semaine dernière et j'ai regardé une chaîne de voyages, précisa Michel.

Soudain apparut en gros plan la figure de George W. Bush, qui prononçait un discours. Il portait une veste d'aviateur et regardait droit devant lui, assurant son peuple et le monde entier que la guerre qui commençait serait une guerre juste pour que triomphent les forces du bien face à l'axe du mal incarné par le dictateur de Bagdad. En moins d'un an, le président des États-Unis avait réussi son coup de détourner toute la haine de son pays d'Oussama Ben Laden à Saddam Hussein, sans que personne, en Amérique au moins, n'y trouve rien à redire. Comme si Saddam avait été le véritable responsable des attentats du 11 septembre. Et c'est avec un sourire satisfait que Bush junior, entouré sur une image maintenant plus large de son vice-président Dick Cheney et de sa conseillère spéciale Condoleeza Rice, assénait au monde sa vérité sur le bien-fondé de son combat. Qu'il n'ait pas obtenu l'assentiment des Nations unies ne semblait guère le troubler.

Dans un autre contexte, Michel Samara eût sans aucun doute exercé son sens critique avec l'ironie qu'il savait si bien manier. En apercevant réunis à l'écran George W. Bush, Dick Cheney et la belle Condoleeza, que la rumeur publique tenait pour totalement asexuée, vierge farouche et sans aventure connue, en voyant cette Trinité républicaine affichant ses certitudes aux dents blanches et carnassières, Michel aurait su décrypter en moins d'une seconde ce spectacle : face à lui se tenaient, dans l'ordre de préséance, George W. Bush, ancien cadre supérieur des firmes pétrolières Arbusto-Bush Exploration à la fin des années soixante-dix, puis ancien dirigeant de la société d'hydrocarbures Harken. Puis Dick Cheney, qui fut le président-directeur général de la firme pétrolière Halliburton, dont le *New York Times* disait avant même le début des frappes qu'elle raflerait ensuite les plus juteux contrats pour la reconstruction de l'Irak, en particulier des puits et des pipe-lines endommagés. Enfin, Condoleeza Rice, ancienne éminente responsable de la société Chevron...

Bien sûr, ces éminentes personnalités avaient changé de casquette et l'exercice du pouvoir leur conférait une sorte d'habit ignifugé les mettant à l'abri de leurs tâches et attaches anciennes. Un esprit aiguisé, disposant du recul nécessaire, n'aurait pas facilement compris la manière brutale avec laquelle ce trio avait changé de cible, délaissant l'Afghanistan pour l'Irak. Il aurait moins compris encore sa coupable indulgence devant la course aux armements nucléaires et chimiques de son allié pakistanais ou de la Corée du Nord, sans parler des violations répétées des résolutions de l'ONU par Israël dans les « Territoires ». Non, tout cela n'était rien comparé au danger que représentait Saddam le bourreau, l'assassin, Saddam le détenteur du plus gros gâteau pétrolier du monde après l'Arabie Saoudite...

Là où il était, c'est-à-dire à trente mètres sous terre, au-dessus de lui sa maison qui finissait de se consumer, Michel Samara ne pouvait voir autre chose, à travers Bush et ses acolytes, que le tableau rassurant des futurs libérateurs. Sa petite chapelle, qu'il avait tendrement baptisée « sainte mère l'Église » lui semblait communier avec la Maison-Blanche et le Pentagone pour que la liberté survienne, et que la paix de Bush soit faite...

— Comment est-ce possible ? demanda Naas.
— Quoi donc ?
— Cette télévision, cet ordinateur, et même ces fauteuils. Ton père n'a pas pu descendre des objets aussi volumineux par l'échelle que nous avons empruntée tout à l'heure !

Michel sourit.

— Je t'avais dit que je te réservais une surprise. Tu vas bientôt comprendre. Mais avant cela, allons voir sur la Toile ce qui se passe exactement à Bagdad.

Il s'installa devant le clavier de son ordinateur et tapa son code secret. Au bout d'une minute, son écran s'était parfaitement configuré pour lancer les moteurs de recherche. Il tapa ces deux mots, « Bush Bagdad », et aussitôt une liste impressionnante d'articles, de vidéos et de documents audio s'afficha.

— Plus de mille trois cent vingt items ! s'exclama Michel. Allons aux plus récents.

Il vérifia à ses pieds que le générateur électrique fonctionnait correctement, puis il se mit à naviguer sur la Toile en lisant à haute voix.

« 6 h 42. Les marines attaquent le port d'Oum Qsar.

7 h 12. Une colonne de chars en route pour Nadjaf.
8 h 14. Combats à Karbala. »

Pendant ce temps, Naas s'était branché sur la radio-télévision nationale qui diffusait sans interruption des chants patriotiques entrecoupés de longs extraits des récents discours de Saddam Hussein.

Michel eut un haut-le-cœur quand il aperçut sur toute la largeur de l'écran le visage martial du président irakien. Un instant, il eut la sensation que Saddam venait de les rejoindre dans ce sanctuaire inviolé agencé par son père.

— Baisse le son ! demanda-t-il d'une voix presque implorante qui surprit Naas.

— Mais personne ne peut entendre ! rétorqua le jeune homme.

— Si, moi ! fit Michel.

Naas obéit. En zappant de chaîne en chaîne, surpris de voir qu'il en existait autant, il finit par s'arrêter sur des images de Bagdad diffusées par une télévision française. Michel tendit l'oreille.

— Reste là-dessus.

Il quitta un moment son ordinateur et vint s'asseoir sur l'un des gros fauteuils. Une équipe de la télévision française avait sillonné Bagdad dès les premières heures de la matinée. L'image était rougeâtre et noir. Le commentateur expliquait que le vent de sable mélangé à la pluie couvrait la capitale d'une sorte de boue grasse rendue plus opaque encore par le rideau de fumée qui enserrait la ville. Comme c'était annoncé depuis plusieurs jours, les douves creusées aux abords de Bagdad et remplies de pétrole avaient été enflammées afin de réduire la visibilité des pilotes américains.

— Je crois que nous sommes mieux ici que là-haut, lâcha Naas.

Michel ne répondit pas. Il ne perdait pas une miette du spectacle diffusé par la télévision française.

— Ils ont fait un sacré boulot, ceux-là, fit-il admiratif.

La caméra se promenait le long des avenues chics de Bagdad où les boutiques de tapis et d'antiquités n'avaient pas levé leurs rideaux. Dans les quartiers populaires en revanche, les marchands des quatre-saisons avaient repris leur place habituelle, et aussi les petits changeurs de dinars, les cireurs de chaussure, les vendeurs de glaces et de lait caillé, poussant leurs chariots de guingois. Quelques marchands de grain et des boulangers s'étaient aussi risqués à travailler. Guerre ou pas, il fallait bien vendre le pain de la nuit. Il fallait bien vivre. Les autobus rouge et blanc de la compagnie nationale effectuaient leur tournée habituelle, mais ils semblaient moins bondés qu'à l'accoutumée. Les enfants d'une école des faubourgs récitaient des poèmes à la gloire de Saddam et un garçon de douze ans répétait : « Quand les Américains viendront, nous les tuerons ! ». Et, suivant un geste de leur maîtresse, ils se mettaient à crier : « Saddam, lumière de nos jours ! », « Saddam, Chevalier de la Nation arabe ! », « Saddam, héros de la libération nationale ! ».

Tout un peuple semblait se masser aux côtés de son leader. Des hommes et des femmes se précipitaient ostensiblement sur un portrait géant du raïs déposé devant un bâtiment officiel, afin de lui baiser la main. Dans une sorte de Luna Park, une foule s'était rassemblée autour de sa statue de général triomphateur, lui dont une biographie désormais expurgée révélait qu'il avait échoué dans sa jeunesse au concours d'entrée à l'académie militaire. Le bras levé vers le ciel, un Saddam de vingt mètres de hauteur coiffé de son béret toisait des débris d'avions et de blindés américains détruits pendant la première guerre du Golfe. À ses pieds étaient déposées, comme des trophées, les têtes en métal étamé de George Bush père et de Margaret Thatcher, en attendant celles de Bush fils et de Tony Blair.

Quant à l'armée officielle, elle semblait bizarrement absente dans les rues. Mais les miliciens et des hommes de tous les âges occupaient le centre-ville, avec leurs habits kaki, leurs cartouchières autour des reins et de vieilles kalachnikovs dans les mains. Toutes ces images enchaînées les unes aux autres montraient un pays qui voulait faire comme si de rien n'était. Avec un peuple conforme à sa réputation de fatalisme.

D'après le journaliste de la télévision française, les premiers tirs américains ciblés sur un immeuble du parti baasiste avaient eu pour objet de décapiter le régime. L'état-major US établi sur la base qatarie de Doha laissait entendre qu'une information confidentielle était parvenue dans la nuit à la CIA. Une source de première main avait indiqué que le raïs se trouvait dans un de ces bâtiments pour une réunion nocturne avec ses principaux stratèges, en particulier son fils Oudaï, à qui il avait confié la défense de Bagdad. Michel comprit soudain pourquoi le chef de la sécurité pressait Saddam d'abréger son audience avec lui. Un rendez-vous capital l'attendait. Mais qui avait prévenu la CIA ? Un espion américain. Un traître dans l'entourage de Saddam. En un éclair, traversé par une surprenante intuition, Michel se mit à craindre pour la vie de Maureen.

— Que t'a dit ta cousine, hier soir ? demanda-t-il.
— Elle m'a dit de rester avec toi à l'appartement.
— Je sais cela. Mais elle, que devait-elle faire après t'avoir quitté ?

Naas réfléchit. Il paraissait embarrassé, tout d'un coup.

— Elle ne me donne pas le détail de son emploi du temps. Surtout ces dernières semaines. Un soir, après un spectacle, elle m'a dit qu'elle se sentait observée.
— Observée ?
— Oui. Son mari est un type féroce et très jaloux, impliqué dans la lutte contre les opposants à Saddam. Il se doutait peut-être de quelque chose.

Michel s'étonna.

— Il se doutait de quoi ?
— Je ne peux pas parler de ça. Je ne voudrais pas mettre Maureen en danger si jamais...
— Tu veux dire que...

Naas hocha la tête en silence.

— Parle ! s'écria Michel en haussant le ton.

Naas se figea soudain dans le fauteuil. Après ses années de détention marquées par tant de supplices, il ne supportait pas que quiconque s'adresse à lui en élevant la voix.

— Excuse-moi, fit Michel aussitôt, je ne devrais pas te parler ainsi. Je suis épuisé et je m'inquiète pour Maureen.
— Cela s'est passé au cours d'une de ses tournées en Europe, commença Naas. Elle était demandée partout, à Paris, à Copenhague, à Bruxelles, jusqu'en Finlande, je crois. J'étais sorti de prison depuis plusieurs mois déjà, et j'aspirais à voir autre chose que Bagdad. Il me semblait être entouré de fantômes et de tueurs à chaque pas que je faisais. Je ne supportais pas de rester seul, de me retrouver seul la nuit. Alors Maureen m'a emmené avec elle. J'ai obtenu par son intervention un visa de sortie et elle m'a intégré à son équipe. Je suis assez fort en branchements électriques. Je suis devenu son éclairagiste, et de fil en aiguille, son homme à tout faire. Comme je n'ai pas un physique très avenant – il esquissa un sourire en prononçant

ces mots –, j'écartais les importuns qui s'accrochaient aux basques de Maureen après ses spectacles. Mais même loin du pays, j'avais gardé cette habitude de me cacher sitôt que je sentais poindre un danger. Un soir que j'étais dans sa loge, après son spectacle, on a frappé à sa porte. Quand je dis « frapper » ! Cogner plutôt. D'un bond je me suis réfugié dans sa penderie et je suis resté là, accroupi derrière les robes. On raconte tellement d'histoires sur la police secrète de Saddam qui va éliminer des ennemis du régime, ou supposés tels, en les pourchassant au bout du monde. Je ne me prenais pas pour quelqu'un de si important, bien sûr, mais on devient très vite paranoïaque quand on tombe entre les mains de ces fous.

— Et alors ? coupa Michel.

— C'était un admirateur qui voulait congratuler Maureen et lui offrir des fleurs. Elle a crié qu'elle était très fatiguée, qu'il dépose le bouquet à la camériste en lui laissant son adresse, elle lui répondrait avec une photo dédicacée. Il y a eu un silence de l'autre côté et l'homme a glissé un mot sous la porte. Je n'ai pas su ce qu'il contenait mais j'ai deviné que c'était sérieux, car Maureen a ouvert et refermé très vite derrière lui. Sa voix trahissait son affolement. L'homme avait une cinquantaine d'années, les cheveux gris coupés court et en brosse. Il parlait parfaitement l'arabe. À son accent, j'ai compris qu'il s'agissait d'un Américain, mais il n'a pas dit son nom. Ils se sont assis dans les fauteuils d'osier face aux miroirs et par la porte entrebâillée de la penderie, je voyais leurs visages à tous les deux. Maureen s'était calmée. Lui s'exprimait d'un ton très mesuré. Manifestement, il était très bien renseigné sur elle, sur ses activités de cour, comme ils disaient. Il lui a demandé combien de fois elle avait déjà dansé devant le raïs et ses fidèles. Elle a répondu avec retenue d'abord, puis, à ma grande surprise, elle a donné des détails sur l'organisation de ces soirées, le plus souvent clandestines pour ne pas mettre en danger le président en signalant sa présence dans tel ou tel palais.

— Maureen est-elle la maîtresse de Saddam ? demanda tout à coup Michel d'une voix blanche.

— Pas que je sache, le rassura Naas. Maureen est une femme aussi libre qu'on peut l'être quand on appartient à la famille de son mari...

— Je vois. Continue.

— L'homme lui a indiqué de quelle manière elle pourrait

entrer en contact avec lui sans être inquiétée. Ils ont convenu d'une boîte aux lettres chiffrée sur un site électronique consacré à la danse orientale. Maureen y avait accès facilement pour l'organisation de ses tournées et la lecture de ses courriers d'admirateurs envoyés en ligne. C'est ainsi qu'elle a été recrutée par la CIA.

Michel soupira.

— À cette heure-ci, elle serait plus en sécurité avec nous.

— Sûrement. Mais je la sais assez fine joueuse pour se tirer de tous les mauvais pas. Je me souviens que ce soir-là, l'Américain lui a garanti sa sécurité à partir du moment où elle travaillerait pour eux.

Michel haussa les épaules.

— Tu ne crois pas à la parole des Américains ? fit Naas, surpris par la réaction de son compagnon.

— Si, si, bien sûr, répondit Michel en hésitant.

Autant il ne doutait pas de la puissance de feu de l'Amérique face à Saddam, autant l'efficacité de la CIA le laissait songeur.

— À condition qu'ils aient pu intervenir à temps, reprit Michel. Et puis la CIA... Elle n'a rien vu venir quand les avions des terroristes se sont dirigés vers les tours du World Trade Center. Alors ici, dans cette ville qu'ils ne connaissent pas ou si peu... Où peut-elle être maintenant, à ton avis ?

— Tu m'en demandes trop. Elle s'est réfugiée comme nous dans une cache à Bagdad, ou alors elle peut avoir disparu dès cette nuit, après t'avoir mis en sécurité chez moi.

Michel laissa le silence les envelopper. Puis il demanda soudain :

— Le renseignement donné à la CIA pour tirer sur l'immeuble où était Saddam, c'est elle ?

— Je ne peux pas l'affirmer, mais il y a des chances, oui...

— Des chances ! Des chances qu'elle soit morte, maintenant, voilà les chances qui existent ! fit Michel en serrant les poings de rage impuissante. Si j'avais pu me douter... Maureen, l'épouse d'un fidèle de Saddam, agente de la CIA, Mata Hari des Mille et Une Nuits... Quel idiot je fais ! Dire que je ne me suis jamais douté de rien.

Leur discussion fut interrompue par les images qui venaient de s'afficher sur le téléviseur. La chaîne officielle irakienne annonçait, d'une minute à l'autre, la première intervention du « bien-aimé président Saddam Hussein » auprès de son « courageux peuple ». Les deux hommes frémirent en même temps à l'idée que Saddam avait pu échapper aux attaques ciblées de la nuit, puis à celles du matin.

— Si ça se trouve, ce ne sera pas lui, lança Naas comme pour se rassurer.

— On va bien voir. Je sais différencier Saddam de ses sosies.

Un chant patriotique fut interrompu par une image plein cadre du président irakien coiffé de son fameux béret noir, une partie du visage mangée par des lunettes à verres très larges. « L'ultime bataille d'agression de l'Amérique va se conclure, si Dieu le veut, par la victoire, commença-t-il, car l'agresseur appartient au camp du mensonge. »

Naas se retourna vers Michel.

— Alors ?

— Alors c'est bien lui. Je l'ai encore étudié de près hier soir. Pas de doute. C'est l'homme que j'ai eu en face de moi pendant plus d'une heure, souffla-t-il, abattu.

D'une voix posée, Saddam menaçait les soldats américains des pires maux sitôt qu'ils auraient touché le sol irakien. « Vingt-cinq millions d'hommes et de femmes sont prêts à mourir en martyrs pour vous chasser. Et la "légion des volontaires arabes" venus du monde entier vous empêchera de trouver ici un autre repos que celui donné par la mort. Vous ne pourrez rien contre nos commandos suicide. » La litanie des menaces se poursuivit une bonne dizaine de minutes. La guerre des villes tournerait à l'avantage de ses soldats. Son fils Qoussaï ferait de Bagdad leur tombeau à ciel ouvert, car ils mourraient la face dans le caniveau, comme des chiens. S'ils espéraient trouver des armes chimiques en Irak, ils seraient déçus. Les inspecteurs Blix et consorts avaient vu tout ce qu'ils voulaient voir, et ils n'avaient rien vu. En revanche, le peuple avait conservé de bonnes cordes et disposait de lampadaires assez solidement plantés dans le sol pour les pendre haut et court, comme on le faisait autrefois dans un certain Far West.

Pendant que Saddam continuait sereinement à décrire l'enfer qui attendait les « soldats du mensonge », Michel réfléchissait, l'air sombre.

— Pourvu que les hommes de la CIA aient tenu leur promesse pour Maureen.

– On verra bien, fit Naas indécis.
Michel éteignit le téléviseur et partit se servir à boire un grand verre d'eau fraîche.
– Je t'avais promis une surprise, fit-il en regardant Naas. Alors viens avec moi.

9

Michel prit la direction de la grande salle et revint vers le sas qui menait au pied de l'échelle métallique. Mais au lieu de remonter, il manœuvra la poignée ouvragée d'une autre porte massive, qu'il ouvrit à deux battants. Là encore, l'obscurité était totale et il fallut aux deux hommes quelques secondes avant qu'ils puissent distinguer quelque chose.

Michel referma les battants derrière lui et attendit.

— Prépare-toi à ne pas en croire tes yeux, fit-il d'un ton léger qui exprimait toute sa satisfaction, et en réalité une certaine fierté. Voilà !

— Non ! s'écria Naas. Ce n'est pas possible !

— Je t'avais prévenu...

Devant eux courait un très long tunnel dont ils ne voyaient pas le bout, éclairé au sol par d'étranges lumières qui semblaient remuer doucement.

— C'est une hallucination ? Un mirage sous la terre ? demanda Naas avec une pointe d'inquiétude.

— Non, répondit Michel en souriant. Mais peut-être l'élevage de vers luisants le plus fou qui soit. Un kilomètre de galerie est éclairé de la sorte. C'est mon père qui avait eu cette idée. La lumière en mouvement. Il y voyait le symbole de sa foi, toujours chercher la lumière, et se convaincre qu'elle n'est pas figée. Comme la vérité. Après sa mort, c'est moi qui ai veillé à la reproduction des cocons. Ils se nourrissent de micro-éléments qu'ils puisent à même la terre. Ils sont complètement autonomes.

Ce n'est pas comme nous, qui avons toujours besoin d'aller prendre ailleurs ce dont nous avons besoin...

— Incroyable... répétait Naas. Mais qui a creusé une telle galerie ? Elle fait bien trois mètres de largeur, et deux mètres de haut !

— Rassure-toi. Ce n'est ni mon père, ni sa colonie de vers luisants. Lorsqu'il a fait construire la maison, il savait grâce à des plans très anciens que le terrain avait abrité autrefois un réseau de tunnels permettant de passer sous le Tigre. Ce quartier est chrétien depuis cinq mille ans. Quand on est chrétien en Orient, il faut toujours savoir ménager ses arrières. Et les arrières, ici, c'est surtout les dessous... Si tu veux le savoir, ce tunnel mène directement à l'annexe du grand musée des antiquités de Bagdad.

— Au musée ?

— Oui. D'autres ramifications latérales partent vers le désert, mais elles ont été bouchées. Il serait facile de retrouver les emplacements. J'en possède une carte détaillée, s'il fallait décamper. Les chrétiens d'autrefois savaient traverser de sacrées ténèbres.

— Mais si je comprends bien, l'écran de télé, les fauteuils, les lits...

— ... tout a été acheminé par ici, tu as deviné. Avec des chariots. Un système électrique entièrement enterré relie l'annexe du musée à notre bunker. C'est comme ça que nous pouvons capter toutes les chaînes du satellite.

— Je vois, acquiesça Naas. Je vois. Tu veux dire qu'on peut aussi ressortir de ces catacombes par le musée ?

— Exactement. Je ne m'en suis pas privé, quelquefois, et mon père non plus, à ce que je sais. Évidemment, mon bunker est alimenté en électricité par un groupe électrogène autonome. Cet éclairage naturel, c'est comme un système de rechange !

Ils avancèrent de front dans le tunnel. Naas regardait la lumière grouiller à ses pieds, de part et d'autre des parois. Cet éclair mouvant lui donnait une étrange impression d'irréalité.

— Cela me rappelle la première nuit où j'ai marché dans le désert, lorsque j'étais enfant, dit le compagnon de Michel. Nous avancions dans l'obscurité, mais cette fois-là, c'était le ciel qui brillait, un ciel incroyablement lumineux dont chaque étoile paraissait nous guider.

— Que faisait ton père, dans la vie ? demanda Michel.

— Il élevait des chèvres dans la région de Mossoul. Mais une fois par an, nous allions avec lui dans le désert du Nefoud pour une sorte de retraite. Il y avait mes parents, mes deux frères et mes trois sœurs. Mon père n'était pas très cultivé, il ne savait même pas lire. Comme nous allions à l'école, il nous demandait de lui réciter des poèmes. Nous les lisions chacun notre tour. Il nous arrêtait quand nous allions trop vite et, à notre grande surprise, la nuit venue, il récitait de mémoire ces poésies qu'il n'avait entendues qu'une fois dans nos bouches. Il disait que dans le désert, le silence était si fort qu'il pouvait percevoir tout ce qu'il avait à l'intérieur de lui.

Michel écoutait Naas avec émotion.

— Mon père aussi m'a appris bien des secrets du désert. Cette magie du silence. À Noël, j'étais encore enfant, nous prenions une Méhari et nous partions à l'aventure, lui, ma mère et moi. Nous prenions la piste aussitôt terminée la messe de minuit à la grande église chaldéenne de Bagdad. L'ancien petit Parisien que j'étais vivait un rêve éveillé. À ma grande surprise, c'est mon père, bien qu'irakien, qui m'a appris l'histoire du Petit Prince. Ma mère connaissait le conte de Saint-Exupéry beaucoup moins bien que lui! Il m'a expliqué par exemple que le désert était un lieu d'observation presque aussi magique que la planète B 612 du Petit Prince, car on pouvait dans une même journée voir le soleil se lever puis se coucher, à condition d'être patient et de savoir se contenter de peu. D'après lui, la vraie richesse de ces étendues arides était les puits remplis d'eau et non pas les puits de pétrole. Il disait que les pays riches en hydrocarbures étaient des pays exposés aux guerres... Quand j'ai grandi, j'ai effectué à mon tour des excursions dans le désert du Nefoud. J'ai aimé ce dépouillement, cette solitude. Dans ces milliards de grains de sable, on dirait que chacun de nos pas fait vibrer l'écho d'une vérité profonde et absolue.

— Tu parles bien du désert, fit Naas. Je suis sûr que mon père aurait pris plaisir à écouter ces paroles pleines de poésie et d'humanité. Mais dis-moi, pourquoi sommes-nous en train de traverser cette galerie?

— Je veux savoir ce qui est arrivé à Maureen.

Naas le retint par le bras et l'obligea à stopper.

— Malheureux! Je m'en doutais. Mais c'est la mort que tu veux chercher? Si les hommes des services secrets te trouvent, ils ne te laisseront pas échapper.

– Ils doivent me croire mort, maintenant que ma maison n'est plus qu'un amas de cendres.

– Attendons quelques jours. Nous sommes comme à bord d'un sous-marin, dans ta citerne, là-bas. Avec la télévision et l'ordinateur, rien ne nous empêche de savoir ce qui se passe au-dessus de nos têtes. Inutile de courir des risques inutiles, tu ne crois pas ? Si les Américains arrivent, il sera bien temps pour nous d'aller les accueillir avec des chansons et des fleurs, il paraît que les GI's rêvent de prendre un café dans Bagdad libérée avant de rentrer chez eux au Kansas ou en Arizona.

Michel réfléchit un très court instant.

– Tu as sans doute raison. Mais allons tout de même au bout de la galerie. Je voudrais te montrer comment on sort d'ici. Et en prime, tu verras la tête du taureau ailé de Khorsabad comme tu ne l'as jamais vue de ta vie.

– Que dis-tu ?

– Tu as bien entendu. J'ai moi-même aidé les équipes de la conservatrice à déplacer plusieurs merveilles dans les caves de l'annexe. Nous marchons droit dessus.

– *Inch Allah !* s'écria Naas en reprenant sa progression. Je n'ai jamais vu ce taureau pour de vrai. À l'époque où je faisais encore de la compétition, j'avais trouvé un emploi de coiffeur dans un grand salon de Bagdad. Je coiffais les hommes, c'était plus simple. J'étais assez adroit avec les ciseaux, ce n'est pas comme maintenant, avec mes doigts tout tordus. Mais passons, je te parle de cela à cause du taureau. Sur le mur principal du salon, face aux miroirs, il y avait une reproduction de cette œuvre. Je la trouvais d'une beauté supérieure, à cause de la force et de la grâce qui semblaient se dégager de l'animal. Mais on disait que l'original était déjà parti vers Londres ou New York après la première guerre du Golfe. Un client régulier de salon prétendait que les grands marchands européens et américains avaient passé des commandes aux pillards de Bagdad pour rafler les plus belles pièces de notre patrimoine.

– Des racontars, l'interrompit Michel. Tu imagines le père Bush ou d'honorables conservateurs de musée venir faire leur marché en statuettes et en reliques millénaires ?

– Et pourquoi pas ?

– Ces pièces sont tellement connues, répertoriées, identifiées... Elles ne pourraient pas entrer dans le commerce des objets d'art sans être aussitôt repérées et confisquées.

– Tu crois que quelqu'un se permettrait de confisquer le moindre objet au président des États-Unis ?

Le fils adoptif du professeur Samara ne répondit pas. Si Naas avait souffert du régime de Saddam, il lui paraissait encore totalement imprégné de la propagande officielle fondée sur l'anti-américanisme systématique. Ils avaient déjà parcouru plusieurs centaines de mètres lorsqu'un grondement sourd se fit entendre au-dessus de leurs têtes.

– Nous approchons, dit Michel. C'est le bruit des bus devant la gare routière.

– Signe qu'ils roulent encore, répondit, soulagé, Naas. À ton avis, que vont faire les Américains ? Ils vont réduire Bagdad en miettes jusqu'à ce qu'ils trouvent Saddam ?

– Je ne crois pas. Ils sont plus malins que ça. Pour le moment, ils sont encore prudents car le monde entier les regarde et ils n'ont pas avancé la preuve que l'Irak possède des armes chimiques. Mais à la première découverte d'anthrax ou de gaz innervant par les GI's, Bush et Blair seront sur du velours. Même les Français voleront à leur secours.

– Et s'ils ne trouvent pas ces armes ? demanda Naas. Les inspecteurs des Nations unies ont sillonné le pays pendant des semaines et ils n'ont rien trouvé !

Michel éclata de rire, et son rire sembla fuser très loin devant eux comme dans un couloir de château hanté.

– Imagine que nous restions ici pendant un mois. Crois-tu que quelqu'un viendrait nous trouver là ? Est-ce à dire que nous n'existons pas, toi et moi, en plein cœur de Bagdad mais trente mètres sous terre ?

– Bien sûr que non, admit Naas. Mais ce n'est pas la même chose. Enterrer des armes chimiques, des laboratoires, tout cela n'a pas de sens. Pour qu'il soit opérationnel, cet arsenal doit être déployé à ciel ouvert. Rappelle-toi les blindés enterrés de Saddam pendant la première guerre du Golfe, sur la route du Koweït. La chasse américaine n'en a fait qu'une bouchée avec ses avions tueurs de chars. Ils ont été carbonisés sur place !

– À la face du monde, l'Amérique et le Royaume-Uni ne peuvent pas avoir menti, affirma Michel. S'ils ont déclaré une guerre unilatérale à Bagdad, c'est qu'ils ont des informations que les autres n'ont pas.

– Lesquelles ?

– Un rapport britannique dit que Saddam peut mettre à feu

les têtes chimiques de ses missiles en moins de quarante-cinq minutes.

— Alors elles ne sont pas enfouies sous terre, répliqua Naas avec une logique toute simple. Et si elles ne sont pas enterrées, il est impossible qu'elles aient échappé aux inspecteurs des Nations unies. Tu imagines bien que je ne cherche pas à défendre Saddam : il mériterait de mourir cent fois. Mais ces histoires de laboratoires ambulants, de gaz moutarde, c'était bon du temps de la guerre contre l'Iran. Et entre parenthèses, il me semble bien que c'est Washington qui a armé Saddam jusqu'aux dents.

— C'était une autre époque, trancha Michel. Le président s'appelait Carter, et il n'a pas été réélu.

Ils arrivaient doucement au bout du tunnel. Des vers luisants plus téméraires avaient grimpés sur les parois supérieures de la galerie, si bien qu'ils eurent la sensation de passer au travers d'un cercle lumineux.

— Écoute, Naas. Mon père a refusé de travailler pour l'industrie d'armement de Saddam. Il avait identifié la formule du thiodiglycol, un précurseur du gaz moutarde. Je crois qu'il a subi de fortes pressions pour en activer la fabrication à des fins militaires, et il a probablement payé de sa vie son hostilité à de tels desseins. Il acceptait l'idée qu'un pays comme l'Irak soit en mesure de se défendre contre des agresseurs extérieurs. Mais porter la mort avec des gaz toxiques qui, disait-il, embaumaient de prime abord un bon parfum de pomme, cela lui semblait intolérable, et, quoi qu'il en soit, contraire à son éthique. Je n'ai pas pu démasquer son assassin. Je suis sûr qu'il appartient aux services rapprochés du raïs. Mais je ne me fais aucune illusion. Saddam a recruté ces dernières années de véritables apprentis sorciers comme Ali le Chimique. Ce type-là n'a pas hésité à gazer des milliers de femmes et d'enfants kurdes à Halabja, et je crois qu'il a été élevé pour ça au rang de dignitaire du régime. Je n'imagine pas la CIA et le MI6 britannique inventer des armes qui n'existent pas.

Nass observa un silence puis il ajouta simplement.

— Un parfum de pomme pour des gaz mortels !

Ils étaient arrivés au pied d'une échelle de métal, semblable à celle qui descendait de la petite chapelle.

— Nous y sommes, fit Michel. Viens.

Ils gravirent doucement les barreaux. Parvenu en haut, Michel leva un socle de bois rond comme une plaque d'égout,

puis il se hissa à l'intérieur d'une pièce sombre. Une fois debout, il tendit une main à Naas qui s'extirpa à son tour du trou noir.
– Quelle merveille ! s'exclama le jeune homme aux cheveux blancs, de sa voix cassée.

Devant lui se dressait une lyre sumérienne dont l'extrémité représentait la tête d'or d'un taureau au regard fier, imposant de force et remarquable par sa noblesse de port. Au pied de ce chef-d'œuvre étaient alignés des dizaines et des dizaines de sceaux-cylindres, de tablettes d'argile, de vases anciens et d'effigies de bronze représentant les rois akkadiens, tous rangés à l'intérieur de malles en fer dont le couvercle n'avait pas été fermé.

– Le conservateur ne les rabattra qu'en dernière extrémité. Elles peuvent se dégrader au contact prolongé du métal, expliqua Michel. Ce sont les plus belles armes de l'Irak et j'espère qu'un jour elles remonteront en pleine lumière pour que le monde entier puisse les admirer.
– *Inch Allah !* s'écria Naas.
– *Inch Allah,* reprit Michel.

10

De retour à leur cache, les deux hommes s'accordèrent un moment de répit sur les lits installés dans la grande salle de la citerne. Naas, qui n'avait pas fermé l'œil de la nuit, s'endormit comme un bébé. Michel, lui, se contenta de somnoler. Il demeura ainsi plusieurs heures dans un demi-sommeil. Sans doute aurait-il aimé tomber instantanément dans les bras de Morphée, comme prétendait le faire Saddam Hussein chaque soir. Mais trop d'images traversaient son esprit et se télescopaient, l'empêchant de trouver un repos réparateur.

Comme souvent depuis ces dernières semaines, il pensait à son père en essayant de s'imaginer quelle aurait été sa conduite en pareille circonstance. Le professeur Samara n'avait pas eu à recourir très souvent à cette planque, et Michel songea que son père adoptif l'avait sans doute aménagée pour lui, dans l'hypothèse probable où les choses tourneraient mal. Les choses finissaient toujours par mal tourner, quand on entrait dans le paysage de Saddam Hussein sans accepter de devenir un simple exécutant.

Puis Michel se repassa les propos de sa mère qui avaient été à l'origine de leur dispute, lors de son dernier passage à Paris. Une dispute qu'il avait regrettée aussitôt. Il savait que, de son côté, sa mère avait dû pleurer en pensant à son fils qu'elle voyait si peu. Si c'était pour qu'ils se querellent ! Mais Thérèse Lemarchand avait été ferme sur ses positions, avec la rage froide que Michel lui connaissait, cette manière intraitable d'être digne et sans concession héritée de son éducation et des difficultés que lui avait réservées l'existence. Elle s'opposait déjà vigoureusement à une possible attaque américaine en répétant qu'elle se ferait contre le droit international. Son fils avait eu beau lui dire que les Américains savaient ce qu'ils faisaient, elle avait campé sur ses positions.

Michel avait été d'autant plus troublé que sa mère savait à qui elle devait le malheur d'avoir perdu son mari. Pourtant, elle refusait de laisser entrer ses propres sentiments dans son jugement, et le déploiement orchestré des forces américaines dans le Golfe lui paraissait une insulte ouverte aux Nations unies et aux forces de la paix. La conversation de Michel avec Naas sur la présence réelle d'armes chimiques sur le sol irakien avait réveillé les arguments échangés avec la veuve du professeur Al-Bakr, sa mère qu'il chérissait tant au point de ne pas supporter le moindre accroc avec elle.

Les mains calées derrière sa nuque, Michel avait fini par émerger de son sommeil factice. À côté de lui, Naas respirait profondément par la bouche. Sa cloison nasale à jamais déviée par les coups de massue l'empêchait de respirer normalement par le nez, et il semblait faire un effort surhumain chaque fois qu'il emplissait ses poumons d'air. Michel revécut par flashes ses années heureuses à Boston, du temps où il apprenait les mécanismes de la finance internationale. Il avait intégré une bande de bons copains qui jouaient au football américain et multipliaient les sorties dans les dancings avec des filles de l'université. Il avait apprécié la joie de vivre de ses amis, leur simplicité, leur curiosité, leur ardeur dans le travail comme dans l'amusement. Leur foi dans le progrès et la certitude que leur pays faisait toujours pour le mieux. Cette Amérique joyeuse et sans complexe l'avait profondément séduit. L'Amérique de la conquête spatiale et des comédies hollywoodiennes, des défis et des risques, l'Amérique où tout semblait possible pour un jeune homme, qu'il fût pauvre et entreprenant, ou juif, ou noir. Fasciné par le melting-pot, il avait suivi de près les combats pour l'émancipation raciale, pour les droits des femmes, et il se disait que les États-Unis, faute d'avoir une longue histoire, avaient un bel avenir. Il était confiant dans ce pays, et à sa mère qui avait fini par l'agacer en lui parlant de l'arrogance de Bush, il avait rappelé ce qu'elle savait mieux que lui pour être fille de résistant : le débarquement de Normandie, et toutes les petites croix blanches d'Avranches.

Mais Thérèse Lemarchand avait tenu bon : « Le passé, c'est le passé, avait-elle dit à Michel. En attendant, les preuves soi-disant fournies par la Maison-Blanche pour justifier l'intervention en Irak sont une vaste plaisanterie. Saddam a parlé de dessin animé et de show américain avec cascades et effets spéciaux, à propos de l'intervention télévisée de Colin Powell. Je suis au regret de dire qu'il avait raison. Tu y as cru, toi si rigoureux d'habitude, à ces photos satellites floues censées nous montrer des usines de fabrication de gaz toxiques ? Et les écoutes téléphoniques inaudibles ? Et le supposé lien entre un proche de Saddam et le réseau Al-Qaida ? Tout cela ne tient pas debout et c'est pourquoi je continuerai de manifester contre cette guerre, même si le dictateur a fait exécuter ton père. » Et Thérèse Lemarchand avait ajouté : « Je ne crois pas que le professeur, avec son esprit d'ouverture, aurait accepté ce qui se décide à Washington ».

Michel se retourna sur le côté. Cette dernière phrase de sa mère l'avait atteint plus qu'il ne croyait. À sa manière, aux questions qu'ils lui avaient posées, Naas paraissait sceptique lui aussi sur l'existence de ces armes chimiques. Or Washington n'en démordait pas. Le chef des inspecteurs onusiens, Hans Blix, avait beau réaffirmer qu'il n'avait rien trouvé de suspect, qu'aucun missile irakien n'était en mesure de porter atteinte à l'intégrité d'Israël ; George W. Bush et ses faucons s'étaient comportés comme s'ils n'avaient rien entendu. Et de fait, aveuglés par leur rage d'en finir avec le tyran de Bagdad, ils n'avaient rien entendu. S'il suffisait de quarante-cinq minutes à Saddam pour faire donner ses armes de mort, mieux valait l'arrêter avant. Et Michel Samara voulait croire au bien-fondé de l'intervention américaine, dût-elle lui occasionner de grandes frayeurs.

Sans bruit, il partit s'installer dans la pièce au téléviseur. Il referma la porte derrière lui et se brancha sur la BBC. Les premières images de blindés quittant le Koweït pour le sud de l'Irak avaient été tournées le matin même, et Michel regarda fasciné ce long corps de métal et de caoutchouc qui engageait la campagne d'Irak comme d'autres chars, un demi-siècle plus tôt, avaient lancé la campagne de France. Le commentateur, un journaliste « embarqué » avec la troupe, ne tarissait pas d'éloges sur l'organisation conçue par le général Tommy Franks depuis son QG du Qatar. Quelques GI's interrogés par le reporter se disaient très sereins. « Nous prendrons un café à Bagdad dans une semaine ou deux, puis retour à la maison avec la prime pour acheter une super Range Rover ! » témoignait l'un d'eux en mâchant un inusable chewing-gum, sourire aux lèvres. Son voisin avouait être un peu déçu de ne pas voir plus d'Irakiens au bord des routes avec des fleurs, mais il concluait que la population n'avait peut-être pas été assez prévenue de leur passage.

Michel zappa sur Al-Jazira. Des vues de Bagdad avaient été tournées à peine une heure plus tôt. La caméra montrait de simples habitants de la capitale creusant des tranchées dans leurs jardins, installant des sacs de sable en menaçant les soldats américains avant de crier un « vive Saddam ! » qui se voulait très appuyé. Certains creusaient de simples « trous de renard » (« *fox holes* », disait le commentaire) et prétendaient attendre l'ennemi ici pour le surprendre dans un corps à corps dont Allah les rendrait forcément victorieux.

En revenant sur la BBC, Michel eut la surprise de découvrir le témoignage d'un paysan âgé de la région de Nadjaf. « Ils ont tiré sans sommation ! expliquait le vieillard entre deux sanglots. Ma femme, mon fils, mes deux filles et mes quatre petits-enfants, tous morts, monsieur, tous morts ! Et c'est ça la liberté ? » L'homme s'agrippait à un grand bâton. Sa main tremblait. Déjà l'état-major américain laissait entendre qu'une enquête allait être ouverte sur ce que les reporters sur place appelaient la première bavure de l'opération « Choc et Stupeur ». Les corps des victimes étaient étendus à même le sol, dans la poussière. Michel regarda ces images sans voix. Il croyait encore au discours du Pentagone sur la guerre propre, la guerre « zéro mort », comme si de tels propos pouvaient résister aux réalités du terrain.

Lors de son passage à Paris, sa mère lui avait donné la copie d'un texte de l'écrivain britannique John Le Carré, qu'il tenait en grande estime. « Tu vas voir comment il traite l'Amérique, l'ancien espion de Sa Majesté. Lis ! » Et l'œil de Michel s'était arrêté sur les passages les plus pamphlétaires de Le Carré quand celui-ci écrivait : « Dieu a des opinions politiques bien précises. Dieu a confié à l'Amérique le soin de sauver le monde par tout moyen qu'elle jugera bon. » Et l'agent secret devenu auteur à succès imaginait ce dialogue entre son fils et son père :

« Mais papa, est-ce qu'on va gagner ?

– Bien sûr, mon enfant. Ce sera fini avant même que tu te réveilles.

— Pourquoi ?
— Parce que, sinon, ça va énerver les électeurs de M. Bush et ils risqueraient de ne pas voter pour lui, finalement.
— Mais est-ce qu'il y aura des morts, papa ?
— Personne que tu connaisses, mon chéri. Rien que des étrangers. »

Découvrant ces lignes, Michel avait haussé les épaules et rendu le document à sa mère en lançant : « Le Carré ferait mieux de continuer à écrire des romans et de laisser les Américains faire ce qu'ils ont à faire. Ce n'est pas lui qui se retrouvera bientôt face aux derniers défenseurs de Saddam ! » Sa mère n'avait rien répondu et ils s'étaient séparés sur une note plutôt fraîche.

Michel zappa encore sur les chaînes d'information en continu françaises et américaines, mais aucune n'avait relayé les images tournées par la BBC. La plupart des médias internationaux se gargarisaient encore de discours d'experts installés devant des cartes statiques de la région, comme pour une partie de jeu vidéo. Il s'apprêtait à éteindre le téléviseur lorsqu'un visage familier passa en fulgurance sur l'écran. Était-ce bien elle ? Il croyait avoir reconnu Maureen, mais n'en était pas certain. Il attendit un moment. C'était le début d'un journal en boucle sur Al-Jazira. La photo d'une danseuse était apparue rapidement dans l'énoncé des titres, le présentateur allait forcément y revenir. Michel, soudain, ne tenait plus en place. Il fut tenté d'aller secouer Naas, mais renonça. Le vieux jeune homme avait besoin de récupérer.

Il n'avait pas rêvé. Son visage envahit tout l'écran, son sourire, ses dents blanches alignées comme des perles fines, ce regard doux et volontaire à la fois, un peu mutin, qui filtrait de ses longs yeux étirés, brillant sous le trait régulier de ses sourcils. Le présentateur prit un visage de circonstance pour annoncer que la célèbre artiste que tout l'Orient et même l'Europe enviaient à l'Irak était décédée dans la nuit. Les circonstances de sa mort n'étaient pas connues. Le président Saddam Hussein, poursuivait le journaliste, avait aussitôt exprimé sa plus grande tristesse. Michel se rappela qu'il avait employé la même expression après la mort soi-disant accidentelle du professeur Samara.

Il resta quelques minutes prostré devant la télévision, les bras ballants, cherchant quelque chose à serrer dans ses mains. Il se retint de pleurer mais un sentiment d'impuissance et de colère l'envahit. Cette fois, il savait vraiment à quoi s'en tenir sur la cruauté du régime et sur la parole de la CIA.

Ils auraient pu la mettre à l'abri, murmura-t-il entre ses dents, comme si le cynisme des Américains, leur ingratitude aussi, l'atteignaient pour la première fois.

Des obsèques nationales, précisait-on, seraient organisées dans les prochains jours. Saddam Hussein avait déclaré que les Américains seraient des lâches s'ils attaquaient au moment de la cérémonie. Mais n'avaient-ils pas déjà envoyé de nombreuses bombes un vendredi, à l'heure de la prière ?

Cette fois, Michel en avait assez entendu. Il revint discrètement sur son lit et noya son chagrin dans l'oreiller qu'il pressa contre son visage.

11

Les chiffres phosphorescents de sa montre indiquaient seize heures passées de huit minutes lorsque Michel ouvrit un œil. Naas n'était plus étendu dans le lit voisin. Il entendit derrière lui la rumeur de la télévision d'où sortaient des voix enfantines. À sa grande surprise, le jeune homme à la tignasse blanche regardait des dessins animés sur une chaîne américaine. Michel s'approcha doucement et trouva son compagnon affalé dans un fauteuil, un verre d'eau à la main, riant sous cape pour ne pas faire trop de bruit devant les facéties d'un chat aux yeux exorbités.

– Bien dormi ? demanda Naas quand il aperçut Michel.
– Ils ont tué Maureen.

Naas ne répondit rien, et pendant quelques secondes, il ne resta plus dans leur habitacle aux dimensions réduites que la course folle d'un chat déjanté poussant des cris perçants.

– Comment le sais-tu ? demanda Naas.
– C'est tombé pendant un flash télévisé. Tu étais couché. Ils ont montré une photo d'elle prise au cours d'un spectacle.
– On a vu le corps ?
– Non, pourquoi ? fit Michel surpris.
– Pour rien. Parfois ils annoncent la mort d'une personnalité qu'ils ont en réalité arrêtée pour la torturer et lui extorquer des renseignements. C'est une technique à eux afin que les proches relâchent leur vigilance. Quand j'ai été jeté en prison, j'ai revu des visages d'anciens dignitaires qu'on croyait morts et enterrés depuis longtemps. C'est vrai qu'ils n'étaient plus que l'ombre

d'eux-mêmes, mais ils étaient vivants... Quoi qu'il en soit, cela nous oblige encore plus à rester cachés. Suppose que Maureen soit entre leurs mains. On ne sait pas ce qui peut arriver. Imagine qu'elle dise que tu as trouvé refuge chez moi... Ils sauront que tu es en vie et que tu n'as pas sauté avec ta maison.

– Tu as raison, approuva Michel. Seulement, je dois absolument sortir d'ici.

– Tu es fou !

– La télévision a annoncé des obsèques officielles. Saddam a dit qu'il y serait. Moi aussi je veux être présent. J'en aurai le cœur net et j'apprendrai peut-être ce qui lui est arrivé.

Il marqua un silence, puis il reprit :

– Tout de même, ces types de la CIA...

– Eh bien ? interrogea Naas.

– Maureen a pris des risques insensés, ils auraient pu garantir sa sécurité. Et au lieu de ça...

– Je sais, fit Naas. Mais je crois qu'elle a filé entre les doigts de ses protecteurs américains pour te retrouver dans Bagdad l'autre nuit. Elle voulait à tout prix t'avertir du danger que tu courais à rentrer chez toi.

Une expression accablée traversa le regard de Michel.

– Du coup, c'est elle qui a payé. Mais tu ne me feras pas croire que les responsables de la CIA sont incapables de faire en sorte qu'un informateur menacé soit mis à l'abri.

– Ils ont bien vu un de leurs présidents assassiné sous leurs yeux, il me semble, souffla Naas avec fatalisme, évoquant la mémoire de J. F. Kennedy. Depuis les attentats du 11 septembre, ils donnent le sentiment de ne plus contrôler grand-chose. Alors la sécurité d'une danseuse du ventre... ajouta-t-il en soupirant.

– C'est une autre histoire, bien plus compliquée. Mais passons. Je vais aller voir ça de plus près.

Cette perspective semblait avoir sorti Michel de sa torpeur.

– Tu m'as bien dit que ton premier métier était coiffeur...

– En effet. Pourquoi ?

– Tu vas me raser la tête. Avec mes cheveux blonds, on me repère à trois kilomètres.

– Mais je ne suis pas outillé ! protesta Naas.

– Il y a tout ce qu'il faut ici.

– Non, insista Naas. C'est trop dangereux pour toi, avec ou sans cheveux sur le crâne. Si tu veux vraiment tenter une sortie, bien que je te le déconseille, mais je lis la résolution dans tes yeux, alors passe une longue *abaya* noire avec un voile accroché au-dessus du nez. J'ai vu que tu possédais un tel vêtement dans la penderie près des lits.

— M'habiller en femme ?

— Je crois que tu passeras plus inaperçu, surtout si tu te tiens un peu voûté.

Michel hocha la tête.

— Tu as raison. C'est sans doute une meilleure solution. Je me change immédiatement.

— À la bonne heure ! s'exclama Naas, heureux d'avoir pu infléchir son compagnon. Mais je viens avec toi.

— Pas question, répondit Michel d'une voix qui ne souffrait aucune contestation. Tu restes là. Je vais te montrer comment utiliser le mail.

— Je sais faire, fit Naas un peu vexé, avec aussi une pointe de fierté. J'ai appris à l'hôtel Al-Rasheed.

— Parfait. Si besoin, je te contacterai là-dessus. Mais attends mon signal avant de bouger où que ce soit. Compris ?

— Compris.

Michel passa la longue *abaya* à capuche qui dormait dans la penderie. Il prit soin au préalable de camoufler sa chevelure sous un mince turban, puis épingla un voile au-dessus de sa bouche. Seul son regard bleu encore embué retenait toujours l'attention. Chaussé de sandales de cuir à semelles extra-plates, il perdit ainsi un peu de sa hauteur. Avant de disparaître, il griffonna quelques mots sur un morceau de papier qu'il plia dans sa main en le serrant bien. Il tapa l'épaule de Naas puis s'engagea dans la galerie éclairée sans relâche par ses amis les vers luisants.

Un quart d'heure plus tard, Michel marchait tranquillement aux abords de la gare routière. Il laissa le bâtiment de brique jaune du musée de Bagdad pour s'engager dans les artères populaires du centre-ville où débutaient les souks. Un calme absolu semblait régner dans la ville. Les queues habituelles s'étaient formées devant les boutiques des épiciers. Comme c'était le cas deux fois par mois depuis l'embargo, les familles avaient reçu leurs bons d'achats alimentaires. Des femmes munies de paniers attendaient pour recevoir leur maigre butin, quelques poignées de haricots, de pois chiches et de lentilles, un peu d'huile et du grain. Au coin de la rue Marabat, des hommes en costume fatigué venaient vendre leurs livres, des encyclopédies de toutes sortes, des romans étrangers, des ouvrages reliés en cuir dont ils se débarrassaient sans plaisir pour à peine plus d'une bouchée de pain. Dire qu'autrefois l'adage voulait qu'on écrive les livres au Liban, qu'on les imprime en Égypte pour qu'on les lise en Irak. Maintenant, on les mangeait. Ou c'était tout comme. Michel songea qu'il était temps pour ce régime de s'effondrer, si les intellectuels du pays en étaient réduits à vendre la nourriture de leur esprit pour acheter celle de leur estomac.

C'était l'atmosphère habituelle des souks avec les cris des marchands et les parfums d'épices, les discussions acharnées sur les prix des articles pour le simple plaisir de la conversation. Les ventes de tissu kaki allaient bon train chez Taïeb, le tailleur du grand bazar aux étoffes. Il avait puisé à tour de bras dans ses stocks de vêtements militaires, et il ne lui restait plus que de simples tissus. Tout le reste était parti depuis la veille. Les hommes venaient en masse pour se confectionner des habits de guerriers, de qualité plus ou moins grande selon leur pécule. Et Taïeb se demandait bien quand il serait réapprovisionné. Les marchands de batteries, de lampes électriques et de bougies faisaient eux aussi de bonnes affaires. Leurs étals étaient pris d'assaut. Les prix n'arrêtaient pas de grimper d'une heure à l'autre, à mesure que la valeur du dinar s'effondrait. Ainsi allait l'Irak des premiers jours de guerre, entre résignation et spéculation.

– Une belle vareuse olivâtre pour ces beaux yeux bleus ? demanda en plaisantant le tailleur en croisant le regard de Michel, sans soupçonner un instant qu'un homme pouvait se cacher derrière cette pièce montée de coton noir.

Michel fit non d'un mouvement très appuyé de la tête, évitant de montrer ses mains qu'il avait fortes et duvetées de poils clairs. Il passa rapidement son chemin et poursuivit jusqu'au souk des marchands de cassettes et de vidéos. Il était certain d'obtenir ici le renseignement qu'il cherchait. Un étranger qui aurait subitement atterri au milieu de cette allée populeuse n'aurait pas imaginé une seconde avoir mis le pied dans un pays en guerre contre l'Amérique. Les étalages regorgeaient de cassettes de Michael Jackson et de Madonna, de vidéos, où Arnold Schwarzenegger en Conan le Barbare gonflait ses muscles d'un sourire satisfait. Quelques marchands diffusaient des musiques arabes, des airs traditionnels du folklore irakien. Mais la grande majorité des sonos et des magnétophones crachaient des rythmes occidentaux, et d'abord américains.

Une échoppe était entièrement dévolue aux musiques de danse orientale. Sur les panneaux de bois délabrés faisant office de portes étaient punaisées des photos d'artistes féminines qui avaient enchanté les palais d'Orient depuis plus d'un demi-siècle. Leurs visages et les couleurs de leurs robes de princesse avaient depuis longtemps été délavés par le soleil, mais leurs silhouettes restaient là comme la trace diaphane de créatures mystérieuses, presque irréelles. À côté d'Oum Kalsoum figurait la célèbre Farida Madina, la chanteuse égyptienne Nassyria, et aussi Maureen, la plus belle danseuse du ventre que l'Irak ait jamais connue, avec sa souplesse d'algue et ses ondulations serpentines.

Michel eut un léger pincement lorsqu'il aperçut la photo pâlie et cloquée de la jeune femme, affichée en grand près du comptoir du marchand. L'homme avait appris la nouvelle de son décès. Il lui avait confectionné une stèle funéraire de fortune, lui offrant en plein jour la flamme d'une bougie qui brûlerait jusqu'à la nuit, jusqu'à l'extinction de la mèche.

– Elle était venue me voir jusqu'ici, un jour où elle était de repos. Elle avait entendu dire que je comptais parmi ses fidèles. Je me souviens qu'elle avait su rester simple et modeste malgré toute la gloire qui s'était abattue sur elle dans l'Orient. Elle me demandait toujours de mes nouvelles. C'était une vraie femme de chez nous, avec son courage et son franc-parler, sa manière de tenir tête si un mal élevé lui manquait de respect. C'est une perte immense, se lamentait le marchand, un homme d'une soixantaine d'années à l'accent chantant, comme s'il ne parlait plus qu'en imitant les mélodies qu'il écoutait à longueur de journée.

Michel aurait volontiers noué conversation avec le bonhomme. Mais sa voix l'aurait trahi. Il se contenta de poser très vite sur le comptoir le papier qu'il tenait dans sa main, en faisant signe qu'il ne pouvait pas parler. Il croyait que le marchand saurait lire, lui qui semblait familier de chaque artiste dont il vendait les cassettes et les disques. Mais il se trompait. S'il reconnaissait ses idoles, c'était à leur visage sur les photos, ou à leur voix. Il héla un collègue installé en face dans le souk. Michel craignit d'être démasqué et fut à deux doigts de s'enfuir en courant. Mais l'autre marchand était déjà là, chaussant ses demi-lunes pour lire le papier.

— Cette dame veut savoir quand et où notre pauvre Maureen sera inhumée, déclara-t-il à son voisin.

L'autre dressa les sourcils et fit la moue.

— Quand ? Allez savoir ! Même la famille n'a pas vu son corps, à ce qu'il paraît. Certaines rumeurs disent qu'elle aurait été assassinée. D'autres qu'elle se serait suicidée. Savoir la vérité, par les temps qui courent, est encore plus difficile que de manger à sa faim. Un certain personnage du régime – sans doute faisait-il allusion à Oudaï – lui tournait autour avec insistance et vulgarité. Je ne serais pas étonné si...

Il s'interrompit et inspecta autour de lui. Puis, baissant la voix :

— Ici, nous sommes entre nous. Mais il faut se méfier des mouchards du parti baasiste qui rôdent ici tous les jours. J'ai fini par en repérer deux. Alors, je vous dis cela en toute discrétion, madame, ce soir, une petite cérémonie réunira les admirateurs de Maureen derrière le marché Al-Amat, à sept heures. Si le cœur vous chante.

Michel hocha la tête en guise de remerciement, puis il disparut dans la foule. Son cœur battait comme s'il avait eu rendez-vous avec Maureen. Une petite voix en lui le poussait à espérer. Peut-être apprendrait-il qu'elle n'était pas morte, que c'était une manœuvre de propagande du régime destinée aux Américains pour leur signifier qu'ils avaient démasqué leur agent.

— Qui vivra verra, pensa Michel, avec la ferme intention de rester en vie.

Mais à cet instant, cela ne dépendait pas de lui.

12

Il restait à Michel quelques heures à tuer avant de se rendre à la cérémonie en l'honneur de Maureen. Mille questions l'assaillaient, sans qu'il soit en mesure d'y apporter la moindre réponse. Le raïs prendrait-il le risque de se montrer ? Serait-il accompagné de ses fils Oudaï et Qoussaï ? Les hommes gris de la police secrète de Saddam viendraient-ils fureter parmi les amis de Maureen, auquel cas il faudrait redoubler de prudence...

Les embouteillages s'étaient reformés à proximité du souk aux épices Al-Chorja et dans tout le centre-ville, comme si les Bagdadis avaient décidé de braver les menaces du ciel. De jeunes garçons tentaient sans conviction de vendre aux passants des tee-shirts frappés du visage de Leonardo di Caprio dans *Titanic* ou des montres fantaisie invariablement ornées d'un Saddam en keffieh. En passant devant l'énorme colonne de viande d'un marchand de kebab, Michel prit conscience qu'il n'avait pas mangé depuis la veille. Il avait faim. Dans la poche de sa chemise, sous son *abaya* noire, il avait pensé à glisser une liasse de billets de deux cent cinquante dinars que les commerçants appelaient avec dédain « des papiers ». Leur valeur, en effet, ne dépassait guère celle du papier-monnaie. Comme le dictateur en personne, dont le visage s'étalait sur chaque billet de banque, la devise irakienne se dévaluait d'heure en heure, à mesure que l'offensive américaine annoncée au sud s'approchait de la capitale.

Sans un mot, Michel désigna un petit pain chaud ouvert sur

les côtés que le marchand emplit prestement de fines lamelles de viande, d'oignons frits et de piments écrasés. Le géant affamé remercia de la tête, abandonna sans compter sa liasse de « papiers », puis continua à dépasser la file des voitures arrêtées en mordant dans son sandwich, une main relevant prestement son voile traditionnel.

En chemin, il croisa des miliciennes munies de fusils d'assaut qui marchaient d'un air martial, un fichu sombre sur la tête, les paupières ombrées de khôl. Elles se voulaient menaçantes pour un ennemi encore invisible, mais Michel savait que la plupart d'entre elles étaient bien incapables d'atteindre avec succès la moindre cible. Pour des sommes ridicules elles avaient laissé leurs enfants dans les villages les plus pauvres du Nord pour défiler au pas cadencé, comme si cette mascarade pouvait impressionner l'ennemi. Bagdad vivait dans une sorte d'illusion de puissance qui aurait paru risible ou grotesque, si elle ne s'était pas payée au jour le jour de la souffrance des plus démunis.

Cet après-midi-là, les fumées de pétrole s'étaient estompées, laissant paraître un ciel bleu et propre, nettoyé comme un mur de faïence. Au coin d'une petite rue descendant vers le Tigre, un écrivain public agréé par le régime avait installé sa table d'écriture et son pliant. Un attroupement s'était formé devant lui et, de temps à autre, il élevait la voix pour dire qu'il n'avait pas quatre mains. Depuis l'embargo, la pénurie de papier et de crayons n'avait jamais été si criante. Les Nations unies avaient rationné les importations de crayons de bois, jugeant que le graphite contenu dans les mines pouvait servir à la fabrication d'explosifs. Moyennant quoi on s'arrachait les rares crayons de papier disponibles, et les échanges épistolaires se limitaient à la portion congrue.

Tout était bon pour écrire : les reçus, les factures impayées, les dos d'enveloppes, et les éclats de khôl coincés au bout des crayons en lieu et place de la mine brisée. Ceux qui, en désespoir de cause, s'adressaient aux écrivains publics, devaient refréner leurs confidences : ces derniers étaient à juste raison étiquetés « agents du Baas » et mouchards officiels. Après avoir subodoré qu'il avait affaire à un comploteur, l'un d'entre eux, Ahmed Bayaf, avait même reçu la fameuse *makruma*, une allocation officielle de plusieurs milliers de dollars que décernait le régime à ses plus fidèles et zélés serviteurs.

Avant son audience auprès du dictateur, Michel avait veillé à ménager ses arrières. Anticipant quelques représailles, il avait déposé une importante somme en liquide auprès d'un de ses amis, conseiller culturel à l'ambassade de France, Pierre-Marie Gendrot. Il lui avait aussi confié son passeport et un courrier à transmettre à sa mère au cas où les choses tourneraient mal pour lui. Dans ce courrier figurait, outre une lettre manuscrite, le numéro de compte d'une banque de Genève sur lequel il avait fait transiter des sommes importantes.

Depuis plusieurs mois, Michel envisageait sa vie loin de l'Irak. Il n'avait pas encore choisi quelle serait sa future destination. Certains jours, il s'imaginait travailler pour une grande compagnie pétrolière française qu'il aurait gratifiée de son carnet d'adresses moyen-oriental et de ses dons à régler des problèmes de logistique réputés insurmontables. D'autres fois, il se voyait bien couler des jours tranquilles aux États-Unis, renouant avec sa jeunesse dorée d'étudiant à Boston. Mais lorsqu'il envisageait son départ d'Irak, un spasme lui creusait l'estomac, comme s'il s'était apprêté à trahir la mémoire de son père, ses racines et un peuple qu'il aimait.

S'il avait continué à servir les intérêts de l'oligarchie du Baas, Michel avait ses raisons. Il était persuadé que le moment viendrait où le nom des assassins du professeur Samara lui serait donné par un traître de l'entourage de Saddam. Cela ne manquait pas, les traîtres, même si le raïs en avait fait éliminer, embastiller, pendre en place publique et fusiller des centaines pendant les longues années de son règne. Le dictateur avait suscité tant de haine, y compris parmi ses plus proches serviteurs, que Michel se montrait confiant. L'heure viendrait d'autant plus vite qu'en tenant certains cordons de la bourse pétrolière, il avait su se créer une clientèle d'informateurs. Il lui aurait suffi de payer. Tôt ou tard, le nom du tueur serait parvenu à ses oreilles. Il attendait. Cela faisait des années qu'il attendait.

Maintenant, les événements mondiaux brouillaient sa vision des choses. La débâcle probable des chefs irakiens pouvait accélérer l'heure de la délation. À condition que Michel puisse continuer d'œuvrer en coulisses, de tirer des ficelles. À ceux qui dénonceraient les tueurs de son père, il pourrait faire miroiter la vie sauve, un exil doré. Michel savait combien la nomenklatura baasiste s'était avachie sous le poids de l'argent facile. C'était une élite devenue molle et craintive, pervertie par les sommes d'argent dont elle disposait. Elle avait sombré dans une mentalité de rentier frileux. Elle était aussi vénale qu'une certaine élite américaine qui avait fait du dollar sa seule religion. Michel, lui, brassait l'argent sans l'aimer. Il savait qu'il en aurait besoin pour corrompre et parvenir à ses fins de vengeance filiale. Il ne savait pas encore que ses desseins l'entraîneraient beaucoup plus loin, là où la volonté d'un homme peut à elle seule faire basculer le destin du monde.

Un homme avait fait devant Michel quelques allusions voilées à l'accident du professeur Samara : l'ancien ministre des Affaires étrangères Tarek Aziz. Ce fidèle du raïs avait été meurtri lorsque Saddam avait nommé à sa place un proche de son fils cadet Qoussaï. Tarek Aziz semblait supporter de moins en moins les « frères cruels », comme les appelait le peuple. Une fois qu'ils s'étaient retrouvés ensemble à l'église chaldéenne de Bagdad, pour une célébration en présence de leur patriarche, Sa Béatitude Raphaël Ier, Michel et l'ancien chef de la diplomatie irakienne avaient eu un discret aparté. Tarek Aziz avait alors confirmé que la voiture qui avait mortellement blessé le professeur appartenait à Oudaï, le fils aîné de Saddam, le plus violent, celui qui n'hésitait pas à tuer de ses mains quiconque voulait mettre un frein à ses folies sexuelles ou à son appétit de puissance. Oudaï et ses trips à la cocaïne, Oudaï et son œil de fou, Oudaï et ses orgies de whisky, Oudaï et sa Ferrari qu'il conduisait à demi ivre, un bébé lion à la place du passager, quand ce n'était pas une de ces filles qu'il violait ou qu'il assassinait de sang-froid si d'aventure elle lui résistait.

Michel savait qu'Oudaï était un des principaux bénéficiaires des ventes de pétrole clandestin. Ils s'étaient plusieurs fois opposés sur la distribution de la rente occulte dégagée par l'utilisation du pipe-line syrien. Oudaï en demandait toujours plus et son père n'hésitait pas à l'humilier devant Michel en le traitant de parasite. Longtemps, Saddam avait tranché en faveur de Michel, fermant les yeux sur les « bonnes œuvres » du jeune prodige blond en faveur des villages chiites. Sans doute considérait-il que c'était le prix à payer pour continuer de profiter du savoir-faire sans égal de Michel dans le brouillage des pistes empruntées par le pétrole et par l'argent.

Mais ces dernières semaines, Michel avait senti le vent tourner. Quand il était allé aux devants du dictateur pour le défier, il savait qu'il se jetait dans la gueule d'un loup déjà décidé à le broyer. Il s'était souvenu du conte français que lui racontait sa mère dans son enfance : l'histoire de la vaillante petite chèvre de monsieur Seguin, morte libre dans un lit d'herbe fraîche après avoir lutté une nuit entière contre le noir animal qu'elle avait lacéré de ses cornes. Mais, à la différence du conte, Michel n'avait pas été croqué. Et il entendait fermement ne pas l'être.

Dans l'église chaldéenne, Tarek Aziz s'était ouvert de sa disgrâce auprès du jeune Français. Il lui avait rappelé qu'Oudaï avait beaucoup de sang sur les mains, celui de ses propres beaux-frères, de son demi-frère, du « goûteur » de son père, celui de plusieurs maris dont il avait enlevé les femmes. « Il est capable de tout ! » avait soufflé le dignitaire en se signant d'un geste las. Et Michel n'oublierait jamais l'intensité du regard de Tarek Aziz, ses grands yeux de chien battu qui exprimaient douleur et impuissance, une immense déception aussi à l'égard d'un souverain dont il avait accepté bien des excès, croyant qu'il préservait le monde arabe, ses minorités chrétiennes et tout l'Occident du fanatisme islamique.

En se séparant après la bénédiction de Sa Béatitude Raphaël Ier, dans un somptueux halo de cierges illuminés devant une statue de la Vierge Marie, les deux hommes s'étaient donné l'accolade fraternelle des fidèles de l'apôtre Thomas. Michel n'avait pas attendu le jeu de cartes placardé par les États-Unis pour faire d'Oudaï une cible à abattre. L'idée ne lui serait pas venue de l'imaginer en « as de cœur », puisque de cœur, le play-boy psychopathe n'en avait pas. Qu'il fût l'artisan de la mort de Maureen ajoutait aux envies de meurtre qui saisissaient Michel lorsqu'il se figurait ce lâche d'Oudaï devant lui.

Mais pendant qu'il marchait dans le centre de Bagdad, se dirigeant lentement vers l'endroit prévu pour la cérémonie, d'immenses peintures du raïs accrochèrent l'œil de Michel. Saddam en photographe près du bâtiment de la société irakienne de photographie, Saddam au téléphone à l'entrée du ministère des Communications, Saddam en docteur *honoris causa*, Saddam en habit blanc de cérémonie devant la maison des mariages collectifs, Saddam en homme d'affaires, en cowboy... Quelle que soit la direction que prenait son regard, l'échoppe d'un coiffeur, la terrasse d'un café, la salle d'un restaurant, Saddam était là, partout, omniprésent, et cette vision démultipliée à l'infini lui donna l'impression de traverser tout éveillé un interminable cauchemar.

Parfois, un mur couvert de céramiques représentait le raïs flanqué de ses deux fils, une Trinité à cheval, galopant dans les sables du désert, Oudaï et Qoussaï la poitrine bombée, ornée des plus hautes décorations dans l'ordre militaire irakien, eux qui ne s'étaient jamais battus que pour des femmes, que par orgueil et désœuvrement.

Irrité par ce spectacle débilitant, Michel eut la tentation de se diriger vers les bâtiments de l'ambassade de France. Mais il pensa que son accoutrement n'était guère approprié pour entrer en contact avec son ami Pierre-Marie Gendrot. Dès que possible, il lui enverrait un e-mail pour convenir d'un rendez-vous. Michel se doutait bien que, à Paris, sa mère devait attendre un signe de lui et l'annonce de sa venue prochaine. Mais lui hésitait. La curiosité de voir ce régime s'effondrer l'emportait sur la peur de perdre la vie. Et il fallait venger son père. Terroriser l'homme qui l'avait renversé, le supprimer peut-être... Son choix se porterait sur le fils aîné de Saddam. Il aurait pu viser plus haut. Il se souvenait de ces histoires d'illuminés qui un jour avaient voulu assassiner Hitler ou Staline, en vain. Mais lui n'était pas illuminé. Il essayait seulement de contrôler les pulsions meurtrières qui malgré lui le submergeaient.

Maintenant qu'il avait échappé à Saddam et à ses tueurs, Michel se sentait invulnérable. Sans se l'avouer, peut-être éprouvait-il aussi une certaine excitation à voir s'approcher de Bagdad les « boys » de la plus grande armée du monde, celle qui avait à son actif tant de fières victoires dont l'histoire du siècle passé avait gardé la trace. Combien de fois ses oncles et son grand-père maternels lui avaient-ils parlé des chars de Patton, d'Eisenhower et de Roosevelt, de la grande bataille de Normandie, des offensives alliées pour abattre le Mur de l'Atlantique, des missions de nuit au-dessus de Berlin et jusque sur le nid d'aigle d'Hitler. Ces récits l'avaient fait rêver, comme ces films américains marqués par l'héroïsme des soldats morts enveloppés dans la bannière étoilée.

Michel remuait toutes ces pensées dans son esprit quand il fut en vue du marché Tmara. Il eut le réflexe de tendre son pied à un jeune cireur de chaussures avant de se raviser. Depuis quand une femme en *abaya* offrait-elle son pied à un adolescent ! Il s'éloigna du cireur et de ses boules de couleur avant de provoquer un incident. Un peu plus loin dans la foule, il lui sembla reconnaître Yamina, la plus jeune sœur de Maureen. Pressant le pas, il se porta discrètement à sa hauteur. Elle était seule et avec elle il savait qu'il pouvait sans crainte se faire reconnaître.

13

Michel n'avait plus revu Yamina depuis le mariage de Maureen, deux ans plus tôt. C'était une belle jeune femme de vingt ans dont la beauté s'était affirmée. Par son abondante chevelure d'un noir intense, on aurait pu la confondre avec sa sœur aînée si son visage n'avait pas été recouvert de taches de rousseur.

Yamina se sentit suivie. Comme elle pressait le pas, Michel accéléra aussitôt pour se porter à sa hauteur et l'obliger à le regarder. Il vit dans ses yeux qu'elle l'avait reconnu, mais comme tous les Irakiens depuis leur plus tendre enfance, elle avait appris à ne jamais manifester le moindre signe d'étonnement pour ne pas attirer l'attention. Elle releva le voile par-dessus sa bouche et, entre ses dents, demanda :

— Que fais-tu vêtu ainsi, Michel ? Surtout ne reste pas là. Tu sais où je vais ?

— Oui, justement. Qu'est-il arrivé à Maureen ?

— Impossible de le dire. Je t'en prie, Michel. Si mes parents te repèrent, ils sont capables de te faire arrêter. Et je ne te parle pas du mari de Maureen. Il ne peut plus se passer d'Oudaï. Tu imagines...

— Ne t'inquiète pas pour moi. Je vais te suivre à dix pas. Laisse-moi seulement assister à la cérémonie, je me tiendrai sur mes gardes.

Yamina lui adressa un sourire apeuré puis elle le distança de quelques mètres. Ils se retrouvèrent une petite centaine de personnes dans une grande salle des fêtes du quartier populaire de Tmara, là où Maureen avait suivi ses premiers cours de danse, quand elle avait sept ans. Il y avait là son ancien professeur, une femme au regard grave, les cheveux huilés et brillants, tirés en arrière, dégageant un large front. L'assistance prit place peu à peu sur de simples chaises en bois, quelquefois des tabourets. Les derniers arrivés durent rester debout. Des photos agrandies de Maureen avaient été placardées en hâte sur les murs de chaux. Michel songea que son vieux fan des souks aurait donné beaucoup pour posséder un de ces clichés dédicacés par l'artiste. Quelques fillettes en tutu venues spécialement de l'opéra de Bagdad avaient été conviées pour l'occasion. Elles semblaient pénétrées par l'importance de l'événement, et Michel eut le sentiment désespérant que la vie avait passé trop vite pour Maureen. Il aurait aimé posséder une ardoise magique ou une gomme à effacer pour que la jeune femme qu'il avait tant aimée ressurgisse comme par enchantement parmi ces petits rats tout occupés de musique et de rythme, insouciants de la marche du monde et des soubresauts d'une dictature en sursis.

Deux bancs avaient été tirés puis disposés au milieu de la salle, sur lesquels s'étaient assis les membres de la famille de Maureen. Michel reconnut sa mère dont la silhouette affaissée accusait l'immense douleur. Son père, lui, se tenait droit, impénétrable, avec ses moustaches en croc de boucher et son regard où l'on ne savait pas ce qui l'emportait de l'indifférence ou de la méchanceté. S'il avait pu lire dans ses pensées, Michel aurait découvert avec horreur que le père de Maureen espérait que la perte de sa fille lui vaudrait un regain de considération auprès du raïs.

Ce ne serait pas un enterrement, seulement une évocation, une fête pour se tenir chaud. Le commerçant du souk semblait avoir eu raison en affirmant que le corps de la belle n'avait pas été remis à la famille. On distribua de petites tasses de thé à toute l'assistance, et des biscuits à l'anis que de vieilles femmes avaient confectionnés pendant la nuit, réussissant comme par miracle à se procurer de la farine en suffisance pour tant de monde. Près des bancs, trois fauteuils restaient vides.

Michel était resté debout à proximité de la sortie, au cas où il aurait dû battre en retraite précipitamment. Il regarda un à un les visages qui l'entouraient, des jeunes gens qu'il avait connus ou seulement croisés autrefois, quand il fréquentait Maureen. Sans doute les parents de la danseuse voyaient-ils d'un mauvais œil sa relation avec leur fille, lui dont le prestige d'être français n'effaçait pas complètement la tare d'être chrétien. Tant que le professeur Samara avait été un dignitaire en vue du régime, le père de Maureen avait laissé son aînée poursuivre sa liaison avec Michel. Bien sûr, ce paysan rustre de Tikrit, membre par cousinage du clan de Saddam Hussein, et enrichi dans le marché noir depuis l'embargo, aurait préféré voir Maureen s'allier directement avec un des fils de Saddam. Mais Maureen ne voulait entendre parler que de Michel. Elle dut en rabattre lorsque le professeur Samara apparut soudain comme un traître à la cause nationale en refusant de participer à l'élimination des populations pauvres et rebelles, dans le sud du pays.

Contrairement aux informations parcellaires dont disposait Michel, son père n'avait pas seulement refusé de fabriquer des armes chimiques explosives. Il s'était aussi opposé à empoisonner l'eau des milliers d'hectares de terres inondées qui permettaient à ces pauvres villageois de tirer subsistance d'une agriculture pénible mais fertile. Après son élimination, Saddam avait décidé d'assécher purement et simplement les marais en faisant édifier des barrages démentiels en amont des marais, laissant les tribus du Sud pétrifiées sur un sol devenu aussi sec que son cœur. Il en avait puisé un surcroît d'orgueil, apparaissant aux yeux des siens comme un nouveau pharaon.

Du jour au lendemain, le père de Maureen avait interdit à sa fille de revoir Michel. Il l'avait alors poussée dans les bras de Nasser Hassan, le frère d'un gendre de Saddam, un fidèle d'Oudaï. Un jour que Maureen avait défié sa famille en passant une soirée avec Michel, son père en personne lui avait fouetté les fesses jusqu'au sang, prenant soin de ne pas blesser les parties de son corps livrées aux regards de ses admirateurs quand elle redevenait la plus célèbre des danseuses du ventre. Craignant pour la vie de Michel s'ils persistaient à s'aimer, Maureen avait brutalement rompu avec lui, mais cette rupture avait dévasté son cœur. Humiliée, bafouée, contrainte de sourire et de serrer les dents quand tout son être criait sa révolte et réclamait vengeance, elle s'était juré que le moment viendrait où son père et la clique du raïs paieraient très cher le sabotage de sa vie amoureuse. Elle avait cru réussir en jouant la carte de la CIA. La réunion de ce soir-là était le signe pathétique de son échec.

Une sono de fortune fut installée dans un coin de la salle des fêtes et les enfants en tutu esquissèrent devant l'assistance des pas de danse gracieux. La musique résonnait dans cet endroit à l'acoustique défaillante. Mais les fillettes étaient si gracieuses, et leurs mouvements si purs tandis que la guerre grondait çà et là, que chacun, à commencer par Michel, sentit son cœur fondre devant le spectacle, rarissime à Bagdad, d'une forme d'innocence.

À l'enchaînement de plusieurs scènes dansées succéda le temps fort des discours, des hommages, des souvenirs. Un micro passa de mains en mains, d'abord sur le banc de la famille, puis parmi les amis ou les admirateurs anonymes de Maureen qui avaient appris sa brutale disparition. Ce tour d'honneur débuta avec Yamina qui évoqua, d'une voix puissante pour un corps d'apparence si délicat, la mémoire vive de sa grande sœur. Sous le regard impénétrable de son père, elle n'hésita pas à dire à mots couverts combien Maureen aurait rêvé d'un monde meilleur où l'amour et la sincérité des sentiments auraient triomphé de la violence, de l'appât du gain et des compromissions de toutes sortes. Elle avait parlé avec une telle intensité, une telle ferveur que les participants applaudirent à ses propos, sans penser un seul instant qu'ils lui attireraient sarcasmes et reproches de la part des siens, une fois la cérémonie achevée.

Le mari de Maureen lui arracha presque le micro des mains pour dire combien il espérait la venue attendue parmi eux de Saddam Hussein. Il n'eut pas une parole en revanche pour Maureen dont il était l'un des rares à savoir qu'elle avait commis un acte supérieur de trahison. Puis le micro continua sa course dans l'assistance. Les uns, gagnés par l'émotion et mal à l'aise pour s'exprimer en public, se contentaient de jeter une phrase lapidaire : « Je ne t'oublierai jamais Maureen ! » ou « Tu restes dans nos cœurs ! », avant de fondre en larmes. D'autres tentaient d'évoquer le souvenir d'un spectacle qui les avait bouleversés, où elle leur avait adressé un signe personnel.

Il y eut un moment où le silence se fit. La grande porte qui avait été fermée au début de la cérémonie s'ouvrit sur trois silhouettes dont deux assez imposantes. Trois hommes marchaient d'un pas solennel, assez lentement pour pouvoir être vus et admirés de tous.

— C'est notre président bien-aimé ! cria une voix, tandis qu'on se pâmait dans le clan familial de Maureen, où seule Yamina restait de marbre.

— Il est avec Oudaï ! lança quelqu'un.

— Et avec Qoussaï, reprit un autre participant.

Une onde de contentement traversa l'assistance. Avec son allure dégingandée, sa barbe de trois jours, son sourire veule et son long cigare aux lèvres, Oudaï ressemblait à ces gangsters nonchalants qui peuplent les films de Tarentino. Il était suivi d'un lionceau tenu en laisse, qui fit forte impression auprès des petits rats.

Fraîchement investi de la sécurité militaire de la ville de Bagdad, Qoussaï portait l'uniforme olivâtre des soldats du régime, orné à hauteur de la poitrine de nombreuses breloques octroyées par un décret signé des mains de son père. Plus petit, plus râblé, il promenait sur la foule un regard peu amène, averti que la famille éplorée de la danseuse avait tout de même abrité les activités d'une femme certes belle et talentueuse, mais aussi d'une tueuse en puissance, aussi douée pour la traîtrise que pour les circonvolutions du ventre.

Le président de la République, lui, portait un costume très sombre de circonstance. Il passa à quelques centimètres d'une grande femme en *abaya* noire qui n'était autre que Michel Samara. Celui-ci put le suivre du regard à la manière d'un maquignon. Au bout de deux minutes, lorsque le raïs, se retournant, fit signe que la cérémonie pouvait continuer, le jugement du jeune homme était fait : le personnage à la démarche étudiée qui avait fait son entrée remarquée dans la salle des fêtes n'était pas Saddam Hussein. Sans doute s'agissait-il de S2 ou de S3, car à aucun moment il ne se mit en situation de devoir prendre la parole. Avait-il la voix de fausset du premier sosie, ou était-il sujet aux bégaiements du deuxième ? Michel aurait penché pour le premier, l'un des plus doués dès lors qu'il s'agissait de se montrer debout. La démarche était semblable à s'y méprendre à celle du dictateur. C'en était même fascinant. Une drôle d'idée s'incrusta dans l'esprit de Michel, l'idée affolante qu'un jour tous les hommes d'Irak deviendraient des clones de Saddam, sa copie conforme.

Les fils, eux, étaient bel et bien là, en chair et en os, veules et détestables à souhait, de la bonne graine de crapules que la mort de leur père transformerait sans nul doute en des succédanés de docteur Folamour. Mais Michel préféra ne pas y penser. Le cauchemar d'un pays peuplé de Saddam en pagaille suffisait à ruiner son moral.

D'autres intervenants prirent la parole, les uns pour dire

merci à Maureen, les autres pour dire adieu, d'autres encore pour chanter une chanson qu'elle aimait, ou fredonner l'air d'une danse qu'il suffisait d'entendre pour l'imaginer traçant dans l'air ses grandes arabesques, dans sa longue foulée de voiles à demi transparents où seul son ventre apparaissait dénudé, insaisissable, aérien. Là où l'art des autres danseuses se perdait sous les contorsions géométriques, celui de Maureen n'était que grâce. Et c'était cette grâce que ses amis rassemblés pleuraient aussi.

Michel avait pris soin de rester bien campé sur ses jambes, en état d'alerte, près du grand battant de la porte qui donnait sur une cour plantée de palmiers. Le marché Smara était à moins de cinquante mètres. Il pourrait s'enfuir sans mal en cas de danger, même s'il n'apercevait aux abords de la cérémonie aucun visage de policier en civil, et pas un seul uniforme de la garde républicaine. Cette absence le conforta dans sa certitude que l'homme assis sur un fauteuil à trente pas n'était pas Saddam Hussein.

Après qu'un jeune homme visiblement timide eut pu exprimer l'émotion qu'il avait ressentie en apprenant le décès de Maureen, le micro baladeur tomba dans les mains de Michel. D'emblée il fut tenté de le donner à un de ses voisins, mais pris d'une pulsion soudaine, il se ravisa. Sa figure restait à demi masquée derrière la voilette noire, mais il ne chercha pas à dissimuler sa voix d'homme, et ses premières paroles firent sensation. On s'agita à la tribune, le sosie de Saddam écarquilla les yeux, ainsi que les fils du dictateur et tout le banc familial. Même Yamina ouvrit la bouche incrédule pendant que Michel, qui s'était déjà placé devant la sortie, assénait de violentes accusations :

— Je m'étonne de voir un mari éploré, et des soi-disant protecteurs aussi incapables que Qoussaï et Oudaï, venir rendre hommage à Maureen. Elle n'est plus là aujourd'hui, mais je doute qu'elle aurait apprécié la présence de ses assassins pendant une fête donnée à sa mémoire. Honte à toi, pâle copie de Saddam, et à vous, les frères cruels, et à toi aussi, qui ne méritait pas d'être le mari d'une femme aussi rare que Maureen.

Déjà les cris couvraient sa voix, et les hommes pétrifiés sur leurs bancs commençaient à esquisser un mouvement vers Michel.

— Vous n'emporterez pas vos crimes au paradis, ajouta encore Michel avec une force redoublée, alors que le technicien chargé de la sonorisation venait de lui couper le micro.

Michel eut tout juste le temps de détaler. Instinctivement, la foule avait fait barrage pour empêcher ses poursuivants de lui courir après. Lorsque le mari de Maureen, écumant de rage, réussit à se dégager, suivi de quelques fidèles de son clan, Michel s'était déjà fondu dans la cohue multicolore du marché.

Dans la salle des fêtes, l'anarchie était à son comble. Oudaï Hussein s'était péniblement avancé jusque dans la cour, puis il était tranquillement revenu s'asseoir sur son fauteuil. Les personnes présentes avaient pu voir que l'aîné de Saddam éprouvait de grandes difficultés à marcher. Il gardait aux jambes les séquelles de l'attentat qui avait failli lui coûter la vie en 1996, et dont il avait réchappé grâce à la dextérité de chirurgiens français qui avaient extrait de son corps une trentaine de balles, « et aussi sa cervelle » persiflaient les mauvaises langues, à l'abri des oreilles espionnes.

Quant à Qoussaï, il était resté imperturbable comme Saddam, le vrai Saddam, celui aux trois points bleus sur le poignet, savait l'être. Droit dans son costume croisé, il s'était glissé dans la peau du successeur, du petit frère devenu le dauphin. S'il dédaignait de poursuivre lui-même ceux qui lui manquaient de respect, il savait déjà que, à peine finie la cérémonie perturbée avec tant d'insolence, une douzaine de ses tueurs sillonneraient Bagdad pour faire rendre gorge à Michel Samara, ce revenant qu'il croyait déjà expédié dans l'autre monde avec les murs enflammés de sa maison.

La doublure de Saddam essaya de garder la situation sous contrôle. D'une main pateline, il fit signe à l'assistance de se calmer. On lui porta un micro et, après s'être raclé la gorge, il rappela que chaque citoyen d'Irak se devait de combattre l'ennemi à sa porte, de démasquer les traîtres à la cause nationale qui s'infiltraient dans la bonne société. Si Michel avait pu assister à cette prise de parole, il aurait souri en entendant cette voix plutôt fluette qu'il aurait attribuée à S2... Mais à cette minute précise, Michel avait rejoint les étals du marché.

Une fois encore, en se mêlant à cette foule bigarrée qui vaquait à ses occupations sans souci apparent du danger, le jeune homme se sentit profondément chez lui. Des femmes en *abaya*, d'authentiques femmes cette fois, regardaient chaque légume, tentaient de négocier le prix, poursuivaient la conversation pour le simple plaisir de parler, d'échanger des paroles et des sentiments. Il était question de récoltes décevantes, d'argent qui n'arrivait pas, d'envies de partir un peu respirer l'air en dehors de Bagdad. Une femme racontait qu'elle avait toutes les peines du monde à se procurer de l'aspirine pour son fils qui avait mal aux dents. Une autre disait avec fierté qu'elle avait reçu des nouvelles d'un cousin établi en France, un pays ami qui refusait de se liguer avec Bush le méchant Texan. Elle répéta « Bush le méchant Texan » et d'autres voix s'unirent en plein milieu des pyramides de tomates et de concombres pour se moquer du président américain. Les femmes éclatèrent de rire, les plus retenues se contentaient de glousser sous leurs voiles.

C'était un après-midi d'insouciance dans Bagdad qui en avait vu tant d'autres. On ne disait rien ouvertement sur Saddam Hussein, sur la croyance complaisamment colportée selon laquelle il avait survécu aux premiers raids aériens parce qu'il était immortel. On n'avait pas beaucoup d'estime ici pour ces Américains qui bombardaient les maisons à dix mille mètres de hauteur, trop lâches pour montrer leurs visages et venir constater *de visu* les dégâts qu'ils causaient.

Michel avait repéré un café à proximité de l'étal rempli d'olives et d'amandes. Il aperçut plusieurs jeunes femmes qui semblaient pianoter chacune devant un ordinateur, tout en trempant délicatement leurs lèvres dans un verre de café où flottaient en surface des pignons clairs. Nul ne semblait prêter attention à elles. Il restait deux écrans libres juste après la terrasse. Michel avait rajusté son voile jusqu'au-dessus de son nez. Il approcha du bar, désigna une tasse de café vide et partit s'asseoir.

C'est en prenant place devant un des écrans qu'il se rappela n'avoir plus un seul billet pour payer. Mais il ne savait pas qu'aucun des ordinateurs ne pouvait être connecté sur le Net. Les écrans étaient seulement branchés pour les jeux vidéo et le traitement de texte. Sans doute est-ce la dernière pensée consciente qu'il eut avant longtemps, très longtemps : il n'avait rien, pas d'argent sur lui. Le soir tombait. Aux étals, les marchands continuaient de deviser tranquillement devant leurs tas de légumes pendant que les femmes tardaient à repartir de leur pas lourd pour aller préparer les salades et les quelques pois chiches qui portaient bien leur nom.

Il y eut d'abord comme un sifflement lointain, un bruit presque comique, comme ceux qui annoncent un effet spécial au cinéma ou une surprise au cirque. Michel venait de composer son code d'accès et s'apprêtait à demander à Naas de venir le rejoindre avec des habits d'homme. Mais il n'eut pas le temps de taper tous ces mots sur le clavier, car le bruit s'était rapproché. Et à l'écouter de plus près, il n'avait rien de drôle pour la bonne raison qu'il apportait la mort avec lui.

Il y eut une explosion, un cratère se forma là où quelques secondes plus tôt se tenait un marché avec ses marchands, un quartier avec ses habitants. Il ne resta qu'un grand trou, un trou immense comme une amnésie de la vie, un trou de mémoire. Comme à Pompéi, des hommes et des femmes restèrent figés dans leurs gestes, choqués, hébétés, serrant dans leurs mains un bout de concombre déchiqueté ou le bras d'un enfant mort à leurs pieds. Cela s'appelait la guerre propre conçue à Washington, guerre propre dont il fallait regretter les dégâts baptisés « collatéraux ». En fuyant la cérémonie organisée en l'honneur de Maureen, Michel était allé se jeter dans la gueule d'un loup aveugle et sourd qui commençait à frapper Bagdad sans discernement, mélangeant les civils et les militaires, les objectifs stratégiques avec les toits des maisons sans lumière, les palais de la République avec les quartiers fortement peuplés où la seule arme était le rire, et parfois la dérision.

Mais le jeune homme en *abaya* n'était pas en état de réfléchir aux débordements de la stratégie du Pentagone. Ses deux voisines de Web avaient été emportées par la déflagration. Lui avait littéralement volé à plusieurs mètres et son corps massif était venu s'abattre lourdement sur une table de l'arrière-salle avant d'être projeté au sol. Lorsque les secours finirent par arriver, relevant péniblement des décombres des dizaines de blessés et une trentaine de cadavres, Michel ne bougeait plus.

En approchant de sa carcasse inerte, les sauveteurs ne se demandèrent pas s'il s'agissait d'un homme ou d'une femme, puisque le souffle avait arraché ses vêtements, découvrant son sexe de manière grotesque et pitoyable. Faute de mieux, on jeta sur lui en hâte une nappe de papier. Puis un médecin promena un stéthoscope de campagne sur sa poitrine, d'un air sceptique. Mais à sa grande surprise, malgré les filets de sang qui s'écoulaient d'une oreille et de son front, il vivait encore. Il fallut deux gaillards pour le soulever avec mille précautions. Michel pesait son poids, et s'il ressemblait à un gisant de cathédrale, avec sa belle chevelure blonde déployée sur ses épaules, il n'avait rien d'un ascète squelettique. Des femmes se turent à son passage, saisies par sa pose abandonnée, par sa beauté aussi, malgré les tuméfactions qui commençaient à boursoufler ses arcades sourcilières et l'ourlet de ses lèvres. Un photographe eût réalisé là une photo à l'esthétique imparable. On venait de relever des décombres du marché de Tmara, martyr d'entre les martyrs, le christ de Bagdad, à moins que ce ne fût un ange.

14

Sa première sensation fut un léger picotement au bout des doigts, comme des fourmis. Sa conscience émergeait doucement, et c'est dans ses mains qu'elle parut d'abord se manifester. Il était plongé dans l'obscurité de ses paupières closes. D'une minute à l'autre, il serait en mesure de les soulever. Mais il repoussait l'instant, attendait encore, redoutant que le retour à la vie ne soit une plongée en plein cauchemar. Son horloge intérieure s'était passablement détraquée pendant son coma. Les images qui le traversaient le ramenèrent un peu dans son enfance auprès du professeur Samara, ils marchaient ensemble au-devant d'un soleil éblouissant et son père adoptif lui expliquait tranquillement pourquoi l'homme devait renoncer à l'éternité. « La mort, mon enfant, met un terme aux joies comme aux peines, ce qui signifie qu'il n'existe ni bonheur absolu, ni malheur absolu. »

C'était comme si la voix du sage professeur avait glissé le long de son oreiller, entre la gaze des pansements de fortune qui enserraient son crâne à demi rasé, et son visage dont il ne pouvait pas voir la ressemblance avec celui des boxeurs sortis du ring à la suite d'un K.-O. Ensuite, une série d'images affluèrent en s'estompant les unes après les autres, le sourire de Maureen, le regard de sa mère, l'expression douloureuse de Naas, les cris de la foule devant deux énormes coqs en furie. Puis il n'y eut plus rien que les légers courants d'air qu'il sentait çà et là sur ses joues, devinant ainsi une présence humaine, des hommes et des femmes qui passaient sans doute près de lui comme s'il se fût trouvé au beau milieu d'une rue très fréquentée.

Après, il entendit son propre souffle, très lent. Mentalement, il essaya de faire remuer chaque partie de son corps. Ses jambes lui paraissaient tout à coup si lointaines, si inconsistantes, qu'il fut saisi par l'angoisse de les avoir perdues. C'est cette crainte irrépressible qui le poussa à entrouvrir les yeux. Et à les refermer aussitôt. En se croyant condamné à mort.

Car devant lui, immense, envahissant, se dressait un portrait en pied de Saddam Hussein. Un de ces portraits en majesté qui n'avaient pas encore été décrochés des édifices publics, bien que la bataille de Bagdad fût presque arrivée à son terme. Le calendrier indiquait la date du 20 avril; Michel avait traversé un long sommeil de cinq semaines dans un lit étroit de l'hôpital Saddam.

— Vous m'entendez? demanda une jeune infirmière à la blouse chiffonnée.

Michel fit oui d'un battement de paupières. La jeune femme lui sourit.

— On vous a mis dans une salle d'enfants car vous dormiez comme un bébé, fit-elle en essayant de garder un ton enjoué. Vous n'entendiez rien, alors...

Qu'aurait-il dû entendre? Il ne tarda pas à le savoir. Après que l'infirmière eut légèrement relevé sa tête avec un coussin, une plainte lancinante lui parvint d'un lit voisin. Le regard encore brouillé de tant de sommeil, Michel n'aperçut qu'une silhouette imprécise et très fine. C'était Ali, un enfant de douze ans dont la famille entière avait été décimée alors que tous étaient réunis un soir chez eux autour du repas.

— Si on ne me rend pas mes bras, je veux mourir! se lamentait l'enfant.

En inclinant légèrement la tête sur le côté, Michel comprit pourquoi le garçon lui était apparu si fluet. Il lui manquait ses deux bras, coupés chacun à la saignée de l'épaule. Un tir à l'arme lourde. Il ignorait que, pendant son long sommeil, les Américains avaient ouvert le feu sur de simples habitations, qu'ils avaient même eu recours à des bombes à fragmentation. Michel ne savait rien, mais la vue de ce drame bouleversa peu à peu ses convictions personnelles. Son histoire d'amour avec l'Amérique de toute sa splendeur, au temps des fêtes sur le campus de Boston et des marches pour la paix, son idylle romantique avec la plus grande démocratie du monde s'arrêtait là, sur ces lits de métal déglingués où souffraient des dizaines et des dizaines d'enfants orphelins. Sous ses pansements, alors qu'aucun mouvement ne lui était encore permis, Michel sentit qu'il venait de voir s'effondrer son rêve américain, et c'était sans doute ce qui lui occasionnait la plus grande douleur.

— Nous n'avons plus de place, ni ici à l'hôpital Saddam, ni dans tous les autres hôpitaux, souffla l'infirmière. On parle déjà de quatre mille civils tués à travers le pays, et d'une dizaine de milliers de blessés à Bagdad, à Karbala, à Nadjaf, à Nassyria, à Mossoul... Est-ce vouloir libérer un peuple que d'abattre les gens inoffensifs, des femmes, des enfants, des vieillards ?

— Que dis-tu ? demanda Michel.

La jeune femme se rendit compte qu'elle était allée trop vite en besogne à lui parler ainsi de la triste réalité. Habituée à soigner les petits qu'elle protégeait comme elle pouvait du monde extérieur, elle avait attendu avec impatience le réveil de ce colosse blond qu'on lui avait amené un mois plus tôt, presque nu, beau et fort comme ces demi-dieux qui ont bravé les colères célestes. *A priori*, ses blessures extérieures étaient superficielles. Mais le chef du service médical, avec les moyens du bord, avait décelé une commotion cérébrale assez sérieuse qui avait plongé Michel dans un état végétatif. Aucune fonction vitale ne paraissait avoir été lésée. Restait à savoir comment l'organisme allait récupérer du choc subi lors du bombardement du marché.

Pendant les premiers jours de coma du jeune homme, une polémique assez virulente avait opposé à travers les médias le chef de l'état-major américain et les services irakiens de propagande. Les premiers prétendaient que les tirs provenaient d'un cafouillage de la DCA locale supervisée par le fils aîné de Saddam. Les seconds estimaient que ce crime contre une population civile était un acte de violence gratuite supplémentaire commis par les « barbares ». Ce scénario fut d'autant mieux relayé que, partout où passaient les colonnes infernales de blindés américains, les témoignages se multipliaient sur la brutalité des GI's. Même les médias occidentaux racontaient les bavures à répétition dont se rendaient coupables des troupes nerveuses et à cran, de jeunes soldats prompts à tirer, toujours le doigt sur la détente, quand il aurait fallu faire preuve de sang-froid et de discernement. Michel n'eut pas aussitôt l'écho de ces exactions. Après son réveil, l'infirmière le laissa paisiblement récupérer, trop heureuse d'avoir enfin pu croiser le regard bleu de son patient qui semblait tiré d'affaire.

Mais un soir tard, deux hommes en civil arborant chacun un brassard de la Croix-Rouge firent irruption dans la salle de repos des enfants. Ils transportaient un blessé gisant sur une civière, aux vêtements ensanglantés. Malgré les piqûres de calmants qui lui avaient été administrées, le malheureux délirait sans arrêt, interrompant seulement le flot de son monologue pour pousser des cris déchirants de douleur. L'infirmière demanda qu'on le transporte ailleurs pour ne pas effrayer les petits. Mais ailleurs il n'y avait plus de place, et c'est ainsi qu'Abdul fut installé entre le lit de l'enfant sans bras et celui de Michel.

— Il faudrait au moins le soulager ! insista la jeune infirmière quand elle vit passer le directeur de l'hôpital, un homme massif d'une cinquantaine d'années au crâne lisse comme une coupole de mosquée.

— Mais avec quoi, Nadia ? répondit le médecin. Nous n'avons presque plus d'analgésiques, ni de Valium. Les stocks de désinfectants sont presque épuisés et on nous annonce l'arrivée de sept blessés graves que les soldats américains ont tirés comme des lapins près d'un check point. Rien que des femmes et trois fillettes, comme si elles allaient les manger ! Celui-ci a déjà eu deux piqûres, il faut en garder pour les autres, conclut-il en regardant tristement Abdul se tordre sur sa civière.

Comme s'il avait entendu, le nouvel arrivant se tut. Ses plaintes s'espacèrent et, sur le matin, il finit même par s'endormir. Ali, lui, n'avait pas fermé l'œil de la nuit.

— Tu crois que je retrouverai mes bras ? demanda-t-il à Michel alors que les premières lueurs du jour éclairaient la salle et le sourire inaltérable de Saddam Hussein, sur son portrait accroché au mur.

Michel n'avait pas encore eu la force de parler depuis sa reprise de conscience. Mais ses forces lui étaient suffisamment revenues pour qu'il puisse davantage fixer son regard en tournant sa tête vers l'enfant. C'était un de ces petits Irakiens à la peau veloutée comme un abricot, la tignasse drue et noire, comme était noir son regard, et noirs ses sourcils. Il avait un beau visage aux traits réguliers, mais la perte de ses bras avait instillé à jamais dans ses yeux une peur indéfectible, une onde de panique qui l'empêchait de trouver le sommeil. Ses membres fantômes le faisaient souffrir. Plus il essayait de trouver le sommeil avec l'espoir fou de se réveiller de nouveau avec ses bras, moins il réussissait à s'apaiser. De grands cernes avaient surgi au-dessus de ses pommettes. Il n'avait plus ni père ni mère, et le visage radieux du raïs qui semblait se moquer de la souffrance des siens lui était intolérable.

— Je sais que les médecins réussissent des miracles, aujourd'hui, souffla Michel au prix d'un énorme effort qui l'obligea à se taire quelques minutes pour reprendre sa respiration.

Il avait parlé, mais la tête lui tournait.

— Je te promets qu'on sortira d'ici, Ali. Je t'emmènerai dans un pays où on te donnera des bras tout neufs.

— Quel est ce pays ? réagit l'enfant, les yeux soudain brillants.

En d'autres temps, Michel aurait aussitôt répondu « les États-Unis », sans la moindre hésitation. Mais il sentit d'instinct qu'il devrait réviser ses critères de confiance et de jugement.

— La France, réussit à articuler Michel. C'est mon pays, et celui de ma maman.

Il aurait voulu poursuivre un peu mais cette fois il éprouva un léger malaise, comme un étourdissement. En regardant dans la direction d'Ali, il vit avec soulagement que l'enfant s'était allongé de tout son long, et qu'il était tombé dans un profond sommeil.

Quelques heures plus tard, l'infirmière vint se pencher au chevet d'Abdul. Il avait cessé de gémir mais de vilaines plaies à la cuisse et à l'abdomen menaçaient de s'infecter. La jeune femme procéda à des soins en profondeur qui arrachèrent plusieurs cris au blessé. Il pouvait avoir une trentaine d'années, mais depuis qu'il avait vu ce que les supplices avaient provoqué sur le corps et le visage de Naas, Michel hésitait à lui donner un âge.

Quand l'infirmière eut achevé de nettoyer ses blessures, Abdul retrouva son calme tout en grimaçant. Il avait pu avaler un gobelet rempli de thé, de même que Michel, avec un quartier de pomme chacun et un biscuit sablé. Sans se faire prier, l'homme raconta à son voisin qu'il avait défendu ardemment les faubourgs de Bagdad, dans le quartier de l'aéroport, sous l'uniforme des fedayin d'Oudaï. Il était fier d'appartenir à ce carré de combattants et se promettait de retourner au feu sitôt qu'il serait sur pied.

– Dire qu'il y a six mois, je ne savais pas tenir un bazooka ! J'ai tiré avec cet engin des heures d'affilée sur ces chiens ! Nous n'avons pas besoin d'eux pour savoir comment nous voulons vivre ! Et de toute façon, je n'ai plus rien à perdre puisqu'ils ont détruit ma maison. Dedans il y avait mon père, ma femme et mes deux fils. Ils se rendent compte de ça, Bush et Blair ? Je vais leur écrire pour leur envoyer les photos de ma famille qu'ils ont tuée...

L'infirmière était revenue auprès des deux hommes, alertée par les éclats de voix d'Abdul.

– Reposez-vous, Abdul, dit-elle gentiment, d'une voix trop douce, manifestement habituée à s'adresser à des enfants.

– D'abord je ne suis pas Abdul !

– Mais c'est le docteur qui...

– Mon nom de combattant, c'est Saddam ! fit le blessé sur un ton qui ne souffrait aucune contestation.

– Bien... Saddam... répondit l'infirmière hésitante, en jetant sur Michel un regard apitoyé.

De sa main étendue sur le drap, le géant blond lui fit signe de s'éloigner. Quand il se retrouva seul auprès de son voisin, il lui demanda :

– Quel âge as-tu, Saddam ?

– Vingt-six ans, répondit-il, tout rasséréné qu'on l'appelle par son nom de guerre.

Michel eut un haut-le-cœur. Le « syndrome Naas » s'était répété sur ce jeune homme qui paraissait dix ans de plus, avec ses traits dilatés et ce teint gris qui restent sur le visage des êtres que la mort a frôlés de son aile.

– Tu dis que ce sont des GI's qui ont éliminé les tiens ?

– Je les ai vus de mes yeux. Nous étions à table dans la cuisine. La fenêtre était grande ouverte. Les enfants chahutaient un peu, comme c'est normal pour des enfants. Ils ne chahutent pas, les petits Américains ? Une colonne de chars passait très loin. Mon père avait le projet d'aller les voir pour donner de l'eau aux soldats. Nous terminions de déjeuner quand nous avons vu un char s'arrêter à une centaine de mètres de la maison. Évidemment, les enfants se sont précipités à la fenêtre pour regarder. Nous n'avons entendu aucune sommation, pas un seul avertissement. Alors il s'est passé quelque chose d'incroyable. Ce char immobile sous le soleil, le canon en avant ; orienté vers l'est, à l'opposé de la maison. Puis soudain, la tourelle a pivoté sur elle-même et nous avons vu grande ouverte la gueule noire de l'affût pointée sur nous. J'ai pensé que ce n'était pas possible. J'ai crié « baissez-vous » et j'ai rampé jusqu'à la chambre pour attraper quelques grenades. Mais trois secondes plus tard, un tir a détruit la moitié de notre habitation. J'ai été sauvé par la grande armoire du vestibule. Quand j'ai pu me remettre à marcher, j'ai découvert une horreur. Ils étaient tous morts. Ma femme, mes fils, mon père qui voulait porter de l'eau aux tankistes. Je ne savais plus qui je devais pleurer. Je crois que je n'avais plus assez de larmes. Le soir même, j'avais rejoint les fedayin.

Abdul-Saddam but quelques gorgées de thé, l'œil perdu dans le souvenir de l'ultime vision de sa famille.

— C'est incroyable, fit-il d'une voix qui avait retrouvé un semblant de vigueur. Ces GI's sont des mecs de vingt ans qui n'ont jamais été au front. Ils violent les règles élémentaires de la guerre. Pas de sommation. Pas de précaution avec les civils. Ils ont tellement peur qu'ils tirent sur tout ce qui bouge. Sur la route numéro 9 près de Nadjaf, des dizaines de paysans ont été massacrés alors qu'ils brandissaient des drapeaux blancs de fortune qu'ils avaient confectionnés avec des tricots de peau attachés au bout de longs bâtons. Les gars les tuent quand même, comme dans un jeu vidéo. Ils croient peut-être que leurs victimes vont se relever, qu'ils ont plusieurs vies et que la partie pourra continuer ! C'est un véritable déluge de feu et d'acier qui s'abat sur notre pauvre peuple. Ils envoient leurs hélicoptères de combat Apache, leurs B52, leurs lance-roquettes. J'ai vu le sol jonché de petits parachutes entourés de débris des bombes à fragmentation qu'ils avaient pourtant promis de ne pas utiliser. Dire qu'on nous cherche des poux dans la tête avec nos missiles chimiques !

Abdul inspira l'air aussi profondément qu'il pouvait avant de poursuivre. Michel avait le sentiment que sa mémoire était un puits sans fond d'histoires plus frappantes les unes que les autres. Et ses blessures parlaient pour lui. Le bonhomme disait vrai.

— Mon cousin Kahra est éleveur, reprit-il. Quand le vent souffle, il se protège le crâne. Quoi d'extraordinaire ? L'autre jour, des GI's l'ont stoppé au milieu de ses moutons. Ils l'ont forcé à ôter son keffieh pour vérifier que sa coupe de cheveux n'était pas militaire. Un Américain l'a mis en joue. Mon cousin était mort de peur. Quand ils ont vu que ce n'était pas un soldat déguisé, ils ont décidé de s'amuser un peu. Ils l'ont fait s'allonger par terre, le front dans la terre. Et ils l'ont gardé comme ça une heure, tête nue, en plein soleil. Nos libérateurs...

L'homme se tut. Il émit une plainte en serrant les dents. Ses blessures le lançaient. Depuis son lit de souffrance, Ali n'avait rien perdu des propos du combattant. À Michel, il demanda, la voix de nouveau remplie d'inquiétude.

— Tu m'as bien dit que je pourrais avoir de nouveaux bras...
— Oui, répondit Michel, encore sous le choc de ce qu'il venait d'entendre dans la bouche de son voisin.
— Ouf ! J'ai cru que j'avais rêvé cela mais que ce n'était pas vrai.

Il marqua un silence puis reprit.
— Et mes mains ?
— Quoi, tes mains ?
— Je pourrai aussi en avoir de nouvelles ?

Michel prit sur lui d'offrir à l'enfant un visage rassurant.
— Oui, Ali, des mains aussi, je te le promets. Mais en attendant, tu dois reprendre des forces, comme moi. Regarde, je suis plus grand et plus costaud que toi et pourtant, je reste tranquillement allongé dans ce lit.

Le garçon hocha la tête.
— Mais toi, tu as encore tes bras et tes mains.

Michel ne répondit pas.
— Je croyais que la guerre, c'était seulement entre les soldats, ajouta encore l'enfant, qui avait envie de parler.

Abdul-Saddam, qui l'avait entendu, se racla la gorge pour s'adresser à Ali.
— Tu as raison, petit. La guerre est une affaire de militaires. En principe. Une armée contre une autre armée. Mais retiens bien cela, je suis sûr que tu ne pourras pas l'oublier : l'Amérique, elle, fait la guerre aux civils.

Pendant que les deux hommes et l'enfant tentaient de se raccrocher à l'espoir de s'en sortir, un conciliabule à l'entrée de la salle mettait aux prises plusieurs blouses blanches.
— Il nous faut d'urgence des antiseptiques, insistait Nadia, l'infirmière des enfants. Et des médicaments pour calmer les douleurs. C'est une priorité pour au moins dix lits.
— Non, répondait le chef hospitalier. Il faut encore attendre, Nadia. Désolé. Nous avons des gars qui arrivent avec des éclats

d'obus dans le ventre et dans les yeux. Je ne peux pas les laisser comme ça !

— Et mes petits amputés, j'en fais quoi !

— Un Télex est arrivé d'Amman, trancha un homme qui n'avait pas encore parlé. Les gars de l'OMS ont rassemblé une cinquantaine de médicaments indispensables. Ils vont prendre la route cette nuit. Avec un peu de chance, nous serons servis dans vingt-quatre heures.

— À condition que les GI's ne fassent pas sauter leur bagnole ! Ils sont tellement nerveux en ce moment. Et depuis les attentats suicide de ces jours derniers, ils ont la gâchette encore plus facile, commenta le médecin chef.

— Sur cette route, reprit l'autre homme en blanc, ce sont surtout des Britanniques. Ils sont moins excités. Ils ont l'habitude des situations tendues avec la population irlandaise. Ils savent fouiller des voitures calmement, sans prendre de risque, sans s'affoler. Ils verront bien qu'ils ont affaire à un convoi médical.

— Espérons, fit Nadia d'une voix où filtrait un peu de découragement.

Il faudrait bien tenir encore une journée et surtout une nuit de plus avec des bouts de chandelle. C'était surtout la nuit que les douleurs se faisaient plus aiguës, avec les angoisses, les images insoutenables qui se réveillaient dans l'obscurité, tous ces cris, ce sang, les cadavres des parents, des frères et des sœurs, et les blessures qui ne se laissaient pas oublier une seconde. Quelquefois, le léger souffle entraperçu au-dessus d'une couverture cessait. La mort cueillait ses proies affaiblies en pleine nuit, aidée dans sa tâche par l'absence d'un médicament en souffrance dans un entrepôt de Jordanie.

Michel ferma les yeux. Sa tête n'était plus que tumultes et carnages, pendant qu'on entendait au loin des tirs d'armes automatiques auxquels répondait le bruit sourd des mortiers. On se battait dans Bagdad. C'était déjà la fin de l'après-midi. Michel n'avait pas reçu de balle dans le fémur ou dans l'abdomen comme Abdul-Saddam. Il n'avait pas perdu ses bras comme Ali. Sans doute, dans la vie de tous les jours, n'aurait-il rien eu à partager avec ce fedayin qui s'était mis naïvement au service du raïs par sursaut de nationalisme. Mais ses deux voisins et leur souffrance l'avaient poussé, sans qu'il le sache encore, sur le chemin de sa propre vérité. Un enfant qui avait cessé de vivre fut évacué devant lui, et cet enfant aussi, dont il ignorait et le nom et l'histoire, devint partie prenante dans la résolution qui mûrissait à son insu dans sa conscience.

Il arrive que les vivants ferment les yeux des morts. Il arrive aussi que les morts ouvrent les yeux des vivants. Puisqu'il vivait, Michel pensa qu'il resterait à jamais fidèle à ces morts vivants qui lui avaient ouvert les yeux.

15

Une ombre glissa le long du mur chaulé de la salle des enfants. Une ombre formidable agrandie par la lumière vacillante des ampoules qui n'éclairaient que par intermittence, quand le courant du groupe électrogène n'était pas tout entier dérivé vers le bloc opératoire où les chirurgiens continuaient d'amputer, de recoudre et de sauver des vies, jour et nuit, nuit et jour. C'était le soir et Michel somnolait. Il avait bu le bol de bouillon que l'infirmière avait distribué à ceux qui pouvaient avaler quelque chose. Le petit Ali avait siphonné sa part, lui qui n'aimait guère la soupe, pour avoir la force de suivre Michel dans ce pays de France où il obtiendrait de nouveaux bras. Il y croyait fort, à cette histoire de bras articulés dont le jeune colosse blessé près de lui l'avait entretenu plusieurs soirs déjà, et pendant les moments de la journée où l'enfant désespérait de l'existence.

Lorsque l'infirmière avait patiemment donné la soupe à Ali, cuiller après cuiller, Saddam avait suivi la scène avec une extrême attention, comme si ce spectacle avait suffi à le nourrir. Mais dès que Nadia s'approcha de son lit, une fois l'enfant repu, Saddam détourna la tête. Boire était un supplice qui le brûlait au ventre, dans la région de l'estomac et plus bas encore sur la gauche, aux intestins, les endroits de son abdomen que les balles étaient venues déchiqueter.

Michel vit le premier l'ombre passer sur le mur ; on eût dit qu'un géant venait de s'introduire dans une maison de poupées, tant ses proportions étaient remarquables, dépassant même la taille du dictateur fièrement représenté dans sa posture invincible. Le personnage de chair et de sang à qui appartenait cette ombre était d'envergure bien plus modeste. Il n'en était pas moins inquiétant avec son keffieh vissé sur le crâne et le foulard accroché à son visage qui ne laissait transparaître qu'une fulgurance de regard, en réalité deux yeux noirs et brillants, fendus en leur milieu comme ceux d'un félin. S'ils avaient découvert son véritable visage, nul doute que les enfants éveillés auraient poussé des cris de terreur.

Michel avait les yeux entrouverts et laissait vagabonder sa pensée vers un avenir où il pourrait de nouveau se servir de ses jambes et de ses bras, marcher normalement, courir, nager peut-être. Mais pour cela, il faudrait sûrement patienter encore. Il en était là de ses songes quand la silhouette sombre passa furtivement dans la travée où dormaient d'un même sommeil Ali et Abdul.

Soudain, le regard trouva ce qu'il cherchait. Michel resta quelques secondes le souffle en suspens. Le spectre qui avançait masqué allait-il sortir un poignard de ses voiles et le lui planter dans le cœur ? Michel pensa crier. Il regarda tout autour si Nadia n'était pas au chevet d'un blessé, mais c'était l'heure de la longue sieste, quand la chaleur étouffante semblait figer malades et bien portants dans une même léthargie.

Depuis bien longtemps Naas se soustrayait à la vue des petits, et même les adultes, quand ils le rencontraient pour la première fois, ne pouvaient réprimer une réaction de stupeur. Surtout les femmes, qui voyaient en Naas une monstruosité vivante. Seule Maureen pouvait le dévisager sans montrer la moindre frayeur. Elle lui disait que l'expression de ses yeux était si tendre et chaleureuse qu'elle faisait oublier tout le reste, pour peu qu'on le regardât avec humanité. Malgré ces paroles réconfortantes, Naas se considérait lui-même avec un certain effroi. Et Maureen n'était plus là pour l'apaiser. Pour le jeune homme qui avait jadis été la coqueluche des jeunes filles de la bonne société, cette disgrâce physique était un poids insupportable. Il arrivait à l'ancien nageur étoile de s'éveiller en espérant retrouver son ancien visage, comme le petit Ali se rêvait avec ses bras.

Lorsqu'il eut atteint le lit de Michel, Naas poussa un soupir de soulagement. Il leva les mains au ciel.

— Michel, enfin !

– Pas si fort, les enfants dorment déjà ! fit le blessé tout à coup rassuré, en offrant à son ami le meilleur sourire dont il était capable, à peine un rictus à chaque commissure. Comment m'as-tu trouvé ?

– Ce serait trop long à raconter. Cela fait des jours, qu'est-ce que je dis, des semaines que j'écume les hôpitaux et les dispensaires. Après l'attentat sur le marché, comme tu ne revenais pas, j'ai pris peur. Je ne pouvais pas croire que tu avais péri aussi bêtement. Un soir...

Il s'arrêta un instant, la voix éraillée par l'émotion d'être là, auprès de son ami.

– Un soir, reprit-il, j'ai pleuré. J'étais bien à l'abri dans la cache que tu sais, il y avait partout tes affaires, ton fauteuil, tes habits. Il me semblait encore t'entendre et je refusais la fatalité. Alors une intuition m'a fait me lever. C'était plus fort que tout. À partir de ce moment, j'ai été persuadé que tu étais vivant, quelque part dans Bagdad. Je me disais que si tu avais été en mesure de marcher, tu serais revenu là où je t'attendais. Si tu ne venais pas, c'était donc que je devais aller te chercher. Me voilà.

– Naas, Naas, répéta Michel, et cette fois c'est un sourire plus net qui se dessinait sur ses lèvres.

– D'abord, j'ai écumé les hôpitaux proches du marché. Je devais faire attention. Tous les gens sont tellement à cran. Ils ont peur de leur ombre, et on a tôt fait de prendre un coup de pistolet, même dans l'enceinte soi-disant protégée d'un hôpital. Ce que j'ai vu, Michel...

Il s'interrompit de nouveau.

– Un jour, à bout d'espoir, ne te trouvant nulle part, je me suis résigné à me rendre dans une morgue municipale, puis dans une autre. Les cadavres étaient alignés à même le sol et certains avaient été transportés dehors en plein soleil, faute de place à l'intérieur. On aurait cru que la mort débordait de partout. Tu vois, je crois que par moments je devenais fou. Je me disais que notre pays avait cessé de produire du pétrole mais qu'en revanche, il produisait de la mort et encore de la mort. Ce n'était plus l'or noir mais c'était noir à n'en plus finir. Et les fumées de pétrole en feu aussi noircissaient le ciel de Bagdad. Nous les vivants n'étions plus que les suivants de cette procession funèbre, ce serait bientôt mon tour d'être étendu inerte dans une de ces allées brûlées par le soleil.

— Je suis là, fit Michel bouleversé par la confession de son ami.

Il avait attrapé le bout de ses doigts et ne les lâchait plus.

— Tu ne peux pas imaginer la souffrance de notre peuple, poursuivit Naas. Saddam est tombé, en tout cas les statues qui nous narguaient depuis toutes ces années ont été déboulonnées par des chars ou à mains nues par le peuple aidé des marines. La liesse a été brève. Nos hôpitaux sont devenus des mouroirs et la guerre civile menace. Avant, on n'avait peur que de Saddam. Maintenant, tout le monde a peur de tout le monde. La vérité est que nous sommes une nation maudite. Les pays qui ont du pétrole sont des pays maudits, c'est ce que je pense. Ils se croient riches, mais cette richesse-là fait de ceux qui la possèdent des misérables.

— Pas si fort, Naas, je t'en prie, le coupa Michel, qui avait vu des têtes d'enfants se redresser sur les lits voisins plongés dans la pénombre. Que dis-tu ? Saddam a été renversé ? On ne nous dit rien, ici, ma parole ! Regarde derrière toi, ce portrait en pied, je vais demander qu'on nous retire ça immédiatement !

Naas hocha la tête.

— Qu'est-ce que tu attends pour me raconter ? insista Michel.

L'espace de quelques minutes, le temps pour Naas de narrer la chute de Bagdad et la fuite du raïs après que ses fils eurent pillé la banque centrale, emportant de l'or et des devises étrangères dans cinq gros camions sans qu'à aucun moment leur convoi ne soit inquiété par les troupes américaines, dans ce court laps de temps donc, le géant blond oublia la rancœur qu'il avait nourrie à l'endroit de Washington et de ses dirigeants depuis son réveil auprès d'Ali et de ses petits compagnons de souffrance.

En apprenant que Saddam avait disparu, Michel fronça les sourcils. Quand il sut que la banque avait été dévalisée en plein jour sans aucune intervention de l'armée de libération, il sursauta sur son lit, réveillant dans sa nuque des douleurs encore sensibles.

— Tu es certain qu'ils ont pu se servir dans les caisses et disparaître sans être inquiétés ? articula-t-il avec lenteur, assez distinctement pour que Naas le comprenne du premier coup.

— C'est la vérité, Michel. On raconte que Saddam aurait filé en empruntant une galerie souterraine qui court de son palais au désert. Certains affirment que des véhicules 4 × 4 l'attendaient là et qu'il a filé depuis vers la Jordanie, avec la complicité passive des Américains.

Michel secoua la tête. Il ne croyait guère à un tel scénario. Les Américains avaient assez comparé Saddam à Hitler pour justifier une guerre préventive en dehors des résolutions de l'ONU. Ce n'était pas pour pactiser au dernier moment avec lui. Certaines informations venues du Pentagone à la veille de l'intervention en Irak, et relayées par plusieurs responsables politiques américains sur les plateaux de télévision, accréditaient la thèse d'une complicité personnelle entre Saddam Hussein et Oussama Ben Laden. Il avait été question d'un émissaire jordanien proche d'Al-Qaida vu en compagnie d'un haut dignitaire du Baas. Une ancienne maîtresse de Saddam exfiltrée de Bagdad et retrouvée à Beyrouth par la chaîne ABC avait affirmé que Saddam avait reçu à sa table Ben Laden en personne. Les deux hommes, après des agapes mémorables, auraient passé plusieurs soirées à visionner des bandes vidéo montrant les tortures que le président irakien réservait à ses opposants. La chaîne de télévision, sur la foi des propos de la jeune femme, avait aussi laissé entendre que les deux ennemis publics s'étaient livrés à d'autres penchants en compagnie de courtisanes peu farouches. On prétendait même que Saddam était un gros consommateur de Viagra, sans que la même précision fût donnée pour le commanditaire des attentats du 11 septembre, réputé souffrir gravement des reins.

Il apparut très vite que tout cela n'était que pure invention. La jeune hétaïre interviewée par ABC avait été grassement payée – la somme de cinq cent mille dollars était évoquée – et elle accusa ensuite les reporters, qui n'avaient de reporters que l'apparence, de l'avoir manipulée. Mais le mal était fait. Les médias américains avaient ainsi réussi à créer dans leur opinion un climat propice à l'attaque qui avait finalement suivi contre le régime de Bagdad et son chef.

Cependant, Michel ne pouvait imaginer une seule seconde que, pour s'assurer des visées pétrolières et géopolitiques dans le Golfe, Washington laisserait la vie sauve au dictateur, quand les forces US étaient à deux doigts de lui régler son compte une bonne fois, pour le plus grand soulagement du clan Bush.

Naas, pour sa part, s'obstinait à répéter la *vox populi* : Saddam et l'état-major de la coalition avaient partie liée. Ils s'étaient arrangés dès le début.

— Sinon, insistait Naas, explique-moi pourquoi Bagdad est tombée si facilement, presque sans combattre ?

— Parce que plus personne ne voulait mourir pour Saddam, répliqua Michel.

— Ça m'étonnerait ! fit une voix qui parut venir des profondeurs de la terre. Non, je ne peux pas croire une chose pareille !

Les deux amis tournèrent la tête en direction de l'endroit obscur d'où était monté ce cri du cœur.

— Je te présente... Abdul-Saddam, fit Michel en désignant l'homme blessé dans la civière qui lui tenait lieu de lit. Une sacrée force de la nature, je peux te l'assurer.

— J'ai écouté ton récit, fit l'intéressé en s'adressant à Naas. Je suis certain que notre peuple n'a pas dit son dernier mot. Nous allons nous battre encore. Si ce n'est pas pour Saddam, ce sera pour nous, pour les enfants qui respirent encore dans cette salle.

Michel et Naas approuvèrent. Mais ce dernier n'en démordait pas. Il y avait des complicités au plus haut niveau. Une fois de plus, le peuple était le dindon de la farce, comme dans toutes les guerres.

— Et maintenant, poursuivit le jeune homme dont ne perçait que le regard brillant, c'est chacun pour sa peau. On règle des comptes à chaque coin de rue. Les gens n'osent plus quitter leurs maisons de crainte d'être pillés ou tués sans raison.

— Les unités américaines n'ont pas la situation en main ? demanda Abdul-Saddam.

— Elles disent que si, mais chaque jour des GI's se font descendre à travers le pays. Et le chaos dans la ville est indescriptible. Il n'y a plus ni eau courante, ni électricité. L'insécurité gagne à chaque instant. Les économies de toute une vie sont dérobées par ceux qu'on appelle les Ali Baba, mais on raconte aussi que certains chefs de la coalition couvrent leurs hommes qui se payent sur la bête en volant de l'argent, des bijoux, des parfums. Ils entrent dans les maisons à coups de botte dans les portes pour vérifier que les gens n'ont pas d'armes. Qu'ils en trouvent ou non, ils ne repartent jamais les mains vides. Si ça continue, la population dira que c'était mieux sous la dictature. Les militaires américains qui ne participent pas à la curée générale sont dépassés par les événements. Leur président leur martèle qu'ils ont gagné la guerre, mais pendant qu'il joue paisiblement au golf dans son ranch du Texas, ses boys se font massacrer comme dans un jeu de quilles. Deux par ici, trois par là. À ce rythme, il y aura plus de victimes américaines en temps de paix que pendant la vraie bataille ! Maintenant que Saddam a fichu le camp, Bush devrait penser à siffler ses hommes pour qu'ils rentrent au bercail.

Michel avait réussi à se redresser légèrement sur son oreiller. Il peinait à réaliser le bouleversement qui était intervenu dans son pays depuis l'attentat qui l'avait plongé dans le coma. Il songea à cet étrange sommeil qui lui avait fait manquer l'événement le plus important survenu en Irak depuis sans doute des milliers d'années : l'élimination soudaine d'un dictateur qui avait étranglé, saigné, épuisé son peuple sans répit. Ses pensées se bousculaient, se chevauchaient. Il aurait voulu parler à sa mère, si loin à Paris. Que faisait-elle à présent, avec ses amis pacifistes ? S'était-elle finalement rangée à la loi du plus fort ? La chute de Saddam valait-elle la terreur employée par les États-Unis pour s'en débarrasser ?

Il devinait que bien des blessés qui remplissaient les hôpitaux, sans parler des victimes entassées dans les morgues, avaient surtout péri sous le feu américain. Dans sa jeunesse, il avait lu Machiavel et refusait la sentence du *Prince*. Non, la fin ne justifie pas toujours les moyens, il le savait. Il était sûr que le professeur de chimie Al-Bakr Samara partageait cet avis de sagesse.

— Et les archives ? demanda Michel tout à coup, comme s'il était soudain sorti d'un rêve éveillé.

— Quelles archives ? fit Naas.

— Celles du régime, bien sûr. Les dossiers de la sûreté, les secrets d'État. Saddam avait développé une telle administration. Ce n'est pas possible qu'on ne retrouve rien.

Disant cela, le fils du docteur Samara pensait à son père adoptif. L'obsession l'avait poursuivi au-delà de ses blessures. Si sa mémoire lui semblait encore endolorie et embrumée, il n'avait pas oublié qu'il cherchait le nom de l'assassin du professeur, le bienfaiteur de son adolescence, l'homme qui le premier lui avait fait prendre conscience de la préciosité du temps, de la beauté de la vie pour peu qu'on sache en apprécier la valeur, y compris dans ses manifestations les plus simples, une goutte de rosée à l'aube sur une frêle plante du désert, un ciel violet quand le soleil s'abat derrière les horizons tremblés de l'été, le balancement des palmes dans le vent du sud, et d'autres choses encore dont il aurait tant aimé lui parler, en avançant sur son chemin d'adulte.

Michel n'aurait pas été étonné de trouver une fiche au nom de son père dans les dossiers consacrés aux individus gênants, à liquider d'urgence. Toutes les dictatures s'honoraient de conserver la trace écrite, dûment tamponnée, de leurs exactions. La Mésopotamie avait enfanté le code Hammourabi. Saddam avait dévoyé cette terre élue de sa mission civilisatrice en programmant l'élimination systématique de ceux qu'il désignait par caprice comme ses ennemis.

— On découvre des emplacements de charniers, répondit sombrement Naas. Les palais de Bagdad et de Tikrit sont passés au peigne fin par les soldats américains. D'après ce qu'on peut savoir, les boys sont sidérés par le luxe des salles de bains. Saddam était un obsédé de l'eau.

— Du sang aussi, ajouta Michel.

Ils furent interrompus par Nadia qui venait récupérer les bols de soupe vides auprès des petits blessés capables de manger seuls.

— Qui êtes-vous, fit l'infirmière, surprise, en apercevant la silhouette enturbannée de Naas.

— C'est un ami, mademoiselle. Ne craignez rien. D'ailleurs il va s'en aller. N'est-ce pas, Naas, dit-il en lui faisant des signes avec les yeux.

— Oui, j'étais venu bavarder avec Michel, je n'avais pas de nouvelles, alors...

Nadia essaya de dévisager le jeune homme mais elle ne réussit à voir que ce regard de félin posé sur elle.

— Bon, bon, fit-elle. En effet, il serait préférable que vous partiez. Nous allons bientôt éteindre, ici. Des opérations commencent au bloc.

Quand elle eut tourné le dos, Michel retint Naas par la manche.

— Demain soir à la même heure, s'il te plaît.

— Demain soir quoi ? demanda son ami que l'apparition de la belle jeune femme semblait avoir troublé.

— Tu viens ici avec des habits pour moi et nous partons.

— Mais où ça ?

— Je te dirai demain. Maintenant file.

L'ombre géante se faufila le long du mur chaulé, mais à peine Naas avait-il fait quelques pas que le noir complet se fit. Dans une salle du sous-sol, sous le flot de lumière du bloc opératoire, un outil coupant désinfecté à la flamme d'un chalumeau tranchait le bras amorphe d'un enfant.

16

À la même heure du soir, le lendemain, l'ombre de Naas glissa sur le mur de la grande salle où Michel l'attendait. Son ami s'était procuré des habits de ville en toile épaisse, le seul ensemble à peu près à la taille du géant blond qu'il avait pu se procurer à l'office de l'hôtel où il travaillait. Naas avait conservé la clé d'une penderie remplie d'effets masculins pour le personnel de chambre. Si bien que, après avoir enfilé son costume, Michel ressemblait à un domestique plutôt stylé.

Une heure plus tôt, au moment de la distribution de la soupe, il avait averti la jeune infirmière qu'il partait. Nadia l'avait regardé sans ciller, droit dans les yeux. Elle avait réussi à lui sourire en cachant son désarroi de le voir s'en aller. Il lui demanda de prendre soin d'Ali et lorsqu'il s'appuya au rebord du lit de l'enfant, ce fut pour lui recommander de continuer à prendre des forces en attendant le moment où il viendrait le chercher.

– Tu te souviens de ce que je t'ai promis ? demanda Michel.

L'enfant hocha la tête mais ne put contenir ses larmes.

– Pourquoi pleures-tu, Ali ? Tu n'as pas confiance en moi ?

– Oh si, Michel. J'ai confiance en toi par-dessus tout. Mais avant la guerre, mon père me serrait souvent contre lui le soir et il me disait : « Fils, je suis là, il ne peut rien nous arriver. » Maintenant il est mort et moi, je ne suis que...

Ali n'acheva pas sa phrase.

Michel caressa la tignasse de l'enfant du creux de sa main et, avec toute la vigueur dont il était capable, il le rapprocha encore de lui.

— Écoute, mon bonhomme. Nul d'entre nous n'est immortel. Mais maintenant que la mort m'est passée aussi près, je n'ai pas envie de la voir me tourner autour de sitôt. À présent, je te connais et je sais que tu as besoin de moi pour notre secret. Tu veux bien que je dise que c'est notre secret ?

— D'accord, fit Ali en hoquetant, pendant que Nadia, avec le coin propre d'un mouchoir, essuyait les larmes du petit.

— Parfait. Pense à moi le soir au moment du repas, et le plus vite possible, je viendrai te chercher, ou alors quelqu'un viendra te prendre en te disant : « C'est pour le secret ».

Un sourire éclôt sur le visage tourmenté du jeune garçon. Michel se redressa, et il éprouva à cet instant comme un vertige. Depuis plusieurs jours déjà, sans savoir que Naas le retrouverait, il s'était exercé chaque matin à faire quelques pas dans le couloir. Il avait senti ses forces revenir, mais les vertèbres cervicales continuaient de le faire souffrir, et aussi sa tête, où venaient le lancer par moments de terribles migraines.

Naas l'aida à se tenir et, ensemble, ils marchèrent d'un pas très lent. Nadia avait ouvert une fenêtre qui donnait sur la cour intérieure de l'hôpital. Michel respira profondément, très doucement, et il eut la sensation qu'il respirait pour la première fois depuis une éternité.

— Je reviendrai, promit Michel.

— J'en suis sûre, répondit l'infirmière en ne quittant pas Ali du regard.

Abdul-Saddam dormait. Michel n'eut pas le cœur de le réveiller. Ses blessures le faisaient moins souffrir et il récupérait de toutes ses nuits passées à gémir sans fermer l'œil.

Sitôt dehors, les deux comparses humèrent à pleins poumons l'air de la nuit débarrassé des odeurs d'éther et de médicaments.

— Je rêve de prendre un bain ! avoua Michel. J'ai l'impression que tout mon corps sent déjà la putréfaction. Mais où m'emmènes-tu ? demanda-t-il à Naas qui marchait en silence.

Maintenant qu'il avait légèrement découvert son visage, le jeune homme paraissait content de lui. Pour la première fois, il lui semblait que les rôles s'étaient inversés, que lui Naas le hideux, comme il s'était baptisé lui-même dans ses cauchemars,

Naas l'effrayant, pouvait réconforter plus fort que lui, et tellement plus beau...

— Pas si vite, souffla Michel, je crois que j'ai attrapé un point de côté.

Il faisait nuit noire et l'absence de lampadaires en état de marche renforçait encore l'obscurité. C'était comme si un corbeau géant enserrait Bagdad de toute l'envergure de ses ailes. Naas ralentit le pas.

— Nous arrivons, lança-t-il d'un ton presque joyeux.

Il venait de désigner une BMW rutilante dont il déverrouilla fièrement les portières d'une pression du pouce sur la clé de contact.

— C'est à toi, cette voiture ? fit Michel sans dissimuler sa surprise.

— Tu vois que je n'ai pas chômé pendant ton repos forcé ! Quand les officiels du régime ont quitté précipitamment l'hôtel, à la veille de l'entrée américaine dans Bagdad, ils ont laissé plusieurs bagnoles au sous-sol. Je crois qu'ils les ont oubliées. Ces gens-là ne savent même pas combien ils ont d'argent, alors une auto de plus ou de moins. J'étais de service le jour où ils se sont débinés comme des rats. Tu aurais vu cette panique ! On aurait dit soudain une vraie fourmilière. Ils couraient dans tous les sens, c'était un spectacle réjouissant de les voir transpirer à grosses gouttes, leurs portables vissés aux oreilles, donnant ordres et contrordres à des interlocuteurs invisibles qui semblaient au moins aussi affolés qu'eux. Le plus drôle, c'était ceux qui croyaient à leur propre propagande en écoutant chaque jour les discours du ministre de l'Information réservés aux médias occidentaux. Cela donnait : « Nous avons neutralisé les colonnes américaines. Non, aucun marine n'a pénétré le quartier de l'aéroport international. Non, pas un seul uniforme de GI dans le périmètre de sécurité de Bagdad. » Il faut être sacrément cinglé pour mentir sciemment et prendre ses propres mensonges pour la vérité, tu ne crois pas ?

— Tu as raison, fit Michel en souriant.

La nuit était tiède et douce. Naas s'installa au volant de la BMW après avoir aidé son ami à prendre place confortablement auprès de lui. Il avait pris soin de reculer le siège avant pour que Michel puisse étendre ses longues jambes. Il avait aussi disposé l'appui-tête de manière à soulager au maximum les douleurs cervicales du géant blond, qui revenait ainsi en douceur mais de plain-pied dans la vie.

— Tu as faim ? demanda Naas.

— De salades, oui, et de pastèque. Cela fait des jours que je rêve de pastèque. Mon pays est à feu et à sang, il traverse des épreuves sans précédent et moi, dans mon lit, je m'imaginais avec un grand couteau effilé tranchant une pastèque à la chair écarlate, côte par côte, mordant dedans à pleines dents en avalant même les pépins noirs !

— Les hommes qui ont de grands couteaux pensent plutôt à faire couler le sang, maintenant, laissa tomber Naas en reprenant son visage grave.

Il n'avait plus vingt ans, ni même le double, en prononçant ces paroles. Il ressemblait au spectre ou au revenant que Michel avait vu la première fois, dans l'appartement où Maureen l'avait mis à l'abri des sbires de Saddam.

— D'abord une petite tournée en ville, décida Naas. Il faut mettre à jour tes connaissances si tu en es réduit demain à faire le guide pour les étrangers. Bagdad a bien changé, tu sais...

Et cette fois, il partit dans un long éclat de rire.

L'auto longea le Tigre. À chaque carrefour, des blindés américains surplombés de silhouettes casquées montaient une garde voyante. Rares étaient les maisons qui laissaient échapper un éclat de lumière.

— Le couvre-feu est à vingt-trois heures, mais la population a pris l'habitude d'éteindre avant. Et de toute façon, le courant est coupé presque partout. Les gens font de l'électricité avec des vieilles batteries de voitures, mais ce marché-là est déjà au point de rupture. Une batterie s'échange plusieurs centaines de milliers de dinars dans les souks.

— Des centaines de milliers de dinars ? Tu es sûr ?

— Absolument certain. Il faut dire que le dinar n'est plus ce qu'il était. Chaque jour notre monnaie devient une naine encore plus naine face au dollar. Il faut une brouette remplie de dinars pour obtenir à peine plus de cinq dollars !

Michel n'en croyait pas ses oreilles. Très vite, il n'en crut pas ses yeux non plus. La BMW rutilante venait de déboucher sur la place du Paradis, là où quelques semaines plus tôt régnait l'imposante statue de Saddam Hussein que le peuple de Bagdad, aidé par un char américain, avait mis à bas. Naas mit pleins phares et éclaira le centre géométrique de la place.

— Que dis-tu de ça ? demanda-t-il avec une pointe de fierté dans la voix, comme s'il avait lui-même été l'auteur de ce travail d'Hercule.

Michel restait muet de stupeur. Il écarquillait les yeux pour être bien sûr de ne pas être victime d'une hallucination.

— Ce n'est pas possible... finit-il par articuler *mezza voce*.

À l'emplacement de la statue, un lance-missiles aux couleurs de l'Union Jack semblait assoupi. Trois soldats paraissaient garder l'arme automatique, tout en grillant une cigarette. Michel baissa sa vitre pour essayer d'entendre leur accent, mais il se ravisa. Déjà un des hommes casqués s'approchait du véhicule, suivi des deux autres.

— On va filer, fit Naas en enclenchant la marche arrière. C'est bientôt le couvre-feu, ils sont capables de nous chercher des ennuis.

Une fois sur la voie circulaire, il démarra en trombe. On entendit les pneus crisser. Puis soudain vint à leurs oreilles un tac-tac reconnaissable.

— C'est qu'ils nous tirent dessus, ces abrutis, cria Naas en accélérant encore avant de tourner brusquement dans une petite rue sans lumière pour échapper à la fusillade.

— Tu n'aurais pas dû filer comme un voleur ! lui reprocha Michel. Il aurait suffi de les laisser venir. On aurait discuté un moment et on serait repartis tranquillement, non ?

— Non, répliqua Naas sèchement. Tous les jours, toutes les nuits ils massacrent des innocents car ils pètent de trouille à Bagdad. Ils n'ont pas tort, d'ailleurs. Les maquisards les visent par surprise un peu partout. Alors ils ne réfléchissent plus. Même si tu te contentes de les regarder, ils sont capables d'ouvrir le feu. Avant-hier, j'ai pu parler avec un marine. C'était un Black pas commode, tu peux me croire. Il m'a attrapé par le col et m'a secoué comme une branche d'olivier pleine de fruits parce que j'avais marché trop près de sa planque. Quand il a vu mon visage, il a eu un mouvement de recul et il s'est radouci.

— Tu vois bien que ça ne sert à rien de paniquer. Que Bush soit un dangereux irresponsable, je le crois chaque jour un peu plus. Ces pauvres types envoyés au casse-pipe, il suffit de les confesser un peu pour qu'ils se calment, tu ne crois pas ?

— Pas tous, non. Celui-là, tu as raison, était différent des autres. Sûrement à cause de sa peau.

— De sa peau ?

– Oui. Il m'a dit qu'il venait d'Arkansas, dans l'Alabama. Il m'a expliqué que dans son pays, la plupart des Noirs étaient hostiles à cette guerre. Ils croyaient que les voies diplomatiques suffiraient pour résoudre le conflit. Pour se venger, Bush a recruté ses frères de couleur par milliers, et il les a exposés dans les missions les plus périlleuses.

– Le ministre de la Défense Colin Powell est noir, je suppose qu'il a eu son mot à dire.

– Il l'a peut-être dit, mais Bush est le patron et manifestement, il n'a rien entendu. Parmi les soldats américains tués ou portés disparus, les noirs sont surreprésentés. Il avait une vraie rage au ventre, l'autre jour, le soldat Johnson, quand il me racontait les malheurs des siens. Alors, quand il voyait un Irakien comme moi s'approcher trop près, avec des voiles et des replis partout susceptibles de dissimuler une arme, il tirait sans se poser de question car d'après lui, ses copains qui s'en étaient posé étaient déjà morts.

La BMW se frayait maintenant un chemin à faible allure dans les souks du centre de la ville. D'autres statues à la gloire de Saddam avaient été abattues, certaines gisaient à même le sol, plus imposantes que les cadavres qu'on voyait pourrir ici et là dans une semi-obscurité à peine atténuée par la lune.

– L'autre soir, dit Naas, j'ai roulé sur un corps. Je ne l'avais pas vu. Il était en plein travers de la chaussée. Personne n'avait pensé à l'enlever. On ne savait pas comment il s'était retrouvé là. Mais parlons d'autre chose. Je t'emmène manger des salades. Et une pastèque entière, si tu en as envie!

À la grande surprise de Michel, l'atmosphère n'était pas celle d'un pays libéré. Les terrasses de café étaient presque désertes, et on ne comptait plus les restaurants fermés, ceux où ne subsistaient que quelques tables. L'absence de lumière décourageait les gens de sortir. Et à vrai dire, ceux qui auraient eu le cœur à se distraire sur les bords du Tigre n'avaient pas les moyens de s'offrir de tels plaisirs.

– Quelle tristesse! s'exclama Michel.

– Je sais. Mais n'y pensons pas ce soir. Fêtons ton retour à la vie.

– Tu as raison. À la vie!

Le patron, un gros Irakien aux dents étincelantes, les plaça à sa meilleure table. Naas le prit à part avant de s'asseoir et l'homme repartit s'activer dans sa cuisine. Quelques minutes plus tard, c'est un véritable jardin potager découpé en tranches et en lamelles, arrosé d'huile et de jus de citron, qui fleurit sur la table, en dizaines de petites soucoupes rondes emplies de mets succulents, froids et tièdes. Des boulettes de viande aux herbes et quelques beignets au fromage agrémentaient le tout.

— C'est un festin d'ogre ! rit Michel, et toute sa jeunesse retrouvée éclata dans ce rire qu'il paraissait avoir retenu depuis une éternité.

De temps à autre, le patron du restaurant venait auprès de ses hôtes vérifier que tout se passait bien. Le géant blond remarqua alors que, hormis une table occupée à l'intérieur par un homme seul en costume sombre, ils étaient les seuls clients de la soirée.

— Les gens ne sortent plus, confirma le restaurateur, dont la bedaine témoignait qu'il n'avait pas eu à subir les rigueurs de l'embargo. Si au moins nos libérateurs se préoccupaient un peu du désordre qu'ils ont semé !

À travers ces propos, les deux amis comprirent qu'ils avaient affaire à un de ces bourgeois aisés qui s'étaient enrichis sous l'ère Saddam, en attirant par sa carte chère et raffinée les élites snobs de ce qu'il fallait maintenant appeler l'ancien régime. Naas attendit qu'il s'éloigne pour instruire Michel davantage qu'il ne l'avait fait à l'hôpital.

— C'est un des derniers à servir encore les mêmes menus qu'avant. Je ne sais pas s'il va tenir encore longtemps, vu qu'il n'y a plus un chat ; j'ai pensé que tu apprécierais.

Michel approuva tout en récurant littéralement son assiette de caviar d'aubergines baignant dans l'huile d'olive.

— La popularité des Américains ici est voisine de zéro. On a même atteint des degrés de glaciation, commença-t-il en picorant quelques anchois frais au ventre blanc. C'est de leur faute. Ils n'ont aucun contact normal avec la population. Tu les vois aux carrefours fondant littéralement sous leur harnachement, prêts à tirer. Ils crient plus qu'ils ne parlent, et quand ils te jettent un regard, ce ne serait pas différent s'il y avait du plomb dedans. Tout cela parce que la population ne les a pas accueillis avec des fleurs et que nos femmes ne leur sont pas tombées dans les bras !

— Tu exagères, non ?

— À peine. Sais-tu quel a été le premier geste des soldats américains lorsqu'ils ont investi la place du Paradis ?

– Dis-moi.

– Les gens de la rue voulaient à tout prix déboulonner cette statue qu'on avait trop vue. Ils n'y parvenaient pas et c'est ainsi qu'un câble attaché à un char l'a projetée au sol. Mais avant, certains s'étaient mis à escalader avec un drapeau afghan pour recouvrir la tête de bronze de Saddam. Un marine est arrivé puis il s'est hissé à son tour au sommet avec un drapeau américain. Pendant quelques secondes, toutes les télévisions du monde entier ont diffusé cette image honteuse et humiliante pour nous : la tête du pouvoir n'était pas encore tombée qu'on la coiffait déjà de la bannière étoilée. Comme si nous n'avions pas eu de pays à nous, pas de nation, pas d'histoire !

– Et le drapeau est resté là-haut ?

– Non, le marine qui avait pris cette initiative a dû être rappelé à l'ordre par ses supérieurs car il a rapidement retiré son calicot impérialiste et l'a remplacé par un drapeau irakien que lui tendait une main secourable... Il n'empêche, le mal était fait.

– Que s'est-il passé ensuite, demanda Michel d'une voix pressante, comme s'il devait se nourrir à part égale de salades et de nouvelles de son pays.

Naas but une gorgée d'eau fraîche et continua son récit, heureux de tenir provisoirement le premier rôle, de vivre quelque chose de semblable à une heure de gloire.

– Ensuite, les événements se sont bousculés. Le régime ne s'est pas effondré. Il s'est envolé, volatilisé. Lorsque les forces américaines sont entrées à Bagdad, surtout les troupes venues du sud par les routes du désert, la population a découvert des hommes à bout de forces et pour beaucoup, à bout de nerfs. La plupart parlaient de rentrer en paix, de retrouver leurs femmes, leurs familles. Pendant quelques jours, les Bagdadis n'osaient pas croire à leur liberté retrouvée. Très vite le climat s'est tendu. Une sorte de surenchère dans la violence et l'intimidation. Un GI était tué sans raison apparente, en pleine rue. Un raid de représailles était aussitôt déclenché dans une maison prise au hasard dans le quartier où s'était déroulée l'agression.

– Je vois, coupa Michel. Chacun sait qu'une armée de libération n'est pas une armée d'occupation. Bush n'a pas changé son dispositif ?

– Je te l'ai dit, Bush essayait de placer une petite balle

blanche sur le green, et on aurait dit que plus rien d'autre ne l'intéressait que de remporter contre lui-même cette bataille en dix-huit trous. Je parle sérieusement, Michel. Dès lors qu'il avait abattu la cible qui avait résisté à son père, il a été pénétré par le sentiment qu'il avait accompli sa mission devant l'histoire. Et il aurait fallu que nous, Irakiens, courbions l'échine pour lui dire merci !

— Tu ne m'as pas répondu sur la relève des troupes, insista Michel en réclamant de nouvelles petites galettes de pain tiède pour étaler un fromage frais à se damner.

— À peine Saddam avait-il pris la fuite, les marines ont appris qu'ils ne rentreraient pas de sitôt au bercail. Saddam n'était plus leur ennemi, mais la population devenait suspecte, n'importe qui, toi ou moi. Tous ces jeunes types qui croyaient avoir gagné la guerre se sont retrouvés pris au piège de Bagdad pendant que leur président perfectionnait son swing, tu vois le tableau.

— Oui, soupira Michel.

Ses fourmillements hostiles à cette Amérique arrogante et irresponsable venaient de le reprendre.

— Le Black à qui j'ai parlé l'autre jour m'a vraiment vidé son sac. Comme quoi ça sert parfois d'avoir la tête que j'ai. Je suis sûr qu'à toi il n'aurait rien lâché !

Michel se força à sourire, mais il était comme hypnotisé par le récit de Naas. Il voulait en savoir toujours plus, et chaque détail supplémentaire qu'il emmagasinait faisait reculer l'amnésie insupportable du coma.

— Quand il a vu que je n'étais pas un violent, Johnson m'a dit une chose toute simple, mais tellement sensée que j'ai pigé aussitôt. Les gens qui ont décidé l'entrée en guerre n'y envoient ni leurs enfants, ni leurs petits-enfants, a-t-il expliqué. J'ai pensé que pour ça, l'Amérique de Bush était comme l'Irak de Saddam.

— Ma mère me faisait écouter une chanson française, quand j'étais enfant, coupa Michel. C'était un texte de Boris Vian et je crois qu'il a longtemps été interdit. Il parlait des généraux qui déclarent la guerre et qui ne la font pas.

— C'est sûrement plus fréquent qu'on ne croit, même dans les pays où l'on est censé demander leur avis aux gens. Quand il s'est engagé, Johnson ne craignait rien. Le recruteur lui a dit qu'en cette période de paix, le métier était tranquille. Et on lui a rebattu les oreilles avec l'idée que désormais, les guerres étaient propres, avec des frappes chirurgicales et des bilans avec zéro mort. Zéro mort ! Les Américains ont déjà perdu près de cent cinquante types pendant les combats, si je compte ceux qui se sont tirés dessus sans savoir qu'ils appartenaient au même camp. Mais depuis la fin officielle des combats, ça tombe de plus belle... Le moral n'était déjà pas fameux lors de l'entrée à Bagdad. Les gars avaient passé des semaines ensablés, à crever de froid la nuit et de chaud le jour. Leurs radios ne marchaient pas, les camions s'enlisaient, même les armes s'enrayaient ou rendaient l'âme. Les médias parlaient de l'armée la plus moderne et la plus efficace du monde et au lieu de ça, les types s'égaraient à cause de cartes complètement fausses. Ils avaient perdu le sommeil et ils s'étaient perdus tout court. Alors quand ils ont su qu'ils devaient jouer les prolongations...

Michel hocha la tête. Une détonation résonna dans la nuit, suivie de deux autres, puis le silence retomba.

— Sûrement un règlement de comptes ! commenta le patron du restaurant. Hier ils ont attaqué la vitrine de deux magasins dans le quartier Mansour. Le capitaine d'infanterie dont les hommes sont logés à cent mètres a refusé d'intervenir. Il a répondu à une délégation de commerçants qu'il n'était pas flic et que c'était le boulot de la police. Il n'a pas compris que c'est dans la police qu'on recrute à présent le plus de pillards.

Naas eut envie de répondre que ce n'était pas nouveau, mais il n'en fit rien. Il voulait que Michel puisse déguster en paix son premier vrai repas depuis la nuit des temps ou presque.

— Puis il y a eu l'histoire avec cette fille, lança Naas sur le ton de la banalité, persuadé que son ami allait mordre sans tarder à son gros hameçon.

— Une fille ? Quelle fille ?

Naas sourit. Il termina de déglutir, avala une rasade de vin rouge et reprit son récit, trop heureux de sentir son importance.

— Les médias n'ont parlé que d'elle. Toutes les télévisions ont diffusé sa photo, son retour dramatique dans une civière aux États-Unis. Et comme les Américains aiment les belles histoires, ils s'en sont raconté une sur mesure, avec du sang et des larmes à profusion, l'exaltation des valeurs fondatrices de leur société, le courage, l'audace, la ténacité, le refus de la fatalité tant que subsiste même un souffle de vie. Au début, on nous a présenté le ravissant visage d'une jeune femme, Jessica Lynch, qu'un commando de GI's avait réussi à arracher des mains de soldats irakiens qui l'avaient blessée par balle avant de la lacérer de coups de couteaux. C'est à peine si elle n'avait pas été violée. Les Irakiens l'avaient soi-disant séquestrée, maltraitée, affamée. Jusqu'au moment où le fameux commando l'avait tirée des flammes de cet enfer.

— Et tout cela était faux ? demanda Michel dubitatif.

— Absolument faux. La preuve a été fournie qu'elle n'avait en rien été maltraitée par les soldats irakiens. Un rapport d'enquête a montré que ses blessures n'avaient pas été causées par eux mais par les soldats américains venus la secourir. Ils ont massacré des dizaines de personnes dans l'hôpital où elle était soignée alors qu'elle ne courait aucun danger. Mais pour l'Amérique, c'était une héroïne qui avait tenu tête aux méchants Irakiens. Pas mal, comme manipulation.

Michel rentra la tête dans les épaules et demeura silencieux. Il n'avait plus faim.

— À part ça, poursuivit Naas dans le souci d'être complet, les régiments de marines protègent les puits de pétrole du désert avec un soin presque touchant. Les forages et les raffineries sont bichonnés aux petits oignons pour que l'outil industriel soit préservé, a dit l'état-major. La production est repartie au rythme d'un million de barils par jour et on devine que le clan Bush ne s'est pas oublié. Les affaires reprennent, au moins pour les Texans. On murmure que c'est l'ancienne société du vieil ami de son père Dick Cheney qui recevra le pactole de la reconstruction, la réhabilitation des installations pétrolières et...

— Le vice-président des États-Unis serait financièrement intéressé à la réparation de ce que les bombes américaines ont détruit ? l'interrompit Michel.

— C'est ça, confirma Naas. Ils se paieront sans doute à la source, si tu vois ce que je veux dire. Le problème, c'est que la population ne se nourrit pas de pétrole. Et question respect des droits élémentaires à une existence digne, on ne peut pas dire que les envoyés de Bush font dans la psychologie. Les pillages se multiplient, les assassinats de commerçants ou de simples particuliers qui tentent en vain de défendre le peu de biens qu'ils possèdent. Et quand on trouve une patrouille de GI's, ils passent leur route en criant qu'ils n'ont pas reçu d'ordres pour des opérations de simple police ! Autrement dit, nous vous apportons le chaos, mais débrouillez-vous et estimez-vous heureux puisque le vilain Saddam a déguerpi !

Le restaurateur rapporta la carte pour le choix des desserts. Mais les deux hommes se contentèrent d'un café.

— J'ai besoin de dormir dans un vrai lit, fit Michel après avoir avalé la dernière gorgée d'un arabica serré.

— Vos désirs sont des ordres, mon prince, répondit Naas.

Et ils s'éloignèrent d'un pas léger en direction de l'auto qui les attendait près des berges moirées du Tigre.

17

C'était l'heure du couvre-feu depuis au moins dix minutes et les rues étaient plus désertes qu'à la tombée de la nuit, lorsqu'ils étaient sortis de l'hôpital. La ville ressemblait à un vaste théâtre d'ombres que le pinceau des phares illuminait une fraction de seconde avant de rejeter ce décor irréel dans une obscurité plus profonde encore. Près d'un bâtiment administratif dont une aile portait la trace de bombardements récents, un groupe d'hommes semblait occupé à déplacer un meuble très lourd. Michel et Naas, en passant près d'eux, reconnurent une photocopieuse qui fut chargée prestement dans un camion bâché dont le moteur tournait. Il démarra tous feux éteints et manqua de heurter le nez de la BMW en déboîtant sans prévenir.

– Des pillards et en plus des chauffards ! s'écria Naas dont la manière brusque de changer les vitesses trahissait la nervosité.

– Tu roules trop vite, murmura Michel. Je n'ai pas quitté ma civière pour me retrouver au cimetière !

Le conducteur ralentit légèrement, mais son passager sentait bien qu'il ne tenait pas à s'attarder dans cette partie de la capitale livrée aux lois de la jungle. Lui qui s'était montré si serein depuis qu'il avait retrouvé Michel semblait tout à coup à cran, comme s'il avait été gagné par un mauvais pressentiment. Les mâchoires serrées, le regard fixé sur sa trajectoire, il ne pouvait s'empêche de foncer. Malgré lui, il appuya encore sur l'accélérateur. Par précaution, après un virage pris à la façon d'un pilote de rallye, Michel s'agrippa à la poignée de cuir fixée au-dessus de sa portière.

– Maintenant, il vaut mieux ne plus respecter les stops, lâcha Naas. Je ne parle pas des feux de signalisation qui ne fonctionnent plus. Les vols à la portière se sont aggravés depuis que le chaos règne à Bagdad.

– Décidément, soupira Michel, il faut être américain pour arriver à nous faire regretter l'ordre ancien ! C'est un tour de force qu'ils ont réussi là, n'est-ce pas ?

– Ne plaisante pas, Michel. Je me demande bien comment tout cela va finir.

L'auto s'apprêtait à virer en direction du pont Jamayiria lorsqu'une chaîne de lumières vives se déploya en travers de la chaussée. On aurait dit un arc électrique. L'intensité de l'éclairage était si forte que Naas fut aveuglé. Il stoppa net et Michel, qui n'avait pas mis sa ceinture de sécurité, fut violemment projeté en avant.

– Qu'est-ce que c'est que ça ! cria Naas dont la poitrine avait heurté le volant.

De derrière la ligne lumineuse surgirent deux ombres massives et casquées. Michel n'eut aucun mal à reconnaître l'accent yankee. Ils étaient au total quatre soldats à tenir le cordon lumineux qui aveuglait les automobilistes.

– Vous auriez pu vous signaler avant, on a failli vous rentrer dedans ! fit Michel, encore un peu secoué par le freinage brusque. Il avait parlé dans un américain très correct et l'un des soldats braqua sa torche sur lui avec étonnement.

– On sait ce qu'on a à faire ! aboya une autre voix, tandis que deux soldats, chacun aux portières, invitaient vigoureusement les deux automobilistes à sortir du véhicule.

Ils subirent une fouille à corps en règle, exécutée par celui qui était probablement le chef de la patrouille. Allongés de part et d'autre du capot tiède, Michel et Naas ne disaient rien, mais ce dernier bouillait de rage. Il prenait sur lui pour ne pas les insulter. S'il avait été seul, sans doute les aurait-il traités de tous les noms, mais avec Michel à peine remis de ses blessures, il ne pouvait se permettre le moindre écart de langage.

Pendant ce temps, un sergent inspectait la BMW en mâchant avec application un chewing-gum depuis longtemps sans goût. Il ruminait machinalement, comme sûrement il pressait sa détente au moindre mouvement suspect dans la nuit, sans réfléchir. Réfléchir, c'était pour les stratèges de la haute administration, pour les ronds-de-cuir du Pentagone. Quand on était GI enfoncé dans le bourbier d'Irak au lieu de se la couler douce dans une piscine des Bahamas, on ne réfléchissait pas, en tout cas pas avec sa tête. C'était la mitraillette qui servait de cervelle. Voilà, toute la matière grise était logée dans la mitraillette, et pour pas mal de ces soldats, dont l'obsession était de se maintenir en vie pour rentrer chez eux par le premier convoi, cette manière primaire d'agir était la seule valable. L'homme avait passé le coffre en revue, et aussi le dessous des sièges, sans rien constater d'anormal. Mais quand il plongea sa main à l'intérieur de la boîte à gants, il laissa échapper un juron.

Le chef de la patrouille vint à sa hauteur. Le sergent exhiba un revolver chargé.

– Je vais vous expliquer, lança Naas, le ventre toujours plaqué au capot.

En guise de réponse, il reçut un coup de poing au visage qui lui fit éclater la lèvre.

– Laissez-le ! cria Michel en essayant de s'interposer.

– Qui es-tu, toi, à parler notre langue sans accent ? Un putain d'espion de Saddam, c'est ça ? On va vous dérouiller, je vous le jure, fit le sergent qui envoya un coup de crosse dans la nuque de Michel. C'est à cause de types comme vous qu'on moisit dans ce coin pourri.

Le géant blond s'effondra doucement au pied de la voiture, et il sentit comme un craquement dans son cou. Un frisson de frayeur le traversa : il crut un instant qu'il était paralysé. Puis il perdit connaissance.

Lorsqu'il revint à lui, il était dans l'obscurité totale, brinquebalé dans un gros camion qui roulait à toute allure sur une route cahoteuse semée de nids-de-poules. À chaque tressautement, il retombait durement sur le dos. On l'avait étendu sur une sorte de banquette en métal posée à fleur de sol. S'il avait pu voir où il se trouvait, il aurait identifié ces véhicules blindés de transport de troupes dont la capitale était sillonnée depuis l'entrée de l'armée américaine à Bagdad. Le bruit du moteur était trop fort pour que Michel puisse parler à la forme étendue à deux mètres de lui, qu'il ne pouvait distinguer mais dans laquelle il crut reconnaître Naas. Le camion roula encore un certain temps avant d'atteindre ce qui s'annonçait déjà comme la terreur des prisonniers capturés par les marines : le camp Cropper, près des pistes de l'aéroport international. Les deux hommes encore groggy reçurent chacun un matricule de « *enemy prisoner of war* », le numéro 4327 pour Michel, le 4328 pour Naas. Quand ils furent en état de répondre à des questions, on les ficela l'un et l'autre sur une chaise, dans une tente où se tenaient debout plusieurs officiers américains.

— Mes hommes vous ont interceptés alors que vous rouliez sans laissez-passer, avec une arme prohibée dans votre véhicule, commença le plus âgé des gradés.

De ce que Michel réussit à voir du visage de Naas, celui-ci avait reçu d'autres coups au visage. Ses lèvres n'étaient plus qu'un amas noirâtre de sang mal séché. Le géant blond comprit qu'on attendait de lui une réponse.

— Écoutez, c'est un malentendu, commença-t-il en rassemblant son meilleur anglais.

Si l'ensemble du camp était plongé dans une obscurité inquiétante, la tente dédiée aux interrogatoires était mieux éclairée encore que les blocs opératoires de fortune où, à la même heure sans doute, des chirurgiens bagdadis tentaient de repousser la mort dans le corps de dizaines et de dizaines d'innocents.

— Vous savez comme moi que l'insécurité nous oblige à posséder des armes si nous ne voulons pas être rackettés par les voyous qui courent les rues.

— Nous avons demandé à la population de rendre les armes et nous délivrons un permis à raison d'un fusil ou un revolver par famille. Avez-vous cette autorisation ?

— Nous ne sommes pas une famille. Ma mère vit à l'étranger et mon père a été liquidé par les services de Saddam. Je sors juste de l'hôpital où j'ai réchappé de justesse à un attentat sur le marché Rayad.

À cette évocation, le militaire grimaça.

— Une bavure de la DCA irakienne qu'on nous a mise sur le dos.

— Je ne sais pas. Je vous dis seulement que ni Naas ni moi ne sommes des pillards et encore moins des terroristes.

— OK, fit le soldat qui menait l'interrogatoire. Nous verrons tout ça demain. Il est tard.

Il fit signe à deux de ses hommes de les détacher de la chaise et ils furent conduits chacun dans une tente séparée où ils durent s'entasser au milieu d'une vingtaine d'autres détenus. L'odeur était infecte, un mélange d'urine et d'excréments humains, de sueur aussi. Dans la journée, les habitants de ces tentes, plutôt de simples bâches entourées de barbelés, suffoquaient de chaleur, entassés à plus de vingt là où dix adultes auraient été trop serrés. Michel s'endormit, à moins qu'il ne perdît de nouveau connaissance.

Naas, de son côté, était plongé en plein désarroi. Il vivait l'épreuve de trop. Lui qui avait survécu aux tortures de la police secrète irakienne ne se sentait plus la force ni la volonté de résister à une nouvelle détention qui s'annonçait presque aussi pénible, bien que menée par des ressortissants de ce qu'on appelait la plus grande démocratie du monde. En s'allongeant sur une couche de paille tout humide, il sentit dans son dos un objet coupant et pointu. Avec sa main, il retira un caillou taillé comme un silex, peut-être une arme sommaire d'évasion. À quoi bon chercher à s'évader quand les rangées de barbelés étaient si denses. Il serra la pierre dans sa paume. L'envie de mourir lui vint comme un soulagement. Quand au matin les prisonniers se levèrent péniblement de leurs litières, l'un d'eux resta à terre, immobile. Le silex avait eu raison des veines de Naas. Il s'était vidé doucement la nuit entière, en silence, et lorsqu'un doux fourmillement avait gagné son corps, il avait fermé les yeux comme on s'endort.

Les hommes se rassemblèrent à l'arrière du camp où ils reçurent chacun leur ration d'eau de la journée, un litre par personne quand trois auraient à peine suffi pour ne pas se déshydrater, tant la chaleur cuisait la terre dès les premières heures du matin. Michel avait du mal à tenir debout. Il se demanda où était Naas. Il songea qu'il n'avait pas dû avoir la force de bouger.

— Tu t'es fait rafler où ? lui demanda un vieil Irakien frêle d'allure, à l'évidence inoffensif.

— En ville, juste après le couvre-feu, répondit Michel.

Le bonhomme prit un air accablé.

— Ça les amuse, on dirait. Trois semaines que je croupis là. Ils ont fait une sorte de raid dans ma maison, ils cherchaient des armes partout. Ils ont trouvé la kalachnikov de mon fils dans un coffre, elle n'avait plus servi depuis des années et en plus, je n'avais pas de munitions. Ils m'ont traité de terroriste, moi, tu m'as regardé ?

Le vieux montra son matricule : 1456.

— Tu imagines, reprit-il, entre toi et moi – et il fit remarquer à Michel son numéro 4327–, il y a déjà près de trois mille gars qui sont passés par là. Ils font des prisonniers à tour de bras. Et ceux qui ne restent pas au camp Cropper, ils les envoient au sinistre camp Al-Megh.

Ce nom fit tressaillir Michel. Il se souvint que c'était là que Saddam Hussein faisait torturer les opposants réels ou imaginaires de son régime. C'était là aussi que Naas avait perdu son beau visage et sa jeunesse.

Un homme d'une quarantaine d'années était venu auprès du vieux, avec un café si clair qu'on voyait par transparence le fond de la gamelle en fer-blanc.

— C'est mon fils Mahmoud, fit le vieux.

— Pas un seul morceau de sucre, dit l'homme en dévisageant Michel. On est traités comme du bétail. Depuis qu'on nous a traînés ici avec mon père, nous ne savons pas ce qu'on nous reproche. Mais moi j'ai en tête une liste de griefs longue comme ça !

— Ne parle pas si fort, dit le vieux pour le calmer.

— Ils ne peuvent pas comprendre, continua le fils. D'ailleurs ils ne comprennent rien. Nous n'avons pas vu un avocat, pas un seul représentant d'organisation humanitaire. Ils vont nous laisser crever ici. Le juge, il est là-haut et il prononce des arrêts de mort toutes les heures.

Là-haut, Mahmoud avait désigné le soleil qui faisait perdre la raison à plus d'un détenu.

Le vent du sud s'était levé en même temps que les prisonniers et apportait dans le camp une poussière grise et âcre. Une fois leur ration de café clair avalée, les hommes étaient partis se rasseoir sous les bâches où il régnait une moiteur déjà insupportable. Le supplice quotidien ne faisait que commencer. Dès la fin de la matinée, le misérable litre d'eau accordé à chacun avait déjà été englouti, et il restait encore des heures de canicule à endurer. Le repas unique de la journée, quelques gâteaux secs et du fromage plus sec encore, était souvent laissé intact par les détenus.

— S'il n'y avait que les mauvais traitements, maugréa le fils du vieil homme. Il faudra bien leur faire payer un jour tout ce qu'ils nous ont volé. Mon père avait ses économies de toute une vie cachées sous un matelas. Plusieurs millions de dinars qu'il ne voulait pas placer dans les banques de Saddam. Résultat : les soldats américains ont tout raflé, et aussi les bijoux de notre défunte mère, les parfums de mes sœurs, tout je te dis.

Michel écoutait, impuissant et las. La tête lui tournait un peu, et il craignit un instant d'avoir une clavicule cassée. Un hématome s'était formé à la naissance de son épaule, mais il pouvait remuer son bras, s'il s'y prenait doucement.

— Ils mélangent tout le monde, c'est incroyable, poursuivit le fils. J'ai vu de véritables pillards avec de bons pères de famille qui ne demandaient rien à personne et se retrouvent ici sans aucune raison valable. Dans une tente voisine, il y a un berger qui devient fou. Ils lui ont tué tous ses moutons un par un. Il en avait près de quatre-vingts ! Il s'est juré qu'en sortant d'ici, il portera plainte contre le gouvernement des États-Unis devant un tribunal international !

Le vieux haussa les épaules.

— Ces gars-là n'ont que faire des lois. Leurs chefs les premiers les violent autant qu'ils veulent. Personne ne les a autorisés à venir faire la guerre chez nous, que je sache ! Et avant qu'il sorte d'ici, le berger...

Il accompagna ses paroles d'un geste las de la main, comme s'il avait fait glisser entre ses doigts chaque grain de sable du désert.

Dans l'après-midi, un soldat passa dans la tente où était allongé Michel, pour compter les détenus et vérifier d'un coup d'œil l'état de chacun.

— Il va falloir vous pousser, aboya-t-il ensuite. Trois nouveaux arrivent.

Avant qu'il ne ressorte, Michel l'apostropha.

— Je veux voir vos supérieurs. Je n'ai rien à faire ici. Et je voudrais des nouvelles de l'homme qui est arrivé avec moi hier, Naas.

Le soldat se retourna à peine.

— Quand on aura à te parler, on sait où te trouver, fit-il en s'éloignant.

S'il en avait eu la force, Michel lui aurait fait regretter ses paroles. Mais Michel souffrait, et sa migraine le reprenait. Il comprit que demander la présence d'un médecin n'aurait servi à rien.

Plusieurs jours s'écoulèrent ainsi, et autant de nuits. Des prisonniers disparaissaient soudain, des nouveaux les remplaçaient, avec de nouveaux matricules. Depuis l'arrestation de Michel, on avait entamé la série des six mille, signe que l'armée américaine ne relâchait pas ses contrôles.

— Ma parole, ils vont finir par arrêter tout Bagdad ! s'exclama le vieux un matin, en voyant arriver huit nouveaux prisonniers.

La veille, on avait un peu respiré dans la tente car une dizaine de détenus avaient été déplacés sans explication. Avaient-ils été relâchés, ou transférés dans un autre camp ? Nul n'en savait rien. Coupés de l'extérieur faute de posséder un transistor ou d'avoir accès au moindre journal, les hommes en étaient réduits à des suppositions. Il arrivait à certains de délirer la nuit. Pour Michel, l'existence était devenue presque fictive. Il lui semblait être tombé de nouveau dans le coma, un coma conscient qui s'enchaînait avec celui de l'hôpital, et il finissait par ne plus savoir très bien s'il vivait dans un rêve ou dans la réalité.

Le choc survint lorsqu'un soir, juste avant la tombée de la nuit, il vit passer devant lui une civière. Un corps était entièrement recouvert d'un drap dont il n'aurait pu dire la couleur tant il était sale. Mais un pan du tissu avait glissé et le visage de Naas lui apparut dans toute sa monstruosité. Nul n'avait pris soin de lui fermer les yeux et son regard fixe vint se loger dans celui de Michel. Naas n'avait plus de bouche, plus de nez, à peine un front et des joues. Mais il avait un regard qui en disait long sur les derniers moments de sa vie ici-bas. Lui aussi avait dû vivre un cauchemar éveillé. Ses yeux ouverts portaient la trace des dernières visions d'enfer qui avaient été les siennes, lorsqu'il s'était cru revenu entre les mains de la police spéciale de Saddam. Jamais Michel n'avait vu dans les yeux d'un mort tant de frayeur contenue.

Le sang du géant blond ne fit qu'un tour. Comme si soudain ses forces avaient décuplé, il se mit à hurler qu'il voulait, qu'il était prêt à défier en duel « le chef de ce putain de camp de la mort ». Aussitôt une escouade de soldats accourut et comme l'ensemble du camp s'était massé devant les bâches, la patrouille emmena Michel jusqu'à la tente des interrogatoires. Un des soldats, un noir aussi grand que Michel, essaya de le calmer.

— Allez, *guy*, du cran, tu vas nous expliquer gentiment ce qui t'arrive.

Le sergent Tomlinson était de ceux qui avaient arrêté Michel et Naas. Il avait été surpris d'entendre parler Michel. Il s'était demandé comment un Irakien pouvait être blond aux yeux bleus, et maîtriser aussi parfaitement la langue américaine. Ses supérieurs avaient pris le jeune colosse pour un espion, mais le sergent Tomlinson ne partageait pas cet avis. Michel lui avait paru de bonne foi et il en avait assez de jouer les tortionnaires, lui que sa couleur de peau avait jusqu'ici exposé au rôle de victime. Pour le chef du camp Cropper, Ted Collins, un capitaine texan qui avait troqué le casque pour un chapeau de cow-boy, Michel était un espion de haut vol doublé d'un terroriste, sans doute formé aux États-Unis, programmé pour tuer. Dans ses bouffées délirantes, il croyait même que ce prisonnier avait pu avoir un lien avec Al-Qaida. Si le fil de son raisonnement était ténu, il ne manquait pas d'une certaine logique. Et la logique, dans le climat de paranoïa qui régnait à Bagdad dans ce drôle d'après-guerre, était encore une valeur cotée.

Il faut dire que Ted Collins était assez fier de sa découverte. Et Michel Samara était loin de pouvoir imaginer le scénario qui s'était écrit dans la tête obtuse à l'esprit appliqué du Texan. Sitôt que ses hommes avaient amené au camp les deux occupants de la BMW, il avait fait examiner le véhicule dans le détail. La personnalité de Michel, son allure distinguée, le couple qu'il formait avec un Irakien aussi inquiétant que Naas, tout cela éveillait la méfiance du capitaine américain. En plein jour, à l'abri des regards, trois soldats s'étaient employés à découper le plancher du coffre, à découdre le tissu des sièges, à soulever la moquette de sol et celle du plafond. Quelle n'avait pas été leur surprise de trouver, dans une cache creusée à l'intérieur de la mousse du siège arrière, plusieurs kilos de prospectus à la gloire de Ben Laden, ainsi que des plans très détaillés de plusieurs mosquées d'Irak situées dans les régions chiites.

Aussitôt, Ted Collins avait alerté la police de Bagdad et les services du ministère de l'Intérieur pour savoir à qui pouvait appartenir cette voiture. La réponse tardait à venir, et c'est pourquoi Michel fut laissé à croupir dans le camp sans recevoir la moindre information sur le sort qui lui serait réservé. Heureux d'attirer l'attention sur lui, Ted Collins avait câblé à ses supérieurs basés au Qatar qu'il avait sans doute mis la main sur un poisson d'Al-Qaida dont il ne pouvait encore donner la taille, mais sans doute du gros, avait-il tout de même précisé.

L'état-major s'était montré vivement intéressé par cette information. D'autant qu'en Europe, George Bush commençait à être attaqué sur la qualité des preuves fournies par la CIA concernant le danger pour la paix du monde que représentait réellement Saddam Hussein. À Londres, la BBC venait de diffuser des informations montrant que l'arsenal d'armement irakien avait peut-être été surévalué. Qu'un représentant d'Al-Qaida soit arrêté en plein Bagdad avec des tracts pro-Ben Laden et les plans de mosquées serait de nature à allumer des contre-feux très utiles pour les fauteurs de guerre, sommés par l'opinion mondiale de se justifier.

L'information n'avait pas tardé. Les services de la sûreté s'étaient empressés de renseigner les Américains pour montrer leur bonne volonté en matière de coopération sur le terrain. Un matin à sept heures, un policier du central numéro 1, celui des riches quartiers du centre, se présenta au camp Cropper en demandant une audience au chef. Ted Collins prenait son café, un bon café celui-là, adouci par plusieurs morceaux de sucre, puisqu'il était dit que les Américains ne pouvaient rien avaler qui ne fût sucré. Il convia l'homme à sa table et l'écouta avec une attention empressée. Le policier irakien n'en revenait pas d'être à si belle fête, sollicité par des vainqueurs remplis de déférence pour ce qui lui apparaissait somme toute comme une opération de routine, donner le nom du propriétaire d'un véhicule immatriculé dans la capitale. Était-ce si difficile, aux États-Unis, de se procurer pareille information ? Était-ce l'apanage des dictatures de savoir qui était au volant de quelle voiture ?

Après avoir bu deux cafés – sans sucre ceux-là –, le policier s'éclaircit la voix et commença dans un silence de sanctuaire :

— C'est une BMW de série achetée en 2001 en Arabie Saoudite.

Cette première précision eut pour effet d'exciter plus encore Ted Collins et ses hommes. Depuis les attentats du 11 septembre, les Saoudiens étaient devenus des traîtres inspirant la plus grande méfiance aux Américains. Le commando suicide qui avait fracassé les avions de ligne sur les tours du World Trade Center n'était-il pas composé pour l'essentiel de Saoudiens ? Et Ben Laden lui-même n'était-il pas de nationalité saoudienne avant d'être banni de l'émirat ?

— Le propriétaire est un Jordano-Irakien, poursuivit le policier. D'après ce que nous savons, il se nomme Abdallâh Aziz et est âgé de trente-deux ans.

— Abdallâh Aziz, répéta Collins.

Il se rappela que le complice de Michel avait dit s'appeler Naas, et c'est ainsi que l'appelait aussi le géant blond quand il parlait de lui. Mais travestir les noms était un jeu d'enfant pour des terroristes aguerris, et le capitaine ne se laissa pas ébranler par ce détail qui clochait. Et un détail venait de faire mouche dans l'esprit de Collins : la nationalité jordanienne du propriétaire de la BMW. S'il n'était pas féru de géopolitique, pas plus que George W. Bush, que cette lacune n'avait pas empêché d'accéder à la présidence suprême, le capitaine Collins connaissait la méfiance de son pays pour le régime de l'ancien petit roi Hussein.

Dans les années quatre-vingt-dix, lorsque l'Irak livrait bataille à l'Iran, la Jordanie avait mis à la disposition de Saddam toutes les installations du port d'Akaba. Les deux hommes avaient partie liée au point qu'Amman était devenu le premier partenaire commercial de Bagdad, tandis que les étudiants de Jordanie pouvaient s'inscrire sans frais dans les universités irakiennes. On ne comptait plus les privilèges accordés par le raïs aux ressortissants du royaume hachémite. Ses commerçants établis en Irak étaient exemptés de taxes et de droits de douane, et les étudiants jordaniens n'étaient jamais exclus de l'université s'ils échouaient à leurs examens, alors que la règle était bien plus sévère pour les ressortissants irakiens. Tout cela avait fini par créer des liens subtils et forts, quoique souterrains depuis la mort du roi Hussein et son remplacement sur le trône par son fils Abdallâh II.

Le capitaine Collins s'était répété ce prénom, Abdallâh, qui était aussi celui du propriétaire de la belle BMW. Le jeune monarque n'avait-il pas accordé l'asile aux deux filles de Saddam, Raghad et Rana, en invoquant des raisons humanitaires ?

Michel ne connaissait pas tout le cheminement tortueux, et pourtant logique, de la pensée du capitaine quand on l'amena dans la tente des interrogatoires. Naas lui avait bien dit, le deuxième soir de leurs retrouvailles, qu'il avait déniché la voiture dans un sous-sol de l'hôtel de luxe où il était employé comme gardien. Mais il ne pouvait deviner ce qu'elle contenait, ni à qui elle appartenait. S'il avait su que les espaces creux du véhicule, l'intérieur des sièges et la doublure des portières étaient remplis de propagande islamiste ! Comme parfois les innocents, Naas et Michel présentaient toutes les caractéristiques accablantes qui désignent les coupables.

Michel fut installé sur une chaise par le sergent Tomlinson. Cette fois, il ne fut pas ficelé. Tomlinson lui tendit même une cigarette, qu'il repoussa.

— Je veux parler à votre chef, répéta le prisonnier, d'une voix moins véhémente, mais toujours aussi déterminée.

— Il arrive, fit le sergent.

18

S'il avait voulu, Ted Collins aurait pu reprendre le ranch de son père, des milliers d'hectares de maïs dans la *Corn Belt* et autant de têtes de bétail, que sa famille élevait de génération en génération avec le sentiment qu'il n'y avait pas plus libre dans l'Ouest que ces hommes aux horizons sans limites. Mais dans sa jeunesse, le père de Ted avait combattu en France auprès de Patton et le gamin avait grandi avec dans les oreilles des histoires pour plus grand que lui où il était toujours question d'embuscades, d'opérations spéciales et de barouds. L'année de ses vingt ans, M. Collins père avait emmené son fiston en Normandie et ensemble ils avaient parcouru en silence les allées piquées de milliers de petites croix blanches à la mémoire des boys tombés pour la France. À Arromanches, son père avait essuyé quelques larmes, souvenirs de copains de régiments tombés devant Sainte-Mère-Église, pour le fameux *D Day*. La semaine suivante, de retour au Texas, Ted s'était engagé pour cinq ans dans les commandos de marines. Vingt-trois ans plus tard, il était toujours revêtu du même uniforme, quelques galons en plus. L'armée était toute sa vie, et s'il aimait la guerre, c'était d'abord pour la gagner.

Il ne pensait pas particulièrement à la France quand il pénétra dans la tente où l'attendait Michel, les yeux bleu pâle agrandis par la colère.

— N'essaye pas de nous mener en bateau, même si tu m'apparais très habile, commença le capitaine. Nous savons pour qui vous travailliez, toi et ton copain.

— Cessez ces insinuations grotesques, fit Michel. Si vous n'avez pas trouvé mieux, je ne suis pas surpris que vos services de renseignement soient chaque jour ridiculisés. Si j'étais vous, je...

La phrase s'arrêta là. Le capitaine fit cingler sur la joue de Michel un revers de main qui lui arracha un bout de peau. Le capitaine ne se séparait jamais de la chevalière de son père, aux armes du Texas. Le sergent Tomlinson se précipita auprès de Michel et adressa à son supérieur un regard de désaveu.

— Pourquoi avez-vous tué Naas ? martela le géant blond dans un anglais à faire rougir les professeurs d'Oxford et de Stanford réunis. Pourquoi ?

— Naas ? fit le capitaine en jouant la surprise. Mais je ne connais pas de Naas. Je connais seulement un certain Abdallâh Aziz, à la double nationalité jordanienne et irakienne, et commis voyageur pour le compte d'une organisation qui a tué des milliers de personnes le 11 septembre 2001 à New York, si tu vois ce que je veux dire.

— Quelle est cette fable ? demanda Michel, soudain abattu par ce qu'il entendait, comme si les paroles du militaire lui avaient confirmé qu'il nageait en plein cauchemar, sans espoir d'en sortir jamais.

Pendant ce bref échange, le sergent Tomlinson n'avait pas quitté Michel des yeux. Il lui paraissait sincère lorsqu'il avait manifesté son étonnement. Était-il le jouet d'un malentendu tragique qui avait déjà coûté la vie à son ami ?

— Celui que vous appelez Naas..., dit calmement le soldat noir. C'est vrai que nous l'avons un peu bousculé. Mais mettez-vous à notre place. Des documents favorables à Ben Laden dans la voiture, quand on est américain, il y a de quoi perdre un peu son calme, vous comprenez ? En revanche, parole de soldat, nous ne l'avons pas tué. Il a été retrouvé mort le lendemain matin qui a suivi votre arrivée. Je peux aussi vous dire qu'il s'était tailladé les veines.

— Mon Dieu, mon Dieu..., balbutia Michel. Quel gâchis. Quelle incroyable méprise.

— Que voulez-vous dire ? demanda le capitaine, à son tour saisi par les accents de sincérité qu'il lisait sur le visage tuméfié du prisonnier.

— Naas portait sur son corps les marques de terribles tortures que lui avait infligées la police secrète de Saddam Hussein, commença le géant blond.

Il s'en suivit un long récit pour dire qui était Naas, comment il l'avait hébergé quand les hommes du dictateur étaient à ses trousses. Les deux soldats écoutèrent Michel sans l'interrompre une seule fois. Le capitaine fronçait les sourcils, comme toujours quand il n'arrivait pas à recoller les morceaux entre ses convictions intimes et l'apparition d'une vérité contradictoire.

— Je sais que cette auto n'était pas à Naas, expliqua ensuite le prisonnier. Quant à moi, je ne suis pas jordano-irakien mais franco-irakien. Français par ma mère et...

Michel avait eu le mot malheureux qui soudain fit voir rouge au capitaine Collins.

— Français, vous êtes français ?
— C'est exact, par ma mère qui vit à Paris.
— Laissez-nous, déclara le chef du camp à Tomlinson.
— Pourquoi ? demanda le sergent.
— C'est un ordre.

Le grand soldat noir se retira comme à regret, après avoir lancé à Michel un regard où se mêlaient la compassion et le reproche silencieux d'avoir gâché ses chances en croyant se disculper. Dire à Collins qu'il était français, c'était forcément se déclarer coupable, tant était virulente la francophobie du capitaine.

Quand ils se retrouvèrent tous les deux face à face, le capitaine aspira un grand coup d'air et entreprit de jouer au flic aussi têtu que teigneux.

Au retour des campagnes de France, le père de Ted avait perdu l'usage d'un bras et boitait méchamment, suite à l'explosion d'une mine allemande sur la route de son convoi. Il percevait une pension dont il n'avait que faire, puisque ses deux fils aînés faisaient tourner l'exploitation avec la régularité d'une horloge. Les rendements doublaient chaque paire d'années, les prix des céréales étaient élevés, les marchés d'exportation prospères. Le dollar régnait. Ils étaient riches à millions. Mais Collins père avait fini par remâcher une rancœur contre la France chaque fois que le temps changeait, s'annonçant dans les articulations de ses genoux et de ses bras qui le faisaient souffrir le martyre. Ted était le plus jeune des Collins, celui qui buvait comme une éponge toutes les confidences de son père, tous ses ressentiments. La France était devenue peu à peu, saison après saison, son bouc émissaire, la responsable de ses maux les plus divers.

Ce sentiment antifrançais avait pris un tour nouveau lorsque, au sortir des années quatre-vingt, le blé tricolore vint tailler des croupières au blé de l'Oncle Sam sur les grands marchés mondiaux. L'URSS et l'ensemble du bloc de l'Est s'étaient mis à bouder le grain US pour lui préférer celui des Européens, et la même désaffection touchait désormais les acheteurs du Maghreb et du Moyen-Orient. M. Collins fulminait contre ces Français à qui il avait sauvé la vie, qui se permettaient maintenant de jouer les fiers-à-bras avec leurs épis de blé dressés comme des épées contre l'Amérique. La guerre commerciale était déclarée, et au Texas, on subventionna les céréaliers pour tailler des croupières au blé venu de la Beauce française. Mais les *farmers* ne comprenaient pas ce qu'ils considéraient comme de l'ingratitude au regard de l'Histoire. Les États-Unis avaient sauvé l'Europe du nazisme, l'avaient placée sous l'oxygène du plan Marshall à coups de millions de dollars, et le moribond une fois sur pied se permettait de mordre la main qui l'avait sauvé, et nourri! C'était trop pour les esprits comptables du Midwest, de l'Alabama et du Texas où l'on ne supportait les autres nations qu'assujetties, comme les Noirs et toutes les minorités qui n'appartenaient pas à la race des pionniers de l'Amérique.

Pendant la première guerre du Golfe, Ted Collins avait combattu auprès de divisions françaises à l'occasion de la « Tempête du Désert » qui s'était arrêtée avant les portes de Bagdad, laissant étonnamment intact le pouvoir de Saddam Hussein. Le sentiment antifrançais du capitaine n'avait pas eu matière à s'exprimer car Paris avait loyalement joué sa partie aux côtés des troupes actionnées par M. Bush père. Mais dans les semaines et les mois qui avaient précédé la seconde campagne en Irak, l'Amérique avait pris le refus de combattre affiché par Paris et le président Chirac comme un véritable affront, une coupable amnésie, une lâcheté. Quoi? La paix du monde était menacée, l'Irak venait en tête des États voyous, de l'Axe du mal, et les Français faisaient la fine bouche avec des histoires de procédure, de légalité, de résolutions onusiennes. Le général de Gaulle lui-même, dont on rappelait qu'il s'était souvenu de l'Amérique pour tirer son pays d'un mauvais pas, n'avait-il pas traité l'ONU de « machin »?

Ted Collins avait suivi de près ce débat où la sagesse entrait pour peu de part. L'armée des États-Unis s'était fait sa religion : il fallait supprimer Saddam, le plus tôt serait le mieux. Quant aux Français, ils ne méritaient que mépris. Ils pourraient attendre longtemps des contrats lorsque sonnerait l'heure de la reconstruction en Irak. Ted Collins adhérait parfaitement à ce discours, l'esprit aussi barbelé que ses champs du Texas.

— Reprenons, fit Collins quand il se retrouva seul avec son prisonnier. Vous vous appelez comment, au juste ?

Michel déclina son identité. Il dut répondre à des dizaines et des dizaines de questions, au point de ne plus savoir exactement où il en était. Sa joue le brûlait, il avait soif, et si le capitaine se servait régulièrement de grandes rasades d'eau fraîche tirées d'une outre en peau, il négligeait d'en proposer à son prisonnier. Michel lui aurait bien fait remarquer qu'il violait les règles les plus élémentaires des conventions de Genève, mais à l'intérieur de ce huis clos, il savait que tout commentaire de sa part reviendrait à aggraver son traitement.

Le capitaine Collins avait un compte à régler avec la France, et Michel ne tarda pas à le sentir à ses dépens. Par instants, l'Américain lui posait une question qui n'avait rien à voir avec le contexte de sa détention, comme s'il avait voulu vérifier sa qualité de Français.

— Ça vous dit quelque chose, Sainte-Mère-Église, et Arromanches, et le *D Day* ?

— Bien sûr, répondit Michel, mais qu'est-ce que ça peut vous foutre ?

— Continuons, vous étiez donc sur le marché...

— Et une bombe a tout fait exploser, oui, mais je vous l'ai déjà dit !

— Et Patton, vous avez déjà entendu ce nom ? et Montgomery ?

La séance dura encore presque deux heures. Il était minuit passé quand le capitaine Collins lâcha enfin son emprise sur Michel, qui dormait à moitié sur sa chaise. Deux hommes le transportèrent dans sa tente, dont il ne reconnut pas les visages. Ensuite, il eut l'impression de tomber du haut d'une falaise, de tomber sans jamais s'arrêter, au fond d'un trou noir.

Combien de temps s'écoula ? Il aurait eu bien de la peine à le dire. Quand il s'éveilla, c'était encore la nuit. Tout le monde dormait, quand la flamme d'un briquet éclaira un visage noir ébène dont la bouche était barrée par un doigt dressé en signe de silence. Michel réalisa que le sergent Tomlinson s'était introduit dans la tente au milieu des détenus endormis.

— Suis-moi, *guy*, fit-il. Le jour va bientôt se lever. Il n'y a pas de temps à perdre.

Le soldat aida Michel à se mettre sur pied puis le conduisit à la lisière du campement, là où se dressaient d'énormes écheveaux de barbelés. Il pensa que sa dernière heure avait sonné, et il regretta que le sergent noir ait été désigné pour accomplir le sale boulot. Michel était trop affaibli pour songer à s'enfuir. Peut-être au fond s'était-il résigné à en finir, après Naas. Au moins le cauchemar cesserait-il. Il se demanda si on rêvait, une fois qu'on était mort. Il espéra que non.

À une dizaine de mètres, de l'autre côté des barbelés, de l'autre côté d'une porte inviolable gardée par un circuit électrique à haute tension, se dressait une ombre imposante qu'une maigre veilleuse éclairait d'une lumière avare, insuffisante pour identifier de quoi il s'agissait.

Tomlinson ne disait pas un mot et marchait devant, sans craindre un instant que le prisonnier songe à l'attaquer dans le dos. Il lui ouvrait le chemin en se retournant régulièrement pour s'assurer qu'il suivait.

Lorsqu'ils furent arrivés devant la porte au cadre électrifié, le sergent sortit un minuscule appareil qui coupa le courant. Puis d'une geste tranquille mais rapide, il fit jouer une longue clé de métal dans la serrure, puis une autre de dimension plus modeste. Michel ouvrit grands ses yeux. Le soldat américain l'invita à le suivre. Flairant le piège, le géant blond essaya de percer l'obscurité. Un tireur l'attendait dehors, un tueur armé d'un poignard, ou le capitaine Collins ?

Devinant son hésitation, Tomlinson l'encouragea.

— Viens, *guy*, encore un petit effort. On va monter là-dedans tous les deux.

Il avait désigné la masse sombre dont la veilleuse n'éclairait qu'une partie. C'était un camion de transport de troupes, le même peut-être qui avait emmené Michel et Naas ici. Peut-être restait-il de leur sang sur le sol de métal. Mais cette fois, il n'eut pas à monter dans la benne bâchée.

— Monte à côté de moi, devant. On y va.

— Mais où ? demanda Michel.

— Ne pose pas de question et monte, je te dis. Baisse-toi le temps qu'on franchisse les guérites.

Michel s'exécuta et plia en deux sa longue carcasse endolorie. Ils passèrent sans encombre le contrôle de sortie. La sentinelle somnolait, et le sergent se contenta de lui adresser un signe de la main. Dix minutes plus tard, le camion roulait seul sur les bords du Tigre. Le ciel rosissait par l'est. Le sergent sifflotait un air des planteurs de coton.

Quant à Michel, il avait ouvert la vitre de la portière et il respirait avidement l'air pur et encore frais du petit matin.

— Je te dépose où, à cette heure-ci ? Tu as un chez-toi ?

L'ami de Naas ne répondit pas aussitôt. Son esprit essayait encore de réaliser ce qui était en train de lui arriver.

— Pourquoi fais-tu tout cela pour moi, sergent ? finit-il par demander.

— Ça me regarde, répondit Tomlinson. Mais je ne peux pas rester dehors trop longtemps. On va où ?

Le camion s'était immobilisé près des souks où ils avaient dîné le dernier soir, Naas et lui. L'envie de pleurer monta en lui, mais il résista. Ce n'était pas le moment de céder aux émotions.

— Pourquoi ? demanda-t-il à nouveau.

— Disons que j'ai cru à ce que tu racontais. Ça va comme ça ?

Michel hocha la tête. Il garda quelques secondes le silence puis parut la proie d'une inquiétude soudaine.

— Depuis quand étais-je détenu au camp Cropper ?

— Je ne sais pas précisément, fit le sergent en réfléchissant à haute voix.

— Dis-moi à peu près.

— Quel est ton numéro de matricule ?

— Je ne sais plus. Dans les quatre mille et quelque.

— Ouais. On en est à plus de douze mille. À raison de deux mille prisonniers par semaine, tu as dû arriver il y a un mois.

— Un mois ! s'exclama Michel avec de la stupeur dans la voix.

— Ça ne va pas ?

— À quoi est-ce que je ressemble ? questionna aussitôt Michel au lieu de répondre.

Le sergent le dévisagea.

— À une sorte de zombie, *guy*.

— Bon. C'est bien ce que je pensais.

Les idées se bousculaient dans la tête de celui qui n'osait pas encore se considérer comme un homme libre. Il aurait voulu que Tomlinson le dépose à l'hôpital où le petit Ali devait désespérer de le revoir un jour. Le gosse avait-il tenu le coup ? Une envie folle le poussait à courir jusqu'à lui pour le rassurer. Mais il se disait que si Ali le voyait dans cet état, la joue enflée et sanguinolente, les yeux aux cernes noirs et sa mine de décavé, il prendrait peur et ne croirait plus à la promesse qu'il lui avait faite de lui donner de nouveaux bras. Pouvait-on croire un mort vivant qui sortait dehors pour chaque fois recevoir des coups terribles ?

— Je peux te demander un autre service ? finit par lancer Michel.

— Dis toujours.

— À l'hôpital Saddam, en plein centre, près du grand marché, il y a au deuxième étage une grande salle réservée aux enfants. Tu demanderas l'infirmière Nadia.

— Nadia, OK. C'est ta fiancée ?

— Mais non. Tu lui demanderas qu'elle te conduise à Ali.

— Ali ?

— Un gamin que les vôtres...

Michel hésita à poursuivre. Mais le regard de Tomlinson l'engageait à poursuivre.

— ... que les vôtres ont presque massacré. Il n'a plus de bras.

— Et si cette Nadia refuse de me conduire à lui ?

— Tu lui diras que c'est moi qui t'envoie. Surtout tu ne donnes aucun détail. Tu racontes seulement que je suis à l'abri et que je vais bien. Et au petit, promets-lui que je ne l'ai pas oublié, qu'il continue de manger sa soupe.

— Tu veux que j'aille là-bas juste pour dire à un gosse de manger sa soupe ?

Michel ébaucha un sourire, et ce sourire se refléta dans le regard complice du sergent.

— Bien sûr que non. C'est un secret entre nous.

— Un secret ?

— Je lui ai promis que s'il tenait bon, s'il reprenait des forces, je l'emmènerais à l'étranger pour qu'on lui greffe d'autres bras.

Tomlinson hocha la tête.

— Tu as raison, *guy*. On fait ça très bien en Amérique.

— En France aussi, ne put s'empêcher de rétorquer Michel.

— Ah oui, j'oubliais, tu es français, fit le soldat sur le mode de la plaisanterie.

— C'est d'accord ? s'enquit Michel.

— Tu peux compter sur moi, *guy*.

— Tu n'oublieras pas pour la soupe ?

– Non, promis. Mais pressons. Maintenant, on va où ?
– Tout droit. Je vais te montrer la route.

Et il le guida jusqu'aux ruines de la maison du professeur Samara. Quand ils furent en vue de la petite chapelle, Michel demanda à Tomlinson de le déposer là.

– Tu es sûr que c'est ici ? fit le sergent étonné.
– Sûr. Toi qui me crois, tu te souviens ce que j'ai dit sur ma demeure que les hommes de Saddam ont brûlée. La voici. C'était celle de mon père.

Tomlinson regarda sans un mot les décombres calcinés. Puis il tendit une main à Michel.

– Prends soin de toi, *guy*, on dirait que la mort te cherche, ces temps-ci. Je file, je dois veiller à la soupe du petit, pas vrai ?

Il envoya un clin d'œil à Michel et redémarra. En se frottant le visage, le colosse miraculé s'aperçut qu'il pleurait. Il n'avait pas eu le temps de remercier Tomlinson pour son courage ni de lui demander comment il ferait pour échapper aux sanctions de sa hiérarchie si elle venait à découvrir ses agissements.

19

Le soleil du petit matin brillait dans ce qui restait de vitrail contre la façade de la chapelle érigée par feu le professeur Samara. Après toutes ces journées passées dans l'obscurité de la tente, au camp Cropper, dans la promiscuité des hommes qui souffrent, Michel eut quelque peine à soutenir du regard cette lumière pure et acide qui montait dans le ciel. Il s'approcha d'un banc encore solide, taillé dans la partie rectiligne de branches d'oliviers centenaires, les arbres de la paix, songea-t-il. S'il avait pu, il se serait agenouillé pour prier. Mais ses genoux et toutes ses articulations le faisaient tant souffrir qu'il se contenta de s'asseoir lourdement sur le banc. Là il attendit. Le soleil montait encore et, très vite, il dépassa le morceau de vitrail brisé, n'y laissant plus qu'une lueur citronnée mais suffisamment douce pour qu'il puisse de nouveau lever les yeux dans cette direction.

Dans ce qui restait du vitrail, il reconnaissait le visage du professeur Samara et aussi le regard de sa mère, que l'artiste avait figuré avec un grand réalisme. Ces simples yeux posés sur lui le touchèrent comme si sa mère avait été là auprès de lui, à le réconforter, et la chaleur du soleil qui se réverbérait déjà dans la chapelle le toucha comme une caresse maternelle.

En brûlant dans un gigantesque brasier, une partie de la toiture de la maison paternelle s'était projetée sur la chapelle attenante. Les dégâts à l'intérieur n'étaient pas considérables. Quelques poutres avaient cédé, jetant au sol plusieurs dizaines de tuiles et des tombereaux de poussière et de suie. La statue du

Christ en bois ciré était restée intacte, ainsi que la grande représentation de la Cène, un tableau que le professeur Samara avait reçu en cadeau d'un artiste de Mossoul. La statue de la Vierge Marie avait en revanche été brisée au niveau de l'épaule, et la tête ne tenait plus que par miracle, si on pouvait encore ici parler de miracles, quand tout alentour était à feu et à sang. Au-dessus de l'autel, comme veillant sur le petit peuple de Dieu qui était si souvent venu se presser dans la chapelle, par petits groupes intimes et fervents, un bel ange blond et musclé, les ailes épousant le galbe de la nef, le regard envoûtant peint en bleu turquoise dans un matériau chromatique très résistant, cet archange semblait vouloir parler à Michel. Tout à ses pensées confuses, pleurant ses morts et pleurant aussi de la joie d'être vivant, ne sachant plus s'il devait remercier le ciel ou le maudire, le géant rescapé ne prêta guère attention à ce personnage. Il ne s'était même pas rendu compte que le professeur Samara, dans sa dévotion pour ce fils tombé du ciel, avait fait représenter l'ange avec les traits de Michel, sa blondeur, l'émeraude de ses yeux, ses muscles déliés d'athlète de la foi.

Une certaine paix régnait dans la chapelle. On entendait parfois, au loin, la sirène d'une ambulance ou d'un véhicule de pompiers, car il y avait toujours un endroit de Bagdad visité par le feu, comme si la ville n'était plus vouée désormais qu'aux flammes. Ici, dans cette chapelle aux murs lézardés mais qui tenait encore debout, dans ce lieu d'amour et de concorde voulu par le cœur trop grand du professeur Samara, Michel se sentit à l'abri des sortilèges du monde.

Il joignit ses deux mains et, comme il l'avait appris dans son enfance, renouant avec ces gestes rassurants de l'avant-sommeil, lorsque sa mère et lui se tenaient au pied du lit devant le petit crucifix rapporté de France, il se mit à prier à mi-voix. Il commença par un *Notre Père* qu'il récita lentement, en détachant bien chaque mot. Malgré les événements de ces dernières semaines, malgré cette mort qui l'avait cerné de tous côtés au point de le menacer lui-même, il fut rassuré de se souvenir par cœur de cette prière. « Par cœur. » Il ne comprenait pas ce que signifiait cette expression, quand il était enfant. Qu'est-ce que le cœur avait à voir dans une récitation où seule la mémoire, croyait-il, entrait en ligne de compte ? À cet instant, bercé par sa propre voix qui coulait sûre d'elle-même et du chemin à suivre, « Que votre volonté soit faite... », Michel comprit ce que voulait dire ce « par cœur » tant désiré par ses parents. Il avait bien la foi chevillée au cœur, pour se souvenir encore d'une prière alors que la migraine lui laissait de rares répits et que ses forces semblaient, provisoirement, l'avoir abandonné.

Après un silence, il enchaîna avec le *Je vous salue Marie* de son enfance. Ses mots atteignirent la statue blessée, et aussi le regard de sa mère enchâssé dans le pan de vitrail qui s'accrochait encore à la petite maison de Dieu.

Comme il priait, il sentit confusément un bien-être le gagner. Ce ne fut pas spectaculaire. Il aurait été incapable de sauter sur ses pieds, ni même de sourire. Tout cela se produisait à l'intérieur, en profondeur, là où naît la réflexion, là où se prennent les résolutions les plus solides. Le poids qui lui comprimait la poitrine se souleva peu à peu, et il put respirer presque normalement, malgré ses côtes endolories, dans un air si lourd et fétide qu'il n'avait jamais, depuis des jours et des jours, respiré à pleins poumons.

Après avoir récité sans faute son hommage à la Vierge, Michel se tut de nouveau. Il s'aperçut que de parler ainsi, même lentement, l'avait essoufflé. L'effort n'était rien comparé à la douceur qu'il éprouvait d'avoir entendu sa voix si calme s'adresser à plus haut que lui, comme à un esprit compatissant doté du pouvoir de tout comprendre, d'apaiser, de pardonner s'il y avait lieu. Non pas que Michel se sentît coupable de quelque action qu'il avait pu commettre dans ces temps de troubles. Comme souvent les survivants quand ils voient le vide laissé autour d'eux, il s'en voulait malgré lui d'avoir sauvé sa peau quand des êtres chers et proches de lui n'étaient plus que cendres et poussières.

L'idée le traversa de dire une prière pour Maureen. Cette fois, aucune prière ne lui vint à l'esprit. C'est une chanson de la belle chanteuse qui se mit à courir sur ses lèvres, une chanson d'amour qui avait traversé l'Orient et qu'il avait même entendue un soir de négociations pétrolières, sur une station de radio de Copenhague. *J'ai laissé le soleil*, c'était le titre de ce succès de Maureen que des millions de personnes connaissaient, et pas seulement en Irak, des vieux assis à la terrasse des cafés jusqu'aux enfants des écoles. « J'ai laissé le soleil », chanta Michel juste pour lui, d'une voix éraillée incapable de monter dans les aigus, et il revit l'espace d'un instant Maureen souriant de tout l'éclat de son visage, ses mèches rousses teintées au henné virevoltant dans l'air tiédi du soir.

La tête lui tournait encore quand il interrompit son chant. Il songea qu'il n'avait rien avalé depuis la veille au soir, et son repas s'était limité à un pilon de poulet bien maigre qui trempait dans un bouillon si clair qu'on aurait cru seulement de l'eau chaude à peine salée et poivrée. Il pensa aux provisions de bouche qui devaient l'attendre dans le souterrain, une dizaine de mètres sous ses pieds. Il ne bougea pas du banc de prière car il n'en avait pas fini avec ses morts.

Était-ce l'épuisement ? Était-ce la succession des terribles images qui l'avaient accompagné depuis l'explosion sur le marché et son transfert dans le service des enfants de l'hôpital central ? Était-ce encore la désillusion que lui avait occasionnée son arrestation par les soldats de la plus grande armée du monde ? Michel sentit tout à coup monter en lui un sentiment de rage, malgré cette forme de sérénité que lui avaient apportée la prière et le chant. Ce n'était pas une rage contre la terre entière, pas même contre ces marines qui n'avaient fait qu'exécuter des ordres absurdes. Après tout, le sergent Tomlinson s'était montré lucide et son jugement sur Michel avait été parfait. Le militaire noir avait même pris sur lui d'enfreindre la règle appliquée aux prisonniers de guerre, et si d'aventure sa sortie nocturne avec le camion de troupes pour transporter Michel jusque chez lui avait été repérée, il était passible du conseil de discipline, voire d'une exclusion de l'armée.

Pour le géant blond, la mort de Naas était un événement impardonnable. Même dans le calme douillet de la chapelle, il ne pouvait être question de pardon. Michel avait cru Tomlinson lorsque celui-ci avait expliqué en toute franchise que ses hommes n'avaient pas tué son ami en le brutalisant. Aux yeux de Michel, le résultat était pire qu'un tabassage qui aurait mal tourné. Naas était mort de peur. Il avait été assailli par ses fantômes des camps de Saddam Hussein. Le comble était que cette armée libératrice, par ses méthodes brutales, avait réveillé chez un supplicié la hantise de vieilles souffrances impossibles à cautériser.

Le regard de Michel se posa sur celui, fixe, bleu, terrible, de l'ange. S'agissait-il de Gabriel, ou d'un autre moins connu dans l'imagerie chrétienne ? Jamais l'idée ne lui était venue de demander à son père quand il était de ce monde, ou à sa mère du temps où elle vivait heureuse à Bagdad. Depuis qu'elle était retournée en France avec toute sa tristesse et le poids de ses souvenirs heureux – car le bonheur est pesant une fois qu'il s'est évanoui –, Michel n'avait plus jamais évoqué devant elle la maison de Bagdad, et encore moins la chapelle édifiée spécialement pour elle. Il se jura aussi qu'il ne lui dirait rien de l'incendie qui avait détruit la demeure qu'elle avait tant aimée.

L'ange, donc, semblait avoir entamé avec Michel un dialogue muet où ne parlaient que les yeux. Le bleu du regard de Michel se fondait dans le bleu du regard de la statue hautaine. Ce ne fut pas une révélation. Seulement une prise de conscience. On pouvait être installé en prière dans une chapelle, être entouré de saints et de figures divines, et penser à se venger. À venger ceux qui ont injustement souffert, et péri. Le pardon n'était pas un automatisme. Naas ne pouvait plus rien. Michel pouvait encore agir en son honneur, en sa mémoire. Comme il agirait bientôt pour Ali qu'il ne pourrait plus regarder en face aussi longtemps qu'il ne l'aurait pas pris dans ses bras pour lui dire : « Je t'emmène en France. »

Il y avait bien un responsable à tous ces drames, et c'est ce responsable que Michel voulait châtier. Il n'était pas question de faire payer les simples exécutants d'une opération décidée bien au-dessus d'eux. Michel n'oubliait pas ses amitiés américaines qui remontaient à sa prime jeunesse. Il n'oubliait pas que Leslie, son premier amour, l'année de ses dix-neuf ans, était une Californienne de son âge, ni que les parents de la belle, le temps de ses études, l'avaient accueilli chez eux comme un fils. Mais tandis que l'ange soutenait le regard de Michel, celui-ci prit la résolution, sans ciller lui non plus, de faire payer l'addition au fauteur de troubles : le président des États-Unis. George W. Bush.

Cette pensée soudaine l'électrisa. Il se dressa sur ses jambes et fut surpris de constater qu'une énergie toute neuve parcourait maintenant son corps, ses muscles et l'ensemble de ses membres. Il approcha de l'archange et le dévisagea de plus près. La ressemblance lui sauta aux yeux, et cette vision de sa propre image en personnage céleste le déconcerta. Non, jamais il ne s'était aperçu que son père adoptif le voyait ainsi, en justicier, en vengeur ailé. Mais Michel reprit aussitôt la mesure des choses. S'il voulait donner une leçon à George W. Bush, ce ne serait jamais au nom de Dieu. Si le président américain se prenait pour le bras armé de Dieu, s'il se croyait investi d'une mission divine l'autorisant à vouloir sauver le monde selon ses propres desiderata, quitte pour cela à bafouer les règles les plus élémentaires des droits de l'homme, alors il fallait l'arrêter dans cette escalade. C'est la résolution que prit Michel Samara à cet instant. Sous le regard de vitrail de sa mère et du professeur, avec aussi à l'esprit le souvenir de Maureen et de Naas, et l'image du jeune Ali sur son lit de douleur, le géant blond marcha calmement en direction de l'ange.

Quand il fut juste en dessous de ce frère vengeur, une sorte de double qui avait pris son visage et son expression, à moins que ce ne fût l'inverse, Michel tressaillit. Sur un pan d'aile de la statue, en lettres noires qui se détachaient sur sa silhouette neigeuse, s'étalait cette inscription : « saint Michel Archange ». C'était à n'en pas croire ses yeux. Il se signa devant ce patron des anges et d'un pas étonnamment alerte pour un homme aussi accablé par le sort, il se dirigea vers la trappe qui menait à son repaire.

Quelques secondes plus tard, il était installé devant l'écran de son ordinateur et il s'informait en silence sur la marche du monde depuis que tout s'était arrêté pour lui. Ce qu'il découvrit était si édifiant qu'il en oublia de manger. Il faut dire qu'il était allé à l'essentiel. Un moteur de recherche lui indiqua plusieurs milliers d'occurrences répondant à cette simple demande : George Walker Bush.

20

En pénétrant dans le sanctuaire aménagé par son père, Michel n'avait pas laissé traîner son regard sur les quelques vêtements déposés par Naas dans le coin où étaient installés les lits. Pas plus qu'il n'avait voulu détailler les objets personnels du suicidé abandonnés sur une table basse près de la cuisine, un bracelet d'ambre, une montre de marque européenne, un Walkman à l'intérieur duquel était inséré un Compact Disc gravé sur le marché parallèle, qui contenait les meilleures chansons de Maureen. Il avait simplement pris une bouteille d'eau froide dans la porte du réfrigérateur avant de s'installer fiévreusement face à l'écran plat de son portable.

Pendant que la machine moulinait le nom du président Bush, Michel s'évada quelques instants dans cette Amérique qu'il avait connue et aimée, pas seulement à cause de Leslie, mais aussi pour cette chaleur spontanée, presque enfantine, qu'il avait sentie chez tant d'Américains rencontrés sur la côte Ouest du temps de ses études. Dans les années quatre-vingt-dix, Michel avait effectué de nombreuses missions secrètes aux États-Unis pour tâcher de trouver le moyen de contourner l'embargo pétrolier qui frappait le régime de Saddam Hussein. Il avait noué des liens d'amitié avec certains responsables du camp démocrate, qu'il avait convaincus du bien-fondé de ses projets : écouler des cargaisons pétrolières dans le golfe du Nouveau-Mexique en les faisant passer pour du brut saoudien, à condition que le produit de ces ventes prohibées soit reversé à des organismes anti-Saddam et aux parties du pays que le dictateur tenait sous sa férule.

De ses voyages outre-Atlantique, le fils adoptif du professeur Samara était chaque fois revenu avec des convictions toujours plus ancrées en faveur des idées démocrates. Les souvenirs laissés par Ronald Reagan et George Bush père étaient si désastreux, y compris auprès d'une frange importante de la jeunesse, que les frasques de Bill Clinton n'avaient pas profondément terni l'aura du parti de l'âne. Certes, l'échec d'Al Gore à la présidentielle de 2000 avait sanctionné l'absence d'un grand souffle chez les successeurs de John Kennedy. Mais pour beaucoup d'Américains, le fils Bush avait remporté la course à la Maison-Blanche à la faveur d'irrégularités électorales, et ses bourdes à répétition n'engageaient guère le peuple à lui faire une confiance aveugle, y compris ceux des électeurs qui lui avaient donné leur suffrage pour infliger une bonne leçon au camp adverse.

Dans son esprit imprégné de « droit-de-l'hommisme » à la française, un héritage qu'il tenait précieusement de sa mère, Michel restait fasciné par les grands mythes de l'Amérique moderne, le melting-pot, les nouvelles frontières d'humanisme dessinées par John Kennedy et par le pasteur Luther King, même si les deux leaders charismatiques avaient payé leurs rêves de leur vie, preuve que leur courage et leurs dons de visionnaires politiques dérangeaient l'ordre établi.

Malgré son passé d'alcoolique et de coureur de filles, malgré sa réputation de cancre confirmée par ses échecs scolaires et universitaires, malgré son absence remarquée dans le contingent des jeunes soldats de son âge qui firent leur temps au Vietnam, George Walker Bush était donc arrivé au sommet de l'État avec une ignorance profonde de la politique étrangère et de ses subtilités. Lui qui appelait « Gréciens » les Grecs et « Kosoviens » les Kosovars, n'avait pas les meilleures aptitudes à gérer les affaires au-delà des frontières de l'Amérique. Au lendemain des attentats du 11 septembre, il s'était signalé à l'attention du monde entier par cette déclaration tapageuse et pour le moins déplacée dans sa formulation : « Si nous devons agir, avait-il dit, ce ne sera pas pour envoyer un missile à deux millions de dollars dans une tente vide à dix dollars pour blesser un chameau au postérieur. Ça sera plus décisif que ça. » Il avait aussi traité Saddam Hussein de « maniaque homocide », sans que nul, dans son entourage, n'osât lui demander de préciser sa pensée. À propos du dictateur irakien, il avait en outre ajouté : « Il est directement impliqué dans la guerre de la terreur à cause de sa nature, de sa propre histoire, et de sa vive volonté... de se terroriser lui-même ».

Si l'Amérique n'avait pas tant été choquée par les attentats du 11 septembre, nul doute que les adversaires politiques de George W. Bush l'auraient pris à partie pour incompétence et paroles déplacées, mais le traumatisme était si grand que Bush Junior s'était finalement révélé l'homme de la situation, frappant l'Afghanistan, délogeant les talibans et emprisonnant, au-delà de toute règle de droit, des centaines de suspects plus ou moins avérés sur la base cubaine de Guantanamo, avant de s'en prendre au dictateur de Bagdad. Il avait explicité son action par cette phrase, digne d'être gravée dans le marbre du hall d'entrée de la Maison-Blanche : « Nous voulons développer des défenses capables de nous défendre et des défenses capables de défendre les autres. » Devant un auditoire médusé, il avait conclu : « J'étais fier, l'autre jour, quand les républicains et les démocrates se sont rangés derrière moi pour soutenir cette résolution : ou bien Saddam désarme, ou bien c'est nous ! »

Tout en lisant les propos hagiographiques consacrés au président des États-Unis sur son site officiel, Michel essayait de faire la part, dans son esprit, entre ses convictions profondes et le scénario qui se déroulait en Irak depuis le début des frappes et la chute du régime. À l'évidence, la fuite du dictateur était une bonne chose pour l'Irak, pour son peuple opprimé depuis tant d'années, pour tous ces gens qui avaient connu la prison et la torture, les privations quotidiennes, les humiliations, l'absence d'avenir. Les Américains forçaient sans doute le trait en qualifiant l'Irak du raïs de régime nazi, mais l'extermination de groupes humains appartenait bien aux caractéristiques avérées du pouvoir Baas, comme le prouvaient désormais les charniers ouverts sous la lumière crue des médias internationaux.

Pour autant, les méthodes utilisées sur place par l'armée américaine avaient de quoi dégoûter à jamais les plus grands supporters de l'Amérique. La violence gratuite avait répondu à la violence d'État, et en faisant la guerre à Saddam, les États-Unis avaient laissé s'instaurer l'état sauvage, le royaume du non-droit où sévissaient l'inquiétude et la mort, toujours la mort.

Michel pensait à tout cela en visionnant les portraits récents de George Bush terminant un parcours de golf sourire aux lèvres, ceux le montrant vêtu d'un blouson d'aviateur au milieu de ses troupes rassemblées sur une base du Pacifique, ceux encore mettant en scène le président américain avec celui que la presse de caniveau britannique appelait « son caniche », le Premier ministre britannique Tony Blair.

C'est en lisant la légende d'un de ces clichés que Michel Samara s'arrêta sur ce mot qui revenait de manière insistante : « mensonge ». Il était dit que les deux dirigeants de la coalition avaient repoussé avec véhémence les accusations de mensonge proférées par leurs oppositions respectives, et relayées par une partie des médias européens. De quels mensonges s'agissait-il ?

La curiosité du géant blond était à son comble, mais il ressentit cette fois la nécessité de se remplir l'estomac pour ne pas risquer de voir son esprit s'embrumer définitivement. À ses yeux, la situation était claire et il savait déjà que, ses forces une fois recouvrées, il les mettrait au service d'un plan dont il ignorait encore la trame, mais qui le conduirait fatalement à éteindre le sourire satisfait qui éclairait le visage de George W. Bush sur la plupart des images de son site officiel.

Deux assiettes de pâtes plus tard, beurrées au beurre de cacahouètes distribué par le programme alimentaire américain, Michel reprit place devant son écran. Sans doute l'ingestion de sucres lents l'avait-elle déjà requinqué, car un détail qui ne l'avait pas alerté précédemment, bien qu'il fût tout aussi visible, lui sauta aux yeux. À la droite de la page bleutée, sur la barre d'outils du bas, figurait l'heure. Et la date. Il était déjà neuf heures du matin, et cela parut tout à fait naturel à Michel, bien qu'il n'eût aucun moyen de voir la lumière extérieure. Ce qui l'étonna en revanche, c'était le jour de l'année indiqué. Ses yeux fondirent sur cette information et ne la lâchèrent pas avant d'avoir intégré ce qu'elle signifiait. C'était le 20 juillet. Il conclut en toute logique que le 14 juillet était passé, un jour qui, d'ordinaire, lui faisait toujours penser à sa mère. Ce n'était pas qu'elle fût spécialement patriote. Pour la fête nationale, il avait comme habitude de lui faire parvenir un cadeau accompagné d'un petit mot, comme s'il s'était agi de son anniversaire. Cette fois il ne l'avait pas fait. Il avait de bonnes excuses. Mais il s'inquiéta en devinant l'angoisse de sa mère devant cet inhabituel silence. Il se demanda si elle croirait qu'il avait oublié ou, plus sûrement, qu'il n'avait rien pu confier au courrier. Il était donc resté si longtemps au camp Cropper ? Le sergent Tomlinson s'était trompé en parlant de cinq ou six semaines. C'était plutôt deux mois qu'avait duré sa captivité, dont il était ressorti privé de tout repère chronologique.

Plusieurs pages de sites internationaux étaient consacrées à ce fameux mensonge, et chaque fois revenait la figure d'un homme chauve, l'air triste, fixant droit l'objectif, les sourcils larges chapeautant un regard clair, le visage délimité par un collier de barbe couleur poivre et sel, partout appelé « docteur Kelly ».

Il fallut un peu de temps à Michel pour comprendre de quoi il retournait. Il ne faisait aucun doute que ce Kelly était mort, qu'on l'avait même retrouvé inanimé près de chez lui, dans une clairière non loin de son domicile de Southmore, un petit village sans histoire de l'Oxfordshire. Chaque matin, cet ancien inspecteur de l'armement, qui avait travaillé dans l'ex-URSS du temps de Gorbatchev et pour le compte des Nations unies, prenait un train à grande vitesse qui le menait à la gare de Paddington. De là, il s'engouffrait dans le métro jusque dans le quartier de Whitehall pour gagner son bureau tristounet du ministère de la Défense. Scientifique irréprochable, discret en diable, David Kelly n'aimait rien tant que le jardinage et une forme de méditation sereine qui l'avait conduit à se convertir au bahaïsme, une religion prônant la paix, militant pour une prospérité mondiale également partagée sous toutes les latitudes. Était-ce ce désir absolu de pacifisme qui avait conduit David Kelly, un matin, à quitter sa belle maison de brique brune et le petit paradis qui l'entourait, pour aller se taillader les veines du poignet gauche à l'abri des regards, après avoir ingurgité quelques comprimés d'un analgésique vendu sur ordonnance ? Les explications qui ne cessaient d'affluer sur les sites d'informations du Web évoquaient plutôt une sombre affaire de révélations faites à la BBC par le « docteur Kelly » au sujet des armements dont aurait disposé Saddam Hussein. Quelques jours plus tôt, un reporter de la « Beeb », Andrew Gilligan, avait en effet lu à l'antenne de la vénérable institution radiophonique un papier incendiaire. Lors de l'émission matinale Radio 4, ce roi de l'investigation connu pour ses scoops à répétition prétendit ainsi que la référence aux armes de destruction massive avait été volontairement gonflée par le gouvernement de sa Très Gracieuse Majesté, en l'occurrence par Tony Blair et son âme damnée Alaistair Campbell, en vue d'influencer l'opinion publique dans le sens de la guerre. Gilligan, du haut de son physique de lutteur, de tout le poids de ses cent kilos, avait ainsi affirmé que les dirigeants britanniques avaient menti. En prétendant que Saddam Hussein pouvait mettre à feu ses armes de destruction massive en moins de quarante-cinq minutes, ils avaient pratiqué la plus éhontée des désinformations.

En quoi le docteur Kelly était-il concerné par ces révélations ? Et quel était le lien entre ce scandale et son suicide ? Michel rattrapait son retard à toute allure et ne tenait plus en place sur son siège en essayant de comprendre le film qui s'était déroulé à son insu. Il était comme un téléspectateur prenant une histoire en cours de route sans personne pour lui expliquer le début. Deux fois l'écran s'éteignit et il dut se reconnecter en hâte. L'accès à la Toile mondiale lui était fourni par une liaison spéciale avec la Turquie. Il craignit que le refus du gouvernement d'Ankara d'épauler les États-Unis dans leur offensive irakienne n'ait eu pour conséquence de brouiller les réseaux dont il bénéficiait. Mais au bout de quelques secondes, il retrouva les sites d'information et l'histoire du docteur Kelly lui apparut dans toute sa dimension tragique.

C'était donc ça. Bien sûr, la BBC avait à l'évidence commis une grave erreur en révélant, après son décès, que l'expert en armements était la source du reporter Gilligan. Pire : la source unique. Pressés de faire éclater un tel scandale, la diffusion de fausses informations pour rendre plus juste l'idée d'une guerre contre l'Irak, les responsables de la BBC avaient failli à leur règle intangible : procéder à la triple vérification d'une information, surtout quand il s'agissait de nouvelles aussi « explosives ». En naviguant sur les sites de la presse britannique et française, Michel s'aperçut que le docteur Kelly avait été l'objet de remontrances et de pressions des principaux responsables de l'establishment londonien. Ayant signalé à ses supérieurs qu'il avait eu un entretien non autorisé avec un journaliste de la BBC, le ministère de la Défense l'avait dénoncé aux médias comme étant une sorte de traître et de mauvais citoyen. Il n'en fallait pas davantage à cet homme modeste et discret pour avoir envie d'en finir. Lorsque, quelques jours avant son suicide, il avait dû comparaître devant une commission d'enquête parlementaire, il avait offert le visage d'une victime sacrificielle. Le scientifique à la réputation jusqu'alors irréprochable avait perdu ses moyens, avait invoqué des trous de mémoire pour justifier ses réponses vagues. Au cours de l'audition, sa voix était si faible qu'on avait dû faire éteindre le système de climatisation pour que ses propos deviennent audibles. Peu importait désormais que Tony Blair et George Bush aient voulu vendre une donnée qualifiée de « sexy » – les fameuses quarante-cinq minutes censées suffire à Saddam pour tout faire sauter. On ne condamnait pas ceux qui avaient menti, mais celui qui avait dit la vérité, en lui reprochant simplement de l'avoir dite...

Des heures durant, Michel se passionna pour cette affaire. Ce fut pour lui une mince consolation de penser qu'il n'était pas le seul à avoir souffert injustement. Les conditions de la mort du docteur Kelly lui rappelèrent celles du décès de Naas, et il trouva absurde ce monde où seuls s'en sortent ceux qui mentent.

Plusieurs fois, les commentaires liés à l'affaire Kelly avaient incidemment évoqué un autre mensonge concernant de l'uranium africain. Absorbé par le destin tragique du scientifique qui avait payé cher sa rencontre avec Gilligan, Michel n'avait pas suivi plus avant cette piste africaine. Mais une dépêche d'agence de presse française, signalée par le mot URGENT écrit en capitales, attira soudain son attention : « La CIA a livré de faux renseignements sur l'uranium du Niger », annonçait le titre. Suivait un texte de quatre cents mots environ, rempli de précisions accablantes pour la CIA et son patron George Tenet. À l'occasion du discours de l'état de l'Union, le 28 janvier, le président Bush avait repris une information venue des services secrets britanniques, selon laquelle Saddam Hussein avait cherché à acquérir d'importantes quantités d'uranium en vue de la fabrication d'armes nucléaires. « C'était une erreur, plaidait le patron de la CIA. Le président avait toutes les raisons de croire que le texte était bon. » De la fameuse menace de mise à feu d'armes de destruction massive en quarante-cinq minutes à la possession en quantité d'uranium nigérien, une incroyable chaîne d'« erreurs » avait façonné l'opinion mondiale pour diaboliser plus encore le maître de Bagdad.

Michel n'en croyait pas ses yeux. Pour justifier leur action, les États-Unis n'avaient pas seulement comparé le régime de Saddam à celui d'Hitler, ce qui relevait d'une propagande aussi grossière qu'efficace. Washington avait aussi délibérément menti. Tout cela avait des relents de Watergate, quand Nixon avait besoin d'envoyer de faux plombiers munis de micros dans les locaux des démocrates pour assurer une victoire qui lui paraissait compromise.

« C'est bien des méthodes de républicains », songea le géant blond. « Des méthodes de voyous ! Et dire que Bush nous parle de morale, de forces du bien qu'il croit représenter ! »

Il s'apprêtait à éteindre son écran lorsqu'il tomba sur un site d'informations italien qui racontait par le détail comment le faux dossier de l'uranium nigérien avait été l'objet d'une arnaque montée par les services secrets... italiens. Le nom même de Silvio Berlusconi était abondamment cité. N'avait-il pas évoqué cette affaire lors d'un coup de téléphone à George W. Bush, trois jours avant le fameux discours de l'Union ?

– Décidément, murmura Michel pour lui seul, cette administration est vraiment stupide, et Bush bat des records de bêtise.

Il est vrai que l'histoire racontée sur le site du quotidien *La Repubblica* ressemblait à une grosse farce qu'on aurait à peine imaginée dans un mauvais roman d'espionnage, une fois les documents incriminés examinés de près, comme cela aurait dû être le cas, d'abord en Italie, ensuite à Londres, et à Washington enfin. Les services spéciaux de trois grandes puissances de cet ordre avaient-ils pu tour à tour être abusés de la sorte ? Il fallait le croire. Il s'agissait en l'occurrence d'une vaste manipulation dont les auteurs restaient inconnus. Tout aurait commencé à l'automne 2001, lorsqu'un diplomate de nationalité nigérienne approcha les services secrets militaires italiens, baptisés Sismi. Fonctionnaire de l'ambassade du Niger à Rome, l'homme vendit à ses interlocuteurs un document jugé d'abord de premier ordre sur des transactions entre l'Irak et son pays portant sur d'importantes quantités d'uranium. Moyennant quelques milliers de dollars, le Sismi s'appropria le document pendant que le diplomate se mettait au service du MI6, les services secrets britanniques.

Dans le dossier, qui devait se révéler faux, le vendeur avait eu l'intelligence de prévoir une astuce des plus efficaces pour tromper son monde. Michel Samara ne put s'empêcher de sourire en lisant le détail de la supercherie, comme si tout cela lui donnait en même temps des idées. Le fonctionnaire nigérien savait que son ambassade était depuis longtemps contrôlée par les services secrets italiens. C'est pourquoi le dossier qu'il remit au Sismi sur les ventes d'uranium à l'Irak contenait aussi, bien en évidence, un Télex provenant de Rome, rédigé par l'ambassadeur d'Irak auprès du Saint-Siège. Ce Télex, envoyé le 1er février 1999, informait les autorités de Niamey d'un prochain voyage de Saddam Hussein au Niger. Les agents italiens avaient d'ailleurs intercepté ce Télex. Puisque ce déplacement officiel du raïs avait bel et bien eu lieu, et que le courrier annonçant cette visite était authentifié, la déduction était simple, trop simple : l'ensemble du document devait être digne de foi. Et donc monnayable. C'est ainsi qu'il fut transmis aux Britanniques du MI6 fin 2001, au titre de la coopération ordinaire entre alliés. Puis qu'il parvint aux Américains quelques mois plus tard. Un émissaire de la CIA fut alors envoyé au Niger, et il en revint avec la conviction que tout cela ne tenait pas debout. Mais en septembre 2002, Tony Blair fit état de cette vente d'uranium du Niger à l'Irak, et George Bush tomba dans le même piège grossier en janvier. Une information qui à l'évidence apportait de l'eau à son moulin, tout en étant montée de toutes pièces, et de la façon la plus grossière qui soit...

Dans le détail, en effet, un courrier de juillet 1999 entre Bagdad et Niamey se référait à un accord de... juin 2000. Quant à la lettre décisive qui décrivait dans un luxe de détails les modalités financières du contrat, les quantités de matière fissile et les moyens d'acheminement par avion-cargo, elle était signée par un ministre des Affaires étrangères nigérien qui avait quitté ses fonctions depuis plus de dix ans !

Michel n'avait pas les moyens de voir passer la journée autrement qu'en consultant le petit cartouche, en bas à droite de son écran, qui égrenait les minutes et les heures. Quand il éteignit enfin sa petite machine magique qui l'avait si bien renseigné sur les soubresauts du monde, il était presque dix-neuf heures. Il calcula soudain qu'il avait passé plus de dix heures les yeux rivés à son ordinateur.

« J'ai vraiment perdu la notion du temps », se dit-il en allant s'étendre sur son lit après avoir vidé d'un trait la moitié d'une bouteille d'eau.

Il ne tarda pas à sombrer dans un profond sommeil qui ne le quitta pas avant le matin du 22 juillet. Quand enfin il sortit de cette longue léthargie qui ressemblait à un nouveau coma, il sentit qu'il avait dormi pendant une durée inhabituelle. En frottant sa main contre ses joues, il constata que sa barbe avait poussé comme après trois ou quatre jours. Il avait soif mais pas très faim. Il s'aperçut avec soulagement que ses membres avaient retrouvé une certaine souplesse, et ses muscles un peu de leur tonicité. Dans un mouvement pavlovien, il se dirigea vers la pièce de l'ordinateur et se connecta. Ses yeux s'agrandirent d'étonnement quand il prit connaissance de la date. Il avait bien sombré pendant quatre jours et autant de nuit.

En accédant aux informations générales, un autre motif de surprise le cueillit : les deux fils de Saddam Hussein, Oudaï et Qoussaï, venaient d'être abattus comme des chiens par une unité d'élite américaine. Leur photo avait aussitôt été mise en ligne par le Pentagone. Il eut d'abord du mal à reconnaître leurs visages, dont la légende indiquait qu'ils avaient été reconstitués au mastic. Mais en procédant à un zoom, il n'eut plus aucun doute sur l'identité des deux corps allongés l'un à côté de l'autre à la morgue de l'US Air force, sur l'aéroport de Bagdad. Près d'une jambe fracassée d'Oudaï, dans un sac plastique, avait été déposée sa prothèse du tibia, qui ressemblait à un os de gigot.

Michel eut un haut-le-cœur et se signa. Une dépêche indiquait que George W. Bush s'était réjoui de ces morts, obtenues grâce à l'offensive de deux cents GI's épaulés par des lance-roquettes et deux hélicoptères lance-missiles. Le sourire satisfait, le fils Bush annonçait que le père des victimes serait la prochaine cible, et que le moral des troupes américaines sur place était au beau fixe, malgré les pertes essuyées.

Michel éteignit l'écran et resta un moment dans le noir. Il ne vit plus que la face défoncée d'Oudaï et le regard content de lui de George Bush, comme si le chasseur et sa proie avaient formé le double visage d'une même créature monstrueuse, un Janus offrant deux expressions du mal.

21

    Un matin, il sortit au grand jour. Ce n'était plus le colosse blessé que les épreuves en série avaient transformé en ombre errante. Au contraire, quand il aspira ce matin-là l'air frais et la lumière vive de Bagdad, Michel avait l'allure insolente de ces demi-dieux qui, ayant survécu à l'épreuve du feu, en ressortent plus fort encore.

    Il avait commencé par retrouver une condition physique enviable grâce à des exercices de gymnastique et d'assouplissement qu'il faisait au petit jour ou au crépuscule entre la chapelle et les ruines de sa maison, à l'abri des regards et des patrouilles de soldats à bord de leurs Jeep dont il entendait çà et là forcer le moteur dans la colline avoisinante. Il regagnait assez vite son abri où il partageait son temps entre le sommeil et le travail. Une seule fois, il s'était aventuré dans le centre-ville pour aller rassurer Ali sur son lit d'hôpital. Il avait trouvé l'enfant paisible et confiant : le major Tomlinson en avait tant fait pour le rassurer que Michel constata qu'il était presque venu pour rien : Ali était certain que son protecteur apparaîtrait le jour venu, à l'heure dite. « La prochaine fois, on se serrera la main, *guy* », lui avait lancé le sergent noir en partant, et Ali avait répété ces propos au géant blond, qui était reparti tranquille.

    Les premiers temps, Michel sentit que son organisme avait d'abord besoin de récupérer. L'épuisement qui l'écrasait au retour de sa captivité, au point qu'il dorme parfois plus de quinze heures d'affilée, cet abattement s'était peu à peu estompé. Quand il s'éveillait, il sentait son sang irriguer ses muscles, un sang neuf et léger, comme si le repos l'avait régénéré. Les douleurs dans les cervicales avaient quasiment disparu, il était capable de toucher le bout de ses pieds avec le bout de ses doigts, tout en restant debout les jambes tendues. Et en même temps que son corps n'était plus un fardeau, son esprit lui aussi se ravivait, sortait de la gangue de frayeurs et de chagrin qui l'avait commotionné pendant des jours et des nuits.

Son travail consistait à apprécier sur le terrain l'évolution de cette drôle de paix qui avait succédé à la guerre américaine. L'affaire de l'uranium africain avait littéralement mis en joie ce spécialiste de la contrebande et des dossiers occultes, qui n'en revenait pas de la façon dont l'administration Bush avait pu être bernée. En recoupant des dizaines de sites étrangers, avec une prédilection pour les médias britanniques qui lui semblaient supérieurs à tous les autres en matière d'information très chaude, Michel se fit une idée assez précise de la situation. Mais il ne perdait pas de vue son objectif : ridiculiser Bush, lui donner l'envie de rentrer dans son Texas et de n'en plus sortir.

Dans les années de l'embargo, Michel avait eu de nombreuses relations avec les responsables pétroliers du golfe de Guinée. Certains avaient accepté de vendre des cargos de brut irakien en le maquillant en pétrole camerounais, gabonais ou angolais. C'est pourquoi Michel cherchait un piège à tendre aux Américains, non pas avec de l'uranium mais avec ce pétrole qui les rendait hystériques, surtout les Texans, pour qui la plus belle des œuvres d'art n'égalerait jamais un derrick.

Pour se détendre, quand la vision du chaos qui régnait à Bagdad menaçait d'entamer son moral, le géant blond se rendait sur un site irrésistible, bushisms.com, où étaient rassemblées toutes les perles involontaires de sa tête de Turc, des déclarations intempestives et drolatiques faites depuis le début de son mandat. « De plus en plus, nos importations viennent de l'étranger », avait ainsi déclaré Bush junior, ajoutant avec aplomb : « J'ai une politique étrangère axée sur l'étranger. » Quand il lisait ce bêtisier, Michel pensait qu'il ne devait pas être si difficile d'abuser une telle lumière, même si certains de ses conseillers faisaient preuve d'une structure intellectuelle plus charpentée. Il se méfiait aussi de ce que pouvaient véhiculer les médias quant à l'image réelle du président des États-Unis. Il se souvenait que Ronald Reagan, tout ancien acteur de série B qu'il était, et gaffeur devant l'Éternel, était resté comme un héros auprès de son peuple, avec son « *America is back* » et ses guerres contre le communisme en Amérique centrale.

Michel le savait, il fallait se méfier des idiots déclarés, ils étaient souvent les plus difficiles à neutraliser, et les plus dangereux.

Un matin donc, il sortit. Depuis plusieurs jours, sur son écran, le fils adoptif du docteur Samara avait lu des rumeurs contradictoires sur l'éventuelle reprise d'acheminement pétrolier entre l'Irak et le reste du golfe Persique, soit par le terminal de Mina Al-Bakr, au sud de Mossoul, soit vers le Nord, à partir des grands gisements de Baba Gourgour, près de Kirkuk. Il devait en avoir le cœur net. D'autant qu'à plusieurs reprises il avait lu que des émissaires américains et britanniques travaillant pour des compagnies pétrolières étaient déjà à pied d'œuvre à Bagdad.

Le professeur Samara avait tout prévu. Dans une penderie que visiblement Naas n'avait pas explorée, le géant blond trouva des vêtements spécialement coupés à sa taille, comme si son père avait su que, un jour ou l'autre, Michel devrait se replier ici. C'est donc habillé à l'européenne, impeccable dans un costume sombre de Tergal et chaussé de souliers en cuir souple, qu'il prit tranquillement la direction des quartiers administratifs.

Le bâtiment de la SOMO était un de ces cubes hideux construits à Bagdad par les Jordaniens aux temps de la grande idylle entre Saddam et le petit roi Hussein. Situé à quelques centaines de mètres du ministère du Pétrole, auquel il était relié par une large avenue bordée de hauts palmiers, il abritait ni plus ni moins que l'organisme d'État par lequel le régime irakien vendait ses hydrocarbures. Ouvertement ou non. C'est à la SOMO que Michel avait travaillé près de dix ans, sous les ordres du fils aîné de Saddam. Les photos qu'il avait visionnées sur le Net lui avaient appris que, de ce point de vue, il n'avait plus de patron direct. Quant au véritable maître de la SOMO, Saddam Hussein en personne, il eût été surprenant de le trouver dans le bureau présidentiel du dernier étage, qu'il occupait une fois l'an, le jour de la présentation des bilans.

Avant de se rendre devant ses anciens bureaux – deux fenêtres au deuxième étage, sur l'aile nord, qu'il pouvait observer à loisir – Michel Samara était allé louer une berline au garage de l'hôtel Palestine, où une poignée de dollars suffisait pour repartir avec une Mercedes au réservoir rempli. Il stationna à quelques encablures de l'entrée principale puis observa les allées et venues des visiteurs.

Manifestement, la guerre américaine avait été assez bien ciblée pour épargner ce bâtiment clé, ainsi que le ministère du Pétrole. Quelques impacts de roquettes étaient visibles sur un mur. On distinguait des vitres brisées, plusieurs encadrements de fenêtres noircis. Ce qui intriguait Michel, c'était justement cette noirceur à l'endroit précis où se trouvaient ses propres bureaux, le département de contrebande dont il avait été, envers et contre tout, le génial maître d'œuvre, intouchable, inégalable.

De la même manière qu'il avait pris soin des puits de pétrole, l'état-major US avait semble-t-il réservé un sort privilégié à ces bâtiments qui renfermaient de nombreux secrets irakiens en matière d'hydrocarbures. Michel aurait pu les citer de tête : le bureau des cartes géologiques, le service chimique chargé d'établir la teneur des sites en substance pétrolifère, l'office des évacuations qui tenait à jour l'état de toutes les infrastructures, officielles ou non, destinées à acheminer le pétrole hors des sables d'Irak, pipe-lines, norias de camions, flottes et flottilles de tankers affichés ou déguisés en chalutiers très spéciaux... Bien sûr, il y avait aussi le département des ventes invisibles, une appellation poétique pour désigner la contrebande.

Assis à la place du passager avant, un journal déplié devant lui, Michel était aux premières loges pour assister au spectacle donné par les rapaces revenus picorer en Irak la manne pétrolière. Il ne lui manquait plus que ces petites jumelles de théâtre pour voir se dessiner les traits de ces prédateurs. Il n'avait pas besoin de verres grossissants pour les reconnaître : il ne les connaissait que trop bien. Il y eut d'abord cette délégation turque conduite par le docteur Aziz Pacha. Celui-là n'était pas docteur comme l'était, par exemple, le défunt Kelly. Aucun titre scientifique ne venait corroborer cette flatteuse étiquette. À partir d'un certain niveau de fortune en dollars, on était *ipso facto* docteur, dans le monde du pétrole. Dans ce ballet des rapaces, Michel vit ensuite entrer deux négociateurs jordaniens aux visages graves. L'un d'eux était le conseiller à l'énergie du roi Abdallâh, Rial Shanih. Il n'avait jamais vu le second. Visiblement, la guerre n'avait pas arrangé les affaires du royaume, car elle avait eu pour conséquence immédiate d'interrompre les livraisons de brut de Bagdad à Amman. Sans doute les deux hommes étaient-ils venus spécialement pour discuter d'une reprise des livraisons, maintenant que l'assaut final avait été donné au régime et que les GI's paradaient dans les palais présidentiels de Tikrit, où ils découvraient les salles de bains de marbre et les lits à dix places. La rumeur avait couru sur les marchés que, deux jours avant les premières frappes aériennes, cinq supertankers avaient été remplis en hâte au terminal de Mina Al-Bakr et avaient remonté sans encombre une partie du Golfe, pourtant infesté de navires américains. Certains affirmaient que ce pétrole devait être vendu en Inde après un transit par Dubaï. Mais les mieux informés savaient que les cargaisons qui avaient pu passer ainsi au travers des lignes flottantes américaines étaient en réalité le premier cadeau des États-Unis à la Jordanie, en prévision de la cessation de ses approvisionnements. C'était aussi pour Washington une manière de remercier le jeune roi Abdallâh d'avoir pris des distances avec Saddam, bien qu'il eût hébergé les filles du dictateur au nom des lois de l'hospitalité.

« Ils doivent tous parler à un superconsul américain à l'intérieur », se dit Michel.

Qui donc faisait désormais la pluie et le beau temps, question pétrole ? Le représentant de George Bush, Paul Bremer ? Un financier du département d'État chargé de se payer sur la bête pour éviter d'alourdir la facture budgétaire ? En demandant des rallonges de quatre-vingt-sept milliards de dollars, le président américain avait vu sa cote de popularité décroître, d'autant que ces impôts supplémentaires s'ajoutaient au bilan chaque jour plus élevé de marines tués en Irak. Si Bagdad possédait les deuxièmes réserves de brut du monde, sans doute le moment était-il venu pour la Maison-Blanche de passer à la caisse, comme aimait à le dire trivialement Bush junior dans les dîners en petit comité de pétroliers texans.

Michel ne mit pas longtemps à être fixé. Vers treize heures quinze, après que les délégations turque et jordanienne se furent éclipsées, une limousine noire arborant un petit drapeau américain tout frissonnant stoppa devant le bâtiment de la SOMO. Le véhicule resta là quelques minutes, le moteur en route pour maintenir la climatisation en marche. Il faisait cinquante-trois degrés. Soudain, sortant au pas de course malgré cette chaleur écrasante, apparut un homme court et légèrement bedonnant, le visage rosi à l'excès, tenant à la main une simple serviette de cuir. Michel se redressa sur son siège pour mieux l'observer.

– Pas possible ! s'écria-t-il. Zapata !

Bill Jenckins était depuis plus de trente ans l'un des fidèles serviteurs et conseiller du vice-président des États-Unis, Dick Cheney. Il avait commencé sa carrière auprès de Bush père dans sa société pétrolière Zapata Oil. C'est pourquoi il avait gardé ce surnom de Zapata, qui jurait sur lui comme un blouson de cuir sur un pasteur protestant, vu l'incapacité congénitale dudit Zapata à effleurer même par la pensée la moindre idée révolutionnaire. Richissime, pleutre, malin, gaffeur plus que la moyenne du clan Bush, ce qui n'était pas peu dire, Bill Jenckins connaissait bien les Émirats arabes. L'arbre généalogique des princes lui était plus familier que celui des Jenckins, et le bruit courait qu'il avait accepté d'être le parrain de plusieurs fils et neveux d'émirs. Il avait négocié pour le compte des Bush de nombreux contrats pétroliers lorsque Bush père, puis Bush junior, furent trop impliqués dans la vie politique de leur État pour apparaître encore comme de simples hommes d'affaires seulement motivés par la pompe à pétrodollars. C'est ainsi que Zapata fut initié à tous les grands contrats de négoce et de fret, de compensation financière à Zurich, Rotterdam et Zoug. On le vit traîner dans les couloirs des grands hôtels de Vienne, en marge des réunions des ministres de l'OPEP. Et partout où un pipe-line rendait l'âme, partout où une torchère vacillait sur son socle, où une citerne menaçait de se craqueler, il sortait sa carte Halliburton, la firme d'*ingeneering* pétrolier de Dick Cheney, pour proposer avec diligence ses services sûrs, rapides et coûteux.

C'est à Vienne que Michel Samara avait la première fois rencontré Zapata. En marge d'une réunion officielle des membres de l'OPEP, il avait conclu avec l'homme d'affaires américain une sorte de *gentlemen's agreement* sur certaines sorties illégales de pétrole irakien. Le marché passé entre les deux hommes avait été particulièrement bénéfique, mais d'une audace insoupçonnée, puisque les vendeurs irakiens ne connaissaient pas l'identité des acheteurs finaux. L'auraient-ils su qu'une crise diplomatique de grande ampleur aurait pu naître : ce brut évacué par la Turquie sous le contrôle de Zapata n'était pas destiné aux États-Unis, ce qui aurait déjà constitué une grave violation de l'embargo... mais à Israël. Si Saddam Hussein avait appris qu'il bradait son pétrole pour le compte de l'État sioniste, sans doute aurait-il stoppé illico l'opération. Des cargaisons d'une valeur de deux cent cinquante millions de dollars avaient pu ainsi être achetées pour la somme de cinquante millions de dollars par Jérusalem, qui croyait acquérir du brent de la mer du Nord. C'est ainsi que Jenckins, en maquillant le brut irakien, avait pu obtenir des rabais considérables, tout en empochant au passage une commission élevée, dont il n'est pas certain qu'elle fût connue de ses supérieurs.

En voyant Zapata s'effondrer sur le siège arrière de sa limousine, suant toute l'eau de son corps, Michel songea qu'il constituait la proie idéale pour tenter une manipulation de nature à ébranler la maison Bush.

– Jenckins aime le pétrole, mais ce qu'il aime encore plus, c'est l'argent, fit-il en regardant démarrer la voiture de luxe.

Il attendit en espérant que le planton posté devant le bâtiment de la SOMO, un jeune Irakien en uniforme kaki simplement armé d'une massue de caoutchouc, relâcherait sa surveillance. Le soleil tapait fort dans ce réduit sans air, et une guinguette lui tendait les bras à moins de cent mètres.

Michel avait spéculé à bon escient. À peine la limousine avait-elle disparu de son champ de vision que le gardien se précipita sans se retourner là où l'attendaient de l'eau fraîche et quelques salades dont il avait observé la préparation depuis le matin. La voie était libre. Le géant blond sortit de sa Mercedes, et d'un pas presque nonchalant il se dirigea vers le hall d'entrée de la SOMO, comme il l'avait fait tant de fois au temps de la dictature.

22

En pénétrant dans l'immeuble, une étrange sensation submergea Michel Samara. Il contourna la grande fontaine dont les jeux d'eau continuaient de jaillir du fond d'une vasque de marbre, puis il s'immobilisa brusquement. Dans ce hall luxueux où résonnaient ses pas mêlés à la rumeur cristalline de la petite pluie artificielle, rien n'avait changé. Tout s'était effondré en quelques jours, Saddam Hussein était en fuite et la photo de ses fils abattus faisait le tour de la planète, mais ici, au siège de la SOMO, là où battait le cœur véritable de l'Irak, tout était resté en l'état, comme hors du temps.

Les ascenseurs, en revanche, étaient en panne. Michel grimpa les marches du vaste escalier d'un pas rapide. Il croisa des hommes en complet sombre et à l'accent britannique qui ne lui prêtèrent aucune attention, tout occupés qu'ils étaient par leurs projets.

— Je te dis que le « pipe » pour la Turquie est sécurisé à cent pour cent, insistait le premier, un jeune rouquin au regard illuminé.

Dans ce regard dont Michel n'aperçut que l'étincelle, brillait toute la convoitise de ceux qui ont gagné. La fièvre des artisans de la vingt-cinquième heure, qui débarquent après les convois armés pour ramasser la mise, des Thénardier puissance mille. Ce regard halluciné, Michel ne le capta qu'une demi-seconde, mais il put y lire l'avidité de ces roitelets qui rêvent d'empire et détestent les partages.

Les Britanniques étaient donc là eux aussi, sans doute des

traders de grandes firmes de courtage ou des consultants appointés par la British Petroleum, puisque l'autre homme qui descendait les marches portait au col de sa veste la petite fleur verte reconnaissable dans le monde entier.

Michel se retourna pour les regarder s'éloigner. Ici en Irak, ils étaient chez eux, avec l'accent gouailleur et un peu canaille de ces faiseurs d'argent qui ont moins fréquenté Cambridge que les salles de poker de la City, où l'on bâtit des fortunes grâce au bon usage d'une rumeur, vraie ou fausse, peu importe, pourvu qu'elle soit distillée au bon moment.

Dans l'expression satisfaite de ces deux « *bad boys* » dont le parfum agressif flottait dans la grande cage d'escalier, il y avait toute l'arrogance des vainqueurs en pays conquis. À cet instant précis, Michel se sentit irakien jusqu'à l'extrémité de ses nerfs. Il éprouva des picotements nerveux dans ses cuisses et le long de sa moelle épinière, un signe qui ne le trompait pas. Ce bref échange tombé dans son oreille était le signe que déjà les forces de la coalition avaient commencé à saigner le pays en lui pompant son pétrole. Rien n'était officiel, on le découvrirait seulement quelques mois plus tard, ou jamais. En attendant, du brut coulait de Kirkuk et de Mossoul, avec l'assentiment probable des Kurdes libérés de Saddam. Les alliés avaient bel et bien ouvert en grand la porte du Golfe et ils devaient se goinfrer de barils à tour de bras. C'est du moins ce que crut Michel en poussant la porte de ce qui avait été son bureau.

L'impression qu'il avait eue en observant la façade de l'extérieur fut aussitôt confirmée. Les deux pièces d'où il avait échafaudé tant d'opérations de contrebande étaient sens dessus dessous. L'armoire blindée à ouverture numérique où il conservait ses archives les plus secrètes avait été littéralement soufflée, sans qu'il comprît précisément, vu l'ampleur du trou dans le mur, si le projectile était venu de l'extérieur du bâtiment ou s'il avait été tiré à bout portant. La destruction des fenêtres plaidait pour la première hypothèse. Mais Michel fut étonné de constater que, hormis son bureau, le reste de l'étage paraissait intact. En passant la tête dans la division voisine, la salle des cartes, il constata que tout était en ordre, comme à l'époque pas si lointaine où la guerre américaine n'était qu'un postulat théorique qui tirait aux responsables du Baas des larmes de rire et leur inspirait mille plaisanteries sur la couardise du petit Bush.

La salle des cartes était un vaste espace meublé en son centre d'une grande table en loupe taillée dans un seul arbre d'une largeur monumentale. Au mur étaient collées d'immenses cartes de l'Irak, mais pas les cartes habituelles que l'on peut consulter dans les manuels scolaires ou dans les offices de tourisme. On aurait plutôt dit un écorché de l'Irak, avec des veines et des artères, des points rouges comme des confluences sanguines avec des organes vitaux. Des aimants en forme d'étoiles, qu'on aurait crus décousus d'un uniforme de général soviétique, avaient été placés sur les artères du sud. Ils signalaient de manière imagée les dégâts survenus dans les champs pétrolifères depuis l'entrée des troupes américaines en Irak par le Koweït. Malgré les précautions des troupes alliées, l'état-major américain n'avait pu empêcher l'armée de Saddam Hussein battant en retraite d'enflammer quelques puits de pétrole. Si la société Halliburton, dont le vice-président des États-Unis Dick Cheney jurait ses grands dieux qu'il ne possédait plus aucune action (mais il « possédait » Zapata, ce qui équivalait à toutes les actions du monde !), si Halliburton était déjà à pied d'œuvre avec ses installations modernes pour dériver le brut s'écoulant des installations en feu, le réseau de Bassora, au vu des petits aimants étoilés, paraissait très endommagé. En revanche, au nord, vers la Turquie, aucune de ces marques rouges ne venait frapper l'écorché pétrolier de l'Irak. Et c'était là que les Britanniques semblaient avoir jeté leur dévolu.

Sur la grande table en loupe, une chemise remplie de papiers et de cartes de visites avait été laissée bien apparente, ouverte et sans surveillance. C'était le signe que son propriétaire, à l'évidence Bill Jenckins, se sentait ici chez lui, et à l'abri des regards. Michel donna un tour de clé à la porte de la salle des cartes et s'installa tranquillement dans un des rares fauteuils qui n'avait pas été pillé par les employés de la SOMO au moment de la grande confusion à Bagdad, pendant les jours qui avaient suivi la chute du raïs. Jenckins n'était pas parti depuis quinze minutes. Michel calcula qu'il ne risquait pas de réapparaître de sitôt, surtout par cette chaleur. Comme les ascenseurs, la clim' était en panne. Zapata devait prendre du repos dans une suite de l'hôtel Palestine ou mieux, dans un des palais présidentiels épargnés par l'aviation américaine. Il connaissait le goût du luxe de ces proconsuls qui n'aiment rien tant que se vautrer dans le lit des dictateurs, pourvu qu'on ne les surprenne pas en flagrant délit.

Le contenu de la chemise était assez hétéroclite et se révéla d'un intérêt plutôt mineur. Jenckins n'était pas idiot au point de laisser traîner n'importe quoi dans un lieu ouvert à tous les vents. Le plus intéressant, c'était sans nul doute la collection disparate de cartes de visite semées en vrac à travers le dossier, certaines tenues à la chemise par un trombone, mais la plupart glissées entre deux documents statistiques sur les réserves pétrolières de l'Irak. Comme il s'en doutait, c'était essentiellement des représentants de firmes pétrolières qui avaient déposé ces traces de leur passage pour se rappeler au bon souvenir du haut maître des lieux, le moment venu, lorsqu'il s'agirait de calculer les parts du gâteau. Les *missi dominici* de la Shell et de la BP avaient ainsi fait le déplacement, mais aussi un certain Bob Edwards de la firme Exxon, un nommé Jack Terence de Chevron, et John-John Sutherland de la société Texaco. Au milieu de ce *Who's who* pétrolier aux relents fortement anglo-saxons figuraient même quelques Chinois et des Russes, une poignée de responsables d'Azerbaïdjan et un seul Français, de la firme Total, basé à Abou Dhabi, Gilles Augagneur. Ce dernier nom retint l'attention de Michel. Il revit aussitôt le visage d'un jeune quadragénaire féru de surf et de pêche au gros qu'il avait rencontré à plusieurs reprises lors de virées dans les Émirats. Il doutait que l'entretien eût été fructueux entre Jenckins et le représentant de Total. Michel enfouit la carte de visite du Français dans la poche intérieure de sa veste et examina d'un œil rapide le reste du dossier.

D'après quelques échanges de notes assez banales, hormis l'en-tête de la Kellog Brown & Root, une filiale notoire d'Halliburton, il lui parut assez nettement qu'un consortium pétrolier était en train de se reconstituer, à l'image de l'Iraq Petroleum Company qui avait régenté l'or noir de Mésopotamie dans les années trente. Constitué de Français, d'Américains et de Britanniques, cet ensemble d'intérêts mutuel avait eu pour artisan de génie un Arménien de Constantinople du nom de Calouste Goulbenkian, que tout le monde appelait « monsieur 5 % » en référence aux commissions qu'il prélevait sur chaque affaire conclue. Mais cette fois, les Français passeraient sous la table. Le « grand jeu » serait l'apanage des firmes battant pavillon américain ou britannique.

Michel savait ce qu'il voulait savoir. La disparition de ses archives ne le contrarierait pas outre mesure. Dans son repaire souterrain, il avait gardé sur disquettes le double de toutes ses transactions écrites, les coordonnées de toutes ses sources et les modes opératoires précis afin de les « réveiller » sans attirer l'attention. Ce qui lui manquait maintenant, c'était d'agir. Et vite. Il eut l'impression que son sang courait à vive allure dans ses veines. Il piaffait d'impatience, cherchait le moyen de mener rapidement une première action d'envergure afin de contrarier plus encore la quiétude américaine. Il ne songeait pas aux soldats bloqués sur le terrain dans une guérilla épuisante menée maintenant par des terroristes sans visage. Il pensait à cet Américain trop tranquille qui remplissait des trous de golf avec son sourire de benêt satisfait.

Au même moment, l'intéressé prononçait un discours en direct de la Maison-Blanche qui plongeait ses conseillers dans un abîme de perplexité. « Notre mission, martelait-il en détachant chaque syllabe, est de passer d'une définition du rôle des États-Unis en tant qu'ensemble permettant de protéger la paix à une définition d'ensemble permettant de protéger la paix des protecteurs de la paix. »

S'il avait entendu pareil charabia, nul doute que Michel aurait jugé que sa cible était facilement atteignable, que c'était même un jeu d'enfant de se « payer » le président de la plus grande puissance du monde. Sûrement Mohammed Atta s'était-il dit la même chose le jour où il avait lancé son commando suicide sur les tours du World Trade Center et sur le Pentagone. Pour Michel cependant, il n'était pas question d'entreprendre quoi que ce fût qui puisse ôter la vie. Il y avait eu bien assez de sang versé en Irak, et ce n'était pas dans sa nature de répondre aux violences qui lui avaient été infligées par une violence encore plus grande. Il descendit le vaste escalier qui menait à la fontaine du hall. Comme il sortait dans la lumière intense de la mi-journée, il aperçut une silhouette qui tournait autour de sa Mercedes. Un sourire se dessina sur son visage.

« Cette fois, se dit-il, le ciel est avec moi. »

D'un pas léger, il fondit sur la silhouette qui, déjà, lui tendait les bras.

23

Il n'avait pas changé. Depuis quand Michel n'avait-il pas revu Fadhil ? Cela lui parut une éternité, soudain. De petite taille mais robuste, la peau mate des Irakiens de Bassora, le poil noir et ras, Fadhil avait longtemps travaillé dans l'équipe restreinte dévolue à la contrebande, dirigée par le géant blond qui, maintenant, lui donnait l'accolade. Six mois avant la guerre, suspecté d'avoir entretenu des relations avec certaines factions opposantes à Saddam, Fadhil avait été écarté et envoyé à la raffinerie de Bagdad pour être placé sous le contrôle des sbires de Saddam. Les deux hommes n'avaient plus été en contact depuis cette période. Michel avait en vain plaidé la cause de Fadhil auprès des patrons de la SOMO, y compris d'Oudaï. Ses démarches s'étaient révélées infructueuses. Fadhil souffrait d'une autre tare aux yeux du pouvoir : il était chiite. Les sunnites du clan de Saddam conservaient à l'endroit de ses coreligionnaires une méfiance ancestrale, bien que jamais Fadhil ne fît entrer en ligne de compte sa façon de prier Allah.

Ils s'engouffrèrent rapidement dans la Mercedes.

– Dégageons d'ici ! fit Fadhil.

– Ça alors ! s'écria Michel. Pour une surprise ! Bon Dieu, je désespérais de rencontrer un visage ami dans ce bâtiment !

– Tu pouvais désespérer, lâcha Fadhil d'une voix éteinte, ici c'est devenu une colonie américaine.

Ils traversèrent la rue Sadoun et obliquèrent en direction des berges du Tigre. L'un et l'autre connaissaient une promenade tranquille que les Bagdadis semblaient avoir désertée, autant que les marines, qui se méfiaient des embuscades. Quelques arbres à la végétation préservée offraient les rares taches d'ombre qu'on pouvait encore trouver dans la capitale, les cafés mis à part.

Fadhil était à l'origine un expert en maintenance pétrolière. Il avait appris son métier chez Schlumberger, et il gardait le meilleur souvenir de ses années passées dans une compagnie française. Comme la plupart des ingénieurs dans le domaine des hydrocarbures, c'était un passionné de technologies modernes. Son obsession, c'était d'aller toujours plus profond à la recherche du naphte. Michel et lui voyageaient sur le même avion de ligne en provenance de Paris quand ils avaient fait connaissance, au milieu des années quatre-vingt-dix. Ils avaient sensiblement le même âge. C'était un de leurs nombreux points communs. Les autres étaient leur maîtrise des questions pétrolières, de la production à la commercialisation, même si Fadhil était plus doué en technique pure, et Michel en finance pure. Ils partageaient aussi un amour immodéré de l'Irak. Aucun des deux n'aurait songé à revendiquer ouvertement un nationalisme, mais la présence américaine exacerbait inconsciemment chez eux cette dévotion presque charnelle pour leur pays.

Michel n'avait pas tardé à intégrer ce brillant sujet dans son groupe. Très vite, le jeune ingénieur de Bassora était devenu son homme de confiance, qu'il chargeait de missions ultra-confidentielles avec des interlocuteurs jusqu'ici connus de lui seul, en Europe et partout où un débouché possible se manifestait pour le brut d'Irak sous embargo. Quand il voulait être sûr de ne rien ébruiter de ses intentions, Michel s'adressait à Fadhil en français.

Leurs points communs mis à part, les deux complices étaient différents au possible. L'un était aussi brun que l'autre était blond, aussi court de taille que l'autre était grand.

Durant le trajet en voiture, Fadhil ne cessa d'envoyer des regards à la dérobée en direction de son ami. Sans doute le trouvait-il changé, quelque chose dans le regard, une légère crispation des mâchoires ou encore son allure amaigrie, mais il s'abstint de poser la moindre question. Il savait que les temps étaient durs pour tout le monde. Il n'osa pas dire à Michel que, compte tenu de ses fonctions passées, de tous les secrets qu'il connaissait et de son rôle auprès de la nomenklatura, il avait craint pour sa vie. Jamais il n'aurait imaginé de quel enfer son ancien patron s'était tiré.

– On dirait que ça bouge, commença Michel, tandis qu'ils voyaient leurs silhouettes se refléter dans le miroitement du fleuve.

– Tu ne crois pas si bien dire. Ce sont des obsédés, ces types-là.

– Que veux-tu dire ?

– Des obsédés du pétrole. Ils ne pensent qu'à ça.

– Mais qui, « ils » ?

– Les Yankees, bien sûr. Tu as dû croiser Jenckins, n'est-ce pas ?

– Tu m'espionnais ? répliqua Michel sur un ton chargé d'une suspicion que Fadhil jugea inhabituelle.

– Non. Je venais au bureau quand il m'a semblé voir ta grande carcasse dans l'encadrement du hall. Tu ne passes jamais inaperçu, tu sais.

Le géant blond esquissa un sourire.

– Excuse-moi. On finit par développer une drôle de paranoïa, ici. Mais pourquoi n'es-tu pas venu me chercher ?

– J'ai préféré t'attendre devant la Mercedes, j'ai compris que c'était ton auto. Là-bas, on ne sait jamais. Quelquefois on entre comme dans un moulin, d'autre fois c'est Fort Knox.

– Mais ils te connaissent, non ?

– Oui, les Américains. Ils ont eu besoin d'un expert géologue pour identifier des gisements.

– Ils n'ont pas des gars à eux ? Et puis, ajouta Michel après une hésitation, tu n'es pas géologue, que je sache ?

Cette fois, ce fut au tour de Fadhil de sourire.

– Non, tu as raison. Je me trouvais là, le jour où tout a basculé. Je cherchais à te voir, figure-toi. Mais tu étais absent.

– Que voulais-tu ?

– Être avec toi, c'est tout. Te proposer qu'on se tire loin d'ici, en Jordanie ou même en France. Je me souvenais de ta mère, nous avions dîné ensemble chez elle, une fois. Comme je ne te trouvais pas, j'ai décidé de revenir chaque jour en espérant que tu chercherais au moins à sortir certains documents de ton bureau. Les gens du Baas sont venus un soir et ils ont fait disparaître beaucoup d'archives. D'autres types sont venus, ils ne ressemblaient pas aux hommes de main de Saddam, mais ce n'était pas non plus des marines. J'étais dans la rue quand un matin ils ont fait sauter quelque chose. Cela venait de l'étage où était situé ton bureau. Je ne sais toujours pas pour qui ils travaillaient. C'étaient des pros de l'explosif. Je m'y connais pas mal en feux d'artifice, mais ceux-là étaient de vrais champions. Tu avais laissé les contrats avec les Ricains ?

Michel hocha la tête.

— Sûrement la CIA, spécula-t-il à mi-voix. Leurs patrons ne sont apparemment pas des cadors, mais ils ont gardé les bons vieux réflexes. Je me demande ce qu'auraient pensé les opinions des pays alliés si on leur avait balancé sous le nez quelques documents impliquant les dignitaires pétroliers du Baas et certaines filiales de très honorables compagnies américaines.

Fadhil approuva.

— Du temps de la contrebande, on les dépannait de quelques centaines de milliers de barils. Mais maintenant qu'ils tiennent les manettes de l'industrie du pétrole, ils ont la folie des grandeurs.

— Que veux-tu dire, Fadhil ?

— Tous les jours, des marines se font buter que c'en est un scandale pour une armée réputée invincible. Je peux t'assurer en revanche que dans le périmètre de la SOMO et du ministère du Pétrole, les hommes en civil à fort accent américain et très gros compte en banque ne sont jamais inquiétés.

— Conclusion ? enchaîna Michel du tac au tac.

— Conclusion : cette guerre était celle du pétrole et rien d'autre. Tout a été prévu pour protéger ceux qui font du *deal*. Et je t'assure que c'est un *big deal* qui est en jeu. La peau d'un Jenckins vaut plus que celle des cent cinquante mille GI's déployés en Irak.

— Là, tu exagères un peu.

— Tu veux que je te dise un truc drôle ? Dick Cheney a été un des plus farouches partisans de cette guerre. Et avant même les premières frappes, les ingénieurs d'Halliburton étaient déjà à pied d'œuvre pour évaluer les besoins de reconstruction, de colmatage. Du beau travail, n'est-ce pas ?

— Continue, fit Michel en regardant autour de lui pour s'assurer qu'ils étaient bien seuls.

— Ici, plus le processus politique s'enlise pour désigner un nouveau gouvernement, et plus les pétroliers US se frottent les mains. En attendant, ils ont remis en service les « pipes » du Nord et sans le crier sur les toits, ils espèrent sortir bientôt deux millions de barils par jour. Évidemment, tu n'entendras ces chiffres nulle part. Officiellement, ils répètent que les infrastructures sont vétustes, que Saddam n'a pas investi depuis la guerre contre l'Iran. Ils noircissent le tableau, mais la vérité, c'est que le pétrole coule déjà dans leurs mains.

— Il fallait s'en douter, non? demanda Michel avec l'air de penser à autre chose.

— Oui, acquiesça Fadhil. Mais c'est un scénario inouï. Jenckins est là, ce qui signifie que Dick Cheney l'a voulu, et...

— ... et que Bush est au courant, acheva Michel.

Ils se turent. Chacun parut tomber dans un gouffre de perplexité. Ou dans un amas de souvenirs qui enlèvent toute envie de parler.

— Tu as vu la bagnole de Zapata? demanda soudain l'ingénieur.

— Oui, sa limousine.

— Aujourd'hui c'était une limousine. Mais d'habitude, il roule dans une espèce de monstre mécanique qui boit ses vingt litres aux cent kilomètres. Ils appellent ça une Lincoln Navigator. On dirait la Grosse Bertha changée en voiture. Ils en ont débarqué comme ça une centaine qu'ils distribuent aux pontes du pétrole de passage à Bagdad pour affaires. Tu comprends, ils ne se sentent plus. Sous leurs pieds, ils devinent les milliards de barils en réserve. C'est comme s'ils les avaient déjà dans leurs tuyaux. Alors ils n'ont aucune raison de se priver. Et je suis sûr que c'est pareil chez eux. Il leur faut des bagnoles de quatre tonnes pour aller s'acheter un Big Mac. Ça va peut-être de pair avec l'obésité ambiante, tu ne crois pas?

Michel ne répondit pas. Il ne perdait pas une miette des propos de Fadhil.

— Au début, je leur ai donné ce que je pouvais d'informations, reprit son ami. Dans ma naïveté, j'espérais qu'ils venaient véritablement pour résoudre les difficultés de notre industrie. Maintenant je les évite, car ils n'en veulent qu'à notre tas d'or noir. Tu aurais vu la tête de Jenckins quand il est tombé sur les dernières études officielles réalisées par un opérateur norvégien indépendant! Il m'a demandé de lui confirmer les chiffres. Cent quinze milliards de barils, trente-cinq milliards immédiatement disponibles. Il criait : « C'est bien ça, c'est bien ça? » On aurait cru un gamin à qui on vient d'annoncer que ce sera Noël tous les jours. Ils consomment toujours plus de pétrole et les écologistes américains ont réussi à empêcher Bush d'exploiter l'Alaska. Il faut bien que « l'empire » se serve ailleurs. Et ailleurs, c'est chez nous. La guerre contre Saddam, c'était le prétexte idéal. Il a suffi de produire de vagues preuves sur la menace chimique et hop, le tour de passe passe était joué.

— Tu vois la suite comment ? demanda Michel, que le récit de Fadhil électrisait littéralement.

Son ami le regarda bien en face et vit qu'une étrange pâleur envahissait son visage.

— Ça ne va pas ?

— Si, très bien. Mais réponds-moi. Après, ce sera mon tour de te parler. Et si tu acceptes, je crois que je vais t'enrôler pour une mission que tu n'aurais jamais imaginée, en tout cas je ne crois pas.

— Quoi donc ? sursauta Fadhil, à son tour très excité.

— Termine d'abord. Ton avis sur la suite.

Fadhil réfléchit avant de reprendre.

— Toutes sortes de types ont défilé ces dernières semaines dans le bureau de Jenckins. Des Malais et des Vietnamiens, des Italiens, des Japonais, des Australiens... Et je passe sur les représentants de compagnies américaines, tu t'en doutes. Il se trame de drôles d'alliances, mais quel que soit l'habillage final, nous sommes en route pour un retour aux années vingt, une sorte de traité de San Remo mais sans votre Clemenceau.

— La privatisation du pactole ?

— Exact. Privatiser. Jenckins n'a que ce mot à la bouche. Il répète à qui veut l'entendre que la faillite de l'Irak est d'abord la faillite de l'État irakien. À partir de là, le grand dessein de Washington prend consistance. Bush peut s'apitoyer sur les cadavres des GI's puis reprendre son parcours à dix-huit trous. Il sait que l'opposition irakienne tardera à s'entendre tant que les chiites sèmeront le trouble et menaceront les artisans de la paix. Il sait aussi que pendant ce temps, les hommes de l'ombre pourront continuer d'agir à leur guise. Et dans cette ombre, il y a une immense flaque de pétrole.

— Les Américains ne sont pas les seuls sur le coup, déclara Michel.

— C'est vrai. Mais ce sont eux qui ont consenti le plus gros effort militaire, financier et humain pour s'arroger le droit de prendre la plus grosse part du gâteau. Sans être cynique, chaque GI abattu accroît la légitimité des États-Unis pour le contrôle du brut irakien. Et n'oublie pas que l'Amérique est assoiffée de pétrole. Assoiffée comme un vampire l'est de sang.

— C'est le beau temps des colonies qui revient, soupira Michel.

– Oui, approuva Fadhil. Ils vont scinder le boulot en deux. On parle d'un ancien patron de la Shell pour diriger toute la production, superviser les travaux de réhabilitation, valider les projets d'exploration sur des découvertes confirmées de longue date. Quant à la vente du brut, on ignore encore qui en sera chargé, mais ça n'échappera pas à un autre Américain une fois que la SOMO aura été privatisée.
– Jenckins ?
– Non. Lui, il joue les intermédiaires avant de s'en aller ailleurs exercer ses talents de pique-assiette. Une fois que les accords seront scellés, ils parachuteront un pétrolier officiellement moins lié aux Bush. Mais assez discuté. Dis-moi à quoi tu as pensé.

Michel était satisfait de voir à quel point son ami était impatient. Seul, il aurait eu du mal à mettre son projet à exécution. Mais avec Fadhil tout lui apparut si simple qu'il l'attrapa fraternellement par la joue en éclatant de rire. Dix minutes plus tard, une fois le jeune ingénieur instruit par Michel, la Mercedes s'éloigna en direction d'une petite chapelle où veillait un ange.

24

Le crépuscule enveloppait déjà Bagdad de part et d'autre du Tigre lorsque les deux hommes quittèrent la ville en direction du nord. Ils avaient laissé la Mercedes et Fadhil avait pris une voiture de fonction de la SOMO au pare-brise dûment badgé par l'occupant, de manière à ne pas attirer l'attention. C'était une Range Rover à pneus très larges susceptibles d'affronter les pistes du désert. Exactement ce qu'il leur fallait. En sa qualité d'expert pétrolier, il avait obtenu de Jenckins un passe permanent pour gagner au plus vite les installations situées entre Kirkuk et la frontière turque. Dans le plus grand secret, les vannes du grand oléoduc avaient été rouvertes depuis peu. Fadhil était de ces hommes qui avaient veillé à la réparation de quelques segments endommagés par la guerre. En amoureux de son métier, il avait fait au mieux pour rechaper ces vieux tuyaux percés çà et là par des tirs d'artillerie et quelques bombes de puissance réduite. Maintenant, c'était une tout autre aventure dans laquelle l'entraînait Michel.

Pour quitter Bagdad sans encombre, ils choisirent de filer par le quartier chiite de Saddam City. Tout véhicule américain y était encore bien vu et les risques d'essuyer les tirs des derniers fidèles du raïs étaient quasi inexistants.

— En un mois, près de la moitié des Lincoln Navigator ont été la cible de tirs de roquettes, et pas mal de chauffeurs ont été tués. Des Irakiens, entre parenthèses, expliqua Fadhil à Michel, comme si ce dernier revenait d'une longue absence. Mais après tout, le coma et la détention, n'était-ce pas une forme d'absence ?

Les bombardements avaient cessé depuis plusieurs semaines et les fumées noires ne s'échappaient plus des tranchées remplies de pétrole qui cernaient encore la ville. Pourtant, l'air semblait encore saturé de poussière et de suie. Saddam City, à l'image de la cité entière, mais plus encore peut-être à cause de la présence de bidonvilles par endroits, ressemblait à un cloaque en voie d'assèchement, à une mine à ciel ouvert aux galeries maculées de boue durcie sous le soleil. Les immondices encombraient les rues que le vent du soir brouillait de particules grises et nauséabondes. Des chiens errants plongeaient leurs truffes à l'intérieur de poubelles éventrées et surtout de tas d'ordures laissées à même la chaussée, où finissaient de se décomposer des cadavres d'inconnus.

Spontanément, Fadhil remonta sa vitre. Michel fit de même. Malgré la chaleur qui enserrait encore Bagdad, ils laissèrent la climatisation inactivée. Aucun d'eux n'avait envie de respirer un air remuant toutes ces poussières morbides, même frais.

Comme prévu, ils franchirent sans difficulté les check points établis à la sortie nord-ouest de la ville. Très vite, ils furent sur la quatre voies qui devait les mener en quelques heures à hauteur des champs de Mossoul. Ils avaient prévu d'être à pied d'œuvre à quatre heures du matin, une bonne heure avant le lever du jour. Ils étaient convenus que Fadhil donnerait le volant à Michel sitôt passés les contrôles. Il le reprendrait à mi-chemin, peu avant Tikrit, qu'ils essaieraient de contourner par la piste. Dans la ville berceau de Saddam, tuer tout ce qui ressemblait à des Américains était devenu le sport favori. Les marines s'étaient même rendus fortement impopulaires en occupant les palais du maître et en refusant aux habitants l'accès aux berges du fleuve sur plusieurs kilomètres.

– Je crois qu'une partie de la population aurait accepté que les États-Unis prennent le contrôle du pétrole si ces derniers avaient garanti en échange le retour d'une vraie liberté pour le peuple, fit Fadhil avant d'abandonner la place du conducteur pour s'installer confortablement aux côtés de Michel. Mais les gens de la rue ont le sentiment d'avoir tout perdu. Ils voient que l'armée préempte les richesses sans pour autant leur garantir le minimum de tranquillité. Ce peuple a pourtant bien besoin de paix, et je ne parle pas de la paix des cimetières, tu ne crois pas ?

– On va faire le travail nous-mêmes, répondit Michel. Et en

voyant le profil de son ami se découper dans la dernière lueur du soir, Fadhil constata qu'il n'avait pas l'air de plaisanter.

Les deux hommes se turent. Pendant que l'auto filait à travers les voies rectilignes remontant sur le nord, Michel ne pouvait s'empêcher de penser à ces silhouettes désarticulées qu'il avait aperçues furtivement en traversant les derniers faubourgs de Bagdad, quelque temps auparavant. Pas un homme, pas une femme, pas un enfant ne lui était apparu intact. Tous avaient été frappés dans leur chair. Leur manquait l'usage d'un membre, d'un œil, du langage peut-être, tant ils semblaient murés dans un silence de mort. Et ceux qui avaient pu préserver l'apparence d'une intégrité physique avaient dans le regard une expression qui ne trompait pas : le mélange de la peur et de la haine, où l'abattement le disputait à une colère sans fond.

Michel abaissa le pare-soleil et jeta un regard furtif dans le miroir de courtoisie. Un instant il se demanda si la noirceur qu'il avait lue sur ces visages anonymes était aussi contenue dans ses yeux, après les épreuves traumatisantes qu'il avait traversées. Il était le plus mal placé pour répondre à cette question. Si Fadhil avait été éveillé, il lui aurait demandé quelque chose comme « est-ce que j'ai changé ? », mais pareille interrogation n'aurait pas manqué d'en susciter d'autres dans l'esprit aiguisé du jeune ingénieur. Il aurait voulu savoir pourquoi Michel s'inquiétait d'avoir changé, ce qui avait pu lui arriver... De toute façon, Fadhil s'était assoupi et son ami ne chercha pas à le tirer du sommeil.

Plus l'auto montait en direction du nord, moins la bataille aérienne semblait avoir laissé de traces. La route était réduite à une double voie et s'enfonçait dans des paysages désertiques que le faisceau lumineux des phares ne maintenait que quelques secondes dans un semblant de visibilité. C'était partout la molle ondulation des plaines sans vie, où se devinaient par endroits le triangle clair des tentes de Bédouins ou le profil bosselé de quelques dromadaires assoupis. Michel abaissa légèrement la vitre de sa portière et huma l'air qui entrait dans l'habitacle. Il se souvenait avoir apprécié l'air pourtant poisseux de Bagdad, à sa sortie de l'hôpital puis du camp Cropper. Mais c'était l'air de la liberté, en tout cas de la vie retrouvée. Il n'avait pas été très regardant sur les tourbillons de poussière et de suie qui s'étaient incrustés dans la ville entière, jusqu'aux bronches et aux poumons de ceux qui le respiraient.

Cette fois, il goûta véritablement à l'air de son pays. Un air doux et parfumé. Il songea que, avec le matériel qu'ils avaient installé dans le coffre, cela ne tarderait pas à sentir le roussi. Mais c'était pour le bien de la cause qu'il s'était mis en tête de défendre. Ça, il en était certain.

À l'approche de Tikrit, Fadhil ouvrit un œil. Il n'était pas encore minuit. Ils avaient une bonne marge de sécurité pour pouvoir atteindre dans les délais le point qu'ils s'étaient fixé. Michel gara l'auto sur le bas-côté de la route et les deux hommes descendirent quelques minutes pour se dégourdir les jambes. Pour mieux contempler le ciel constellé d'étoiles, il éteignit les phares.

— Mon père disait qu'on pouvait compter plus de deux mille étoiles à l'œil nu, déclara Michel.

— Ce qui est étrange, c'est de savoir que le ciel est éclairé par la lumière d'étoiles mortes, ajouta Fadhil en cassant sa nuque en direction de la Voie lactée.

— Tu as raison. Peut-être que les étoiles se disent la même chose en nous regardant.

— Mais nous ne sommes pas morts ! s'écria Fadhil.

Michel eut un demi-sourire que son ami ne pouvait pas distinguer dans la nuit noire.

— Ou alors nous sommes morts mais nous ne le savons pas, fit Michel comme s'il se parlait à lui-même. Mais au diable les idées métaphysiques, surtout quand elles sont noires. Allons-y, Fadhil, nous devons montrer à ces Texans de malheur de quel bois nous nous chauffons !

— Je préfère entendre ça, lança joyeusement l'ingénieur en se frottant les mains.

Ils remontèrent à bord du véhicule après avoir vérifié que rien n'avait bougé dans la trappe de la roue de secours où ils avaient dissimulé un drôle d'arsenal.

Quelques minutes plus tard, ils roulaient sur une piste cahoteuse qui leur permit d'éviter l'écueil de Tikrit.

— Comme tu t'en doutes, l'oléoduc entre Kirkuk et la Méditerranée est la meilleure carte qu'ont tirée les Américains pour évacuer le brut du Nord irakien, indiqua Fadhil tout en veillant à ne pas enliser l'engin. C'est là-bas que Jenckins m'a envoyé à plusieurs reprises. On a installé quelques grosses rustines pour boucher les trous causés par des impacts d'artillerie. Mais il y a une chose qu'on n'a pas pu supprimer, c'est la corrosion.

— C'est sérieux ?

— Assez. Une grosse partie du tube est vraiment rouillée. Et pour ne rien arranger, il s'agit de la partie la plus difficile d'accès, dans les montagnes, au milieu des rochers.

— Je vois. Mais ils font passer le pétrole malgré ça.

— « Réparez-moi ce qui peut l'être et pour le reste, advienne que pourra », m'a dit Jenckins. Ça passe ou ça casse. Pour le moment, ça passe. Et ça peut encore passer un bon moment. Avant que la rouille ne bouffe vraiment ces putains de tubes, il peut encore s'écouler quelques dizaines de millions de barils...

— Chaque baril pour Bush et consorts est un baril de trop, trancha Michel, avant de demander : Les Ricains ont toujours une flotte à Banias ?

— Oui, et c'est comme ça que j'ai compris ce qui se passait. Un matin, comme j'arrivais à la SOMO, Zapata m'a fait appeler. Il m'attendait avec un sourire réjoui. Il tenait dans sa main des Télex qu'il avait visiblement reçus pendant la nuit. Il était impatient que je lui dise où en était le calfatage du pipe-line pour le port syrien. « Nos bateaux attendent, mon petit, nous sommes prêts à ouvrir la bouche, alors c'est le moment d'ouvrir le robinet ! » Il était hilare et monstrueux, avec ses joues couperosées et sa sueur qui mouillait même le lobe de ses oreilles. Je n'avais jamais vu ça, moi, un type qui transpire des oreilles.

Michel éclata de rire.

— C'est l'appât du gain. Je voudrais qu'il claque sur son tas d'or, ce Jenckins. Décidément, ces gars-là ont une planche à billets à la place du cœur. Ils ont vraiment besoin d'une bonne leçon. Tu es sûr de ton plan d'approche du pipe-line ?

— Sûr et certain. Je pourrais t'y conduire les yeux fermés.

— Je ne t'en demande pas tant. Mène-nous là-bas en toute discrétion, voilà qui suffira à notre bonheur. Ils vont avoir un choc, demain.

— *Inch Allah*, fit Fadhil, qui ne voulait pas vendre la peau de l'ours.

— J'y pense, reprit Michel. Maintenant que la *pax americana* s'instaure tant bien que mal, tu ne crois pas que Washington va essayer de faire sortir le brut par le terminal de Yanbu ? Il leur suffit d'installer leurs tankers en mer Rouge et le tour est joué, non ?

— Non, répondit Fadhil avec assurance. Yanbu est en Arabie Saoudite. Je crois que les relations se sont passablement détériorées entre Washington et Riyad depuis les attentats du 11 septembre. N'oublie pas que la plupart des kamikazes étaient saoudiens.

— Tout comme Ben Laden... Tu as raison, Fadhil.

— On n'est plus au temps où Roosevelt offrait sa protection au roi Ibn Saoud en échange d'approvisionnements quasi illimités en pétrole. Les princes autour du roi Fahd sont des affairistes corrompus qui ont joué un jeu dangereux avec les islamistes. Ils sont en train de le payer aujourd'hui. Les États-Unis jurent qu'ils n'ont pas fait cette guerre pour le pétrole. Mais ils ne démentent pas quand on leur dit qu'avec l'Irak sous la main, ils peuvent égorger l'Arabie Saoudite comme ils le veulent. Dans ces conditions, je doute que le terminal de Yanbu serve de sitôt aux visées américaines. Tu imagines le roi Fahd dire à Bush : « Monsieur, faites comme chez vous, laissez-nous crever avec notre pétrole pendant que vous pompez le brut irakien, et en prime nous vous autorisons à le sortir par notre beau terminal sur la mer Rouge ! »

Les deux hommes partirent d'un même rire un peu forcé. Ils approchaient du but. Bientôt, il faudrait passer à l'action, être rapide et précis. Sans qu'ils se l'avouent, leurs cœurs battaient plus intensément. L'excitation se mêlait à l'appréhension.

— C'est ici, fit Fadhil.

Depuis plusieurs dizaines de kilomètres, l'auto longeait une vaste étendue sombre. Au loin brûlaient comme de gigantesques cierges plantés dans le sable, pareils à des cigares incandescents.

— Baba Gurgur ? demanda Michel.

— Oui. Les feux éternels... Le champ fonctionne à haut régime, mais faute de pouvoir tout écouler par le pipe, une partie de la production est réinjectée dans le sol. C'est une sorte de circuit fermé. D'un jour à l'autre, la décision sera prise d'envoyer la totalité du pétrole extrait vers Ceyhan et Banias.

— C'est ce qu'on va voir, coupa Michel d'une voix décidée.

Fadhil avait stoppé l'auto.

— Nous sommes devant la partie des barbelés non électrifiée. Tous les dix kilomètres, exactement sept mètres soixante-dix sont libérés de la haute tension. C'est la distance requise pour faire passer les gros camions porteurs de tubes.

— Tu es sûr de reconnaître l'endroit ?

— Si tu veux, je pose ma main sur le fil ! s'écria Fadhil, un peu vexé.

— Bien sûr que non, ça va, je te fais confiance !

Fadhil détacha le barbelé à ses deux extrêmités, sur la largeur prévue.

— Même ivres morts on passerait sans difficulté, fit-il à l'adresse de Michel, qui s'était mis au volant.

Fadhil fixa le tronçon de barbelé à sa place puis remonta en voiture.

— Tu roules encore cent mètres et après, tu descends à gauche, dans la pente douce. Le pipe est là.

— OK.

Tout était silencieux. Michel arrêta la voiture à l'endroit indiqué par son ami. Il éteignit le moteur, coupa les feux. Chacun se munit d'une lampe électrique et sortit.

— C'est drôle, on dirait que ça sent la mer, fit Michel.

— C'est dans ta tête, elle est encore loin. À moins qu'elle ne passe dans le tuyau ! Écoute.

Fadhil colla son oreille contre le tube d'acier froid. Un léger sifflement se fit entendre, une sorte de flux régulier accompagné d'un brouhaha, comme à l'intérieur des coquillages.

— Ça passe, conclut l'ingénieur en se redressant. Ça passe même à bonne cadence, pour que le bruit de l'écoulement soit aussi net.

À son tour, Michel colla son oreille au tube. Il avait saisi le pipe à pleine main et, sans s'en rendre compte, il s'était mis à l'étreindre comme on serre contre soi un être cher qu'on va perdre.

Les deux hommes inspectèrent ensuite les alentours grâce aux rayons lumineux de leurs lampes. L'endroit était vraiment désert.

— Le premier poste de contrôle se situe trente kilomètres en amont, juste avant le massif montagneux. Nous pouvons agir tranquillement.

Il était à peine trois heures du matin. Ils étaient en avance sur leur tableau de marche. S'ils ne se disaient rien, Michel et Fadhil étaient assez sensibles et psychologues pour savoir que le sabotage qu'ils préparaient allait contre leurs convictions profondes. En technicien très doué, le jeune Irakien n'avait eu de cesse dans sa trajectoire professionnelle de construire, d'améliorer, d'augmenter sans cesse les performances du matériel qu'il avait entre les mains. Ce que son complice lui demandait de réaliser revenait à détruire son propre travail, à nier sa vocation au nom d'un intérêt supérieur qu'il comprenait intellectuellement. Mais l'intellect ne suffisait pas pour effacer le malaise qu'il ressentait à cet instant en fixant les explosifs sous le ventre du tube après les avoir extraits de sous le coffre de la voiture.

Quant à Michel, c'était la première fois qu'il allait commettre de ses mains un acte qualifié en droit de crime, même s'il ne s'agissait en aucun cas de verser du sang humain. Était-ce son éducation profondément chrétienne ? Les enseignements maternels sur le respect des biens d'autrui ? Tout en préparant méticuleusement sa tâche de sabotage, il ne cessait de s'interroger sur le bien et le mal, sur le droit qu'il avait d'aliéner ainsi une propriété du peuple, même si au fond de lui persistait la conviction d'agir pour une cause juste. Il en était là de ses réflexions quand Fadhil lui demanda à brûle-pourpoint :

— As-tu déjà lu *Les Sept Piliers de la sagesse* ?

Le jeune ingénieur était occupé à fixer deux fils de raccordement sous les tubes d'explosifs qui devaient perforer une bonne dizaine de mètres de tuyau. Il n'avait pas levé la tête, qu'il avait coiffée d'un casque de mineur équipé d'une loupiote, ce qui lui laissait les mains libres pour travailler avec précision et rapidité.

— *Les Sept Piliers de*... Non..., fit Michel, saisi par une telle question posée ainsi au milieu du désert, au chevet d'un gros tube qui semblait ronronner. Pourquoi ?

— Tu devrais. J'en ai rapporté une édition traduite en arabe lors d'un voyage au Caire, il y a plusieurs mois de ça.

— Et alors ?

— Sais-tu comment le colonel Lawrence a réussi à cimenter l'unité des tribus et à forcer l'admiration de Fayçal ? Sais-tu de quelle manière il est devenu le grand Lawrence d'Arabie ?

— Je l'ignore, fit Michel.

— En faisant sauter des ponts !

— Comment ?

— Tu as bien entendu. En lisant ce gros livre, j'ai eu le sentiment que le seul but du type était de faire exploser le plus de ponts possible, des ouvrages d'art construits par les ingénieurs de son propre pays, si l'on veut bien considérer qu'il était sujet de la Couronne britannique.

Michel réfléchit.

— Et ça l'avançait à quoi, de faire sauter tous ces ponts ?

— À dégoûter les Anglais, qui croyaient posséder chaque grain de sable du désert. Lawrence savait mieux que personne où ses concitoyens plaçaient leur fierté. Ce n'était pas dans leur scotch whisky ni dans la légende de leurs rois, mais dans les ouvrages de la colonisation, qui allait de pair, d'après eux, avec la civilisation. S'ils ne pouvaient plus faire franchir leurs propres ponts à leurs troupes marchant au pas, ce n'était pas la peine d'espérer se maintenir dans ces contrées hostiles.

— Je vois, approuva Michel en hochant la tête.

Les deux hommes en eurent fini de truffer d'explosifs le flanc du pipe.

— L'équipe de surveillance ne vient jamais avant le lever du jour. Ils ne commencent jamais par le même tronçon, mais on a encore plus d'une heure avant l'aurore, fit Fadhil en regardant sa montre.

— Et s'ils passent avant ?

— Aucun risque. Ils ne s'aventurent plus nulle part tant que les convois militaires n'ont pas ouvert la piste. Et les pilotes de chars se font tirer l'oreille pour bouger tant qu'ils n'ont pas vu le soleil, question de sécurité.

— Très bien, murmura Michel.

Puis, après un silence :

— Pourquoi m'as-tu parlé de Lawrence, tout à l'heure ?

Une expression amusée passa sur le visage de l'ingénieur.

— À cause de la tête que tu faisais pendant que tu nouais les fils de l'explosif. J'ai par mégarde braqué ma lampe frontale sur toi et il m'a semblé que tu agissais à contrecœur.

— Ça se voyait tant que ça ? Pourtant, tu as pu constater que j'avais tout disposé de façon impeccable.

— Oui. Un véritable artificier ! Dans *Les Sept Piliers de la sagesse*, l'officier britannique a plus de mal la première fois qu'il s'en prend à un édifice construit par ses compatriotes. Après avoir installé la charge sous la pile du pont, il va dégueuler dans son coin. Quand tu penses qu'il en a détruit plus d'une dizaine. À la fin, je crois qu'il y prenait un véritable plaisir.

— Je n'ai pas envie de vomir, protesta Michel. Mais je ne crois pas non plus que j'y prenne goût. Il me semble simplement que je suis en accord avec moi en fixant ces engins.

— Il me semble aussi, constata Fadhil. Mais à présent, filons. J'ai enterré la minuterie à dix mètres.

Il consulta sa montre au cadran phosphorescent.

— Dans moins de quarante-huit minutes, boum !

— Parfait, se réjouit Michel. Maintenant filons. J'aimerais bien voir le spectacle, mais je n'ai pas l'âme d'un Néron, et toi non plus, n'est-ce pas ?

— Non. Va pour Lauwrence, mais Néron, jamais de la vie.

Ils s'engouffrèrent dans la Range Rover. Michel avait pris le volant. Fadhil descendit pour abaisser le barbelé le temps du passage de l'auto. Nul n'avait rien vu, sauf les étoiles mortes.

— Tu ne m'as pas dit où nous allions nous réfugier, observa l'ingénieur à peine avaient-ils quitté la piste pour rejoindre la route qui mène à Mossoul.

— Tu as raison, sourit Michel. Disons que tu auras peut-être l'occasion de prier, mais pas le Dieu qu'on célèbre à La Mecque ni dans les mosquées de Nadjaf ou de Karbala.

La surprise se lut dans les yeux de Fadhil.

— Tu veux dire que...

— ... que nous allons nous offrir une petite retraite dans un monastère orthodoxe, juste le temps que retombent les fumées du pipe-line.

— Tu as prévenu quelqu'un ? demanda Fadhil.

— Non, mais tout visiteur est pour les moines un envoyé de Dieu.

— Même un visiteur comme moi ?

— Bien sûr. Ce qui compte, c'est ce que tu as à l'intérieur, pas que tu sois chiite. Ne t'inquiète pas. Je connais le prieur de l'abbaye. Enfin, s'il est encore en vie.

— *Inch Allah*, répéta Fadhil, pendant que l'auto prenait de la vitesse.

Dans moins de trente minutes, la connexion pétrolière entre Kirkuk et la Turquie allait subir une très fâcheuse avarie.

— On va entendre l'explosion jusqu'au Texas, se réjouit Fadhil.

— Oui, jusqu'au Texas, reprit Michel en savourant cette première victoire contre les ténèbres.

25

Ils avaient traversé Mossoul sans s'arrêter. La ville n'avait plus le charme qui avait fait sa réputation dans les années soixante-dix. On aurait cru un immense dépotoir, une de ces cités où l'on a arrêté de nettoyer, où l'on a presque cessé de vivre. Les raffineries vétustes et trop proches des quartiers d'habitation expédiaient à longueur de journée leurs épaisses colonnes de fumées polluantes, et aussi la nuit, car il fallait bien traiter ce brut qui arrivait à flots. Si la ville pétrolière avait été autrefois un havre de paix pour les chrétiens, ces derniers avaient vécu durement les années de l'embargo, accusés d'être les complices de ce Bush qui se battait une croix à la main. Autour des rares églises, des mosquées avaient surgi de tous les côtés, menaçantes. Tels des miradors, leurs minarets secouaient le silence de la ville avec les appels répétés à la prière amplifiés par d'énormes haut-parleurs.

Si le grand hôtel Ninive avait conservé ses façades d'apparat, la ville cachait difficilement son mal-être. Nul n'avait eu vraiment l'audace de déboulonner les statues de Saddam Hussein qui semblaient chaque jour narguer les habitants de Mossoul et les occupants américains. Le raïs était en fuite, mais il était partout dans la ville, en cavalier de bronze, en général chevauchant d'énormes missiles de granit pointés vers Jérusalem, en Saladin, en Nabuchodonosor, en satrape portant djellaba et turban. Mossoul vivait avec son fantôme et ceux qui passaient devant ces vestiges n'osaient croire qu'ils appartenaient au passé.

– Je crois que c'était pareil à la mort de Staline, remarqua

Michel quand ils passèrent au petit jour sur une place dominée par la posture altière d'un Saddam chasseur. Après tant d'années de terreur, la population ne pouvait croire que le dictateur n'était plus désormais qu'un spectre. Le matin de son décès, on a demandé aux enfants des écoles de pleurer. Ils n'en avaient pas envie mais ils l'ont fait quand même. Ici, je me demande qui pourrait pleurer Saddam.

— Sous la menace, on peut sans doute verser des larmes pour son pire ennemi, répondit Fadhil sans épiloguer.

Une trentaine de kilomètres plus loin, la Range Rover monta à l'assaut d'une montagne de moyenne altitude d'où se découpait un ciel admirablement bleu. Quand ils furent à mi-pente, les deux amis profitèrent d'un lacet donnant sur la grande plaine de Mossoul pour contempler leur œuvre. L'horizon était si dénudé qu'ils n'eurent aucun mal à distinguer les deux grosses colonnes de fumée noirâtre que le vent soufflant de la lointaine Jordanie rabattait vers la ville.

— Nous avons réussi ! exultait Fadhil.

— Il fallait le faire, fit simplement Michel en cachant son émotion.

Les deux hommes auraient donné cher pour voir à cet instant le visage des « *makers of money* » venus en Irak animés par l'appât du gain, à commencer par Bill Jenckins qui avait dû être tiré de son lit au petit matin.

— Ils ne pourront pas savoir qui a fait le coup, assura Fadhil. Si ça se trouve, ils vont mettre ça sur le dos des derniers partisans de Saddam.

— Ou sur celui des chiites, supposa Michel. Ici, nous sommes dans le grand triangle sunnite. Ne restons pas là. En route.

Ils parcoururent encore quelques kilomètres. La jauge d'essence était tombée dans le trait rouge de la réserve.

— C'est bon, fit Michel. On a largement de quoi atteindre le monastère de Saint-Betsabé. Je sais que sur place, nous pourrons nous procurer du carburant. Les pères sont des gens prévoyants.

— Puisque tu le dis ! persifla gentiment son complice.

Sur les hauteurs, les cèdres avaient laissé la place à une végétation étique, des pins très espacés, des buissons de plantes vivaces et quelques bouquets de résineux plantés là comme par le plus grand des hasards, dont les troncs rêches prospéraient médiocrement dans un sol de pierre. Ils parvinrent au pied d'un immense promontoire rocheux, qui avançait au-dessus de leurs têtes comme l'étrave d'un navire.

— Le monastère est au-dessus de la falaise, indiqua Michel.
— Et on y accède comment ?
— Suis-moi.

Ils avancèrent la Range Rover sur un petit chemin de chèvres et fermèrent le véhicule à clé après avoir pris soin de le soustraire à la vue de ceux qui emprunteraient la route. À toutes fins utiles, Fadhil arracha les badges officiels et dévissa les plaques d'immatriculation qu'il glissa sous la doublure de toile du coffre. Puis il chercha Michel du regard. Ce dernier s'était déjà rendu au pied de la falaise. Des tonnes de roche s'avançaient dans le vide comme par prodige. Cette audace minérale avait quelque chose de surnaturel. Sans doute les moines qui avaient donné leur vie à Dieu ne se sentaient-ils pas ici tout à fait sur terre, et pas encore dans les cieux. Certains jours, ils devaient même se croire plus près du ciel que de la terre.

— Regarde, fit Michel en levant un bras à la verticale.

Fadhil suivit des yeux la direction indiquée par la main du géant blond. Juste au-dessus d'eux, un trou était creusé dans la roche, d'où dépassait une corde de chanvre, une corde solide en diable qui permettait de se hisser jusqu'à un escalier circulaire dont les marches étaient taillées elles aussi dans la matière la plus brute qui soit.

— Tu es bon en grimper de corde ? demanda Michel à son ami.
— Je n'ai plus pratiqué depuis l'école !
— Eh bien, tu as droit à une séance de révision ! À toi l'honneur, je te réceptionne si jamais tu glisses...
— Dis donc, fit l'ingénieur en se crachant dans les paumes, ce sont de sacrés sportifs, tes moines. Moi qui les imaginais vieux et rabougris.
— Ils sont vieux et rabougris, confirma Michel. Mais tu sais que la foi soulève les montagnes, alors elle peut bien soulever aussi quelques moines squelettiques !
— Arrête de te payer ma tête. Ils boivent une potion magique ou quoi ?
— Si nous avions continué à rouler, il y a une petite piste à trois heures d'auto. Elle conduit tout droit au monastère, mais il faut bien connaître. Ici, c'est l'entrée des artistes, des types comme toi et moi qui n'ont pas peur de se retrousser les manches.

— Je préfère ça, admit Fadhil en se jetant sur l'extrémité de la corde qui battait les parois comme un battant de cloche. Je veux bien tout entendre, à condition qu'on m'explique.

Michel lui donna une tape sur l'épaule. Dix minutes plus tard, le grand rectangle dentelé d'un cloître se dessina sous leurs yeux, drapé dans un voile de brume, le seul voile admis dans la maison de ce Dieu-là.

— Soyez les bienvenus, fit une voix dans leur dos, comme ils s'avançaient en direction de l'entrée principale, un petit bâtiment trapu gardé par une monumentale porte en cèdre.

Les deux hommes se retournèrent d'un même mouvement. Un vieillard se détacha d'une colonne torsadée où il semblait avoir été surpris en pleine méditation.

— Nous ne sommes plus habitués à voir des visiteurs pénétrer au monastère par ce chemin, dit l'ancêtre en désignant d'un doigt cordé de veines bleutées l'escalier creusé dans la falaise.

— Bonjour, Père, lança Michel d'une voix claire et assez forte pour atteindre les tympans du moine.

Il avait reconnu le père portier du monastère, le seul de sa congrégation, avec le père abbé et le frère hôtelier, à pouvoir s'adresser aux étrangers. Tous les autres membres de cette communauté contemplative étaient tenus au plus paisible des silences, et leur bonheur ne s'exprimait que par le rayonnement continu qui filtrait de leurs regards.

— Est-ce la foi ou la faim qui vous amène? fit le moine en plissant ses yeux remplis d'une douce malice.

— Les deux, mon Père, répondit Michel avec allant, se souvenant tout à coup des repas succulents qu'il lui était arrivé de partager avec ses hôtes, dans sa prime jeunesse, lorsqu'il venait ici pour de courtes retraites avec feu le professeur Samara.

— Il me semble que je connais ton visage, observa le moine en regardant le géant blond avec toute l'intensité dont étaient encore capables ses petits yeux noir charbon.

— Je suis le fils d'Al-Bakr Samara, le professeur de chimie de l'université de Bagdad. J'étais venu avec lui lorsque j'étais adolescent. Je crois que vous étiez là, déjà...

Le vieux moine répéta ce nom, les yeux perdus dans un lointain souvenir.

— Oui, en effet, Al-Bakr Samara, quel homme bon, un homme de Dieu, fit-il dans sa barbe. Mais, mais...

Devinant ce à quoi il pensait, Michel le devança.

— Oui, Père, il est décédé depuis déjà plusieurs années.

— Je l'ai su. Nous avons dit des prières pour lui et pour vous, je parle de toi et de ta mère. En effet, ton père avait absolument tenu à nous présenter sa jeune épouse française. La règle nous interdit de recevoir des femmes à l'intérieur du cloître, mais pour lui faire plaisir, et pour notre plaisir aussi, nous avions fait une exception. Nous avions reçu cette femme si profonde, si pétrie d'humanité. C'était la mi-août, je me souviens, il y a si longtemps...

Michel essayait de dissimuler son émotion derrière un sourire. Il ne s'attendait pas à ce que le couple merveilleux qu'avaient formé ses parents renaisse ainsi soudainement, dans la brume d'un petit matin, si près du ciel, par la voix d'un serviteur du Seigneur aux allures de patriarche.

— Ils étaient monté à la corde ? demanda Fadhil en tendant la main à leur hôte.

— Je vous présente mon ami Fadhil, enchaîna aussitôt Michel. Il ne rit pas souvent mais apprécie beaucoup l'humour, comme vous pouvez le constater. Il prie Allah mais son Allah à lui partagerait volontiers le pain et le vin avec notre Seigneur.

— Dieu soit loué ! s'écria le moine en entraînant les deux voyageurs vers l'hôtellerie. Nous n'avons pas de retraitants en ce moment. Les gens qui passent ne restent pas plus d'une nuit ou d'une demi-journée. Ce sont des hirondelles d'hiver. Ils viennent ici trouver un refuge juste le temps de reprendre leur souffle. Nul ne leur pose de question et ils sont si peu bavards... On jurerait qu'ils ont appris les règles monastiques depuis leur plus tendre enfance ! Ensuite, ils filent vers la Turquie, ou je ne sais où en Méditerranée.

Le monastère avait-il été l'asile de membres éminents du Baas, en échange d'une garantie de tranquillité pour ces représentants menacés de la chrétienté en terre d'islam ? Le moine se garda bien d'en dire davantage.

— Oui, beaucoup de monde quitte notre pays, et même du beau monde, renchérit Fadhil.

Nul ne chercha à poursuivre sur ce terrain. Michel se doutait bien que, pour se maintenir en ces lieux, les moines avaient dû faire quelques concessions au pouvoir qui venait à peine de s'effondrer. À Bagdad, les anciens maîtres du régime avaient perdu leur capacité de nuisance et d'intimidation auprès de la population. Ils ne cherchaient plus qu'à sauver leur peau en emportant les richesses qu'ils pouvaient, afin d'acheter leur fuite. Mais dans le Nord, là où la présence américaine était encore très limitée, faute pour l'état-major d'avoir pu entrer par la Turquie, les moustachus bassistes reconnaissables à leurs bérets vissés sur le crâne et à leurs uniformes couleur olive avaient encore quelques arguments à faire valoir pour être obéis des plus faibles. Les coups de revolver ou de simples bâtons étaient à ranger parmi les plus expéditifs d'entre eux. Certains anciens partisans de Saddam croyaient même pouvoir entamer une reconquête du pouvoir en soulevant derrière eux la horde des islamistes les plus fanatiques. Cela donnait au silence régnant sur la région une dimension inquiétante, comme le calme avant la tempête.

— Venez prendre du café chaud, proposa le religieux. Nous avons aussi du lait de chèvres, si vous êtes amateurs.

Ils s'installèrent dans une vaste salle de réfectoire où leurs pas résonnaient, et aussi leurs voix, bien qu'ils s'efforçassent de parler bas. Soudain, une cloche aigrelette tinta et le père portier disparut. D'une démarche qu'ils n'auraient pas imaginée si alerte, la capuche rabattue sur le crâne, le moine filait déjà vers la chapelle. On l'attendait pour le deuxième office du matin.

Ensemble et en silence, ils prirent place devant un bol de café fumant. Au bout de quelques minutes, ils entendirent monter les voix unies d'un chœur en prière, comme un chant de paix qui emplissait tout l'espace.

26

 Vers onze heures du matin, le frère portier revint vers ses hôtes et les conduisit au dortoir. Chacun prit une minuscule cellule aux murs blancs dont l'unique fenêtre, très étroite, donnait à perte de vue sur la grande plaine. Vers l'ouest se dessinaient les vallonnements derrière lesquels se trouvait Kirkuk, très loin. L'ameublement était des plus dépouillés. Il se limitait à une simple paillasse posée à même le sol et à une tablette installée près du point d'entrée de la lumière. Dessus étaient posés une bougie et un livre de prières dont le cuir était passé entre tant de mains que la couleur fauve était passée.
 Les deux hommes dormirent une grande partie de la journée. L'air était si léger, et leurs corps si lourds de la fatigue du voyage, que le sommeil vint tout seul. Par moments, Michel se réveillait l'espace de quelques secondes. Des pensées confuses se télescopaient dans son esprit avant de s'estomper aussitôt, d'un battement de cils qui le replongeait dans l'univers des songes. Quand il fut sur le point d'ouvrir les yeux pour de bon, restant voluptueusement dans cet état de somnolence qui permet à la conscience d'émerger par étapes, il douta d'avoir vraiment fait sauter ce pipe-line, se demandant s'il ne s'agissait pas du fruit de son imagination. Un cadre blanc s'inscrivit dans son regard, puis un deuxième, puis un troisième. Un regard circulaire sur les murs nus recouverts de chaux lui confirma qu'il était bien dans une de ces cellules monastiques dont son père, autrefois, l'avait rendu familier.
 Michel poussa un profond soupir de soulagement en s'éti-

rant. S'il se trouvait dans le dortoir des moines, c'était bien qu'il avait accompli son plan de sabotage. La voix de Fadhil, derrière la porte, qui demandait avec une légère insistance s'il dormait encore, finit de le rassurer sur la réalité.

— Je viens tout de suite, fit Michel.

Il se leva d'un bond. Dehors, le jour cédait du terrain. Le soleil disparaissait à toute allure derrière le fil de l'horizon. Il restait par la mince fenêtre de la cellule une lumière rougeoyante qui annonçait la nuit prochaine.

— À dormir comme ça, on va être décalés, fit le géant blond en ouvrant sa porte. Il faudra que nous trouvions de quoi nous occuper !

— Prier, par exemple... répliqua Fadhil d'un air qui ne plaisantait pas.

— Qu'est-ce que tu racontes ?

— Une terrible nouvelle est venue jusqu'ici, Michel. Ils ont tué notre imam Akim, près du mausolée d'Ali, à Nadjaf, ils ont fait sauter son auto, c'est terrible...

Michel le fit entrer dans sa cellule et s'assit aux côtés de son ami effondré. Lui qui s'attendait à recueillir les premières réactions après leur « exploit » de la nuit se trouvait soudain en pleine affaire de religion.

— Comment as-tu appris la nouvelle ? demanda Michel.

— Par le frère hôtelier. Il est venu se présenter à moi tout à l'heure. Je m'étais levé car j'avais soif. C'est lui qui m'a prévenu de ce drame. Il était aussi abattu que s'il avait été chiite comme moi.

Michel réfléchissait.

— L'imam Akim était un homme modéré, poursuivit Fadhil comme pour lui seul. Bien sûr, il avait vécu de longues années d'exil en Iran, et ses adversaires sunnites et les baasistes de Saddam le traitaient d'ayatollah. Mais il était tout sauf intégriste ou islamiste.

Il secoua la tête. Jamais Michel n'aurait pensé que le jeune ingénieur, avec qui il n'avait échangé jusqu'alors que des propos de technicien, pourrait être aussi bouleversé par l'assassinat d'un chef religieux.

— Le frère hôtelier, se risqua doucement Michel, il sait qui a fait le coup ?

— Il paraît que certains veulent faire passer ça pour une provocation des Américains.

– Quoi ?!
– *A priori*, ce sont des fondamentalistes religieux qui ont monté cet attentat. On parle de plus de quatre-vingts morts. Il faut des moyens pour préparer une telle opération. L'imam Akim avait dit haut et fort qu'il fallait collaborer avec la coalition qui avait débarrassé le pays de Saddam. C'était assez pour donner des envies de meurtre aux fedayin d'Oudaï, surtout après la mort des deux fils du raïs. Mais il est possible aussi que les coupables soient des intégristes étrangers liés à Al-Qaida.
– Tu parlais de provoc' américaine, juste avant...
– Je n'y crois guère. Tu sais bien que les Américains essaient de se trouver des raisons avouables de rester sur place, même si leurs gars se font buter. S'ils allument eux-mêmes la guerre des religions entre les différents courants du pays, ils se poseront en arbitres indispensables, et du coup indélogeables. Après tout, c'est possible. Tellement de choses sont possibles dans ce monde sans loi, tant de choses qu'on croyait inimaginables il y a encore si peu de temps...

Ils se tenaient silencieux l'un près de l'autre lorsqu'un bruit de souliers résonna dans le couloir. C'était le père abbé qui venait les saluer et leur apporter des nouvelles encore plus récentes.

– Michel ! s'exclama le moine, tu me reconnais au moins ?

Et sans attendre la réponse du colosse blond, il le serra contre sa bure de laine en lui donnant l'accolade.

– Bien sûr, vous n'avez pas changé ! fit Michel en se forçant à peine.

Ils ne s'étaient plus revus depuis sa dernière retraite au monastère, l'année de ses vingt ans, peu avant son départ pour l'Europe et les États-Unis. Avec son visage carré posé sur un cou jaillissant, tel un arbre, de son col ras, le père abbé ressemblait à un lutteur. Son œil vif et malicieux protégé par des petites lunettes rondes adoucissait son expression, mais sa carrure était imposante, tout comme ce crâne chauve sous lequel semblaient bouillonner des dizaines de pensées à la fois.

Il entraîna les deux hôtes du monastère dans le cloître et ils s'installèrent ensemble sur de petits sièges de pierre qui se faisaient face, à l'ombre de très vieux cèdres qu'on aurait cru rescapés du Déluge.

– C'est le meilleur moment, l'arrivée de la fraîcheur avec la nuit, remarqua le moine. Mais ne croyez pas que nous nous accrochons à notre bout de rocher par confort. D'ici, nous sommes plus au courant de la situation du pays que bien des gens vivant dans les villes où tout se passe. Les voyageurs qui montent jusqu'à nous sont trop heureux, une fois à l'abri, de nous raconter ce qu'ils ont vu en chemin, des carcasses de chars calcinés, des cadavres de pauvres gens laissés là sans sépultures, des Bédouins apeurés sous leurs tentes, qui s'écartent le plus loin possible des routes pour ne pas être rançonnés des dernières bêtes qu'il leur reste.

Il fut interrompu dans son propos par un frère chenu qui marchait plié en deux, comme si sa colonne vertébrale avait été plantée à l'horizontale de son bassin. Le vieux moine chuchota quelques mots à l'oreille du père abbé, qui hocha la tête en fermant les yeux à demi, dans cette position d'écoute propre à ces hommes de Dieu qui se privent de regarder quand il s'agit de mieux entendre.

Lorsque le prêtre hors d'âge en eut terminé, le père abbé pria ses hôtes de l'excuser.

— Un de nos pères doit être opéré rapidement d'une cataracte. Il risque de perdre la vue. Le seul médecin ophtalmologue qui aurait pu s'occuper de lui à Mossoul a migré vers la capitale au moment des premiers bombardements américains. Il n'est pas revenu depuis. Sans doute est-il resté là-bas, accablé par les tâches infinies qui doivent être les siennes. Tant de gens ont été blessés aux yeux. Pour le père Hilaire, c'est d'avoir tant et tant lu la parole de Dieu qui a dangereusement fatigué sa vue. Une auto va partir d'ici pour le conduire à l'hôpital central de Bagdad. Je m'absente un instant pour lui souhaiter un bon voyage.

À ces mots, Michel tressaillit.

— L'hôpital central de Bagdad ? répéta Michel.

— Oui, ils ont encore un très bon bloc opératoire, paraît-il.

Michel se retint de confirmer. Il n'avait pas envie de raconter les semaines qu'il avait passées là-bas.

— Qui conduit votre père à Bagdad ? demanda-t-il simplement.

— Nasser, notre homme à tout faire. Il est jardinier, chauffeur, cuisinier à l'occasion. Il va rouler de nuit, il fait beaucoup moins chaud et notre moine n'est pas tout jeune. Il sera de retour demain en fin de journée. Mais pourquoi ces questions, Michel ?

— C'est à cause d'une promesse que j'ai faite, articula le géant blond en rougissant un peu, comme sous l'emprise d'une forte émotion.

— Une promesse ? fit le père abbé en fronçant les sourcils.

— Je ne veux pas retarder votre convoi, reprit Michel. Le mois dernier, dans le service des enfants, j'ai fait la connaissance d'un petit garçon de douze ou treize ans. Toute sa famille avait péri dans un bombardement et lui seul en avait réchappé. Mais quand il s'est réveillé, il n'avait plus de bras.

— Mon Dieu ! murmura le moine qui restait là, figé sur ses jambes, à écouter Michel.

— J'ai promis de l'emmener en France, le jour où je partirai d'Irak. Je crois que le moment est venu.

Comme il prononçait ces mots, son regard croisa celui de Fadhil, qui hocha la tête en silence.

— Tu voudrais que Nasser le ramène ici ?

— Exactement, répondit Michel en libérant un large sourire.

Le moine gratta ostensiblement son crâne de lutteur.

— Est-il transportable, au moins ?

— Je suis certain que oui. Je lui ai dit de prendre des forces pour le jour où je viendrais le chercher.

— Mais est-ce qu'on va le laisser nous suivre ?

— Sans difficulté, si je vous donne un mot que Nasser devra remettre en mains propres à Nadia, l'infirmière en chef de la salle des enfants.

— Très bien, conclut le père. Je vais au-devant de notre pauvre Hilaire pendant que tu rédiges ta lettre. Je viendrai la chercher dans cinq minutes.

Michel s'exécuta en hâte, sous l'œil de Fadhil qui ne posa aucune question. Comme il écrivait, il vit apparaître le visage tourmenté d'Ali lorsque l'enfant se réveillait en constatant que ses bras ne repousseraient jamais. Avec une infinie patience, Michel lui avait alors parlé des chirurgiens français, des techniques de greffe, des prothèses modernes, légères et très résistantes. Il se souvint lui avoir raconté qu'il existait des jeux Olympiques pour les enfants privés d'enfance, des épreuves spéciales pour ceux qui avaient perdu un ou plusieurs membres, et qui devenaient des champions admirés dans le monde entier. Quand il remit sa lettre au père abbé, Michel eut le sentiment que le temps des miracles n'allait pas tarder.

27

Depuis la chute du raïs, les journaux avaient fleuri en Irak, à raison d'une dizaine de titres par semaine. C'était à se demander où les nouveaux patrons de presse, si modestes fussent-ils, pouvaient se procurer du papier et des systèmes d'encrage, sans parler des équipes de journalistes qui dans certains cas, il est vrai, se résumaient à une seule et même personne. Cette floraison ne fit pas complètement oublier l'ère d'Oudaï, que l'association de la presse irakienne avait nommé le plus sérieusement du monde « journaliste du siècle ». Mais il régnait à Bagdad et dans plusieurs grandes villes du Nord l'effervescence qui vient avec la chute des dictatures. On écrivait tout et n'importe quoi, la rumeur faisait office d'information, un jour pour dire que Ben Laden avait été vu à Kirkuk, un autre jour pour publier une soi-disant photo de Saddam Hussein affublé d'une barbe blanche. Le commentaire affirmait que Saddam avait cessé de se teindre les cheveux et qu'il était sans doute caché à Mossoul ou dans ses environs, comme l'étaient ses fils abattus.

C'est ainsi que le lendemain matin le frère hôtelier vint porter aux deux convives du réfectoire *Le Soleil de Mossoul*, un journal qui paraissait trois jours par semaine, les dates impaires. Si l'attentat contre l'imam Akim absorbait l'essentiel de l'espace, une page entière était consacrée au sabotage commis contre ce que le journaliste appelait « le réseau pétrolier ».

– Regarde ! s'enflamma Fadhil qui avait promptement retiré le journal des mains de Michel. Du beau travail. Ils ont l'air de penser que le pipe ne pourra plus entrer en service avant des mois, et encore, tout dépend de l'acheminement de gros tubes depuis la Syrie ou la Jordanie. Que dis-tu de ça ?

En même temps qu'il parlait, Fadhil brandissait la photo qui, sur une demi-page, montrait un épais nuage de fumée au-dessus du tube éventré. Une grosse flaque de pétrole s'était répandue de part et d'autre, donnant la preuve indiscutable que, à l'heure où l'explosif avait sauté, les maîtres d'œuvre du pipe-line étaient bel et bien en train d'évacuer du brut irakien en catimini.

– Pourvu que cette photo circule hors de nos frontières, renchérit encore Fadhil, pendant que Michel observait le silence. Ceux qui racontent que ce n'est pas une guerre pour le pétrole devront sérieusement revoir leur jugement.

Michel regarda sa montre. Il était à peine huit heures du matin. Il songea que la voiture convoyant le vieux moine avait maintenant pris à son bord le petit Ali. Il avait hâte de le revoir et de le serrer contre lui. À presque quarante ans, Michel n'avait pas d'enfant et il lui arrivait de souffrir de cette absence qui le ramenait à un autre vide : depuis que Maureen s'était mariée, jamais aucune femme ne l'avait remplacée à ses côtés, aucune femme à qui il aurait eu envie de faire un enfant. Maureen n'était plus de ce monde, et si beau qu'il fût, si attachant et digne de confiance, Michel vivait dans un grand désert affectif. Il ne manquait guère de volonté. Il savait bien qu'en amour la volonté entrait pour une bien faible part. Toutes ces idées le taraudaient pendant qu'il pensait à Ali, sans doute confortablement installé à l'arrière de l'auto de Nasser, une Toyota où il avait pu s'allonger de tout son long, à la place qu'avait occupée le moine.

L'enthousiasme de Fadhil faisait plaisir à voir. Au moins n'avait-il pas de sang sur les mains. Michel ne pouvait pas s'empêcher de trouver curieuse cette attitude : l'abattement de son ami endeuillé par la mort du grand imam, et sa joie sans nuage aussitôt après, une fois réussie la « mission pipe-line ». Dans les deux cas une explosion. Certes, pas de victime le long de l'oléoduc. Mais un pas supplémentaire dans l'engrenage de violence qui broyait peu à peu l'Irak de l'après-Saddam.

Après le deuxième office de la matinée, le père abbé vint retrouver ses hôtes. Il paraissait heureux de pouvoir confronter ses points de vue à ceux de jeunes hommes dont il sentait l'honnêteté et le courage. Il ne s'embarrassa pas de subterfuges pour leur dire le fond de sa pensée, pendant qu'ils attaquaient le troisième café d'une journée qui commençait à peine et s'annonçait bien longue.

— En assimilant les chrétiens d'Irak et ceux d'Amérique, Bush ne nous a pas rendu service. Il ne nous suffit pas d'être divisés. Voilà que nous sommes dans la ligne de mire !

— Vous êtes divisés ? s'étonna Fadhil.

Michel leva les sourcils.

— Ce n'est rien de le dire, répondit au vol le père abbé, comme s'il avait attendu cette question pour vider son cœur de religieux élevé dans l'amour de son prochain, avec toute la tolérance que supposait cet amour-là.

— Nous sommes ici, nous les chrétiens, depuis l'apôtre Thomas qui est venu évangéliser la Mésopotamie. Aujourd'hui, nous ne comptons que pour une infime partie de la population. Cette proportion s'élève quand on recense le nombre de médecins de notre confession, ou le nombre de diplomates. Mais l'Église assyrienne apostolique d'Orient a trouvé le moyen de s'offrir un schisme, si bien qu'elle compte désormais un patriarche à Chicago et un autre à Bagdad. Nous autres les Syriaques orthodoxes, voisinons avec les Syriaques catholiques, les Chaldéens, les Arméniens et les fraternités dominicaines. Difficile de parler d'une même voix, même quand le danger devrait nous inciter à collaborer. Et le danger n'a jamais été aussi grand.

— Plus grand que sous Saddam ? demanda Michel, quelque peu incrédule.

— Bien sûr. Avant, nous étions considérés comme des sous-citoyens mais on nous laissait tranquilles. À présent, c'est à peine si nous avons droit de cité. Les nôtres ont déjà reçu des menaces car les principaux courants islamiques sont persuadés que nous avons partie liée avec Washington. Ce sera très difficile de mettre fin à cette croyance injuste mais porteuse de mille règlements de comptes. Je vous le dis, Allah est revenu en Irak. Pas le Allah que nous respectons. Un Allah chargé de haine, aveuglé par sa haine. Et les attentats contre les responsables chiites ne vont rien arranger.

Il se tut. La cloche du monastère se mit à tinter. Le père abbé ne bougea pas, tout absorbé qu'il était dans ses pensées.

— Les dominicaines de la Présentation de Tours et les sœurs de Sainte-Catherine de Sienne vont porter assistance aux malades. Elles dirigent des classes, rassurent les enfants dont les parents ont disparu. Toutes sont irakiennes. Il en est pourtant pour leur cracher au visage, ou pire, pour les brutaliser sous prétexte qu'elles ont « couché avec Bush », comme le crient élégamment les jeunes islamistes.

Michel vit les mâchoires de Fadhil se crisper. Le jeune ingénieur n'aimait pas entendre parler de ces querelles religieuses. Les propos du moine lui confirmaient ses craintes les plus profondes.

— Puisque les Américains ont échoué à rétablir l'ordre, nous sommes entrés dans une ère du chacun pour soi. On dirait que l'armée d'occupation laisse les différentes composantes religieuses se porter des coups mutuels sans réagir, pour apparaître au final comme un arbitre au-dessus de la mêlée. En attendant, des gens meurent encore, bien que Bush ait déclaré « la fin des combats majeurs » dans notre pays.

Le moine et Michel approuvèrent.

— Nous savons que les talibans redressent la tête en Afghanistan, renchérit le père abbé. Faire tomber Saddam, c'était une bonne opération. On ne peut pas gagner la paix en laissant des tueurs et des pillards à l'œuvre partout. On dirait que les Américains souscrivent ici à la théorie du chaos.

— Sans doute, acquiesça Michel, l'esprit ralenti par son obsession de voir arriver l'auto que conduisait Nasser, avec Ali à l'intérieur. Quelque chose me paraît troublant, et même inquiétant.

— De quoi veux-tu parler ? demandèrent en chœur le moine et Fadhil.

Le géant blond se leva et marcha de long en large, comme pour aider sa pensée à cheminer en même temps qu'il mettait son corps en mouvement.

— Je me souviens du départ des troupes américaines de Beyrouth en 1983. Et du départ des mêmes troupes dix ans plus tard de Mogadiscio. Les deux fois, au Liban comme en Somalie, les marines avaient été sévèrement attaqués par des forces rebelles qui contestaient la présence des Etats-Unis, perçue comme une sorte d'ingérence et d'obstacle à la paix. Je suis persuadé que Washington ne veut plus supporter une telle humiliation. Regardons l'Amérique depuis l'an 2000. L'élection de Bush a été un scandale de la démocratie. On a vu tout l'archaïsme du système électoral de Floride, pourtant l'un des États les plus modernes de l'Union. L'année suivante, les attentats d'Al-Qaida ont jeté un doute terrible sur l'omnipotence américaine. Et maintenant, les voilà incapables de gendarmer l'Irak, inaptes à inventer la paix.

— Leur projet de gouvernement provisoire à Bagdad est un leurre, approuva le père abbé pour apporter de l'eau au moulin de Michel. Chaque représentant des principaux courants présidera l'exécutif pendant un mois ou deux avant de laisser la place. C'est appliquer le vieil adage « diviser pour mieux régner ».

— Oui. Manifestement, les Américains ne veulent pas partir comme ça, reprit Michel. On dirait au bout du compte que toutes ces morts les arrangent en justifiant leur présence ici. Plus les courants religieux vont s'affronter, plus ils se croiront indispensables, même s'ils essuient des pertes ponctuelles.

— Il paraît qu'ils ont prolongé de six mois le mandat des réservistes, ajouta Fadhil. Mais il ne faut pas s'illusionner. Derrière ces attentats, les Américains ne peuvent pas l'ignorer, je jurerais qu'on trouve aussi les anciens services secrets de Saddam.

— Les Moukhabarat ? fit le père abbé en écarquillant les yeux, comme s'il avait prononcé le nom du diable.

— Parfaitement, répondit Fadhil.

Tous trois se turent. Une cloche résonna sous les voûtes ombrées du cloître. Un nouvel office allait commencer.

— Je vous abandonne, fit le moine. À moins que vous ne vouliez venir prier avec nous.

Il s'était adressé à Fadhil autant qu'à Michel.

— C'est une excellente idée, fit le jeune chiite. Je suis sûr que nous prions pour le même idéal, même si le visage diffère.

— Pas tant que cela, répondit le père abbé en esquissant un sourire.

Ils partirent en direction de la chapelle. Michel fermait la marche. « Tout pourrait être si simple », songea-t-il en voyant avancer côte à côte le petit Fadhil et la grande carcasse du moine. Il se dit aussi que son père adoptif aurait été heureux de savoir son fils ici, dans cette maison de Dieu ouverte aux cœurs tolérants. Il s'aperçut dès les premières minutes de l'office qu'il connaissait encore les paroles du chant d'adoration. « Sois remercié, Seigneur, des bienfaits que tu nous as apportés. Sois remercié, Seigneur, pour la vie que tu nous as donnée. »

Pendant ce temps, loin de là, dans le bureau ovale de la Maison-Blanche, une longue et chaude journée s'annonçait. En bras de chemise et sans cravate, les joues pas encore rasées, George W. Bush se penchait sur le discours qu'il prononcerait quelques heures plus tard devant toutes les télévisions. Il s'agissait de ciseler des phrases courtes et compréhensibles par tous, pour une fois. « Nous sommes allés en Irak en libérateurs, et nous en partirons en libérateurs », écrivit-il sur une feuille encore immaculée. Puis il répéta cette phrase sans regarder la feuille. Il songea que c'était une bonne manière de semer l'espoir à tout-va, sans rien céder.

28

D'abord il y eut ce visage ensanglanté. Et ce corps titubant, les habits déchiquetés, ce corps marchant comme une mécanique. Comme ces canards à qui l'on a tranché la tête mais qui réussissent encore à avancer un peu, mus par une ultime pulsion nerveuse. Mais ce corps-là avait toute sa tête, une tête semblable à une torche tant elle était laquée de sang.

C'est Fadhil qui le vit le premier. Il songea à ces chiites flagellants qui en l'honneur du Prophète s'entaillent le cuir chevelu à coups de sabre et se fouettent le dos pour prouver qu'ils pourraient donner leur vie, s'il le fallait. Là, il ne s'agissait pas d'un fanatique de la foi.

Le trio s'était reformé après l'office de la mi-journée. Prier les avait apaisés. Ils avaient déjeuné de quelques tomates tranchées en fines rondelles, et de concombres à la chair d'un vert quasi transparent. Le père abbé avait sorti un vin rouge venu de Turquie, auquel Fadhil avait fait honneur. Michel y avait à peine trempé ses lèvres, tout en le jugeant bien supérieur à tous les vins de messe des églises d'Irak, ce qui combla d'aise le moine.

Visiblement, l'homme blessé avait accédé au monastère par le même trou de souris dans lequel s'étaient faufilés Michel et Fadhil. Comment avait-il trouvé son chemin ? Comment, surtout, était-il parvenu à se hisser le long de la corde lisse, lui dont le corps entier, des épaules à la plante des pieds, semblait ne former qu'une seule plaie ? Fadhil regardait dans sa direction quand il le vit tituber. Il se dressa pendant que Michel et l'abbé se tournaient à leur tour vers l'incroyable visiteur. Celui-ci poussa un cri étouffé dès qu'il aperçut Michel. Il accéléra, essaya même de courir mais manqua de tomber en trébuchant sur l'allée de gravier qui menait à la terrasse de pierre où étaient installés les trois hommes. Michel eut le réflexe de le rattraper *in extremis* et c'est dans ses bras que l'homme s'évanouit.

Ils l'allongèrent sur une couverture à même le sol, à l'ombre, craignant de le transporter plus loin. Michel ne lâchait pas des yeux ce visage déformé qui ne lui était pas inconnu. Il avait croisé tant de figures nouvelles au cours de ces dernières semaines. Il se demanda si le malheureux n'était pas un de ses compagnons de cellule, au camp Cropper. Non, ce n'était pas ça. Pendant sa détention dans le camp américain, il n'avait parlé à personne. Il était trop faible pour cela, et si méfiant qu'il avait fini par se demander si des faux prisonniers n'avaient pas été mélangés aux vrais, pour extorquer des confidences dans les moments de désarroi où l'on se sent si seul au monde que parler à un étranger devient le seul soulagement possible.

Ce gisant étendu à ses pieds, Michel en était certain : il lui avait déjà parlé. Il connaissait le son de sa voix.

Le géant blond ferma les yeux avec l'espoir de faire coïncider ce qu'il devinait de ce visage avec la voix qu'il avait entendue. Cela ne vint pas aussitôt. Pendant qu'un moine secouriste évaluait la gravité des blessures sur ce corps taillé de toutes parts, Michel interrogeait intensément sa mémoire, tournait et retournait ses souvenirs les plus pénibles, car il savait d'instinct que cet homme avait eu à voir avec sa propre douleur.

Soudain, il trouva. Et instantanément, il poussa un cri.

— Que se passe-t-il ? demanda le père abbé.

— Cet homme, là, c'est Saddam !

— Comment ? Saddam ? Quel Saddam ? Pas Saddam Hussein ?

— Non, un brave type qui a perdu sa famille à Bagdad au moment de l'attaque américaine dans les faubourgs de la ville. J'ai oublié son prénom. Je me souviens juste qu'il se faisait appeler Saddam.

— Où l'as-tu connu ? fit Fadhil.

Michel resta de nouveau silencieux, comme prostré. On aurait cru qu'un film défilait en arrière dans sa tête, et que chaque image le menait vers un point qu'il était seul à pouvoir identifier.

Soudain, le géant blond eut comme une illumination et son visage se crispa. Un scénario d'horreur venait de traverser son esprit.

— Quelle heure est-il ? demanda-t-il brusquement.

— Un peu plus de trois heures, répondit le moine, pourquoi donc ?

— Votre chauffeur ne devrait pas déjà être rentré de Bagdad ? Vous m'avez bien dit que vous l'attendiez pour le début de la matinée, n'est-ce pas ?

— C'est ma foi vrai, fit l'abbé. Il a pu s'arrêter en route pour dormir un peu. Et puis, avec tous ces contrôles... Explique-toi, Michel, au lieu de nous laisser dans une ignorance affreuse.

Michel se laissa tomber sur une chaise et inclina la tête dans la direction du blessé, dont le visage reprenait peu à peu ses traits familiers à mesure que le moine secouriste nettoyait quelques-unes de ses plaies. Doucement mais avec des gestes précis, il épongeait aussi le sang qui continuait de suinter vers l'arcade sourcilière et le long du nez.

— Voilà, cela me revient. Il s'appelle Abdul.

— D'où le connais-tu ? Et comment est-il arrivé jusqu'ici ? le pressait le père abbé.

— Justement, fit Michel en essayant de garder son sang-froid. Il ne pouvait pas savoir que je me trouvais au monastère. Sauf, sauf...

Michel s'arrêta de nouveau et regarda le blessé comme s'il croyait pouvoir le faire parler en posant seulement ses yeux sur lui.

— On dirait qu'il dort, lança Fadhil.

— C'est troublant comme le sommeil peut ressembler à la mort, quelquefois, observa Michel en essayant de voir si Abdul respirait.

Il fixa un point sur sa poitrine et finit par voir qu'elle se soulevait par intermittence, de façon infime. Et sa bouche restait close. Une bulle de sang se forma sous une de ses narines, que le moine secouriste effaça aussitôt avec un coton humide qu'il retira tout poisseux.

— Il est arrivé malheur à votre chauffeur, et aussi à Ali, finit par dire Michel d'une voix froide, presque métallique.

— Qu'en sais-tu ? Ce n'est pas possible ! s'écria le père abbé. Tu ne vas pas bien, Michel, tu devrais aller te reposer.

Et le moine posa sa main sur l'épaule du géant blond tout

en roulant des yeux en direction de Fadhil. D'un geste d'une brusquerie inhabituelle, Michel se dégagea.

— Vous ne comprenez donc pas ? C'est pourtant simple, terriblement simple. Nasser a dû se présenter à la salle des enfants de l'hôpital, et demander Nadia. L'infirmière l'aura conduit auprès d'Ali et l'aura aidé à se préparer pour qu'il le suive. J'imagine qu'Abdul a dû se réveiller, ou alors il ne dormait pas. Il a sûrement insisté pour que votre chauffeur l'emmène lui aussi. Et je connais Abdul. Du fond de son brancard, il aurait déplacé des montagnes à lui tout seul. Alors s'il avait repris du poil de la bête, il n'a pas eu à se forcer trop pour convaincre Nasser.

— Tu veux dire... fit le père abbé qui commençait à comprendre.

— Oui, laissa tomber Michel.

Et il se retint de pleurer.

En début de soirée, le blessé reprit connaissance pendant quelques minutes, juste le temps de dire à Michel que l'auto avait explosé sur une mine.

— La route et les pistes en sont truffées, confirma l'abbé. Des mines de fabrication artisanale, le plus souvent. On ne sait pas bien qui les pose, et on ne sait guère qui saute dessus, mais une chose est certaine : ces engins tuent chaque jour. Quelle misère...

Avant la nuit, Abdul avait été transporté dans une cellule de l'hôtellerie. C'est là qu'il rendit l'âme sans avoir donné plus de détails sur la mortelle équipée qui l'avait conduit jusqu'ici. Michel ne tenait plus en place. Il voulut partir sur-le-champ à la recherche de la carcasse de l'auto. Sans doute l'abbé savait-il quel itinéraire empruntait son chauffeur.

— Il en changeait tout le temps, expliqua le moine. Et que trouverons-nous en pleine nuit ? Nous risquons de nous perdre, ou de faire de mauvaises rencontres, plaida-t-il.

Michel ne voulait rien entendre. Il était comme fou de chagrin et de rage. Dire que c'était par sa volonté, sa volonté à lui seul, et parce qu'elle avait confiance en lui, que Nadia avait laissé partir Ali ! Que n'était-il allé le chercher lui-même, au moins serait-il mort avec lui !

Au lieu de cela, l'enfant s'était mis sur ses jambes en entendant le nom de Michel et il était allé au-devant de sa mort. Jamais il ne pourrait se pardonner ce drame.

Peut-être l'espoir subsistait-il de retrouver Ali et le chauffeur vivants. L'esprit de Michel tournait à plein régime. Il essayait de se raccrocher au plus petit espoir. Et si Abdul avait mis le chauffeur et l'enfant en sécurité dans une de ces caches en pisé, légèrement à l'écart des pistes ?

— Donnez-moi une voiture, Père, je vous en supplie, je veux partir à leur recherche.

— Je viens avec toi, fit Fadhil.

— Il y a bien une camionnette bâchée, dans une dépendance, annonça le moine d'une voix blanche. Les sœurs s'en servent les jours de marché, pour le transport des légumes.

— Il y a de l'essence ? demanda Michel.

— Si le réservoir est vide, tu trouveras des jerricans près du portail.

— Merci, fit Michel.

Il sentit que le père abbé hésitait à dire quelque chose.

— Alors on y va...

— Et si je vous accompagnais moi aussi. Après tout, Nasser était... est notre chauffeur. Tu as raison, il reste aussi des chances qu'ils soient tous en vie.

Au fond de lui, et au vu des blessures terribles qui avaient eu raison d'Abdul, Michel doutait que le chauffeur et l'enfant aient survécu à leurs inévitables blessures. S'il tenait tant à les retrouver, c'était pour se donner la sensation d'agir, de ne pas rester là les bras ballants à prier dans le vide. L'espoir de les récupérer vivants lui paraissait dérisoire, sinon inexistant.

— Votre place n'est pas avec nous, finit par répondre Michel. Supposez qu'il nous arrive un accident...

— Je sais que la nuit, sur ces routes, les patrouilles américaines passent régulièrement. Ils ne nous aiment pas trop en tant que chrétiens, mais ils ne feraient rien contre nous.

— On ne sait jamais, fit Michel, qui se garda bien d'épiloguer sur ce dont étaient ou non capables les marines livrés à eux-mêmes dans ce que certains stratèges du parti démocrate, au Congrès américain, appelaient déjà un bourbier.

Moins d'un quart d'heure plus tard, Michel et Fadhil dévalaient à toute vitesse la grande colline. Agenouillé sur un prie-dieu de la chapelle, le père abbé s'en remettait au Très-Haut. À Washington, George W. Bush venait de marquer un point dans l'opinion avec sa formule rodée au petit matin : « Et nous quitterons l'Irak en libérateurs. »

29

Une odeur de légumes qui ont chauffé au soleil flottait dans l'habitacle de la camionnette. Michel avait pris le volant. Il connaissait bien cette région, les pistes et les campements de Bédouins qui se déplaçaient suivant les repousses d'arbustes pour leurs troupeaux, toujours plus au nord. Du temps de ses grandes manœuvres contrebandières, il avait sillonné les zones frontalières en quête de chemins buissonniers, pour échapper au contrôle vétilleux des exportations de pétrole par les agents des Nations unies.

— Quelle route prends-tu ? demanda Fadhil pour rompre le silence qui pesait plus encore que le soleil, depuis une heure déjà qu'ils avaient quitté le monastère.

— Par là, fit vaguement Michel d'un mouvement de menton.

Il n'avait guère le cœur à parler. S'il avait ouvert la bouche, c'eût été pour se blâmer une fois encore d'avoir imaginé le rapatriement d'Ali. Il tournait dans sa tête les mêmes idées sombres, les mêmes reproches qu'il ne finirait jamais de s'adresser : s'il avait laissé l'enfant là où il était, il serait encore en vie, et Abdul n'aurait pas eu la tentation de l'accompagner. Le chauffeur du père abbé serait rentré plus vite au monastère et il y avait fort à parier qu'il n'aurait pas sauté sur une de ces mines artisanales dont les pistes étaient infestées plus que de serpents.

Les deux hommes se doutaient bien qu'ils ne retrouveraient de la Toyota grise, si d'aventure ils tombaient dessus, qu'une carcasse calcinée. Au fond de lui, Fadhil espérait qu'ils passeraient à côté sans la voir, car ce spectacle serait de nature à aggraver l'état dépressif qui avait gagné Michel. Pour rompre le silence, il pianota du bout des doigts sur les boutons de fréquence de la radio. Un souffle aigu séparait les stations, et le jeune ingénieur baissa légèrement le son pour ne pas avoir les oreilles vrillées par ces sifflements intempestifs. Des voix parvenaient çà et là, rapides, comme s'il se fût agi de commenter un match de football dans ses phases offensives, ou une course de chevaux. Mais rien n'était assez audible pour rester plus de trois secondes à l'écoute. À force de chercher, Fadhil finit par tomber sur un journal parlé en anglais, émis semble-t-il depuis Le Caire ou Ankara. Le commentateur brossait le portrait élogieux du Brésilien Sergio Vieira de Mello, le représentant spécial de l'ONU à Bagdad, en parlant de lui au passé. « C'était un homme brillant et charmeur », disait le commentateur, « il s'était prononcé à maintes reprises en faveur d'un gouvernement irakien autonome, estimant qu'aucun étranger ne pourrait aujourd'hui diriger le pays. Âgé de cinquante-cinq ans, ce spécialiste des questions humanitaires diplômé de philosophie à la Sorbonne... »

Michel monta le son.

– C'est pas vrai ! fit-il. Ils ont tué Vieira de Mello ?

Incrédule, il attendit d'autres développements. L'explication ne tarda pas. Un camion piégé avait fait un véritable carnage à peine une heure plus tôt en détruisant le quartier général de l'ONU. Un camion de ciment bourré d'explosifs.

– Où va-t-on ? balbutia Fadhil. Hier l'imam Akim. Maintenant Vieira de Mello. Mais que veulent-ils ? Et qui sont-ils ?

– C'est assez simple à comprendre, soupira Michel. Qu'ils le veuillent ou non, les diplomates onusiens sont assimilés aux Américains. Le processus d'identification est total. C'est injuste et c'est un comble, vu que Bush a décidé de la guerre sans obtenir l'aval des Nations unies. Voilà où mène l'unilatéralisme, la tentation de vouloir tout faire tout seul. Résultat, on tue l'imam, on tue Vieira de Mello, on tue le chauffeur Nasser, des gosses sans bras comme Ali ou des déjà morts vivants comme Abdul !

Michel s'énervait tout seul pendant que la radio faisait état d'un premier bilan de l'attentat, au moins une quinzaine de morts et plusieurs centaines de blessés.

Soudain l'auto pila net. Michel avait appuyé brusquement sur la pédale de frein, si fort que la camionnette cala.

– Qu'est-ce qui se passe ? hurla Fadhil. Tu as vu quelque chose ?

L'ingénieur regarda à la dérobée autour de lui, comme s'il craignait de découvrir un spectacle terrible, pendant que la radio donnait toujours des détails accablants de l'explosion qui venait de souffler le bâtiment de l'ONU.

— Il y a une mine ? demanda encore Fadhil, à mi-voix cette fois, et l'air de n'en mener pas large.

— Non, Fadhil. Il n'y a rien. Rien du tout. Il n'y a plus rien. Nous allons rentrer. Faisons demi-tour. D'accord, hein ? On rentre. On ne va pas risquer d'y passer pour trouver plus morts que nous, n'est-ce pas ?

Michel parlait doucement, comme s'il avait mûrement réfléchi chacune de ses paroles. Fadhil essaya de sourire.

— Tu as raison, Michel, nous allons rentrer. Et si tu veux, je vais prendre le volant.

— C'est inutile. Tout va bien.

Fadhil poussa un soupir de soulagement. Avec son index, Michel repoussa le bouton de la radio. Il en avait assez entendu. Le silence enveloppa de nouveau la cabine. Jusqu'au moment où Michel ne put s'empêcher de lancer, une rage froide contenue dans la voix :

— Tu ne crois pas qu'ils auraient pu au moins assurer la sécurité du personnel diplomatique ?

— Tu parles de la police irakienne...

— Mais non ! Des Américains, pardi ! Ils bombent le torse à longueur de journée en nous assénant que cent cinquante mille GI's sont près d'avoir la situation sous contrôle et ils ne sont pas fichus de maintenir en vie ceux qui représentent la paix dans ce pays ! Pas plus qu'ils n'ont protégé Maureen, ajouta-t-il plus bas.

— Maureen ?

Michel hésita, s'en voulant d'avoir lâché son nom.

— Maureen la chanteuse ? insista Fadhil.

— Exact, répondit Michel sur un ton qui ne laissait guère de place à une nouvelle question.

— Je comprends ton indignation, fit le jeune ingénieur à propos de l'attentat survenu quelques instants plus tôt à Bagdad. Mais je ne crois pas que les fonctionnaires de l'ONU tenaient tant que cela à voir une unité américaine encercler leur bâtiment.

— Je te l'accorde, admit Michel. Mais tu sais aussi bien que moi qu'il y a des moyens moins voyants et tout aussi efficaces pour sanctuariser un lieu. D'autant que l'immeuble du QG de l'ONU était moins grand que le moindre palais de Saddam.

Cette fois, le géant blond aux traits tendus avait eu le dernier mot.

Quand ils ne furent plus qu'à quelques kilomètres du monastère, Michel s'adressa à Fadhil. Visiblement, une idée lui trottait dans la tête, qu'il ne pouvait entièrement dévoiler à son ami.

– Dès que possible, je vais partir en France, fit-il en jetant un coup d'œil en direction de Fadhil pour épier sa réaction.

– En France ! Mais je viens avec toi, Michel.

– Non, impossible. J'ai besoin de toi ici.

– Besoin de moi ? Mais pour quoi faire ?

– Je vais t'expliquer.

La camionnette s'était engagée dans les premières pentes qui menaient au monastère. Cette fois, ils durent faire la boucle complète pour ramener le véhicule au garage qui se trouvait près de l'entrée principale. Ils jetèrent le même regard en direction de la falaise, quand ils passèrent à proximité du trou creusé dans la roche. En ralentissant, ils virent que la corde pendait, maculée de taches sombres. Nul ne prononça une parole mais l'un et l'autre eurent une pensée pour Abdul, qui s'était hissé jusque-là grâce à la dernière énergie du désespoir.

Malgré les aigus du moteur, Michel put exposer par le détail une partie de son plan. Fadhil se fit donner quelques précisions puis acquiesça. Lorsque les deux hommes se présentèrent devant le grand portail en cèdre de l'abbaye, leurs yeux brillaient d'une étrange lueur qui n'échappa pas au père abbé.

– Vous avez l'œil de ceux qui vont se venger ! s'écria-t-il avec un air réprobateur.

– Ne craignez rien, fit Michel, c'est seulement une apparence, et vous savez bien, vous les hommes de foi, qu'il ne faut jamais se fier aux apparences.

– Ni à ce qui se cache derrière, ajouta Fadhil pour détendre l'atmosphère.

Ils se dirigèrent directement vers le réfectoire de l'hôtellerie.

– Vous avez retrouvé le véhicule ? demanda l'abbé.

Le jeune ingénieur secoua la tête de gauche à droite pendant que Michel se servait un verre d'eau fraîche. Il but en fermant les yeux, puis dévisagea le moine.

– Non, rien du tout. Et puis à quoi bon ?

– C'est mieux comme ça, admit l'ecclésiastique. Nous avons

creusé un trou pour Abdul. Vu sa religion, nous l'enterrons à même la terre, roulé dans un drap blanc. Nous vous attendions pour la cérémonie.

— Bien, répondit Michel. Nous vous suivons.

Tous les moines de l'abbaye, des plus robustes aux plus fragiles, avaient tenu à être présents. Michel n'avait pas imaginé qu'ils puissent être si nombreux, avec leur teint parcheminé comme s'ils avaient vécu dans un pays où le soleil ne brille jamais, ou seulement de très loin. Ils étaient une bonne trentaine et s'étaient groupés autour du frère prieur qui rendit grâce au défunt dans un langage que n'aurait pas renié un musulman. Son visage avait été patiemment nettoyé. Les hématomes de ses arcades s'étaient un peu résorbés. Michel put reconnaître pour la première fois, pour la dernière aussi, cet homme ardent et courageux, si dur au mal, qu'il avait rencontré dans cet hôpital de Bagdad au moment de son infortune.

Il jeta un coup d'œil vers Fadhil et ce regard posé sur lui était une invitation aussi intense que silencieuse, une supplique muette pour le prier de prendre soin de lui, de ne pas mourir à son tour. Tant d'êtres chers avaient disparu près de lui, à commencer par son père adoptif, puis Maureen, et Naas, et maintenant Ali et Abdul, sans oublier le chauffeur Nasser qu'il avait à peine entr'aperçu, mais assez pour l'avoir un tant soit peu connu.

Des chants religieux montèrent, et les deux hommes s'étonnèrent, après deux prières parlées, d'entendre ces vieux moines psalmodier quelques mots d'arabe. Il fut question de sacrifice et de vie éternelle, preuve que l'espoir était une valeur franchissant les frontières et les langues.

Lorsque la cérémonie fut terminée, que plusieurs pelletées de terre eurent enseveli le corps et fait disparaître à jamais le visage apaisé d'Abdul, les deux complices s'éloignèrent.

— Tu sais comment agir, une fois sur le Chatt Al-Arab ? demanda Michel.

— Sois tranquille, répondit Fadhil. J'ai gardé les contacts pour les camions-citernes. J'ai un plan pour ravitailler les vieux pétroliers aux coques rouillées. Je te garantis l'arrivée de la marchandise à bon port. Après, ce sera à toi de jouer pour l'encaissement.

— Ça, tu peux compter sur moi, fit Michel à voix basse.

Déjà une page se tournait. À l'aube du lendemain, Fadhil prit la direction du sud avec une mission précise à accomplir dans les terminaux clandestins d'hydrocarbures situés sur la rive droite du fleuve. Quant au géant blond, il suivit la filière des moines pour atteindre la Méditerranée après un périple à dos d'âne puis en autobus à travers la Syrie. Deux jours plus tard, il embarquait à bord d'un bateau de ligne qui mouillait dans les eaux du Bosphore, à destination de Toulon. Il arriva à Paris dans la première semaine de septembre. Mais il ne pensait qu'au moment où il reviendrait à Bagdad accomplir son dessein, pour lequel Fadhil s'activait déjà sur les rives du golfe Persique.

30

Un ciel immaculé dominait Paris, en cette fin de matinée radieuse. Depuis les quais de Seine, on pouvait voir au loin la meringue blanche du Sacré-Cœur ou, vers l'ouest, les grands totems de la Défense que dominait, ruisselante de verre et d'acier, la tour Tatoil. Le téléphone sonna dans un bureau du cinquante-septième étage, au département Moyen-Orient. Une secrétaire décrocha dès la deuxième sonnerie. La consigne avait été donnée au personnel de ne jamais laisser un téléphone sonner plus de trois fois. Il fallait se montrer rapide et efficace, ne jamais donner l'impression, à quiconque appelait le siège du groupe, qu'on restait à bavarder près des téléphones sans décrocher.

— Tatoil Moyen-Orient, j'écoute, fit la voix suave de la secrétaire.

Au bout de la ligne, un homme au français impeccable mais dont on sentait dans le timbre les intonations de la langue arabe demanda à parler à Gilles Augagneur.

— De la part de qui ? demanda la secrétaire.
— C'est personnel.
— Il vous connaît ?
— Oui, mademoiselle, et c'est urgent.

Une musique de Vivaldi censée faire patienter l'interlocuteur inonda le combiné. À la moitié du *Printemps*, entrecoupé d'un message enregistré rappelant « nous nous efforçons d'écouter votre attente de la façon la plus agréable », la communication fut enfin transférée.

— Augagneur, j'écoute.
— Gilles ?
— Oui, mais qui êtes-vous ?
— Si je te dis « réunion de l'OPEP, Vienne 92. Un million de barils »...?
Il y eut un silence au bout du fil.
— Je n'aime pas jouer aux devinettes, se rembrunit Augagneur.
— C'est que tu as perdu le sens de l'humour ! Je continue. L'Italien de la rue Sadoun à Bagdad, et les combats de coq du vieux café des souks, au bord du Tigre.
— Bon Dieu ! Michel ?
— On peut dire que tu as mis le temps ! s'écria le géant blond.
— Où es-tu ? Figure-toi que j'étais à Bagdad pas plus tard qu'il y a dix jours !
— Je sais.
— Comment ça, tu sais ?
— Tu laisses même des traces de ton passage, attention, c'est compromettant ! J'ai sous les yeux une carte de visite que tu as remise, en mains propres j'imagine, à notre ami Jenckins.
— Tu parles d'un ami. Un butor, oui, un sale faiseur de fric pour le compte des Texans. Heureusement que les Ricains ne sont pas tous comme ces voyous du clan de Dick Cheney.
— Tout doux, l'ami. Aimes-tu les voyages en bateau ?
Les yeux d'Augagneur s'agrandirent de surprise.
— Pourquoi me parles-tu de bateau ?
— Parce qu'à l'heure où je te parle, je suis en bord de Seine, près du pont de l'Alma, et il y a un bateau-mouche qui part dans trente-cinq minutes. J'achète deux billets et je t'attends sur l'embarcadère.
— Mais je connais ce truc par cœur, je l'ai fait cent fois avec les enfants et...
— Ce n'est pas un voyage que je te propose, c'est un marché. Et il est certains marchés qu'il vaut mieux conclure au milieu des touristes qui s'exclament devant le zouave du pont de l'Alma ou le nez levé devant les tours de Notre-Dame, tu comprends ?
— Oui ! fit Augagneur avant de raccrocher. Je saute dans un taxi et j'arrive.
— À la bonne heure ! s'écria Michel.
Dans l'ascenseur qui plongeait du cinquante-septième étage de la tour jusqu'à l'entresol, Augagneur essaya de réfléchir en

suivant le voyant lumineux sauter d'un chiffre à l'autre, 52... 46... 38... 24... 18. Pendant les années d'embargo, il avait fait avec Samara d'excellentes affaires. Les deux hommes s'étaient entendus sur des cargaisons à écouler en contrebande vers les pays d'Europe où Tatoil était bien implanté. Le pétrole irakien interdit à la vente était maquillé en brent de la mer du Nord. Certains experts avaient noté une augmentation spectaculaire de la production censée venir des plates-formes offshore situées au large de l'Écosse, mais la direction de Tatoil avait mis en avant les excellents résultats de prospection et l'amélioration déterminante de l'extraction de l'huile en eaux profondes pour justifier ces chiffres faramineux. En réalité, pendant une bonne décennie, les cargaisons de brent de la mer du Nord raffinées puis écoulées par Tatoil sur les marchés mondiaux provenaient des terminaux clandestins du Chatt Al-Arab, précisément là où Fadhil était à la manœuvre.

À cette époque, Gilles Augagneur était une pièce maîtresse de ce dispositif. Michel Samara l'avait rencontré à l'occasion d'un de ces combats de coqs qu'ils affectionnaient dans les nuits bagdadies. Augagneur était venu flairer la bonne affaire, convaincu que les embargos fournissent les meilleures occasions de développer des réseaux parallèles juteux à condition de posséder quelques infrastructures opérationnelles : des terminaux, des bateaux, et des points de chute pour faire disparaître la marchandise. Il avait convaincu un de ses directeurs de l'export que si le pétrole irakien était interdit à l'achat, il n'était pas nécessairement interdit à la vente, dès lors que son conditionnement portait l'estampille d'une société réputée. Du pétrole irakien, non. Du pétrole irakien rebaptisé « mer du Nord Tatoil », trois fois oui. La qualité des brents entre la mer du Nord et les puits irakiens était sensiblement équivalente, même si le pétrole du golfe Persique était un peu plus lourd mais moins corrosif, eu égard à l'absence de sel inhérent au brent « marin ».

Gilles Augagneur remuait tous ces souvenirs dans sa tête en demandant au taxi de le conduire au plus vite à l'embarcadère de l'Alma. Le chauffeur se fit répéter deux fois la destination et essaya de dissimuler sa surprise. Il fut tenté de demander à Augagneur s'ils avaient trouvé du pétrole dans la Seine, mais le visage absorbé du jeune cadre tiré à quatre épingles le dissuada de faire de l'humour.

Combien d'argent avait-il gagné grâce au faux brent de mer

du Nord ? Ses commissions étaient de l'ordre de cent mille dollars par cargaison. Il en avait en gros écoulé une vingtaine, une par semestre pendant dix ans. C'est à cette époque qu'il avait acheté son manoir du Vésinet donnant directement sur le lac des Ibis. Et aussi le chalet de Megève. Et bien sûr la maison de l'île de Ré, avec une vue imprenable sur le Fier d'Ars. Tous ses enfants étaient inscrits dans une école privée. Lui-même adhérait aux clubs de tennis et de polo les plus chics de la région parisienne. Il ne s'habillait plus qu'avec des vêtements sur mesure, tout comme Patricia, son épouse, qui connaissait désormais les quartiers commerçants ultra-chics de Londres et de New York mieux que ceux du faubourg Saint-Honoré. Augagneur aimait gagner. C'était dans ses gènes comme dans son patronyme. « L'argent me fait bander », disait-il à ses proches et même à sa femme, que cette vulgarité excitait beaucoup. On connaissait à Augagneur beaucoup de maîtresses, des « deuxième et troisième bureaux » comme disait son collègue gabonais chargé de la prospection du golfe de Guinée. Il lui fallait de l'argent, toujours plus d'argent. Cela, Michel Samara l'avait compris depuis longtemps. Il savait que le Français cupide viendrait très vite lui manger dans la main.

Un coup de sirène signala brusquement le démarrage du bateau-mouche. Le personnel de bord portait ce jour-là des habits sombres. Le patron de la société, un octogénaire milliardaire connu pour ses idées d'extrême droite, venait de succomber la veille à une crise cardiaque. « Il a été agressé dans sa voiture, expliquait le capitaine du bateau à un homme d'une cinquantaine d'années qui semblait être un habitué. Un vol à la portière. Tout ça pour dix malheureux billets de vingt euros qu'il avait dans son portefeuille... » L'embarcation prit un peu de vitesse et une brise légère vint emplir les oreilles des voyageurs qui s'étaient assis sur les sièges en plastique rouge du pont supérieur. Une bande enregistrée se mit à indiquer en plusieurs langues les monuments aperçus sur la rive droite, puis sur la rive gauche. Des murmures accueillirent le passage devant l'Académie française. « C'est là qu'est enterré San Antonio ! » plaisantait un vieil anar en blouson de cuir, malgré la chaleur. « Pas du tout ! répliqua une femme d'allure stricte qui enseignait visiblement à son fils d'une douzaine d'années la grandeur du grand Paris. Pas du tout ! Frédéric Dard n'a même jamais été reçu sous la Coupole ! Et puis quoi encore ! »

Quand le bateau-mouche eut pris son allure de croisière, les deux hommes se mirent à bavarder sur un ton badin, comme s'il se fût agi d'évoquer nonchalamment quelques souvenirs de potaches. Avant l'arrivée d'Augagneur, Michel avait réfléchi à ce qu'il pouvait lui dire ou non de son plan. Il procéda par étapes.

— Ça te dirait de voir écrit un gros chiffre à ton nom ?
— Gros comment ?

À la réplique du dirigeant de Tatoil, Michel constata avec plaisir qu'il avait commencé la conversation par le bon bout.

— Disons, un et puis neuf zéros alignés.
— Une belle brochette ! s'exclama Augagneur, calculant mentalement que cette somme équivalait à dix commissions additionnées.
— Question numéro 2 : veux-tu jouer un bon tour à Jenckins ?
— Et comment ! répondit le Français, de plus en plus mordu. Mais c'est risqué ?
— Risque limité. Gain garanti, fit Michel, sûr de son affaire.
— Dans ce cas, tope là ! lança Augagneur en tendant sa main à Michel. Explique-moi comment tu vois les choses.

Leur conversation se perdit dans le brouhaha des voyageurs qui s'extasiaient maintenant devant les bosquets du Vert-Galant, à la pointe de l'île de la Cité, qui avait abrité les amours clandestines du roi de France Henri IV, le bon roi de la poule au pot sauvagement assassiné par Ravaillac. Un « ah ! » accueillit l'allusion à la verdeur du monarque, un « oh ! » suivit l'annonce de sa fin tragique, et tout cela en quatre langues, ce qui donna un écho répété aux « ah ! » et aux « oh ! ».

— L'idée me paraît réalisable, fit Augagneur avec cependant un brin de perplexité dans la voix. Tu me certifies que je n'apparaîtrai à aucun moment dans cette affaire ?
— Promis, Gilles, insista Michel Samara. Et si cela t'arrange, les versements seront échelonnés en cascade sur les comptes suisses et luxembourgeois de sociétés fictives que tu pourras utiliser jusqu'à hauteur des sommes prévues.

L'œil d'Augagneur brilla. Michel avait touché juste. Quand ils se séparèrent, le géant blond respira profondément l'air de Paris. Il regarda sa montre. Il était presque quatre heures de l'après-midi. Il songea qu'il avait juste le temps de se présenter devant les grilles du lycée Louis-le-Grand. Il arriverait les mains vides mais il savait que sa présence serait la plus belle des surprises.

31

Une belle femme brune, la soixantaine élégante et sportive, sortit entre deux flots de grands élèves. Une paire de lunettes de soleil remontées dans ses cheveux, elle marchait lentement, absorbée par un document qu'elle s'appliquait à lire malgré le léger chahut des élèves et les bousculades habituelles des sorties de cours. C'était le deuxième jour de classe et les lycéens avaient encore l'esprit en vacances.

Par une tante qu'il avait jointe la veille en lui demandant de rester discrète sur sa présence à Paris, il avait appris la nomination de sa mère dans une classe de terminale, au sein du prestigieux établissement Louis-le-Grand. Il avait aussitôt téléphoné au secrétariat du lycée pour connaître les horaires de sortie. Et c'est ainsi qu'à l'heure dite il se trouvait légèrement en retrait, près du parc à vélos, à guetter la sortie du professeur Thérèse Lemarchand.

Michel fut tenté de se montrer tout de suite, de l'appeler même d'un sonore « maman! ». Mais il se dit que ses élèves se trouvaient forcément à deux pas, et il calcula que l'autorité de sa mère pourrait en pâtir si le bruit circulait que le fils du professeur d'histoire-géo l'attendait à la sortie des classes.

Alors, sans réfléchir, il se mit à la suivre à travers l'allée principale des jardins du Luxembourg. Comme ils passaient devant la statue de Charles Baudelaire, il ne put s'empêcher de s'arrêter pour déchiffrer dans la pierre ce très vieux poème que lui avait appris son père adoptif, le professeur Samara, dans un français si impeccable que l'enfant en avait alors eu des frissons. Les mots n'avaient pas bougé, et leur beauté était toujours si fulgurante :

> *Car c'est vraiment, Seigneur,*
> *le plus beau témoignage*
> *que nous puissions donner*
> *de notre humanité*
> *que cet ardent sanglot*
> *qui roule d'âge en âge*
> *et vient mourir au bord*
> *de votre Éternité.*

Voir ainsi écrite sa langue maternelle fit monter aux yeux de Michel cet « ardent sanglot » dans lequel il avait baigné tout au long de sa prime enfance. Comme il ne perdait pas sa mère de vue, un pas lui suffisant quand elle en faisait deux, il se demanda ce qu'il allait lui dire. Ces derniers mois, il avait souvent pensé à leurs retrouvailles. Leur dernière entrevue à Paris avait été plutôt tendue. Michel avait même préféré écourter son séjour plutôt que de risquer de se disputer avec sa mère, dont il ne partageait pas l'hostilité à la guerre en Irak. Les épreuves qu'il avait endurées à Bagdad, comme le comportement sur place des troupes américaines, l'avaient évidemment amené à réfléchir. Maintenant qu'il était en sécurité à Paris, il tentait de faire la part des choses entre son indignation et sa colère d'une part, et la reconnaissance que les Irakiens auraient tôt ou tard envers les Américains de les avoir libérés d'un monstre sanguinaire.

Thérèse Lemarchand prit une chaise métallique à accoudoirs qu'elle traîna jusqu'au bassin situé face au Sénat. Michel approchait dans son dos. S'il avait été sûr de sa réaction, il aurait renouvelé ce geste de l'enfance, poser délicatement ses mains jointes sur les yeux de sa mère en criant joyeusement : « Devine qui c'est ? » Il lui parut cependant que la joie n'était plus de mise, et les habits sombres que portait Thérèse Lemarchand, son absence de maquillage et plus généralement le manque de fantaisie dans son allure témoignaient à quel point elle n'avait pas quitté son deuil. Son mari avait disparu et elle se demandait où pouvait se trouver son fils unique, s'il était encore en vie.

C'est pourquoi Michel contourna la chaise où sa mère avait pris place, afin qu'elle le voie arriver face à elle à l'instant où elle lèverait les yeux.

— Maman ? fit-il d'une voix très douce quand il se fut planté à deux mètres d'elle, tandis qu'elle lisait encore un document imprimé qui semblait requérir toute sa concentration.

Elle était d'ailleurs si absorbée qu'elle ne réagit pas immédiatement. Sans doute avait-elle perdu l'habitude d'être appelée ainsi. Il s'agissait à l'évidence d'un mot qui ne lui était pas adressé. Elle poursuivit donc sa lecture sans bouger, tandis que Michel s'approchait encore.

— Maman ! insista-t-il en appuyant sur chaque syllabe comme pour manifester un début d'impatience.

Cette fois-ci, Thérèse Lemarchand redressa la tête. Sa bouche s'arrondit de surprise comme elle se dressait sur ses jambes, mais elle ne fut capable d'aucun son. Elle lâcha son imprimé et, dans sa précipitation à tomber dans les bras ouverts de son géant de fils, elle fit tomber sa serviette de cuir ouverte dont le contenu se répandit sur les petits graviers, soulevant un petit nuage de poussière blanche.

— Michel... mon fils... mon Dieu... merci, merci...

Des larmes s'étaient accumulées au coin de ses yeux, qui perlèrent sur ses joues. Michel aussi était ému, mais il s'efforça de ne pas pleurer. En d'autres temps, leurs larmes se seraient sans doute mêlées. Mais à présent, Michel n'avait plus de larmes à verser. Il avait eu trop de morts à pleurer pour s'apitoyer encore avec les vivants, qu'il s'agisse de sa mère ou de tout être cher.

— C'est bien toi... répétait la veuve du professeur Samara en palpant les bras et les épaules de son géant de fils. Tu as maigri on dirait. Et là, tu as été blessé ?

Il fallait le regard d'une mère ou d'une amoureuse, ou les deux à la fois, pour détecter ce que Mme Lemarchand avait mis trois secondes à voir. Un léger renflement de l'arcade droite qui avait reçu tant de coups, et une déviation de la cloison nasale. Et aussi quelques cicatrices à la racine du cou, des marques de brûlures.

— Ce n'est rien, maman, tout va bien. Tu vois, je t'avais bien dit que je reviendrais.

Il avait utilisé sa voix la plus chaude possible, et pourtant il avait l'impression de parler faux. Il avait fait tant de promesses qu'il n'avait pu tenir, à commencer par celle donnée à un gamin sans bras dont le souvenir le poursuivait, même parmi les enfants insouciants du Luxembourg ; surtout parmi eux.

— Prends une chaise, mon fils, et assieds-toi, fit Mme Lemarchand avec le ton du professeur habitué à donner des ordres.

Déjà l'émotion s'estompait et la mère de Michel reprenait ses esprits. Lui s'était préparé à cette rencontre. Il avait eu le temps de réfléchir à ce qu'il dirait à sa mère, et surtout à ce qu'il ne lui dirait pas, pour éviter de l'accabler. Par exemple, il avait décidé de ne pas évoquer la disparition de la maison où ils avaient vécu ensemble et heureux, ni la chapelle. Quant à son coma, il en avouerait le moins possible. Il aurait pu raconter la brutalité des soldats américains au camp Cropper et partout dans le pays. Mais outre que sa mère devait être informée par les médias internationaux qui dénonçaient chaque jour ces débordements injustifiables, il ne voulait pas lui donner de quoi alimenter davantage son sentiment anti-Yankees. Si bien qu'au bout du compte Michel s'aperçut qu'il n'avait pas grand-chose à raconter à Mme veuve Lemarchand, maintenant qu'il l'avait rassurée : son fils n'avait pas péri au milieu du chaos.

— Ne restons pas ici, dit Michel pour gagner un peu de temps et retarder l'instant où il devrait affronter ce regard fier et doux à la fois, si irrésistible que le dur à cuire n'était pas certain de se soustraire à des aveux complets. Montre-moi ton « chez-toi » ! proposa-t-il.

— Comme tu voudras, réagit Thérèse Lemarchand tout en dévorant son garçon des yeux. C'est à deux pas. J'espère que ça va te plaire. Mais quand donc es-tu arrivé ?

— Avant-hier matin. Je suis descendu à l'hôtel, du côté de Montparnasse.

— Et tu n'es pas venu me voir avant ? Tu ne m'as pas appelée ?

— Tu sais bien que je n'avais pas ton nouveau numéro. Et puis je ne voulais pas te perturber le jour de la rentrée. Tu imagines ton état si j'étais apparu une heure avant ton premier cours à Louis-le-Grand !

Elle sourit.

— Tu as raison. C'est bien mieux comme ça. Mais ce soir, tu restes dîner avec ta vieille maman et je ne te lâcherai pas avant que tu m'aies tout raconté par le menu.

Michel leva discrètement les yeux en l'air.

— Tu es sûr de ne pas vouloir quitter ton hôtel ? J'ai toute la place qu'il faut, rue Guynemer, tu vas voir. C'est un beau trois pièces entièrement exposé au sud, avec la vue sur les jardins.

— Merci, maman. D'accord pour le dîner. Mais je dois ensuite rentrer à mon hôtel. J'ai donné des rendez-vous là-bas, et le numéro de ma chambre pour les appels téléphoniques.

Elle n'insista pas, trop heureuse déjà de garder ce revenant, ce miraculé, pour elle toute seule pendant une poignée d'heures.

Ce fut un choc pour Michel lorsqu'il pénétra dans le vestibule. Sur le mur d'entrée, impossible à éviter, était accrochée une photo agrandie du mariage de ses parents. Il ne s'y attendait pas, en tout cas pas dans ces proportions, et aussi en vue. Le visage du professeur était si expressif et si fidèlement rendu qu'on aurait dit qu'il allait soudain sortir du cadre et parler, tendre sa main énergique et pourtant très fine à Michel pour le saluer.

Thérèse Lemarchand laissa son fils contempler cette image du bonheur et fila dans la cuisine faire chauffer de l'eau. Elle prépara deux tasses, jeta une pincée de thé dans une vieille théière chinoise et revint dans le vestibule.

– Nous étions beaux, n'est-ce pas ? Surtout ton père... Figure-toi que cette photo n'a pas été prise le jour du mariage mais seulement deux ans plus tard, dans la petite chapelle qu'il m'avait fait construire. J'avais remis ma robe de mariée, pour l'occasion. Elle m'allait encore bien...

Michel ne broncha pas à l'allusion sur la chapelle. En s'approchant du cliché, il eut la surprise d'apercevoir sur le coin droit, en hauteur, la silhouette de l'ange blond, et son regard qui semblait l'interpeller.

Le salon était rempli d'objets que sa mère avait rapportés de Bagdad après son départ. Des statuettes d'argile, des tentures damassées, des colliers d'ambre venus des souks, quelques sculptures de jeunes artistes dont elle se demandait s'ils avaient échappé aux bombardements. Michel eut la troublante sensation d'être revenu chez lui alors qu'il entrait pour la première fois dans ces lieux modelés à l'image de sa mère. Il éprouva cependant le besoin d'ouvrir la fenêtre sur les grands arbres des jardins, comme si l'accumulation de tous ces souvenirs l'oppressait.

Une longue soirée commençait, ponctuée de confidences et de pleurs réprimés, d'aveux à demi formulés et de silences pour compléter les phrases trop difficiles à terminer. Lorsqu'il quitta sa mère, Michel prit conscience qu'un nouveau jour se levait sur Paris. Déjà le soleil dardait ses premiers rayons derrière le rideau de feuillage des platanes du Luxembourg.

32

La camionnette prêtée par le père abbé n'était pas du plus grand confort, et l'odeur de légumes recuits dans l'habitacle était tenace, au point que Fadhil avait l'impression que ses habits aussi sentaient le chou et la chair d'aubergine. Mais l'heure n'était pas aux finasseries. Le véhicule roulait. Les pneus à large section étaient quasiment neufs et le jeune ingénieur avait assez de carburant, dans le réservoir et dans les quatre jerricans installés à l'arrière sous la bâche, pour gagner les terminaux pétroliers du Sud où il avait encore de solides accointances.

À l'époque où le pouvoir l'avait « déplacé » à la grande raffinerie de Bagdad, Fadhil avait pu poursuivre certaines actions de contrebande en faveur de ses frères chiites qui vivaient sous l'oppression intense de Saddam. Une partie du pétrole réservée à la raffinerie de la capitale quittait les puits de Salaheddine, dans le centre du pays, pour être acheminés vers les seules rives de l'Irak s'ouvrant sur le golfe Persique. Des cargaisons importantes de diesel et de brut étaient ainsi détournées, moyennant de gros bakchichs versés aux policiers irakiens censés garder les lieux. Les chauffeurs-passeurs, les mains noircies par le pétrole, pouvaient ensuite filer sur la rive droite du Chatt Al-Arab, et bien malin qui aurait pu dire vers où disparaissaient les gros cargos rouillés après avoir empli leurs cales de trente-six tonnes. Une bonne partie du pactole atterrissait sur le « compte Michel » que le patron des opérations clandestines avait ouvert à Genève. Ce « compte Michel », officiel aux yeux du régime baasiste, se déclinait en cascade, arrosant d'autres comptes connus du seul Michel Samara. Près de la moitié des sommes versées sur le « compte Michel » s'évaporaient ainsi aussitôt dans les sous-comptes qu'il avait nommés « Dupond » et « Dupont », en clin d'œil aux héros d'Hergé qui avaient bercé son enfance, en particulier l'album *Tintin au pays de l'or noir* que lui avait offert son père adoptif l'année de son arrivée en Irak.

Depuis la chute de Saddam, Américains et Britanniques patrouillaient dans cette zone, mais surtout par hélicoptère. De temps à autre, des soldats plus zélés procédaient au contrôle des camions acheminant le brut, ou montaient à bord des cargos. Mais la plupart des chauffeurs et des capitaines disposaient comme par miracle d'autorisations spéciales du haut commandement américain (la plupart aussi ressemblantes que fausses), et les militaires n'insistaient pas. D'autant que les types contrôlés étaient au moins aussi armés qu'eux et pouvaient à l'occasion les contenter avec de l'alcool et des filles. Quant à la police fluviale, si elle disposait de nombreux bateaux à quai, elle n'avait que trois moteurs capables de se mettre en route. Une fois les cargaisons sur l'eau, il n'y avait plus rien à faire.

Fadhil se présenta un soir vers six heures dans le petit village de Hamdam. Deux chauffeurs aux avant-bras noircis buvaient un café dans le seul campement ouvert où l'on vendait aussi des savons par dizaines et quelques fûts de plastique remplis d'un liquide qui ressemblait à du vin rosé. Il s'agissait de gazole. Fadhil avisa l'un des deux chauffeurs et lui demanda de le rejoindre dehors. C'était Ayed, un chiite comme lui. Oudaï l'avait renvoyé lors d'une de ses fréquentes crises de paranoïa, croyant avoir décelé un complot chiite parmi les chauffeurs de la grande raffinerie centrale. Manifestement, Ayed avait retrouvé un volant depuis les « événements ». Il l'entraîna vers sa camionnette et le fit monter à bord.

– Comment les choses se passent-elles, ici ? demanda d'abord Fadhil.

– C'est le désordre organisé, répondit le jeune chauffeur – il avait à peine vingt-cinq ans –, tout en plissant le nez à respirer cette odeur âcre de vieux légumes. Sans soute préférait-il sentir l'odeur entêtante du brut. Les effluves de chou ne faisaient pas penser à l'argent. Ceux de pétrole, si.

– Raconte, insista Fadhil en lui tendant un peu d'eau fraîche qu'il gardait dans un cinquième jerrican.

– Quand on a su qu'un beau jour les fils de Saddam avaient piqué un milliard de dollars à la Banque centrale de Bagdad, on s'est dit qu'on serait bien bêtes de ne pas s'en servir. On s'est mis dans le coup avec les propriétaires de bateaux. Tu sais ce que c'est. Pourvu que ça flotte, une fois qu'on a touché notre pourboire...

– J'imagine facilement, oui, acquiesça Fadhil avec l'air de désapprouver.

– Les intermédiaires pullulent le long de la rive droite du fleuve, continua le chauffeur. Des Turcs, des Libanais, des Égyptiens. Même des types d'Azerbaïdjan, et aussi quelques Français.

– Justement, à propos des Français, fit Fadhil en saisissant la balle au bond. J'ai un acheteur ferme.

– Un acheteur sérieux ? demanda Ayed.

L'ingénieur le considéra avec un mélange d'étonnement et de colère retenue. Quoi ? C'était donc ces traîne-savates qui maintenant faisaient la loi sur le marché clandestin du brut ? Il se dit que les Américains n'avaient rien d'une armée d'occupation s'ils n'étaient pas en mesure de mettre le holà sur ses flux permanents. Évidemment, ce laxisme l'arrangeait pour mener à bien la mission que lui avait confiée Michel. Mais si le principe lui convenait, il ne prenait pas moins ces chauffeurs-passeurs pour des imposteurs, bien qu'il eût de la sympathie pour Ayed.

– Un acheteur très sérieux, affirma Fadhil. La Tatoil.

– Tatoil !

Le chauffeur émit un sifflement admiratif.

– Et ils vont se mouiller avec nous ?

– Ce ne sera pas la première fois. Souviens-toi.

Ayed l'interrompit et leva une main. On venait dans leur direction. Un homme en costume sombre, un téléphone satellitaire Thuraya en bandoulière, parlait à un interlocuteur au bout du monde.

– Du russe, supposa Fadhil au bout d'une minute ou deux.

– Oui, quelque chose comme ça, approuva Ayed. C'est infesté de Russes aussi, dans le coin. On ne voit presque plus d'Américains, comme si toute la planète s'était donné rendez-vous ici sauf les Yankees. C'est drôle, non ?

– Très drôle, reprit Fadhil.

Les berges du fleuve étaient souillées de pétrole gras. L'eau ressemblait à une crème épaisse et noire, à la surface de laquelle flottaient de petites galettes de fioul. Il ne serait venu à personne l'envie de se baigner ici, malgré les cinquante degrés Celsius qui accablaient l'endroit dès neuf heures du matin jusque peu avant le coucher du soleil.

— Il faudrait livrer où ? demanda Ayed.
— Moitié mer du Nord, moitié Abou Dhabi.
— Ça doit pouvoir se faire. Et combien ?
— Tu me fais le plein pour cinquante millions de dollars, je pense que ce sera suffisant.
— Il faut pas mal de bateaux, pour loger pareille marchandise.
— Tu m'as bien dit que tu connaissais pas mal de capitaines.
— Exact, mais je dois les payer cash, fit-il en baissant la voix.
— C'est aussi prévu, répondit Fadhil en soulevant la carpette de caoutchouc posée sur le plancher de la camionnette.
— Par Allah ! s'écria Ayed. Ma parole, tu as fondu tous les dômes de La Mecque !

Fadhil sourit. Plusieurs lingots d'or massif étincelaient à ses pieds.

— Si on te demande, tu diras que c'est le trésor des Templiers. L'argent des croisades !

Fadhil essaya d'imaginer la tête du père abbé s'il l'avait entendu parler ainsi de l'or que lui avait remis le moine pour aider à financer le début de leur opération. De l'or qu'il avait reçu, incrédule, en paiement d'une seule nuit d'hospitalité accordée à de puissants dignitaires du parti Baas, le jour de la chute du régime. L'abbé s'était débarrassé de cette « relique barbare » avec soulagement, comme s'il avait été impur, l'intrusion du diable dans la maison du bon Dieu. Avec les lingots d'or pourtant, Fadhil savait qu'il pourrait réveiller un réseau bien rodé qui, guerre ou pas, existait en soi, en dehors des contingences politiques et militaires de l'Irak.

— Retrouvons-nous ici demain matin, proposa le chauffeur. Je saurai combien de barils je peux acheminer vers les bateaux, et quelles routes navigables ils seront en mesure d'emprunter.
— Pas demain, s'opposa Fadhil en recouvrant l'or avec la carpette de caoutchouc. J'ai besoin d'une réponse ce soir.

Ayed réfléchit. Il était encore sous l'emprise du métal qui n'avait pas usurpé sa réputation d'envoûteur.

— Très bien. Attends-moi ici. Je ne serai pas long.

En effet, cela ne prit pas plus d'une heure au jeune chauffeur pour convoquer trois patrons de gros cargos et une petite équipe de routiers capables de traverser une moitié du pays sans encombre, de jour comme de nuit. Devant ces derniers, il ne fut pas question d'or. Fadhil réserva ce privilège aux hommes de la mer, pour qu'ils ne chargent pendant deux semaines que le pétrole de l'opération Dupont et Dupond, comme il l'avait appelée avec humour. Au bout d'une heure, chacun savait ce qu'il avait à faire et Fadhil quitta le petit village de Hamdam l'esprit tranquille. Il avait confié un lingot en barre à chaque capitaine, et un autre à Ayed. Ils auraient chacun le triple d'or une fois le pétrole dans les cuves de la Tatoil.

À Paris, Gilles Augagneur s'était fait fort de débloquer cinquante millions de dollars en paiement des cargaisons. Sa compagnie y gagnait : la valeur marchande du tout allait avoisiner les deux cent cinquante millions de dollars. Et un million de dollars lui reviendrait. L'Affaire promettait. Ce n'était pas cet aspect des choses qui l'avait contrarié. Au contraire. Récupérer la marchandise clandestine pour la maquiller avant de la revendre au prix fort était devenu un jeu d'enfant pour lui. Ce qui l'ennuyait en revanche, c'était l'autre engagement qu'il avait pris auprès de Michel Samara. Mais de celui-là, il ne devait parler sous aucun prétexte. C'est à peine s'il devait y penser. Il devait s'exécuter, comme un automate, et tout irait bien.

Vers une heure du matin, Fadhil entrait tous feux éteints dans les faubourgs de Bagdad. Comme le jour où Michel et lui avaient quitté la capitale à bord de la Toyota, il rentra par Saddam City avant de gagner la petite chapelle du professeur Samara, ainsi que son ami le lui avait demandé. Là, il suivit les instructions précises fournies par le géant blond. Quand il eut pénétré dans la salle de l'ordinateur, il se connecta rapidement sur Internet après avoir composé le code secret. Puis, toujours comme prévu, il composa l'adresse e-mail de Gilles Augagneur et lui laissa ce simple message :

Les Dupondt sont sur orbite.

C'était le message imaginé par Michel pour l'avertir que, côté irakien, l'opération de contrebande qui allait lui rapporter cinquante millions de dollars était bien lancée. Michel avait demandé à Augagneur de le contacter à son hôtel sitôt qu'il aurait reçu ce message de Fadhil. Il était une heure du matin lorsque le téléphone retentit dans sa chambre. Il somnolait devant un match de basket et fit un bond en entendant la sonnerie.

– C'est moi, fit simplement l'agent de la Tatoil.
– Oui, il est tard, répondit Michel.
– C'est que les Dupondt sont sur orbite.
– Les... ah... oui, très bien. Alors à demain. Très bien.

Michel raccrocha. Fadhil et Augagneur connaissaient chacun une partie du plan conçu par Michel. Mais ils étaient loin d'en appréhender la globalité. S'ils avaient su dans quel engrenage ils venaient de mettre plus que leurs doigts, ils auraient sans doute pris le géant franco-irakien pour un démiurge des temps modernes, un justicier hors pair. Ils étaient loin, cependant, d'avoir toutes les cartes en main. Eux maniaient du pétrole et de l'argent pendant que Michel gouvernait des forces plus grandes encore, qui le dépassaient lui aussi. Jamais il n'avait été aussi déterminé. Chaque heure qui passait le confortait dans ses choix. Il lui suffisait d'écouter les informations en provenance du pays qu'il venait de quitter, ou de regarder la nuit les journaux de CNN et de Fox News pendant ses heures d'insomnie pour se convaincre, s'il en était besoin, qu'il était dans le droit chemin. Sur le seul chemin possible.

Il manquait en outre une carte maîtresse à Fadhil et à Augagneur pour comprendre la machination à laquelle ils participaient : ni l'un ni l'autre n'avait jamais entendu parler de Claude Girard, l'homme des services français. Un des personnages clés dans la réussite du piège dans lequel Michel Samara espérait bien faire tomber un président des États-Unis.

33

C'était un mercredi. Thérèse Lemarchand n'avait pas de cours à donner, et pas encore de copies à corriger. Sa leçon sur la mondialisation et sur les grands courants religieux qui traversaient le monde, elle n'avait guère besoin d'y passer beaucoup de temps pour la préparer. Elle avait cette connaissance-là quasiment infuse, d'autant que son activité militante et sa lecture assidue du *Monde diplomatique* lui offraient mille exemples pour illustrer de manière vivante un programme scolaire souvent rébarbatif ou convenu, malgré les sempiternelles réformes annoncées. Ce jour-là, elle avait invité Leslie, une amie australienne pacifiste qui vivait à Paris depuis deux ans. Ensemble elles avaient manifesté contre la guerre en Irak. Leslie avait trente-quatre ans, une belle chevelure auburn, des yeux vert émeraude. Elle avait longtemps vécu aux États-Unis, à New York, comme interprète aux Nations unies. Elle était divorcée, libre et ardente, le cœur à gauche, le cœur en attente, surtout. En l'invitant à déjeuner, le professeur Lemarchand l'avait prévenue : mon fils Michel sera là. Elle n'avait pas ajouté : il est beau comme un dieu, mais elle l'avait pensé si fort...

Michel se présenta en retard et s'excusa auprès de sa mère, les traits tendus, la mine quelque peu renfrognée.

— Le soufflet au fromage n'attend pas, s'écria-t-elle, et ils passèrent aussitôt à table.

Il resta un long moment silencieux, à écouter les deux femmes parler d'un thème qui leur était cher : l'incongruité de la présence américaine à Bagdad, le mépris dans lequel George

W. Bush avait tenu l'ONU, et aussi la condition désastreuse des femmes depuis la soi-disant victoire de l'armée de libération.

Michel était absorbé par la perspective de sa rencontre avec Claude Girard, l'agent des services français avec lequel il était entré en contact par une annonce dans *Le Parisien*. Ils ne s'étaient plus revus depuis plusieurs années. La dernière fois, c'était à Alger, à l'occasion d'un symposium pétrolier auquel participaient les deux hommes. Comme il le faisait régulièrement, le géant blond avait donné quelques tuyaux à l'agent français sur la stratégie occulte du régime Baas en matière d'hydrocarbures. Il donnait ces renseignements de façon désintéressée, en fidélité à un certain patriotisme maternel probablement inconscient. Il lui arrivait souvent de penser : tiens, il faudrait que les Français sachent ceci ou cela, pour ne pas être en reste sur leurs concurrents. C'est ainsi qu'il avait commencé à prendre langue avec Claude Girard qui, de loin en loin, le consultait de manière aussi discrète que rocambolesque. À Alger, avant de prendre congé, l'agent secret avait soufflé à Michel : « Si un jour vous voulez entrer en contact avec moi à Paris, surtout, pas de téléphone et encore moins de courrier postal ou électronique. Contentez-vous de passer une annonce dans le journal *Le Parisien*. » Michel n'avait pas caché sa surprise : « Dans *Le Parisien* ? Mais quel genre d'annonce ? — Très simple, avait répondu Girard. Indiquez que vous vendez un modèle réduit de supertanker certifié golfe Persique. Où que je sois, je comprendrai. Vous laisserez passer quarante-huit heures et après ce délai, je vous attendrai un matin à la visite de huit heures aux catacombes. Si je n'y suis pas, revenez chaque matin à huit heures jusqu'à ce que je me présente. ».

Deux jours plus tôt, Michel avait passé la fameuse annonce et, le matin même, il s'était joint au groupe des premiers visiteurs. Il avait cherché en vain la silhouette de Claude Girard. Un homme s'était approché de lui et lui avait demandé du feu, mais ce n'était pas l'agent français, qu'il aurait reconnu entre mille, avec son air jovial, ses grosses lunettes qui lui mangeaient le haut du visage et ses moustaches calamistrées, blanchies sous les vieux harnais du pompidolisme, qui lui donnaient l'allure d'un major de l'armée des Indes. Avec son imper gris et son sourire rassurant, Claude Girard savait passer inaperçu, mais pas au point d'être invisible. Michel avait attendu le groupe de visiteurs de midi, sans plus de succès, et c'est pourquoi il était en retard à la table maternelle.

— Voilà que Bush commence à s'inquiéter pour sa réélection en 2004. Il paraît que le secrétaire d'État à la défense, comment s'appelle-t-il, déjà ? demanda Thérèse Lemarchand.

— Donald Rumsfeld, répondit aussitôt Leslie avec un accent parfait et une voix rauque qui éveilla de drôles de sensations à l'oreille de Michel, comme le rappel d'une voix ancienne qu'il avait aimée.

— C'est ça, Donald, entre nous, quel prénom ! Eh bien, il paraît que ce Donald Rumsfeld, lors de sa visite éclair en Irak pour soutenir le moral des *boys*, a déclaré en petit comité devant les responsables militaires que la victoire électorale de Bush dépendait de leur efficacité sur le terrain ! Rien que ça ! Comme si les pauvres chéris n'avaient pas d'autres chats à fouetter que de chercher à positionner le président pour une nouvelle présidence !

— C'est d'un cynisme dégoûtant, jugea Leslie, en mimant une affreuse grimace pour prononcer le mot « dégoûtant » qui sonnait drôlement entre ses lèvres pulpeuses à souhait. Je pense que la situation devient critique aussi pour les femmes. Avec le retour des imams et des mollahs, on dit que les filles même majeures doivent rester à la maison et ne plus en bouger. Une amie australienne qui était allée à Bagdad comme bouclier humain m'a dit que les aggressions se multiplient là-bas, que de nombreuses femmes sont enlevées et violées en attendant que leur famille paye la rançon, si elle est en mesure de la payer. Et quand la famille verse la somme pour récupérer la fille, le père ou un oncle, ou même un frère, la tue de ses mains pour laver l'honneur de tous. C'est horrible, et les soldats sur place ne voient rien, n'entendent rien !

— Tu étais au courant pour ces histoires de viols ? demanda Mme Lemarchand à son fils.

— Non, mais cela ne me surprendrait pas. Les deux extrêmes se rejoignent dans une même terreur, observa Michel. Les religieux fondamentalistes auraient tendance à voiler les femmes de la tête aux pieds. Et les anciens sbires de Saddam qui ont côtoyé un affamé de sexe comme son fils Oudaï ne pensent qu'à avilir les femmes. C'est une société déboussolée, qui ne sait plus où elle est, quelles sont ses véritables valeurs. J'ai l'impression que l'Irak n'est pas seul dans ce cas. Même les États-Unis sont perdus dans leurs rêves de puissance que le terrorisme a anéantis.

— Toute l'Amérique n'est pas ainsi, fit Leslie avec une soudaine gravité. Évidemment, je suis écœurée par ce que nous venons d'apprendre sur le salaire de Dick Grasso, le patron du New York Stock Exchange, Wall Street, si vous préférez, précisa-t-elle à l'attention de son hôtesse qui n'entendait guère les questions de finances.

— Je ne connais pas cette histoire, répondit Michel, visiblement intéressé.

— Grasso est un type qui chaque matin applaudit le début des cotations sur le grand tableau des « *blue ships* », et qui chaque soir applaudit la clôture, que les cours montent ou descendent, même s'il applaudit avec plus d'ardeur quand la cote est à la hausse. Eh bien, figurez-vous que son salaire annuel est de 1,4 million de dollars et qu'il est question de lui verser une prime dix fois plus élevée que son salaire, de cent quarante millions de dollars. Et au lendemain du 11 septembre, Dick Grasso a touché une prime exceptionnelle de cinq millions de dollars pour avoir accéléré la réouverture des marchés peu après les attentats !

— Quelle horreur ! s'écria Thérèse Lemarchand.

— Oui, c'est une horreur. L'avidité de cet homme est à l'image des turpitudes de cette place financière qui gruge les honnêtes citoyens pour que les gros requins continuent à s'en mettre plein les poches. Mais moi qui connais bien l'Amérique, je puis vous dire que les Dick Grasso, comme les dirigeants d'Enron ou ceux du clan texan, ne vont pas l'emporter au paradis. Il existe une autre Amérique, plus tolérante et plus juste, peuplée de gens intègres qui n'en peuvent plus de ces manœuvres politico-financières. J'ai au Congrès des amis démocrates, hommes et femmes, qui préparent la relève. Je connais des anciens GI's, vétérans du Vietnam, où entre nous George W. Bush n'a pas mis les pieds, protégé qu'il était par son papa, des vétérans, disais-je, qui traitent ouvertement le président d'irresponsable pour son action en Irak.

— Tout cela est bien joli, réagit Michel, mais en attendant, on n'entend guère ces voix. En tout cas, pas à Bagdad.

— Je sais bien, regretta Leslie de sa voix rauque, si sensuelle que le fils de Mme Lemarchand en éprouva des frissons.

Depuis combien de temps n'avait-il plus été sensible au charme d'une femme ? La mort brutale de Maureen avait cassé en lui un ressort profond, et il avait comme verrouillé une partie intime de son être, s'interdisant le moindre sentiment, la moindre émotion amoureuse. Il se sentait désormais comme un être asexué, tendu dans tout son être, dans toute sa volonté, vers le but qu'il s'était fixé au fond d'un lit d'hôpital de Bagdad, et dans la torpeur crasseuse du camp Cropper. Mais cette voix rauque et l'attitude de Leslie, cette manière de se tenir droite, de regarder sans ciller son interlocuteur, jusqu'aux petites taches de rousseur qui constellaient ses pommettes, tout concourait à attendrir Michel de façon aussi radicale qu'inattendue.

La discussion se poursuivit sur un mode moins intense. Thérèse Lemarchand servit des glaces et des sorbets. Leslie évoqua ses vacances avec ses deux fils sur une île d'un archipel de Finlande où elle avait lu l'œuvre de Kafka traduite en anglais. Elle parla avec esprit de *LA Métamorphose* et se demanda si la condition pour être heureux sur terre n'était pas de se transformer en moins qu'humain. Cela fit sourire Michel, et ils finirent le repas en cherchant chacun en quoi ils pourraient bien se transformer pour conquérir enfin le bonheur terrestre que la condition humaine semblait leur refuser. Il fut question de fleurs et de papillons, de poissons multicolores des mers du Sud. Leslie songea qu'elle aurait aimé être le vent du soir, celui qui court sur les visages sans les heurter.

– La brise, conclut Michel, vous auriez voulu être une brise légère.

– Oui, approuva Leslie. Mais vous les Français avez un autre mot, je crois.

Madame Lemarchand fronça les sourcils en signe d'interrogation.

– Vous parlez peut-être de la bise, suggéra Michel.

– C'est cela, je serais la bise sur les visages qui me plaisent.

Et son regard s'attarda sur la figure de Michel dont elle ne pouvait se détacher.

Comme le temps avait passé sans qu'ils s'en aperçoivent, ils écoutèrent un flash à la radio qui annonçait un possible envoi des forces des Nations unies en Irak, eu égard à l'incapacité des seuls marines à faire régner l'ordre.

– Ils vont finir par réclamer l'ONU, après l'avoir bafouée, fit, cinglante, Mme Lemarchand. Mais ils ont le toupet d'exiger que les Casques bleus envoyés soient placés sous commandement américain !

— C'est la théorie du Pentagone, chère Thérèse, expliqua Leslie, redevenant soudain très sérieuse. Ils martèlent depuis le début qu'ils sont les chefs des opérations militaires et ils exigeront toujours un commandement unique. C'est déjà le cas depuis l'envoi de Japonais et de Polonais.

— Oui, toujours diriger, toujours vouloir détenir la seule vérité possible, quitte à mentir de façon éhontée, murmura Michel entre ses dents.

— Vous ne croyez pas si bien dire, reprit Leslie. George Bush a reconnu hier soir qu'il n'existait aucun lien digne de ce nom entre les attentats du 11 septembre et Saddam Hussein. Tout ça pour nous confirmer ce qu'on devinait depuis longtemps !

— Il aura mis le temps, mais il l'aura enfin reconnu, fit Michel songeur, se souvenant tout à coup de ses discussions avec Naas, lorsque le cousin de Maureen prétendait que les preuves avaient été inventées par la Maison-Blanche et le Pentagone, et aussi par les services secrets britanniques. Il eut l'air un peu accablé, Michel, comme si une vérité d'outre-tombe venait de lui sauter au visage.

— Il faudrait absolument que je vous présente John Thurau, déclara Leslie avec entrain, dans l'espoir de ranimer l'éclat qu'elle avait surpris à plusieurs reprises dans l'œil de Michel quand il la regardait.

— Qui est-ce ? demanda-t-il méfiant, redoutant il ne savait quoi, peut-être qu'elle lui annonçât « mon fiancé ». Était-il déjà jaloux de cette femme sur laquelle il savait si peu et dont il avait fait connaissance moins de deux heures plus tôt ?

— John anime un club de réflexion à Washington. C'est un intellectuel qui a longtemps travaillé pour le Massachusetts Institute of Technology avant de se passionner pour la philosophie et le débat d'idées. C'est un connaisseur en profondeur de l'Amérique. Il sait pourquoi le monde entier se méfie des Américains. Il sait aussi pourquoi lui aime son pays, et pourquoi il fait fausse route en se rangeant aux ambitions médiocres et va-t-en-guerre du « petit » Bush. Si vous l'écoutiez, vous comprendriez qu'il ne faut sûrement pas désespérer des États-Unis, même si leurs dirigeants ont besoin d'une bonne leçon de réalité.

À ces mots, Michel tressaillit. « Une bonne leçon. » C'est en ces termes qu'il avait lui-même pensé lorsqu'il s'était mis en tête de mettre sur pied son opération d'envergure qui occupait déjà Fadhil et Augagneur, en attendant sa rencontre, qu'il espérait plus que tout, avec le pour l'instant « homme invisible » des catacombes.

— Oui, une bonne leçon, répéta les yeux dans le vague Thérèse Lemarchand, tout en hochant la tête. De tels propos allaient droit au cœur du professeur qu'elle était.

Leslie se leva.

— Je n'avais pas vu l'heure, il est déjà tard, fit-elle en s'excusant. Mon fils aîné a judo, je dois passer le prendre au lycée.

Michel et sa mère s'étaient levés à leur tour.

— Tu es toujours la bienvenue, Leslie, susurra Mme Lemarchand tandis que Michel lui tendait une main, l'œil braqué sur sa bouche, prêt à l'embrasser.

La jeune femme saisit cette main mais offrit sa joue en même temps, et Michel eut la sensation veloutée de ce visage contre le sien, une sensation qui le troubla bien plus qu'il n'aurait imaginé. Lorsque Leslie eut disparu, Michel ne s'attarda pas. Il remercia sa mère qui lui demandait déjà quand il reviendrait déjeuner, ou même dîner. Comme toutes les mères, elle était sans cesse en attente, sans cesse inquiète, à l'affût. Et l'homme qui se dressait devant elle, imposant par sa carrure et son air dur, était redevenu ici mieux qu'un enfant : un fils. Un fils unique par surcroît.

— Je te téléphonerai demain, dit Michel en guise de réponse.

Et comme il allait s'engager dans l'escalier, il lança :

— J'y pense, Leslie...

— Oui.

— Tu aurais son adresse, ou un téléphone ?

— J'ai les deux, fit-elle malicieusement. Attends-moi ici.

À peine quelques secondes plus tard, comme si le papier avait été préparé à l'avance, elle lui tendit ce qu'il demandait.

Il lut : *Leslie Applebe, 27 rue de Richelieu*. Suivaient deux numéros de téléphone, le premier d'un fixe, l'autre d'un mobile. Manifestement, Mme Lemarchand avait pensé à tout pour que cette rencontre entre son fils et la jeune Australienne ne reste pas sans suite.

34

Comme chaque matin vers huit heures, la place Denfert-Rochereau était engorgée. Les véhicules progressaient à très faible allure, pare-chocs contre pare-chocs, et la circulation était rythmée par la cascade de feux rouges qui attendaient les automobilistes au carrefour descendant sur Montparnasse, Italie ou Austerlitz. Immobile sur son socle de pierre, le Lion de Belfort semblait contempler cette agitation avec un mépris de bronze, sinon d'airain. Les cyclistes tentaient de se faufiler entre les autos, suscitant çà et là des concerts de Klaxon ou des injures de charretiers proférées par les conducteurs bloqués au volant.

Assis sur un banc du square de l'abbé Bigne, Michel lisait l'édition du *Parisien* dans laquelle, trois jours plus tôt, il avait passé sa fameuse annonce, avec l'espoir de réveiller l'espion français apparemment endormi. Il lut la page des sports en songeant qu'il ne connaissait pas la plupart des athlètes français dont le nom s'étalait en gras aux rubriques football ou basket. Il fut surpris d'apprendre que l'idole du basket tricolore portait un nom américain, Tony Parker.

À huit heures trente précises, la grille du pavillon Le Doux gardant l'accès des catacombes grinça sur ses gonds. Quelques touristes japonais et un couple de jeunes provinciaux entrèrent acheter leurs billets. Le guichetier leur demanda s'ils étaient munis d'une lampe de poche ou d'un briquet. Dans un anglais approximatif à destination des visiteurs nippons, il tenta d'expliquer que certaines voies étaient fermées au public et qu'ils ne devaient pas tenter d'ouvrir les portillons fermés, sous peine de se perdre.

À mesure que de nouveaux visiteurs arrivaient, un cadran lumineux indiquait leur nombre dans la galerie souterraine, *12, 17, 18, 23.* Dès que le fatidique *250* s'inscrivait, le guichetier avait pour consigne de ne plus laisser entrer personne. Question de sécurité, question de taux d'oxygène, vingt mètres sous terre.

Soixante-quatre personnes étaient déjà parties à la découverte du grand ossuaire lorsque, marchant à petits pas, le souffle court de qui s'est dépêché, un homme de taille moyenne se présenta au guichet. Il portait un imperméable gris huilé, un chapeau de feutre. Ses grosses lunettes posées sur son nez, ajoutées à sa moustache impeccablement brossée, lui donnaient un air années cinquante. Il acheta son ticket, écouta patiemment les recommandations du guide, puis s'engouffra dans la volée des cent quatre-vingt-trois marches qui conduisaient au but.

L'homme n'avait pas eu un regard pour Michel, et pourtant ce dernier avait reconnu Claude Girard. Le poil à peine plus blanc qu'avant, l'œil toujours aussi pétillant derrière des verres épais comme des culots de bouteille, l'agent français avait l'air respectable des bons pères de famille qui font les meilleurs espions. Passionné d'automobile, il avait longtemps ouvré dans l'espionnage industriel, et l'industrie américaine de la bagnole n'avait que peu de mystères pour lui. Mais au milieu des années soixante-dix, après le premier choc pétrolier, il avait élargi sa filière de compétences, remontant naturellement de l'automobile au carburant. Et c'est ainsi qu'il avait bourlingué dans les Émirats arabes, grâce à son étonnante faculté d'apprentissage des langues étrangères. Une année lui avait suffi pour se faire comprendre à Tripoli comme à Riyad. Il connaissait chacun des négociateurs de l'OPEP et sa faconde pour raconter des histoires de marins – sa famille était originaire de La Rochelle – avait fait le reste. Depuis près de cinq ans, l'Afrique était le dernier terrain d'investigation de Claude Girard, et sans doute son dernier terrain de jeu, puisque la retraite approchait, à trop grands pas selon son goût. Il avait farfouillé dans chaque recoin du golfe de Guinée, où la France livrait une rude bataille pour obtenir la concession des blocs pétroliers offshore découverts par les sociétés internationales de prospection. Le « grand jeu » qui se jouait entre les grandes puissances officiellement alliées ravissait ce personnage passionné de stratégie et pour qui la

France ne valait que par la grandeur insufflée jadis par le gaullisme.

Michel acheta à son tour un billet, et l'écran lumineux marqua 66. Il passa d'un pas souple devant l'inscription lugubre gravée à l'entrée du souterrain : *Arrête, c'est ici l'Empire de la mort !* En d'autres temps, ces mots prononcés par un poète doublé d'un abbé – mais quelle poésie funèbre ! –, en d'autres temps donc, ces quelques mots lui auraient tiré un sourire. Mais après tant d'épreuves endurées, tant de sang versé autour de lui, tant de visages qu'il ne reverrait plus et qu'il devinait déjà rongés par les vers, cette évocation eut comme effet de l'accabler. Claude Girard marchait déjà dans les méandres du labyrinthe, il entendait son pas quelques dizaines de mètres devant lui, sans apercevoir sa silhouette. Des appliques électriques avaient été posées de part et d'autre du couloir principal, mais semblaient éclairer moins fort que la légion de vers luisants chère à Michel. Au lieu-dit La fontaine de la Trinité, creusée à la verticale ou à peu près du parc Montsouris, l'agent français prit une artère étroite que condamnait, au bout, un portillon. Michel le suivit et ils se retrouvèrent tous deux à contempler une collection de fémurs à couper le souffle.

– On se croirait dans un magasin de pièces détachées, souffla Claude Girard. Ici les fémurs, un peu plus loin les tibias, encore après les bras. Et puis bien sûr tout cet empilement de crânes, là-bas, fit-il en désignant la galerie du grand ossuaire. Dire qu'il y a là Danton, Robespierre, la mère de Mozart, et François Villon. C'est sans doute un délire démocratique ultime. Les têtes avec les têtes, quel que soit ce qu'il y avait à l'intérieur, de la musique ou un esprit sanguinaire, de l'amour maternel ou des passions inavouables. C'est incroyable, cet alignement par la mort, cette égalité posthume. Bien dans l'idéal révolutionnaire, après tout.

L'espion soliloquait. Michel n'avait pas encore prononcé la moindre parole, mais au moins était-il certain d'avoir trouvé preneur pour son modèle réduit de supertanker imaginaire. L'homme vérifia tout de même en faisant allusion à la maquette de pétrolier. Mais lui aussi avait reconnu le géant blond qui lui avait fait si forte impression, à Alger comme ailleurs, au temps de sa splendeur de contrebandier du régime irakien. Sans doute pareille discrétion n'était pas nécessaire pour se parler. Un hall d'hôtel aurait pu suffire, ou la salle des pas perdus d'un grand musée. Mais Claude Girard avait ses raisons. Il avait été formé à la vieille école des services secrets, du temps de la Guerre froide, et ce n'était pas maintenant qu'il changerait des habitudes. Combien d'affaires avait-il vues éventées pour une négligence dans un rendez-vous au lieu mal choisi !

— Je vous écoute, fit-il enfin quand ils furent bien assurés qu'ils étaient seuls au milieu des ossements anonymes.

— C'est un leurre, commença Michel.

— Je vous demande pardon ?

— Un leurre. Un piège.

— Qui doit tomber dedans ?

— W.

— W. ?

— En personne.

— On peut dire que vous aimez la chasse au gros. Avant, on tirait plutôt sur les fossiles du Kremlin, mais bon, l'époque a changé, il faut s'y faire. Mais tout de même, ennuyer nos alliés...

— Pas si alliés que ça, si j'en crois les propos de notre président.

— Vous avez raison. Continuez.

— Il s'agit de pétrole.

— Ça, je m'en doutais un peu.

Un Japonais visiblement égaré balaya la demi-obscurité avec une lampe de poche. Le faisceau se dirigea dans la direction des deux hommes. D'un geste très doux et courtois, Claude Girard le remit dans la bonne direction. Le Japonais salua avec gratitude.

— Un piège, du pétrole, et encore ?

Michel dévoila plus amplement son plan de bataille. Il décrivit dans le détail le stratagème qui pourrait faire mordre le clan Bush à l'hameçon, et attendit la réaction de l'agent français. Celui-ci émit un sifflement rêveur.

— Vous êtes sûr de votre ami ?

— Comme de moi-même, répondit Michel.

Il voulait parler d'Augagneur, mais il n'était pas question de prononcer un seul nom propre, même devant des morts. Qui sait si derrière ses haies d'ossements, ces mosaïques murales, il n'y avait pas des oreilles capables d'entendre ?

Ils reprirent leur trajet en direction de la lampe sépulcrale et des empilements de crânes.

— En définitive, vous me demandez de mentir aux Américains.

— En définitive, oui.

— De leur faire croire...

Il se tut. Puis poursuivit à voix très basse.

— De vous à moi, cela ne me déplairait pas de leur faire ravaler un peu de leur arrogance dans nos anciennes colonies. Nous sommes là-bas depuis plus d'un siècle, ne l'oublions pas. C'est nous qui avons éradiqué la malaria et la tuberculose, enfin, autant que nous pouvions. À ma connaissance, Albert Schweitzer n'était pas américain, n'est-ce pas ? Leur manière de vendre leur modèle aux élites noires finit par me rester en travers de la gorge. Il n'y a pas que les dollars dans la vie !

— Alors nous sommes faits pour nous entendre, sourit Michel.

— Attendez, je n'ai pas dit oui. Marchons un peu, il fait très chaud dehors, mais ici, je trouve l'air un peu frais, pas vous ?

— Si, je vous suis.

Ils terminèrent la visite par la crypte de la Passion où ils ne s'attardèrent ni l'un ni l'autre, sans doute assaillis par ce sentiment de claustrophobie qui gagne les visiteurs en fin de parcours. Ils attaquèrent d'un pas plus rapide l'autre volée de marches menant à la sortie.

— Il y en a exactement cent quatre-vingt-trois, précisa l'agent français d'une voix monocorde, et Michel se demanda combien de fois Claude Girard avait fixé des rendez-vous dans ces carrières souterraines où s'étaient peut-être nouées des affaires d'État destinées à ne jamais éclater au grand jour.

Quand ils ressortirent à l'air libre, la circulation s'était fluidifiée autour du Lion de Belfort.

— C'est d'accord, fit alors l'agent à moustaches blanches en tendant sa main potelée à Michel. Je vous prends votre modèle réduit de supertanker.

Il consulta sa montre pour vérifier la date dans le petit cadran près du quart.

— Nous sommes le 4 septembre. Je serai à Libreville dans huit jours. Si tout se passe comme je l'espère, ou plutôt comme vous l'espérez, votre ami de la Défense (et il voulait encore désigner Augagneur) devra être prêt d'ici le 15 septembre.

— Pas avant ? demanda Michel.

— Non, répondit Girard, catégorique. Je rentre le 13 et je ne travaille jamais les 13 du mois. Le 14, je suis dans ces catacombes pour une autre affaire. Le 15 sera parfait.

Il disparut en direction de la gare du RER. Michel regagna son hôtel à pied, avec le sentiment d'avoir passé le début de la matinée en compagnie d'un spectre. Dans la vitrine d'un grand magasin de vêtements, il aperçut le reflet de son visage et se surprit à sourire. Dans la poche de sa veste, ses doigts effleurèrent un morceau de papier. Il l'extirpa ainsi que son téléphone portable, puis composa le numéro de mobile de Leslie Applebe.

35

Ils dînèrent dans un restaurant italien du boulevard Montparnasse. Ce fut pour Michel comme une révélation. La vie pouvait désormais être aussi simple que cela. Inviter une belle femme et se délecter de sa présence, sans craindre qu'elle fût entre les mains d'un clan puissant qui demain vous demandera des comptes. Depuis qu'il était arrivé en France, son autre pays de cœur, son pays maternel qu'il avait connu enfant et aussi de loin en loin, parfois en plein hiver, certains Noël, d'autres fois dans les arrière-saisons automnales, Michel goûtait à cette douceur de vivre. Les journaux étaient pleins des accusations contre le gouvernement d'avoir laissé mourir des milliers de personnes âgées pendant l'été caniculaire, et déformé qu'il avait été par le régime dictatorial, il s'étonnait presque que la soldatesque n'ait pas fait taire *manu militari* les leaders de l'opposition et les chroniqueurs en vue dans les médias qui dénonçaient complaisamment cet état de fait. La France était une nation de cocagne, il prenait conscience de ce privilège à chaque seconde, et surtout à présent qu'il faisait face à cette splendide créature toute disposée à le conforter dans son impression.

Ils s'étaient installés de bonne heure en terrasse et avaient commencé l'un et l'autre avec une pleine assiette de *penne a la rabiata*. Leslie portait un sweat-shirt bleu pâle échancré qui laissait paraître sa poitrine laiteuse. Elle n'était pas maquillée ou si peu qu'elle montrait sa beauté dans tout son éclat naturel. Contre toute attente, Michel se trouva intimidé face à cette femme à peine plus jeune que lui qui lui décochait pourtant les sourires pleins de sollicitude d'une Aphrodite. Le fils de Mme Lemarchand avait tout de même osé l'appeler sur son portable, sans préciser d'ailleurs qu'il l'avait obtenu par sa mère, pour l'inviter à déjeuner ou à dîner. Et c'est ainsi que le soir même ils s'étaient retrouvés dans ce restaurant de Montparnasse, devant une assiette fumante de *penne*, disponibles l'un à l'autre.

Peut-être ressentaient-ils tous deux à leur insu l'enjeu qui se dessinait à travers cette rencontre où rien n'était anodin. Michel ne savait pas s'expliquer pourquoi il avait voulu la revoir, et Leslie n'aurait pas pu dire précisément ce qui l'avait poussée à accepter aussitôt ce dîner. D'autant qu'elle s'était engagée à participer le même soir à une réception donnée dans les salons du Lutétia, en l'honneur d'un artiste australien. L'attaché culturel de l'ambassade lui faisait depuis plusieurs mois une cour assidue à laquelle elle ne s'était pas montrée insensible. C'était à lui qu'elle devait cette invitation en comité restreint, où le champagne coulerait à flots. Mais peu lui importait, à présent. Sans réfléchir une seconde, comme un cri du cœur, elle avait dit « d'accord » à Michel Samara. Son absence fut remarquée au Lutétia.

Le début de leur conversation fut des plus convenus entre deux personnes qui s'attirent mutuellement mais n'osent pas se découvrir, de peur de choquer l'autre ou alors de se ridiculiser, craignant de découvrir que tout cela était un stupide malentendu. Croyant bien disposer Michel, Leslie essaya à plusieurs reprises de lui parler de sa mère, mais elle comprit rapidement que ce terrain était stérile. Le géant blond aimait sa mère sans réserve, mais cette dernière avait le don, dès qu'il passait plus d'une journée avec elle, de l'étouffer en le considérant comme un petit enfant sans défense, un rôle qu'il avait passé l'âge de jouer. Les mille attentions de Mme Lemarchand pour son fils passaient des conseils pour ses bronches – qu'elle savait fragiles – aux recommandations appuyées sur une alimentation équilibrée – autant de rappels qui exaspéraient parfois Michel. Il avait beau être adulte, aussi fort qu'un taureau et viril à en faire blêmir la ravissante Leslie comme avaient chaviré avant elle Maureen et tant d'autres qu'il avait moins aimées, sa mère le gardait dans le monde préservé de l'enfance. Michel se souvenait du souffle de liberté qui était passé sur lui lorsqu'elle avait épousé le professeur Samara. L'homme l'avait initié à l'équitation et à la lutte gréco-romaine, et aussi aux combats de coqs auxquels Mme Lemarchand avait toujours refusé de se rendre, tenant ces spectacles pour décadents et odieux. L'enfant s'était littéralement émancipé en sortant des jupons de sa mère, et avait béni cette époque où il avait pu enfin devenir un homme à part entière, et non le personnage de porcelaine dont Mme Lemarchand, sans le vouloir, lui renvoyait l'image.

Lorsque Leslie s'extasia devant la proximité qui semblait unir Michel à sa mère, il éluda d'un revers de main et l'interrogea sur les raisons de sa présence en France.

— Pourquoi n'êtes-vous pas repartie en Australie, après votre séjour aux États-Unis ?

Elle fit la moue et donna l'air de réfléchir, bien qu'elle sût parfaitement la réponse. La vérité était qu'elle s'était séparée de son mari trois ans plus tôt, un homme d'affaires new-yorkais qui brassait des contrats de sucre sur les marchés à terme à longueur de journée. Au début, elle avait trouvé ça drôle et quelque peu exotique, cet homme au physique de beau gosse californien qui faisait joujou avec des cargaisons virtuelles de sucre achetées à Cuba et revendues en Europe plusieurs fois dans l'heure, avant de dénouer les contrats sur des courtiers de Hongkong ou de Macao. Mais elle s'était lassée en même temps que son mari l'avait délaissée, la trouvant trop à gauche, trop militante, trop éprise aussi des films de Woody Allen, et peut-être de Woody Allen lui-même, dont il était exactement l'opposé, d'un point de vue physique autant qu'idéologique.

Leslie avait fini par rencontrer un professeur de sciences politiques français, invité pour une session de six mois à l'université de Columbia. Ils avaient vécu l'un et l'autre une brève et intense passion qui l'avait conduite à quitter Washington pour New York, puis pour Paris lorsque le spécialiste des démocraties parlementaires, un certain Stéphane Minge, avait dû rentrer au bercail. Ce qu'il n'avait pas dit à sa dulcinée, mais qu'il se résolut à avouer dans le vol de nuit New York-Paris, c'est que, tout épris de sciences politiques comparées qu'il était, il n'en était pas moins marié, très marié même. Il avait quatre enfants et une femme dont il ne pouvait pas se débarrasser facilement, vu qu'elle était l'héritière des « Ciments Desjoineaux » et recevait à ce titre des émoluments incomparables avec ses revenus, honorables mais sans plus, de professeur agrégé.

— J'avais envie de connaître la France, pays de la Déclaration des droits de l'homme! répondit ainsi Leslie à la question sur le pourquoi de sa présence à Paris. J'ai trouvé un bon travail d'interprète à l'Unesco et cela me passionne. J'ai aussi beaucoup de temps libre pour m'occuper de mes garçons qui sont assez turbulents, je dois dire.

Michel sourit.

— Ça marche encore, à l'étranger, ces histoires de rayonnement de la France, l'esprit des Lumières et toutes ces vieilles lunes? demanda-t-il avec une bienveillante ironie.

Leslie faillit dire : « Interrogez votre maman à ce sujet », mais elle s'en garda.

— Oui, nous autres Australiens sommes admiratifs devant vos révolutionnaires qui sont allés jusqu'à l'échafaud pour défendre leurs idées; il suffit de penser à une femme comme Olympe de Gouges, qui a mis en avant une Déclaration des droits des femmes et des citoyennes. Même si elle a fini sa vie la tête tranchée, je crois que ces faits d'histoire traduisent fidèlement un certain esprit français dont j'étais curieuse.

Par cette réponse sensée, charpentée, réfléchie, Leslie évitait d'évoquer ses déboires amoureux. Mais elle ne mentait pas pour autant. Descendante lointaine de ces pionniers venus d'Europe avec leurs moutons pour découvrir les grands espaces d'Australie avant de poursuivre leur périple jusqu'à la Tasmanie, la jeune femme se voulait l'héritière d'une tradition familiale fondée sur l'ouverture d'esprit, la curiosité et la tolérance, sans tomber dans le militantisme dogmatique ou l'esprit boy-scout qu'elle trouvait trop souvent parmi les Américains. Les Français, avec leur extrême gauche et leur Astérix du Causse « démonteur de Mc Donald's » et pourfendeur des OGM — ainsi appelait-elle José Bové —, les Français avec toutes leurs sortes de fromages et leur fusée Ariane lui paraissaient à la fois ouverts et complexes, en un mot attachants. Leslie s'était retrouvée tout naturellement au sein du mouvement anti-guerre et c'est à une réunion préparatoire de manifestation de rue qu'elle avait rencontré Thérèse Lemarchand.

Pendant qu'il écoutait Leslie, Michel était traversé de pensées contradictoires qui parasitaient quelque peu les propos de la jeune femme. S'il était tout ouïe, il était aussi fasciné par la finesse de ses traits, qui contrastait avec la profondeur presque envoûtante de son regard, surtout lorsqu'elle défendait son point de vue avec fougue et passion. En même temps, l'esprit de

Michel vagabondait dangereusement vers l'Irak. Fadhil avait-il réussi à convaincre les convoyeurs de dériver de telles quantités de pétrole ? Il ne le saurait véritablement que lorsque les hommes d'Augagneur, à la Tatoil, accuseraient réception de la marchandise. Une fois que les sommes seraient versées sur les comptes suisses jumeaux, Dupont et Dupond, après le versement de sa commission à Augagneur, il resterait à appâter l'homme de la CIA dans le golfe de Guinée. Bien sûr, Claude Girard avait toute sa confiance. Mais il fallait compter avec les impondérables, la méfiance des uns, la maladresse des autres. Et au final, Augagneur accepterait-il le codicille de l'opération, le subterfuge qui devait lui rapporter un bonus de cinq cent mille dollars, avait promis Michel, s'il jouait le jeu avec Claude Girard et le « pigeon » de la CIA ? Par instants, le géant blond jugeait son plan par trop machiavélique, même s'il avait suscité l'enthousiasme chez les rares hommes de confiance à qui il en avait dévoilé une partie, tout en restant seul maître du tout.

— J'aime vos mains, venait de dire Leslie en approchant les siennes.

— Pardon ? balbutia Michel.

— Elles sont fortes et délicates à la fois, sensuelles. J'ai rarement vu des mains aussi longues.

Michel prit celles de Leslie et les déplia contre ses joues. Ils restèrent ainsi quelques minutes, sans prononcer un seul mot, jugeant sans doute qu'ils avaient bien assez parlé, qu'il serait bon maintenant de communiquer autrement, de prolonger avec des silences et des gestes.

Michel laissa éteinte sa chambre de l'hôtel du Midi. Une enseigne lumineuse faisait entrer par intermittence une lueur bleutée qui zébrait le lit et leurs corps nus. Il n'avait connu pareille douceur depuis si longtemps que, lorsque sur le matin, Leslie fut endormie, il laissa des larmes couler sur ses joues, un torrent de larmes muettes qu'il lécha à mesure qu'elles venaient s'écraser sur ses mains. Des larmes qui semblaient l'alléger de toute sa peine, des larmes de joie et de paix retrouvées. Dans son sommeil, la jeune femme l'attira contre lui et, très lentement, ils se reprirent.

Ils restèrent ainsi plusieurs jours à l'hôtel, et autant de nuits. Quand ils en avaient fini de leurs étreintes, et ils pensaient parfois qu'ils n'en finiraient jamais tant leurs corps se voulaient, ils restaient de longues heures à parler ou à ne rien dire, protégés par la main de l'un, par le souffle de l'autre. Toute leur vie ou presque défila en récits interminables, tantôt drôles et joyeux, tantôt si mélancoliques et graves qu'ils se terminaient en pleurs, en caresses de réconfort, pas encore en promesses, car ces deux êtres connaissaient la fragilité des lendemains. Deux fois Michel décrocha son téléphone. La première pour rassurer sa mère qui s'inquiétait de sa soudaine disparition. La deuxième fois pour recevoir d'Augagneur la confirmation que Fadhil avait bien travaillé. Leslie, elle, avertit ses parents venus à Paris pour un mois qu'elle devait s'absenter quelques jours, et qu'ils s'occupent des enfants. Le reste du temps, ils rattrapèrent le temps perdu, toutes ces années qu'ils avaient passées sans se connaître, et qu'ils croyaient devoir se raconter, sauf quelques zones d'ombre préservées par chacun. Leslie finit par avouer son idylle avortée avec le professeur de sciences politiques. Michel, lui, qui avait pas mal de drames à son actif, se contenta d'évoquer le souvenir de Maureen dont, inévitablement, Leslie fut jalouse, bien qu'elle ait su les conditions de sa mort.

Michel hésita à mettre Leslie dans la confidence de son grand projet. Il n'aimait guère mélanger ce qu'il considérait comme ses affaires avec une histoire de cœur, quand bien même cette histoire promettrait d'être un bouleversement heureux dans son existence jusqu'ici si chaotique. Sur un ton neutre, il déclara un matin, pendant qu'ils prenaient leur petit déjeuner dans la chambre, qu'il aimerait bien voyager aux États-Unis avec Leslie. La jeune femme se montra ravie, d'autant que ses parents avaient prévu de prolonger leur séjour en France jusqu'à la fin de l'automne.

– Je pourrai t'accompagner une dizaine de jours, proposa-t-elle, avant d'ajouter : Mais je doute que nous puissions voir grand monde là-bas, puisque nous restons collés comme des siamois.

– Pas besoin de dix jours. Je dois être rentré le 15 septembre à Paris, répondit Michel en pensant à son rendez-vous sinistre des catacombes. Pourras-tu au moins me présenter tes vétérans du Vietnam et tes défenseurs de la démocratie ?

– Si tu ne me délaisses pas pour eux, promis. Ce sont des gens extraordinaires, de vrais Américains respectueux des autres, et il y en a plus qu'on croit.

– Même respectueux des Français, ou des Irako-Français comme moi ? demanda Michel en plaisantant.

– *Of course !* Tu ne seras pas déçu. Quand partons-nous ?

– Le temps de régler deux ou trois choses et c'est comme si nous étions déjà à Washington.

– Disons New York pour commencer. Et ensuite Washington, si le voisinage avec George W. Bush ne t'indispose pas trop, fit Leslie qui avait deviné le dédain de Michel pour le président américain.

Le géant blond ne réagit pas. Il demanda :

– Mais pourquoi New York ?

– Je connais un homme que tu serais très heureux de rencontrer, j'en mettrais ma main au feu.

– Laisse ta main où elle est, exactement là, répondit Michel en plaquant la main de Leslie contre son cœur. Mais de qui veux-tu parler ?

La jeune femme éclata de rire, tout heureuse d'avoir piqué la curiosité de l'homme qui prenait à chaque seconde une place encore plus grande, plus grave aussi, dans son existence.

– Au début de l'été, j'ai passé deux semaines de rêve sur une île finlandaise, je crois que je l'ai dit l'autre soir quand nous dînions chez ta mère, mais je ne suis pas certaine que tu m'écoutais.

– Mais si ! s'écria Michel, faussement piqué d'être soupçonné d'avoir été inattentif. Tu as même raconté que tu avais lu des livres de Kafka traduits en anglais et nous avons parlé de ce qu'évoquait pour chacun de nous *La Métamorphose*. Tu te voyais en papillon, je crois...

– Et la bise sur ton visage, ajouta Leslie en se lovant contre Michel.

– Donc, au début de l'été, en Finlande...

Pendant qu'il prononçait ces mots, Michel essaya de se remémorer ce qu'il faisait au début de l'été, et un flot d'images l'accabla, des images d'hôpitaux, de camp de prisonnier, de gradés américains tabassant de pauvres hères sans défense.

– Un matin, avec les garçons, nous sommes allés à la pêche dans les rochers. Ils ont ramassé quelques crabes dans les trous en bordure de mer. Mais ils voulaient surtout attraper des poissons, alors nous sommes revenus avec des cannes à pêche et des appâts. Cette fois, un homme s'était installé avec une belle ligne en fibre de verre. Il était en tee-shirt blanc, une casquette sur la tête, et semblait très paisible, concentré sur l'horizon pendant que son fil allait et venait dans le courant. Il était noir, et cela m'a frappée. On ne voit pas tant de Noirs que cela, en Finlande. Au milieu de tous ces blonds, il détonnait un peu, quoique l'endroit fût presque désert. Les enfants sont allés vers lui et gentiment, il leur a montré comment appâter. J'étais un peu gênée qu'ils le dérangent ainsi dans sa méditation. Je n'avais pas vu son visage de face, mais seulement de profil. Il avait les cheveux blancs, et aussi un collier de barbe. Quand il s'est retourné vers moi pour me saluer, j'ai reconnu, c'était incroyable de le voir ici pêchant seul, tranquille, au milieu du silence... C'était Kofi Annan !

— Le secrétaire général des Nations unies ?
— Parfaitement.
— À la pêche, cet été, pendant que...

Devinant l'effet produit par cet aveu, Leslie corrigea aussitôt.

— Il était venu seulement trois jours avec son épouse Nane, pour essayer de faire le vide. Il est rapidement reparti à New York et depuis, d'après ce que je lis dans les journaux, il fait le forcing pour que son institution reprenne la main en Irak.

— Il serait temps, lâcha Michel. Mais avec ce qui est arrivé à Sergio Vieira de Mello.

— Nous sommes restés une dizaine de minutes à bavarder, de tout et de rien. Puis j'ai dit aux enfants d'aller s'installer plus loin. Il est resté seul sur son rocher. Si j'avais eu un appareil, je lui aurais demandé la permission de le photographier ainsi, il était très beau, tu sais, très digne, un sage africain devant l'immensité, qui sait que nul ne sera jamais assez grand pour embrasser toute la complexité du monde.

Michel hocha la tête.

— C'est très beau, ce que tu dis, très juste aussi.
— Je ne sais pas. Je n'ai pas réfléchi, c'est venu comme ça en pensant à Kofi Annan. Il m'a proposé de venir le voir si je passais à New York. Ce n'était pas une parole en l'air, j'en suis sûre.

— Te voir toi, observa Michel, pas moi.
— Ne fais pas ton jaloux. Il sera très intéressé de te connaître,

fit Leslie en appuyant son propos de gestes des mains. D'après ce que nous avons appris dans le mouvement des anti-guerre, il ne décolère pas devant les exactions des marines. Les soldats qui pillent les économies des pauvres vieux Irakiens, ça ne lui plaisait déjà pas beaucoup. Mais les camps de détention en dehors de tout respect des conventions du droit des prisonniers, c'en est trop pour lui. Je l'ai entendu récemment dénoncer les conditions de détention des prisonniers sur la base cubaine de Guantanamo. Il aurait beaucoup à apprendre de toi, crois-moi. Et puis, comme il m'a dit : « Je dois rester l'interlocuteur de tous, sinon je ne sers à rien. »

– Kofi Annan ? Une pensée effleura l'esprit du géant blond, mais il la garda pour lui.

Un matin, ils décidèrent de réémerger dans la vie. Leslie alla chercher ses enfants à la sortie de l'école. Michel se rendit chez sa mère pour la rassurer. Il n'avait pas disparu. Elle comprit avec un certain soulagement que la belle Leslie n'était pas pour rien dans son absence prolongée. Quand il évoqua un probable voyage aux États-Unis avec la jeune femme, Thérèse Lemarchand fut aussi émue que s'il lui avait annoncé son prochain mariage. Elle qui rêvait d'avoir un jour des petits-enfants fit le soir même une ardente prière dans ce sens.

Mais avant ce départ pour la côte Est, Michel devait faire un bref voyage à Genève. Un banquier qu'il connaissait de longue date lui avait confirmé des mouvements importants sur les sous-comptes Dupond et Dupont. « Le nerf de la guerre est arrivé », s'était dit Michel, avant de corriger : « le nerf de la paix, plutôt ».

Ce fut une formalité. Comme prévu, quarante-neuf millions de dollars (c'est-à-dire cinquante millions de dollars moins un million représentant la commission d'Augagneur) avaient transité du compte numéroté 000192837 de la Tatoil, baptisé Anaconda, vers le compte numéroté 000283746 nommé Michel, mais s'ouvrant en cascade sur les sous-comptes Dupont (à hauteur de vingt-cinq millions de dollars) et Dupond (à hauteur de vingt-quatre millions de dollars).

Michel fit créditer sa carte bancaire de cinq cent mille dollars et donna pouvoir au banquier de verser la même somme sur le compte Anaconda quand il en recevrait le signal. Pour cela, il fallait qu'Augagneur se mouille davantage que par une simple opération de maquillage de brut irakien.

Deux jours plus tard, Leslie et Michel embarquaient à Roissy à bord d'un Boeing 747 à destination de JFK Kennedy. C'était la veille du 11 septembre, mais aucun d'eux ne pensa qu'il pouvait mourir.

36

Comme chaque dimanche depuis qu'il vivait à Douala, Gerald Cook déjeunait au grill de l'hôtel Mariott, à deux pas de la piscine où les margouillats prenaient le soleil dans une immobilité de statue. En général, Cook déjeunait seul. Mais sa table, toujours la même, la plus proche du barbecue où cuisaient de grosses pièces de bœuf importées d'Argentine, et parfois des porcelets replets arrivés congelés des Highlands, sa table était très visible. Et il veillait bien à ce que le maître d'hôtel ait laissé trois chaises vides pour permettre à la moindre connaissance s'arrêtant seule ou en famille de lui tenir un moment compagnie.

Un observateur extérieur aurait pris Gerald Cook pour un de ces vieux Américains originaux à la peau tannée par le soleil des tropiques, enrichi dans le commerce des bois précieux ou de l'import-export, à moins qu'il n'appartienne à cette race des joueurs qui écumaient les casinos qui avaient fleuri dans les années quatre-vingt-dix tout au long du golfe de Guinée, sous la férule de frères corses et avec l'assentiment de chefs d'État convertis à la roulette et aux « bandits manchots ». Ses chemises toujours blanches, avec des boutons de manchettes en or, auraient pu le classer dans la catégorie des « toubabs », ces Blancs aisés qui passent leurs journées dans des bureaux climatisés pour le compte de la Banque mondiale ou de quelque filiale africaine de banque internationale.

Pourtant, Gerald Cook n'était rien de tout cela, et cela faisait partie de son plaisir que de demander à ses interlocuteurs ce qui, à leur avis, occupait ses journées. Il ne répondait jamais que par un sourire et une réflexion pour jeu d'enfants : « oui, vous brûlez, mais ce n'est pas ça... ». Les autres jours de la semaine – le dimanche étant consacré pour l'essentiel à son déjeuner du Mariott suivi de conciliabules avec des visiteurs apparemment venus s'asseoir à l'improviste à sa table –, on pouvait l'apercevoir tôt le matin au marché central de Douala, marchant les mains dans le dos en short kaki et sweat-shirt des Alligators, la fameuse équipe de base-ball de Dallas, à l'affût des arrivages de toutes sortes de produits soit par la mer, soit par les frontières terrestres du Nigeria ou de la République centrafricaine. Sous ses airs d'hurluberlu faisant mine de toujours comprendre de travers ce qu'on lui disait, Cook savait parfaitement déceler dans les échoppes les arrivages d'armes ou de pétrole clandestin, dans des cubitainers que le public non averti aurait crus remplis de vin rosé.

À sa table du Mariott, ce dimanche-là, s'était longuement arrêté un pharmacien de Douala, et entre deux tranches de gigot à l'os disparaissant sous une montagne de pommes frites, les deux hommes avaient évoqué l'inquiétante recrudescence du trafic de cocaïne dans les pays côtiers. D'après le pharmacien, un Camerounais de souche formé à l'université britannique, ce trafic allait de pair avec l'ouverture des casinos dans de nombreux hôtels de Douala et de Yaoundé, mais aussi de Libreville, de Brazzaville, du Ghana et de Côte d'Ivoire.

« On dirait aussi que la poudre blanche se marie bien avec l'or noir », avait précisé le pharmacien à mots couverts, soulignant l'ampleur nouvelle du trafic là où les découvertes pétrolières s'étaient confirmées, attirant quantité de consommateurs potentiels parmi les expatriés.

Gerald Cook ne prenait jamais de notes au cours de ces entretiens informels. Il tentait de se montrer aux yeux du public le plus insouciant possible, n'hésitant pas de temps à autre à attirer une jolie jeune femme, ou plusieurs, à sa table pour donner le change et affirmer sa réputation de joli cœur, bien que nul ne l'eût jamais surpris en compagnie féminine après la tombée du jour.

Une semaine par mois, il rentrait à Washington et il dévidait son sac à bla-bla auprès d'un général de la CIA qui le tenait pour un de ses meilleurs agents de la région. Grâce à lui, les États-Unis avaient pu déjouer une machination des Britanniques sur les gisements prometteurs de São Tomé et Príncipe. Après une virée dans le petit archipel, il avait recueilli des informations de premier ordre sur des pourparlers très avancés entre les dirigeants de l'ancienne colonie portugaise et la BP. Le ministre santoméen du pétrole était un ami proche de son homologue camerounais, lequel donnait régulièrement quelques bons tuyaux à Gerald Cook, en échange d'autres tuyaux que ce dernier possédait sur les opérateurs français.

Comme tous les agents secrets, Cook travaillait selon deux principes complémentaires : la confiance et l'échange. Dans l'écheveau complexe et subtil du renseignement, il tirait à merveille son épingle du jeu. Un de ses grands plaisirs était parfois d'en remontrer à son concurrent et pourtant ami des services français, Claude Girard. Les deux hommes avaient travaillé de concert après la chute du mur de Berlin, pour éviter que les nouveaux riches des pays de l'Est aux appétits pétroliers démesurés ne viennent chasser sur leurs terres africaines. Si Français et Américains se reconnaissaient comme « challengers » en Afrique de l'Ouest, ils unissaient volontiers leurs forces et leur influence pour chasser les Russes, Biélorusses, Tchèques et autres Ouzbeks de leur terrain. Entre Gerald Cook et Claude Girard était ainsi née une complicité renforcée par l'âge et des goûts personnels très proches. Ils étaient de la même génération, avec deux ans de plus pour Girard. Ils adoraient la chasse et les courses de chevaux, ce qui les faisait régulièrement se retrouver dans des battues de phacochères ou dans les locaux du PMU camerounais, où ils suivaient devant des téléviseurs géants les courses à Longchamp, une paille vissée entre les dents, Coca pour Cook, fruit pressé pour Girard.

Il était trois heures passées lorsqu'un petit homme au dos légèrement voûté, les yeux agrandis par la loupe de ses gros verres de lunettes, s'avança négligemment vers la table de l'agent américain. L'homme l'invita à s'asseoir d'un ample geste de consul romain en fin d'orgie, et l'autre se laissa tomber sur une chaise au siège cannelé. Il tenait à la main un verre de vin rouge. Dans le soleil, on aurait cru que sa moustache de major des Indes avait pris des reflets carminés. Il ne s'agissait en réalité que de jus de raisin, car le Français ne buvait jamais d'alcool sous le soleil, question de principe qu'il respectait à la lettre. Jamais quiconque n'avait pu tromper sa vigilance en espérant le griser.

Pendant la campagne irakienne, les deux agents avaient eu moins d'occasions de se croiser, mais quand cela s'était produit, ils avaient évité les sujets qui fâchaient leurs dirigeants respectifs, bien décidés à conserver entre eux l'amitié des vieux crocodiles qui, tout en chassant dans le même marigot, n'auraient pas l'idée de s'entre-tuer.

Claude Girard avait hésité quelques minutes, sous les catacombes, à la proposition de Michel Samara. D'abord, le jeune et colossal Franco-Irakien n'était en rien un de ses supérieurs hiérarchiques, tout au plus une source d'information, certes précieuse dans le contexte du moment. Ensuite, participer à la réussite de son piège supposait de tromper un homme qui avait sa confiance, voire un ami, en la personne de Gerald Cook. Certes, il était arrivé à ce dernier, par le passé, de tromper Girard par omission, en ne lui donnant pas telle ou telle information que son pays ne pouvait pas se permettre de voir divulguer avant l'heure, comme les tentatives américaines d'attirer les élites d'Afrique francophone dans les universités et les grandes écoles de la côte Ouest grâce à des bourses alléchantes et des conditions incomparables d'obtention des visas. C'était de bonne guerre et Claude Girard avait dû expliquer à ses hiérarques à Paris que cette offensive américaine envers les cerveaux du continent noir avait pu se développer dans un contexte où Paris menait une politique très restrictive, voire humiliante, envers ses anciennes colonies.

Dans le cas qui occupait maintenant l'agent français, il s'agissait moins de punir tout un peuple, en l'occurrence le peuple américain dont Gerald Cook était un ressortissant éminemment sympathique, que d'infliger un sévère camouflet à George W. Bush. Deux aspects avaient encouragé l'agent français à participer à l'opération. Il savait que dans une phase de reconquête par la France de ses positions en Irak la carte Michel Samara était un atout majeur, autrement plus prometteur que les as de pique ou de trèfle pour lesquels l'armée américaine avait lancé des avis de recherche internationaux. (Et les fils de Saddam, eux, n'auraient désormais plus rien à dire.) De plus, à travers quelques conversations de fin de soirée, Girard savait pertinemment que Gerald Cook ne portait guère le clan Bush dans son cœur. Issu d'une famille d'intellectuels modérés de La Nouvelle-Orléans – son père était professeur de droit public et sa mère enseignait la psychologie –, il n'appréciait pas cette brutalité arrogante des Bush et leur appât du gain qui sentait le pétrole à plein nez, même quand Bush junior essayait de parler d'autre chose. Avec Claude Girard, ils avaient souvent ri des propos incohérents du président, quelquefois dignes d'un analphabète, surtout s'il s'aventurait sur le terrain des arts ou de la culture. L'agent français se disait que, après tout, Cook serait peut-être ravi de participer malgré lui à la ruine du président et de sa clique, lui qui cachait à peine ses penchants démocrates.

C'est dans ces dispositions d'esprit qu'il prit place à la table de l'Américain, chassant involontairement un gros lézard qui prenait le soleil à l'endroit précis où le voyageur arrivé la veille de Paris avait déposé sa serviette de cuir.

– Où étais-tu passé, vieux forban ? demanda Cook en hélant d'une main le serveur. Et je suis sûr que tu n'as pas mangé.

– Perspicacité remarquable, fit Claude Girard en palpant son ventre, pas mécontent de se remplir la panse de quelques brochettes. J'étais en France pour les vacances. Une sécheresse comme tu n'as pas idée. Pas une goutte d'eau. Si ça continue, tout le pays sera pelé comme le Sahel.

– Le Sahel, répéta Cook rêveur.

En véritable amoureux de l'Afrique, l'agent américain s'était perdu plus d'une fois entre le Mali et le Niger, sur des pistes de sable seulement connues des Touaregs avec qui il avait noué des liens presque fraternels. Si ses affaires le conduisaient à s'intéresser au pétrole, ses penchants profonds le poussaient vers ces peuples sans richesses qui, à ses yeux, étaient plus heureux, car moins jalousés, moins pervertis. « Le pétrole, c'est la guerre », aimait-il à répéter, et les événements d'Irak lui avaient tristement donné raison.

– Que dit-on à Paris ? demanda Cook. Que nous sommes des salauds d'Américains et que la prochaine fois, on ferait mieux de vous écouter au lieu d'aller comme des grands dans le bourbier d'Orient, pas vrai ?

– Oui, approuva Girard, on dit ça. Mais on parle aussi d'autre chose.

– Par exemple ? fit Cook.

– L'Élysée n'a pas tellement apprécié le jeu de Bush devant l'ONU, quand il a voulu courtiser les pays africains membres non permanents du Conseil de sécurité. Pendant quelques jours, rien que pour obtenir leur soutien, il a fait des promesses indignes d'un chef d'État responsable aux présidents de la Guinée, de l'Angola et...

— Et du Cameroun, oui, *I know*, compléta Gerald Cook en baissant les yeux. Le président Biya a obtenu la réouverture prochaine d'un bureau de US Aid qui avait fermé ses portes il y a plus de dix ans. Le téléphone n'a pas arrêté de sonner en provenance de la Maison-Blanche. Du coup, votre ministre des Armées, cette femme blonde...

— Michèle Alliot-Marie.

— *Right*. Eh bien, elle a boycotté le Cameroun lors de sa récente tournée africaine, il me semble.

— Je crois qu'elle avait des consignes à très haut niveau, expliqua Girard. Mais en réalité, tout cela était de la politique à la petite semaine, je parle du côté américain.

— Et pourquoi donc ?

— Imaginez : Bush feint de les consulter sur une affaire de la plus haute importance, et avant même d'obtenir leur avis, il s'en va seul comme un grand lâcher des bombes sur l'Irak, vous appelez cela de la concertation ?

— Je crois pourtant que nous avons marqué des points dans cette région de l'Afrique, observa sérieusement Cook. Quand l'ambassadeur des États-Unis se promène dans son auto dans Douala ou à Yaoundé, il n'est plus hué comme au temps de notre déroute en Somalie.

— Je peux vous dire que pour le vrai business, vous n'êtes vraiment pas dans le coup.

Cook avala une gorgée de Coca dans son verre où surnageaient une dizaine de glaçons tandis que Claude Girard s'interrompait pour humer le fumet des morceaux de bœuf déposés brûlants sous son nez.

— Pas dans le coup ? reprit Cook après avoir vidé la moitié de son verre et réprimé un rot discret. Et qu'est-ce qui vous fait dire ça ?

Claude Girard posa un regard circulaire, avisa le margouillat qui s'était éloigné de quelques mètres, et parla sur le ton confidentiel que Cook lui connaissait quand il avait vraiment quelque chose d'important à dire.

— À Paris, j'ai vu nos gens de Tatoil. Vous savez qu'il leur arrive de collaborer à la Maison.

L'Américain plissa les yeux en signe d'approbation.

— Je puis seulement vous affirmer qu'une récente affaire conclue ici même à la barbe de vos pétroliers amuse beaucoup nos responsables politiques, enfin, ceux, et ils ne sont pas nombreux, qui sont au parfum.

En procédant de la sorte, par fine allusion, en lâchant le minimum d'informations, mais assez précises pour favoriser la gamberge, en vieux renard qu'il était, Claude Girard savait que son poisson mordrait à pleine gueule à l'hameçon agité devant lui.

— Un business pétrolier dont je n'aurais pas entendu parler? s'étonna Cook.

— Ne m'en demandez pas davantage, fit l'agent français en lissant sa moustache, j'ai déjà outrepassé mon rôle en vous confiant cela.

— Un digestif avec moi, Claude, riposta l'Américain d'une voix suave, sans se faire d'illusion, car il connaissait son interlocuteur et sa sobriété de chameau.

— Faites honneur autant que vous voudrez à notre cognac, répliqua son comparse. Mais je souffre d'une légère insuffisance hépatique, fit-il comme pour s'excuser.

— Vous avez mal au foie, mais vous avez de l'estomac, *my god*, s'écria Cook, encore sonné par ce qu'il venait d'entendre, et bien décidé à en apprendre davantage.

— Dans une autre circonstance, je vous aurais aidé davantage, ajouta Girard. Mais de vous à moi, je devrais toucher un petit quelque chose dans cette affaire. Disons que j'ai facilité les transactions à un certain stade, grâce à quelques amitiés bien placées au sein du gouvernement camerounais. Je suis près de la retraite, et mes émoluments n'ont jamais été mirobolants. Alors, juste avant de me retirer, vous comprenez Cook, nos salaires ne sont en rien comparables à ceux qui vous sont versés...

Une drôle de lueur passa dans le regard de Gerald Cook, comme s'il s'était dit « moi qui croyais *this guy* intègre, voilà qu'il craque pour le fric juste dans la dernière ligne droite! ». Plus tard, quand il essaierait de remonter le fil des événements, il se souviendrait avoir tiqué au moment où son ami des services français avait prétendu « en croquer ». Mais pour l'heure, il voulait savoir ce qui se tramait dans le dos des Américains sans qu'il soit au courant. À renard, renard et demi. En bon connaisseur des mœurs du renseignement, il avança quelques pions qu'il espérait décisifs pour inciter Girard à poursuivre dans ses révélations.

— Claude, commença-t-il, les chefs d'État de la région ont compris depuis un moment que nous disposons d'une capacité d'investissements dans la sphère pétrolière supérieure à toute autre nation européenne. Sais-tu seulement que nous avons financé l'essentiel des travaux pour le pipe-line qui traverse le Tchad jusqu'au terminal camerounais de Kribi ? Les premières gouttes de brut tchadien sont arrivées à bon port la semaine dernière, tu étais encore à Paris. Grâce à nous, les Tchadiens sont moins tributaires des prix de leur coton pour boucler leurs fins de mois, et ils ont été...

Il marqua volontairement une pause pour observer celui qui redevenait soudain son concurrent.

— ... ils ont été très reconnaissants à l'égard de nos firmes de prospection. J'ajoute que lors de son récent passage ici, tu l'as entendu comme moi, le président Bush a promis d'investir dix milliards de dollars dans les dix ans qui viennent pour la recherche énergétique ciblée sur le golfe de Guinée. Il lisait un papier qui lui avait été préparé, je ne pense pas qu'il se soit trompé sur les chiffres...

— Je ne doute pas une seconde de tous ces efforts louables de votre part. Je sais aussi que ce coin d'Afrique vous procure plus de quinze pour cent de vos besoins démentiels en pétrole et en gaz, et que vos experts tablent sur des fournitures représentant vingt-cinq pour cent de vos besoins. Pourtant, je peux vous assurer que les plus beaux blocs de prospection, les parcelles situées en haute mer, off shore, loin des risques d'agitation politique et de mouvements incontrôlés de population, ces blocs-là sont en train de vous échapper au profit de Tatoil. C'est aussi simple que ça.

Cook fronça les sourcils.

— Sont en train ou nous ont déjà échappé ?

Girard but lentement son verre de jus de raisin et, l'espace de quelques secondes, un très lourd silence pesa entre eux.

— Si c'est par patriotisme cocardier, je ne peux rien te proposer, reprit Cook. Mais si c'est une affaire de gros sous, je peux négocier pour doubler ta « com' », quel qu'en soit le montant.

L'agent français émit un sifflement admiratif.

— Vous êtes encore plus riches que je pensais ! Tu ne sais pas sur quel montant tu t'engagerais.

Puis il finit de siroter le fond de son verre en feignant de s'intéresser au spectacle de ravissantes naïades assises sur le bord de la piscine. Dans ce rôle de composition, Claude Girard se découvrait des dispositions insoupçonnées. Il songea qu'il aurait pu mener une carrière prospère d'agent double, mais il était assez sage pour savoir que ce genre de figure conduisait en général derrière les barreaux d'une prison ou alors dans une situation allongée sur un trottoir ou dans une arrière-cour d'hôtel, quelques balles dans le dos. Et Claude Girard n'aimait rien tant que de dormir sur ses deux oreilles entre des draps immaculés. C'était son côté vieille France un peu classique, et légaliste en diable.

– Écoute, Gerald, je dois partir. Une affaire à régler en ville. Rendez-vous ce soir sur le deuxième ponton de la marina, près du bateau des garde-côtes. J'aime bien me balader là-bas, la nuit, il y a toutes ces odeurs de marée qui remontent.

– Et le parfum des hydrocarbures ! releva l'Américain en rigolant d'un rire nerveux, comme si ce rendez-vous marquait sa victoire.

– D'accord ?
– OK.
– Vingt et une heures, ajouta le français.
– Précises, confirma l'américain.

Ils se séparèrent sans se serrer la main. S'il avait vu le visage de Claude Girard une fois qu'il eut tourné les talons, Cook n'aurait pas été aussi certain que la victoire fût de son côté. Claude Girard avait cet air satisfait des gros chats à qui on vient de déposer une soucoupe de lait bien frais devant le museau, avec en prime une souris ébaubie qu'ils se réjouissent de voir se débattre avant de poser sur elle une patte implacable.

Sitôt rentré à son hôtel, l'agent français se rendit dans sa chambre et connecta son ordinateur sur le Net. Sa boîte de réception contenait un message crypté de Michel Samara. « Document prêt. Arrivera en attaché ce soir. » Tout se présentait impeccablement. Dès réception du document, Claude Girard pourrait l'imprimer sur les feuilles vierges à en-tête de la Tatoil dont Augagneur lui avait fait remettre un jeu de cent avant son départ de Paris, accompagné d'un tampon encreur des plus authentiques, de quoi transformer n'importe quel texte banal en document top secret estampillé de la première société française d'hydrocarbures.

— Si avec ça le vieux Cook ne mord pas, pensa Girard, il sera vraiment temps que je fasse valoir mes droits à la retraite.

En attendant l'arrivée du document, il ouvrit la porte-fenêtre de sa terrasse qui donnait sur une mer immaculée d'un bleu saphir. Il s'étendit sur une chaise longue avec un vieil Agatha Christie. Ce Français bien comme il faut raffolait de mystères.

37

Quelques heures plus tôt, de leur chambre d'hôtel qui donnait sur les calèches stationnées devant l'entrée principale de Central Park, Michel et Leslie avaient regardé le soleil se lever sur les grands arbres de New York. Plutôt que de choisir un de ces hôtels du voisinage de Ground Zero, ou un des établissements très chics de la Cinquième Avenue dont les halls sont vastes comme des halls de gare, ils avaient préféré la pension Simone, ce quatre étoiles discret à la façade mangée de lierre, où ils auraient pu se croire tout aussi bien à Paris qu'à Rome, s'ils n'apercevaient pas, depuis la pointe de l'Empire State Building la fenêtre orientée vers le sud.

Leslie avait des amis à prévenir de sa visite, et des fleurs à aller choisir pour ce couple qui les avait invités le soir même à dîner. Après une douche presque froide, Michel resta sur place car il avait à terminer un travail qu'il avait bien avancé pendant le vol. Frais et dispos, rasé de frais, il s'installa ainsi devant son ordinateur portable, un modèle super léger dont il avait fait l'acquisition peu avant leur départ de Paris. Un abonnement express à Internet lui avait permis d'obtenir une adresse e-mail quasi instantanée, et c'est ainsi qu'il put mettre une touche finale au faux document dont aurait bientôt besoin Claude Girard pour appâter sa proie.

Dans les jours qui avaient précédé leur voyage pour New York, Michel avait obtenu d'Augagneur des données précises et crédibles sur la nature des gisements pétroliers identifiés dans le golfe de Guinée, avec des détails vrais concernant la profondeur de la roche, sa densité, les technologies envisageables pour en extraire l'huile, et sa teneur estimée. Depuis sa base souterraine de Bagdad, Fadhil avait eu connaissance de ces données qu'il avait attentivement étudiées. Il avait rajouté une note de quelques pages à l'attention de Michel, précisant les coûts possibles pour une extraction sous-marine et le type de pipeline à installer, autant de renseignements sur lesquels il était plus au fait que le cadre français de la Tatoil. Quand il disposa de tout cela, Michel procéda à la rédaction finale du faux rapport suivant lequel, dans les eaux profondes du golfe de Guinée, à une latitude et une longitude clairement désignées, et sur des blocs d'exploration encore non attribués aux opérateurs internationaux, se trouvaient des gisements au potentiel incomparable à ceux déjà concédés ou en exploitation.

Une carte au millionième truffée de petits derricks montrait précisément les emplacements avec les quantités attendues par point d'impact. À condition de procéder par forage capillaire, avec de très longues pailles d'acier Inox spécial non corrosif et souple comme du caoutchouc (une technique parfaitement bien maîtrisée par Tatoil, et éprouvée en Indonésie, à Bornéo et dans l'Est Kalimantan), il était affirmé que plusieurs centaines de millions de barils jour pouvaient être extraits.

Dans un contexte où les États-Unis avaient déjà pris une position forte au Nigeria, en Angola et dans l'enclave de Cabinda, Michel Samara faisait dire à l'auteur anonyme du rapport – mais dont le poids et l'authenticité étaient accrus par la mention *Top secret Tatoil* – que la préférence des autorités camerounaises pour l'exploitation finale allait vers un opérateur français. Il était précisé que, eu égard à la relative impopularité des États-Unis sur la scène internationale, les pourparlers entre Tatoil et les autorités de Douala avaient été tenues secrètes, et qu'il devait en rester ainsi, afin de ne pas encourager la curiosité de Washington.

Lorsque Claude Girard reçut les neuf pages du rapport en document attaché, il était presque certain d'avoir trouvé l'identité du coupable que s'apprêtait à confondre Hercule Poirot dans un palace égyptien avec vue sur les pyramides. Doué d'une très grande conscience professionnelle, il interrompit sa lecture, bien qu'à contrecœur, en entendant le discret signal lui annonçant que sa boîte aux lettres électronique venait de recevoir du courrier. Il accusa réception et vérifia la longueur du document et sa présentation générale avant de l'imprimer en deux exemplaires. La lecture lui fit oublier, momentanément s'entend, son Agatha Christie. Lui qui appréciait le travail bien fait, l'absence d'approximations, le faux plus vrai que vrai, il pouvait s'estimer comblé par l'apport de ce Michel Samara dont il n'avait pas encore découvert toutes les cordes de son grand arc. L'enjeu était de taille, puisqu'il s'agissait de tromper une puissance aussi importante que les États-Unis. Mais avec ce qu'il lisait, le coup était sereinement envisageable. Lui-même s'y serait laissé prendre. Ce constat lui fit, une seconde, froid dans le dos.

À sept heures du soir, il retrouva comme prévu au bar de son hôtel un homme d'environ quarante-cinq ans à la peau noire comme de l'ébène, que le réceptionniste et le personnel saluèrent avec l'égard que méritaient son nom et son rang. Depuis qu'il avait été nommé vice-ministre du Pétrole et des Hydrocarbures, Moussa Thiam était clairement identifié aux yeux des Camerounais de la rue comme une étoile montante du pouvoir. Les élites aussi le tenaient pour un futur chef, tant son charisme et son âge relativement jeune le plaçaient en tête des successeurs possibles, le jour venu. Moussa Thiam était ingénieur des Mines de formation. Après ses études à Paris, il avait poursuivi par un master d'économie à Berkeley, qu'il avait complété par une formation en histoire des civilisations, pour son simple plaisir et par la conscience qui était la sienne que les Africains de sa génération se devaient une fois pour toutes d'apprendre qui ils étaient. Sa famille, de riches commerçants du Nord, l'avait encouragé à poursuivre sur cette voie, et Moussa Thiam avait su prendre ses distances, tant vis-à-vis de l'ancien colonisateur français que des théoriciens néo-coloniaux croisés sur les bancs de l'université américaine. S'il parlait un anglais parfait, sa préférence allait à la culture française. Au retour d'un précédent voyage à Paris, Claude Girard lui avait offert une édition rare des *Fleurs du mal* de Baudelaire, qui était depuis lors son livre de chevet.

Les deux hommes étaient visiblement heureux de se retrouver. Ils se firent une accolade tout informelle, vu que Moussa Thiam dépassait l'agent français de trois bonnes têtes. Dans un coin du grand salon, sous le ventilateur en palissandre qui ressemblait à l'hélice d'un vieil avion en bois, ils prirent des nouvelles l'un de l'autre, à coups de « comment ça va ? » répétés à trois ou quatre reprises, comme le veut la tradition villageoise.

Une fois passées ces formalités, Claude Girard entra dans le vif du sujet. Moussa Thiam le laissa parler et alluma une cigarette dont il aspira goulûment la fumée avant de la disperser en volutes sous le hachoir du ventilateur. Quand l'agent français en eut terminé, il laissa le silence les envelopper. Une musique de bar s'immisçait au milieu des conversations et dans les moindres interstices du grand salon, tandis que des couples noirs en habits de soirée rejoignaient d'autres couples dans l'attente d'une réception ou d'un dîner.

— Ça n'est pas très gentil pour nos amis américains, finit par lancer Moussa Thiam, un large sourire aux lèvres indiquant que la perspective ne lui était pas désagréable.

— Une mauvaise blague, tout au plus, essaya de minimiser Claude Girard.

— Il en est de moins coûteuses, répondit le vice-ministre, qui avait compris que l'ardoise s'élèverait en centaines de milliards de dollars pour l'acheteur berné.

— Certes, fit Girard. Mais vous avez compris que ces sommes seraient aussitôt mises sous séquestre en attendant une affectation dont je ne peux vous révéler la nature, mais qui serait à n'en point douter, disons, humanitaire.

L'Africain hocha la tête. S'il avait une réputation d'intégrité, assez rare chez les dirigeants dans cette partie du continent noir, l'évocation même intellectuelle des sommes en jeu stimulait grandement son imagination. L'agent français avait précisé qu'il serait « dédommagé » pour son aide précieuse, s'il décidait de l'apporter à l'opération. L'intéressé s'inquiéta de savoir à combien s'élèverait pour lui ce « dédommagement ». À ce stade, Claude Girard dut improviser. Michel Samara ne lui avait pas donné d'instruction précise. Le but était de faire plonger les Américains, et pas n'importe lesquels, les Texans du clan Bush, dans une opération pétrolière désastreuse. Peu importait finalement au commanditaire, en l'occurrence à Michel Samara, le prix à payer. À ses yeux, ce n'était pas une question d'argent. Seuls l'honneur et une certaine morale étaient en jeu.

— Supposons que vous nous aidiez, fit habilement l'espion français, ce dont nous vous saurions gré. Sachez que nous n'en ferions pas une question de gros sous. Vous connaissez Robin des Bois, le héros du folklore populaire ?

— Bien sûr. Il détroussait les riches pour venir en aide aux pauvres. Un bel Américain a joué le rôle au cinéma, il avait de belles moustaches comme vous, d'ailleurs, s'exclama Moussa Thiam.

— Être comparé à Eroll Flynn m'honore. Je vois que nous sommes sur la même longueur d'onde ! Sérieusement, nous ne sommes pas dans une opération malhonnête, mais dans une forme de pédagogie à l'échelle mondiale, vous comprenez ?

— Pédagogie, fit l'Africain en approuvant. J'aime assez cette philosophie. Quoi de mieux que d'enseigner par l'exemple, n'est-ce pas ?

— Exact. Cela étant, tout travail mérite salaire. Si vous savez rester raisonnable, nous ne serons pas ingrats. Et, ajouta Girard en fine mouche, vous connaissez l'impact de nos services du ministère de l'Intérieur quand il s'agit d'organiser chez vous des consultations électorales... qui vont dans le bon sens.

Ils se comprirent à demi-mot.

— Quand va-t-il chercher à entrer en contact avec moi, demanda Thiam après avoir allumé une deuxième cigarette.

— Je le retrouve dans une heure sur la marina, répondit l'agent français en consultant sa montre.

— Il faudrait que je sois en mesure de lui faire un topo technique crédible.

Claude Girard attira son attention sur une enveloppe kraft de format A4 déposée sur un coin de la table où leur avaient été servis des rafraîchissements.

— C'est pour vous. Il aura le même tout à l'heure. Vous serez à égalité. Sauf que lui croira que tout cela est vrai. À vous de lui donner le sentiment qu'il vous bouscule, que vous n'auriez pas dû avoir ces informations. Vous me suivez ?

— Très bien.

— Montrez-vous embarrassé, faites lui comprendre que vous avez reçu des ordres supérieurs qui vous obligeaient à le tenir à l'écart. Restez un bon moment sur la défensive. Puis quand il aura poussé très loin ses arguments, qu'il se sentira sur la bonne voie, alors jouez-lui le regret sincère, et pour lui prouver votre bonne foi, donnez-lui quelques précisions « raccord » avec le document, le nom du négociateur de Tatoil, par exemple, je vous l'ai fait figurer sur un feuillet à part. Il sera forcément amené à le rencontrer dans des conditions que je ne peux pas préciser car je les ignore moi-même.

– Je connais bien Cook, vous savez.
– Bien sûr que je le sais. Il vous estime et vous prend pour un Américain sous prétexte que vous avez étudié à Berkeley.
Moussa Thiam tapa dans ses mains bruyamment en riant.
– Quelle histoire ! s'exclama le vice-ministre.
– Je ne vous le fais pas dire. Un jour, je vous parlerai du commanditaire, un sacré type. Mais pour l'instant, restons-en aux consignes que je viens de vous donner.

Ils se séparèrent à temps pour que Claude Girard puisse se rendre à l'heure à son rendez-vous avec Gerald Cook. Moussa Thiam s'était éloigné avec la fameuse enveloppe. À New York, Michel Samara reçut un message sur son e-mail avant de sortir en compagnie de Leslie pour le dîner qu'elle avait organisé avec un couple d'amis, dont l'homme était une des voix très écoutées côté démocrate. Le message, en provenance de Douala, disait simplement : « Les appâts sont prêts ». Michel rejoignit Leslie qui l'avait devancé dans la rue. Il lui déclara, joyeux, qu'il avait une faim de loup.

38

Claude Girard n'avait pas le pied marin, ce qui ne l'avait pas empêché de naviguer dans les eaux troubles du renseignement pendant de longues décennies. Malgré ses attaches rochelaises, il ne goûtait aux bateaux qu'à quai, dans le doux balancement des vaguelettes inoffensives. Quand il se promenait à la nuit tombée le long des pontons de teck qui encerclaient la marina, il s'imaginait en marin jetant sac à terre au terme d'un tour du monde, et les lumières lointaines le faisaient rêver comme un capitaine au long cours qui aurait soudain aperçu les lueurs se précisant de la terre ferme.

L'espion français était délicieusement perdu dans ses rêveries maritimes lorsque la silhouette dégingandée de Gerald Cook s'approcha de lui. À son haleine, il comprit que le vieux routier de la CIA avait amélioré son Coca d'une bonne rasade de whisky, et cela parut de bon augure à Girard.

— *Hello, chump* ! fit Cook en tapant sur l'épaule du français. Tu m'as donné du tourment depuis ce midi.

— Pourquoi donc ? rétorqua innocemment son ami.

— Imagine que ce coup se fasse avec vous, je passe pour quoi, de mon côté ? Tu sais qu'ils ne rigolent plus, à la Grande Maison, depuis le raté énorme du 11 septembre. Même notre big boss est sur la sellette et il ne se passe pas un jour sans que la presse nous traîne dans la boue en disant que nous sommes devenus des bons à rien, que l'Amérique serait même plus en sécurité si nos services étaient dissous !

– C'est peut-être vrai ! plaisanta Claude Girard, avant d'affecter un air sombre.

– Quelque chose qui ne va pas ? s'enquit l'Américain.

– Oui et non.

– Comment ça, oui et non. Je ne comprends pas ces réponses. Ou c'est oui, ou c'est non, n'est-ce pas ?

– Le paysage a un peu changé depuis notre déjeuner, se lança Claude Girard, bien décidé à ferrer son homme pour de bon.

– C'est-à-dire ?

– Je t'ai dit que j'étais...

Et il se retourna pour vérifier d'un regard circulaire que leur conversation n'était pas écoutée.

– Je t'ai dit que j'étais intéressé à l'affaire.

– Oui, et alors ?

– Il me semble que les grands chefs m'ont fait un peu marron.

– Cela signifie...

– ... qu'ils ont fait leurs petites affaires sans moi, et que ma commission risque de sauter en route. J'avoue que je suis furieux. Pour une fois que je pouvais toucher quelque chose, ce n'est pas dans mes habitudes, tu me connais.

– *Right*, répondit Cook en réprimant un sourire. Mais alors, Claude, continua-t-il soudain très entreprenant, et comme rasséréné par ce qu'il interprétait comme un retournement de situation, tu peux peut-être m'en dire plus. Et en échange, je te confirme ma proposition, je double la somme que tu escomptais des autres.

– Tu es habile, s'inclina le français en mimant la confusion, mais je ne peux pas accepter, c'est trop...

– Trop quoi ? insista Cook. Ces gars-là ne t'ont pas fait de cadeau, il me semble. Si ce n'est pas trop tard, mets-moi dans le coup, tu ne regretteras pas !

Girard fut tenté de lui dire que c'était lui qui risquait de regretter, mais le coup était lancé. Il garda encore le silence quelques secondes pour rendre crédible son déchirement, tout au moins son hésitation devant le cas de conscience qui se posait à lui.

– Quelque chose me gêne dans tout cela, fit l'agent français sur le point de céder.

– Te gêne ? répondit, surpris, Gerald Cook.

– Oui. Si je te confie ce lourd secret, j'aurai le sentiment désagréable de trahir ma patrie, et qui plus est de la tromper pour plus riche qu'elle.

— Que veux-tu dire, vieux brigand ? interrogea l'Américain avec ses yeux brillants et son air de flairer l'entourloupe à cent lieues.

— J'ai appris par nos services que vos pétroliers d'Halliburton n'ont pas perdu leur temps, en Irak. Ils ont ramassé pour plus de deux milliards de dollars de contrats qui portent sur diverses reconstructions. Un sacré fromage ! On parle, il me semble, d'une réfection des infrastructures pétrolières endommagées qui serait confiée à Kellog Brown & Root.

— Quoi d'anormal, s'étonna Cook. KBR est la filiale officielle d'Halliburton !

— Dont l'ancien patron n'est autre que Dick Cheney, l'actuel vice-président des États-Unis...

— Et alors ! reprit l'Américain. Tu te souviens de ce qu'on disait jadis pour la General Motors ? Ce qui est bon pour GM est bon pour l'Amérique. Il en est de même avec Halliburton. S'ils signent des gros travaux, c'est un morceau de la croissance des États-Unis qui est préservé. Et comme tu es bien renseigné, tu sais que les indicateurs économiques sont assez désastreux pour « W », à un an des élections. La guerre a déjà coûté les yeux de la tête et il va falloir se serrer la ceinture pour débloquer une rallonge. On nous dit que la croissance est de retour, mais il paraît qu'elle ne crée pas de nouveaux emplois. Tu appelles ça la croissance, toi, une économie qui met les gens au chômage et qui accumule les déficits publics encore plus vite que les bavures parmi les populations civiles d'Irak ?

— Remarque, fit Claude Girard comme pour changer de sujet, je comprends qu'avec une garantie signée du vice-président des États-Unis, je puisse espérer toucher un bon paquet en échange de ma collaboration.

— Je ne te le fais pas dire.

— Et bien sûr, tu me garantis toute la discrétion d'usage en cas d'enquête sur d'éventuelles fuites. Je ne tiens pas à finir ma carrière dans la peau du traître à la patrie, tu peux comprendre cela, j'ai une réputation et une famille dont le nom ne saurait être éclaboussé. La presse est tellement friande de ces exécutions en public, à longueur de colonnes !

— Tu peux compter sur moi, *guy*, je serai muet, une vraie tombe.

— Ne parle pas de malheur. Je n'aime pas quand les gens que j'estime se comparent à une stèle funéraire, surtout par les temps qui courent !

Claude Girard tendit à son ami la même enveloppe contenant le même document que celui laissé une heure auparavant à Moussa Thiam.

— Tout est là-dedans, glissa l'agent français. Il te faudra vingt minutes pour lire le tout, mais je sais que l'enjeu te sautera aux yeux dès les premières lignes. Maintenant, tu dois jouer serré. À mon avis, le dossier est déjà très verrouillé, même si rien n'a encore été signé de façon formelle. Il n'y a pas trente-six accès. D'après moi, seul le vice-ministre de l'Énergie peut t'écouter. Tu connais ses penchants pro-américains, qu'entre nous je déplore.

Et il avait prononcé ces derniers mots avec un large sourire ponctué d'un clin d'œil.

— Moussa Thiam, je vois très bien. Je ne l'ai pas rencontré récemment.

— Il a voyagé à Paris, je crois, mentit Girard. Mais il me semble avoir vu sa photo dans le journal du matin. Il ressortait d'une audience officielle avec le président. Ne perds pas de temps !

Claude Girard serra la main de son ami et partit un peu plus loin sur un ponton. Un immense voilier arborant trois grands mâts avait accosté la veille à Douala, constituant une attraction de taille pour les habitués du port. Le Français voulait examiner tranquillement ce spécimen qu'on disait venu d'Amérique du Sud. En bon chien sûr de son flair, il aurait juré que ce magnifique gréement ne semait pas seulement de la poudre aux yeux par ses accastillages. S'il avait été joueur, il aurait parié la moitié de sa commission toute théorique dans l'opération pétrolière sur la présence à bord de cocaïne. Le tout était de savoir où elle était entreposée, et comment aller y poser les mains dessus, à défaut du nez. Car pour lui, lutter contre le trafic de drogue dans cette partie de l'Afrique était aussi important que de surveiller les affaires de l'or noir. Que tout l'ouest du continent puisse être à son tour gangrené par les drogues dures était à ses yeux un motif de désolation et même parfois de découragement. Il savait que la « blanche » arrivait avec les casinos et les machines à sous. Il savait aussi que les trafiquants bénéficiaient de soutiens politiques, en Afrique comme à Paris,

Amsterdam ou Hambourg, les destinations finales. C'est pourquoi il ne se berçait guère d'illusions sur l'intégrité morale des dirigeants pour lesquels il était censé travailler. Un Michel Samara, de ce point de vue, lui paraissait plus digne de confiance. Et depuis que des informations précises lui avaient été données sur le transport de la came à bord de luxueux voiliers arrivant d'Amérique du Sud, il avait cessé de rêver en les voyant mouiller l'ancre dans la rade trop hospitalière de Douala.

Il était trois heures de l'après-midi dans la propriété texane de Bill Jenckins lorsque le téléphone retentit. Comme chaque jour après le repas, le « monsieur pétrole » du gouvernement américain à Bagdad goûtait aux délices de la sieste. Il était revenu trois jours plus tôt d'Irak avec en main des cartes maîtresses pour garantir aux firmes américaines, en particulier Halliburton, une part véritablement léonine dans la reconstruction. Si les compagnies britanniques n'avaient pas été oubliées, ce n'était que dans une moindre mesure. Jenckins s'était comporté en véritable gardien du temple économique américain pour faire prévaloir ses vues quasiment impérialistes. Expliquant que la guerre en Irak était une sorte d'investissement, le retour d'investissement se devait d'être proportionnel à l'effort consenti, aux sacrifices financiers, sans parler des sacrifices humains qui donnaient à Washington un surcroît de légitimité à se prévaloir des dépouilles. Et du vaste marché de remise à neuf. Élevé à la dure dans le ranch paternel, Jenckins n'était pas homme à faire du sentiment. Pas plus qu'il n'était disposé à interrompre sa sieste sur la seule injonction d'un téléphone qui sonne dans le vide.

À l'autre bout du fil, Gerald Cook s'impatientait déjà. Ce qu'il avait lu l'avait littéralement assis. Trois fois il avait pris le soin de parcourir le document. La première fois à toute allure, comme un affamé vide goulûment son assiette sans bien apprécier la saveur de ce qu'il mange. La deuxième fois très lentement, en s'arrêtant sur chaque terme, afin de s'imprégner du caractère incroyablement juteux de ce qui était décrit. Une dernière fois enfin en tentant de porter un regard critique pour débusquer une incohérence, une imprécision ou une erreur qui laisserait croire à une tentative de manipulation. Comme il ne trouvait rien de tout cela, il fut conduit à se rendre à l'évidence : Claude Girard lui avait donné un « carburant » de première main, il n'y avait pas une seconde à perdre. Par un Télex de la mi-journée, il avait appris que la situation des marines à Bagdad était de plus en plus critique. La capitale irakienne s'était lancée dans la guerre des graffitis sur les murs. Chaque jour naissaient de nouvelles inscriptions comme la rituelle *Down USA* (À bas les États-Unis), mais aussi : *Ce n'est pas un péché de voler les Américains*, à laquelle une main vengeresse avait ajouté : *ni de les tuer*. Chaque fois qu'une radio arabe diffusait un message attribué à Saddam Hussein, on voyait aussi fleurir sur les murs de Bagdad, en plein centre-ville sous contrôle des GI's, ces slogans édifiants : *Saddam est une haute montagne* ou *Saddam Hussein est la conscience de la nation qui défie le mal americano-sioniste*, ou encore *Affronter l'ennemi vaut mieux que d'attendre un siège au gouvernement*, autant d'appels à la résistance qui, sur le terrain, faisaient que les soldats américains n'en menaient pas large et se seraient sentis soulagés de voir arriver des forces internationales en soutien.

Gerald Cook pensait à tout cela en insistant désespérément sur la ligne de Bill Jenckins. « Peut-être devrons-nous en rabattre sur nos prétentions dans le Golfe, songeait-il. Et du coup, l'apport africain serait une excellente aubaine. » L'agent américain n'était pas taillé dans le même bois que Claude Girard. Il n'avait pas les scrupules de son ami s'il s'agissait de souffler aux Français quelques blocs d'exploration aussi prometteurs que ceux décrits avec une précision quasi diabolique par le document. S'il avait su que ce texte était l'œuvre d'un faussaire de génie, certes très au fait des questions pétrolières, Cook aurait déroulé un tapis rouge à l'intéressé pour l'attirer dans le giron de la CIA.

L'épouse de Bill Jenckins profitait de ce que son mari dormait pour courir les magasins de Midland, la ville où ils s'étaient mariés trente ans auparavant, et où ils marieraient bientôt leur fille cadette Samantha avec le fils d'un magnat d'Exxon, puisque l'intérêt entrait toujours un peu dans les alliances. Midland n'était pas une ville très cotée, bien qu'elle eût abrité la jeunesse légèrement dépravée de George W. Bush. Mais Hellen Jenckins avait repéré pour sa fille des vêtements très seyants, quoiqu'un peu coquins pour un mariage, dans le grand magasin Victoria Secret, une chaîne dont raffolaient les femmes de la *upper class* depuis qu'elles avaient vu toutes les actrices d'Hollywood, des plus jeunes aux plus mûres, s'y précipiter. C'est pourquoi, en ce début d'après-midi, pendant que Gerald Cook transpirait et rageait à recomposer le numéro de téléphone des Jenckins, la sonnerie se perdait désespérément dans les ronflements assidus de son destinataire.

En désespoir de cause, l'agent américain songea à entrer en contact avec l'officier traitant de la CIA dans les bureaux de Washington. Mais Ralph Porter, celui qui avait en charge les « honorables correspondants » basés en Afrique, était un véritable cerbère. Si Cook lui demandait les coordonnées de Jenckins, il devrait répondre à un interrogatoire pénible et lâcher la moitié du morceau. Il n'y tenait pas du tout et se résigna donc à rappeler une nouvelle fois, avec l'espoir que quelqu'un décroche enfin.

Sa ténacité fut récompensée. Il était presque seize heures à Midland lorsque Jenckins, réveillé par cette sonnerie aussi insistante qu'un grésillement de moustique, décrocha le combiné de son bureau, juste derrière le salon où il s'était profondément endormi.

— Jenckins, j'écoute, fit-il en réprimant un bâillement.
— Agent Cook à Douala, commença l'Américain.
— Douala ? C'est où votre bled, déjà ?
— Cameroun, monsieur.
— Ah oui, l'Afrique, murmura-t-il d'une voix lasse et peu engageante.

Cook n'osa pas demander à Jenckins s'il le réveillait, mais il le comprit sans peine.

— Je suis désolé de vous déranger. Une affaire très importante à traiter d'urgence.
— Comme ça, au téléphone ? Mais vous êtes fous. D'abord, faites vous reconnaître.

Cook livra son matricule et le code confidentiel des correspondants basés en Afrique.

— C'est bon, Cook, allez-y.
— Il faudrait que je vous fasse parvenir un document. Mais sans exagérer, je crois que le mieux serait que vous prévoyiez très vite une visite ici à Douala.
— Impossible. Je repars pour Bagdad dans moins d'une semaine et entre nous, je suis claqué de tous ces voyages, avec la chaleur et les jet-lags. Alors venir mouiller ma chemise au

Cameroun sous cinquante degrés et une humidité à crever, tout ça pour quelques cacahouètes, très peu pour moi.

– Des cacahouètes ! s'exclama Cook d'un ton indigné. Mais je vous parle de milliards de dollars, monsieur, qui vont nous passer sous le nez si nous restons sans rien faire. Les Français ont trois longueurs d'avance mais la partie est encore jouable. Permettez-moi au moins de mener quelques démarches en notre nom. Discrètement, bien sûr.

– Ce document, demanda Jenckins, vous l'avez vu ?

– J'en ai une copie entre les mains, monsieur.

– Arrangez-vous pour me le transférer.

– Il faudrait que je puisse le scanner.

– C'est ça, scannez-moi ça. Ils savent faire ça, vos Africains ?

– Qu'est-ce que vous imaginez ? rétorqua Cook.

Et il raccrocha de méchante humeur.

39

C'était un de ces immeubles luxueux de la Cinquième Avenue où le marbre rivalise avec l'acier et le verre dès le hall d'entrée, toujours monumental, comme si un cirque composé d'éléphants majestueux et de girafes hautaines devait y dresser son chapiteau. Leslie tenait Michel par la main et, depuis qu'ils avaient quitté la pension Simone, elle n'avait guère arrêté de parler plus de quelques secondes, le temps chaque fois de reprendre sa respiration, pour vanter les innombrables mérites de son ami John Eppelbaum, qui occupait les fonctions enviées et redoutées à la fois de procureur général de l'État de New York.

« Sa famille est arrivée sans le sou de Pologne, au début du siècle », lui avait expliqué la jeune femme dans le taxi, tout en surveillant l'itinéraire choisi par le chauffeur, un de ces chicanos malins qui vous font longer deux fois l'Hudson quand ils décèlent le touriste ou le couple d'amoureux peu regardant sur la durée de la balade.

Michel avait écouté d'une oreille distraite, non pas que les propos de Leslie lui fussent indifférents, mais, à cet instant précis, il se disait qu'il aurait volontiers passé cette soirée en tête à tête dans la chambre d'hôtel, à écouter des airs de vieux jazz et à s'enlacer comme des étudiants. Le géant blond avait peu à peu retrouvé son appétit pour la vie et ses douceurs. S'il jouait l'une des parties les plus délicates de son existence, il n'en était pas moins un homme très amoureux. Bien sûr, il savait ce que valent les sentiments face aux impondérables. Il en avait connu de brutaux et d'injustes, dans son existence pourtant pas si longue, et il essayait de se garder d'un attachement trop fort qui, s'il avait dû une fois encore s'interrompre brutalement, l'aurait pour de bon laissé sur le flanc. Au moins le croyait-il.

Leur hôte avait un bon sourire et une solide poignée de main accompagnée, comme si les deux allaient forcément de pair, d'un regard pétillant dont on sentait qu'il pouvait aussi être très glacial. Leslie avait prévenu Michel des penchants démocrates de John Eppelbaum, et c'est dans un climat de bonne confiance qu'ils s'abordèrent mutuellement. La femme du procureur, Jackie, était une de ces maîtresses de maison parfaites qui veillent jusque dans le moindre détail au confort de ses invités, tout en souriant de manière permanente, comme s'il s'agissait d'un exercice consciencieux destiné à stimuler les muscles gouvernant les lèvres. Elle ne prit que très peu part à la conversation, mais Leslie semblait considérer que cela valait mieux.

Lorsqu'ils eurent fait plus ample connaissance, et que Michel eut raconté dans un silence sépulcral les derniers mois qu'il avait vécus à Bagdad – en ne laissant filtrer que quelques allusions anodines sur sa détention au camp Cropper –, John Eppelbaum se laissa aller à quelques confidences, qui n'en étaient pas tout à fait – puisque certains journaux les avaient éventées – sur ses intentions en tant que ministre de la Justice de l'État de New York. Certes, les intérêts de la Maison-Blanche, dont c'est peu dire qu'il ne portait pas son locataire dans son cœur, ne relevaient pas de sa juridiction. À New York en revanche, il avait l'œil sur les fortunes qui se construisaient parfois à la vitesse de croissance des coulemelles, ces champignons qui surgissent en une nuit dans les sous-bois. Manifestement, celui qu'on appelait parfois « le shérif de Wall Street » n'avait pas son pareil pour débusquer les abus de position, les entraves à la concurrence, les violations du droit des sociétés ou des lois portant protection de l'environnement. C'est ainsi qu'il avait réussi à faire condamner les dirigeants des plus grandes centrales électriques de l'État, dont il avait réussi à prouver qu'elles portaient atteinte à l'intégrité de l'air qu'on respirait dans « *big Apple* ». D'autres sociétés avaient dû s'acquitter de très lourdes amendes, tantôt pour avoir pollué l'Hudson, tantôt pour entente illicite, tantôt pour enrichissement personnel des dirigeants. Chaque fois, le redresseur de torts s'appelait Eppelbaum.

– Avant, les patrons de sociétés avaient du mal à retenir mon nom, déclara-t-il tout sourires à Michel. Maintenant, ils ne font plus d'erreur pour le prononcer, ni quand ils m'écrivent des mots doux en croyant m'attendrir.

— Je vois, fit Michel, visiblement assez admiratif devant cet Eliott Ness au visage sans lèvres qui s'amusait ouvertement de ses actions de justice.

La conversation roula tout naturellement sur la firme Halliburton que les majors pétroliers jalousaient profondément sans trop oser protester devant son traitement plus que privilégié en Irak.

— À ma connaissance, observa Michel, il n'y a pas eu à proprement parler d'appel d'offres pour les contrats raflés par sa filiale KBR.

— C'est exact, répondit Eppelbaum en terminant son verre de bourbon, tandis que sa femme les invitait à passer à table. J'ai même reçu quelques débuts de témoignages à ce sujet, mais pas de véritables plaintes. Les industriels du pétrole sont prudents. Aucun d'eux ne voudrait mener de bataille frontale contre le clan Bush. On sait de quoi sont capables les Texans. Je veux bien admettre que nos machines à voter sont quelque peu complexes, mais de là à faire basculer le vote démocrate en vote républicain. Il fallait s'appeler Bush pour oser pareil hold-up, et ceux de mon parti qui ont réagi comme des dégonflés, pardonnez-moi l'expression, ne sont rien d'autre que des complices de cette mascarade.

— À votre avis, demanda Michel très intéressé, maintenant qu'il n'avait plus collé contre lui la belle Leslie qui avait jusqu'ici polarisé toute son attention, la puissance financière de Bush est-elle inébranlable ?

— Vous pensez au financement de sa future campagne ?

— Par exemple.

— C'est un comble, votre question. Je ne vous en fais pas le reproche, car j'imagine que vous ne me la posez pas pour les mêmes raisons que beaucoup d'Américains aujourd'hui. Mais elle traduit un état d'esprit qui me saisit de stupeur. Imaginez ceci : nous venons d'attaquer un régime de dictature en désignant chaque personnalité recherchée par une carte à jouer. Nous avons fait tomber pas mal de ces cartes, quelques-unes représentent désormais des proies décédées. Chaque jour nous versons des larmes sur nos boys pris au piège de ce bourbier d'Irak. Mais des milliers de civils sont encore détenus sur place dans nos prisons dont Amnesty International a révélé qu'elles sont une honte pour notre démocratie. Des milliers d'Irakiens qui n'avaient rien à voir avec les têtes d'affiche du fameux jeu de cartes ont perdu la vie dans ce conflit, alors que des généraux du Pentagone nous rebattaient les oreilles sur CNN avec leurs histoires à dormir debout sur la guerre propre et toutes ces fadaises. Et en même temps, lorsque vous lisez une certaine presse de la côte Est ou la littérature républicaine, il est des esprits pour se demander comment venir en aide à notre pauvre président. Comme s'il avait payé cette guerre de sa poche ! Mais c'est le peuple irakien, qui a tout perdu, qu'il faudrait soutenir encore davantage ! conclut John Eppelbaum.

Michel resta sans voix, conquis par l'envolée de leur hôte. Il songea que, sans aucun doute, cet homme serait à même de l'épauler dans la phase finale de son opération, lorsqu'il s'agirait de donner une leçon à George W. Bush sur son propre terrain, ici, sur le sol américain. Sa stratégie se précisait, s'affinait à mesure que les jours passaient. À l'heure où rien n'existait qui ne soit relayé par l'incroyable machine médiatique, Michel Samara savait qu'il devrait tôt ou tard allumer la bonne mèche pour que cette machine-là s'emballe. Poursuivant son idée, il demanda :

— En qualité de procureur général, avez-vous à voir avec l'aéroport international JFK ?

— L'aviation civile n'est pas à proprement parler de mon ressort, répondit Eppelbaum, légèrement surpris par la question. Mais depuis les attentats du 11 septembre, j'ai pour mission de donner toute instruction à la police des frontières et aux aiguilleurs du ciel afin d'interdire le décollage de tel avion, ou bien de forcer l'atterrissage de tel autre.

— Je vois, fit Michel pensif. Mais au fait, vous ne m'avez pas vraiment répondu à propos de la vulnérabilité du clan Bush, d'un point de vue financier.

— Ils sont insubmersibles. Ils ont tout le fric qu'ils veulent, tellement de fric que c'en est presque écœurant, et je ne dis pas ça en raison de mes attaches démocrates. L'autre jour, Bush a reconnu qu'il n'y avait aucun rapport entre les attentats du World Trade Center et Saddam Hussein. Pas mal de chroniqueurs ont pris la déclaration au pied de la lettre puis ils ont dit : « OK, Saddam n'a pas aidé Ben Laden. Mais alors, pour quel motif avons-nous envoyé cent cinquante mille soldats en Irak ? » Pas de réponse de la Maison-Blanche. Moi je réponds, comme la plupart des Américains sensés : pour le pétrole. Et ceux qui ne veulent pas l'admettre n'ont qu'à relire un manuel sur les relations internationales depuis un demi-siècle. Ils verront que notre pays n'a cessé de courir après les sources d'énergie. On a tellement peur de manquer qu'on ferait tout pour récupérer le moindre gisement d'or noir. C'est devenu une maladie, la maladie du pétrole. Imaginez que dans ce pays, nous brûlons chaque jour vingt millions de barils !

— Je sais, fit Michel, pensif.

— Voyez-vous, poursuivit le « shérif », tout à son idée, il faudrait à l'Amérique un autre choc. Mais je parle d'un choc positif. Pas une de ces terribles attaques terroristes dont nous avons été la cible. Pas même un accident traumatisant comme le fut l'explosion de la navette spatiale, dont je vous fais remarquer au passage qu'elle a eu lieu dans le ciel du Texas, mais c'est un peu de mauvais esprit de ma part...

— Que voulez-vous dire ? demanda Michel, intrigué, comme si l'observation d'Eppelbaum s'adressait directement à lui.

— Je ne sais pas. Une sorte de coup d'éclat qui nous sortirait ne serait-ce qu'un moment de notre isolationnisme teinté d'égoïsme. Il n'y a pas que le pétrole dans la vie, et il n'y a pas que notre sacro-saint dollars qui d'ailleurs prend pas mal de coups ces temps-ci, y compris contre l'euro. Je crois profondément que ce monde doit changer, et qu'on changera d'abord si l'Amérique accepte de se remettre en question, de montrer la voie. Notre histoire est pleine de pionniers généreux et idéalistes, et nous ne sommes plus gouvernés que par des rentiers près de leurs sous. Il nous manque l'audace de nous ouvrir aux autres. Nous ne signons aucun accord international qui nous contraindrait, nous soutenons des dictatures quand ça nous arrange, nous polluons l'air et la mer sans accepter de quiconque la moindre remontrance, nous portons la guerre ici ou là comme bon nous semble, et nous voudrions, nous les Américains, que la terre entière nous aide et nous soutienne, nous console à l'occasion. Il faut avoir l'esprit étroit, serré dans un Stetson pour penser encore de la sorte, non ?

Michel ne put s'empêcher de rire franchement après avoir entendu l'envolée sortie du cœur d'Eppelbaum. Leslie aussi avait ri et du coup tous les quatre furent saisis d'une onde joyeuse qui détendit l'ambiance d'un dîner jusqu'ici très sage et un peu convenu.

– Il faudra revenir, fit l'hôtesse à l'attention de Leslie. Ce n'est pas souvent que John se déride. Il faut dire que nous sommes entourés de gens assommants dans cet immeuble. La plupart sont des hommes d'affaire très importants qui n'ont qu'une crainte : croiser John un soir dans l'ascenseur et qu'il leur dise : « Tiens, mister Harold, ou mister Ogilvy, j'étais justement en train d'éplucher les comptes de votre société à propos d'un marché avec la ville de New York, et je me suis aperçu avec stupeur que quelques lignes avaient été malencontreusement effacées. Vous passeriez à mon bureau demain ? »

L'épouse d'Eppelbaum fit ainsi montre d'un talent réel pour imiter le procureur dans ce qu'il avait sans doute de plus rugueux, son rapport avec les délinquants potentiels en col blanc. Et le rire des convives se poursuivit tandis qu'elle mimait leurs voisins de la tour évitant autant que faire se pouvait de prendre l'ascenseur en même temps que lui, ou d'en descendre au premier arrêt, histoire d'abréger une rencontre jugée par eux, à tort ou à raison, à hauts risques...

– Nous avons aussi dans cet immeuble une batterie d'avocats. Eux, c'est tout le contraire. Ils s'arrangent pour faire signe à John et lui glisser à l'oreille qu'ils pourraient sans problème défendre les intérêts de l'État dans les affaires qu'il serait susceptible de leur apporter. Inutile de vous dire que John les accueille fraîchement en leur disant que les *lawyers* ne manquent pas mais qu'il dispose déjà des meilleurs. J'ai assisté une fois à une de ces scènes. Je peux vous dire que l'effet est assez radical.

Après le dessert – une mousse au chocolat meringuée qui éveilla chez Michel de délicieux souvenirs d'enfance, lorsque Thérèse Lemarchand régalait son fils unique de gâteaux et de crèmes maison –, les deux hommes reprirent leur conversation au salon devant un fond de vieux cognac.

– Il ne faut surtout pas se leurrer sur ce que notre président appelle le bien et le mal, poursuivit John Eppelbaum. En Irak, il croyait avoir raison sur toute la ligne. Il renverse un dictateur supposé avoir partie liée avec les auteurs des attentats du 11 septembre, et il sécurise du même coup une source d'énergie pour les États-Unis en dépêchant des hommes proches du conglomérat pétrolier familial. Mais cette croisade contre le mal, à forts relents d'hydrocarbures, connaît aussi d'autres modes opératoires bien plus critiquables.

– Par exemple ? fit Michel.

– Connaissez-vous un petit pays qui s'appelle la Guinée équatoriale, mais que ceux qui l'ont visité appellent Guinée dictatoriale ?

– Je n'y suis jamais allé mais je sais qu'on a trouvé du pétrole là-bas il y a une dizaine d'années.

– Exact. Aucun Américain normalement constitué ne sait où se trouve Malabo, la capitale de ce potentat. Pendant longtemps, les Français ont cherché l'or noir dans ces contrées, sans succès.

– Oui, je connais cette histoire. Ils n'ont foré que des puits secs, alors ils ont fini par partir.

– ... et le pétrole a coulé quelques mois plus tard, découvert par des géologues américains. Je ne dis pas cela pour humilier le Français que vous êtes en partie. Mais suivez mon raisonnement. Il y a à la tête de ce petit pays un despote sanguinaire qui croit que la richesse de la nation va de pair avec la pauvreté crasse de la population. Eh bien, toutes nos compagnies font les yeux doux à ce régime qui n'a rien à envier, en matière de cruauté, à ce que pouvait incarner Saddam Hussein pour les Kurdes ou les chiites. L'aide américaine officielle à la Guinée équatoriale est disproportionnée, nous avons rouvert notre ambassade aussitôt que les blocs d'exploitation ont été déclarés viables. Et la Marathon Oil, une firme texane liée au clan Bush, a désormais pignon sur rue à Malabo, où le dimanche on trouve ses dirigeants tapant sur le ventre des militaires et des apparatchiks au pouvoir qui roulent désormais dans d'énormes pick-up 4 × 4 Mitsubishi !

– Tout cela est passionnant, admit Michel. Mais je ne comprends pas une chose. Comment le procureur général de l'État de New York est-il aussi au fait des affaires pétrolières qui se trament dans un pays reculé de l'Afrique de l'Ouest ?

John Eppelbaum avala une bonne rasade de cognac, signe qu'il était en pleine forme, car il buvait d'ordinaire très peu d'alcool.

– Avez-vous des frères, Michel ? Vous permettez que je vous appelle Michel ?

– Évidemment, John ! Non, hélas, je n'ai pas de frère. Je suis enfant unique et souvent je le regrette.

– Je comprends. Moi aussi je suis en quelque sorte un fils unique, mais avec une grande différence comparé à vous : j'ai un frère jumeau, Dustin, ma mère l'a baptisé ainsi car c'était une fan de Dustin Hoffmann dans *Little Big Man*, je ne sais pas si vous avez vu ce film magnifique qui conte l'histoire d'un vieil Indien.

— Non, je ne l'ai pas vu. Vous avez donc un frère jumeau...

— Oui, Dustin est même mon aîné, si l'on s'attache à l'ordre d'arrivée au monde. C'est injuste, n'est-ce pas ? Je suis sorti le premier du ventre de notre mère mais je suis considéré comme le cadet. Et comme ma mère avait prévu de donner le prénom de Dustin à l'aîné, j'ai hérité de John, qui était le choix de mon père, un supporter fervent de John Kennedy. Ils avaient combattu dans la même unité d'aviation, dans le Pacifique, pendant la Seconde Guerre. Mais passons. Dustin et moi sommes de vrais complices, et les années n'ont fait que resserrer cet attachement mutuel. Je n'ai pas gardé rigueur à mon frère de m'avoir devancé, au moins sur le papier, car sur le terrain, c'est moi qui ai gagné ! Hélas, il sillonne le monde pour la Banque mondiale où il est expert en développement villageois. Il s'occupe de puits partout où l'eau manque. Un travail de don Quichotte, comme disent les Espagnols qu'il côtoie dans son travail dans les anciennes colonies madrilènes. Et depuis deux ans précisément, il vit entre la brousse et la forêt de Guinée équatoriale. Inutile de vous dire qu'il observe le manège de nos compatriotes, et quand nous nous voyons, il vide son sac. Après, je lui raconte les turpitudes des affairistes de New York, et nous finissons comme nous ce soir, dans ces gros fauteuils de cuir, un verre à la main pour noyer une certaine forme de désillusion quant à la grandeur de notre nation, que paraît-il on envie et on jalouse, tout en la haïssant.

— Parfois, vous n'êtes pas drôles ! s'écria Mrs Eppelbaum qui, de l'autre côté du salon, était plongée avec Leslie dans des revues de décoration. C'est vrai, fit-elle à l'attention de la jeune femme, ils ne racontent que des horreurs, ils se montent la tête l'un l'autre, s'échauffent les esprits, et quand Dustin repart, je crains toujours qu'il n'en vienne aux mains avec le premier voisin venu qu'il croiserait dans l'ascenseur !

Une nouvelle fois, tous éclatèrent de rire. Le ciel de New York était entièrement dégagé. Michel n'était plus revenu dans cette ville depuis les attentats, et il se surprit à regarder en direction du skyline, là où naguère s'élevaient les tours altières du World Trade Center. Des lumières rouges clignotaient au loin à l'horizon, des feux de paisibles avions sur le point de se poser là-bas, à JFK. Tout semblait si tranquille. Les plaies du 11 septembre ne s'étaient pourtant pas refermées, même si les alentours de Ground Zero laissaient place désormais aux marchands de souvenirs et à des attractions que nul n'aurait pu imaginer un an plus tôt.

— Ma femme avait plusieurs amies aux World Trade, dans les deux tours, laissa tomber John Eppelbaum en suivant le regard de Michel. L'une d'elles a appelé son mari et ses enfants sur le répondeur du domicile. Elle avait compris qu'elle ne sortirait pas vivante de cet enfer et leur a laissé un très beau message d'amour et d'espoir, d'une voix très douce et ferme à la fois. Nous l'avons écouté, c'est terrible. Le cran qu'a eu cette femme, une petite secrétaire de rien du tout à qui sans doute personne ne prêtait attention dans ces bureaux où seul l'argent comptait... Je peux vous dire que c'est une sacrée leçon, la dignité des gens qui souffrent, ou qui vont mourir.

Ces dernières paroles résonnèrent d'une tonalité particulière dans les oreilles de Michel. « Des gens qui souffrent », se répéta-t-il en son for intérieur. Et comme s'il avait vu soudain la vérité tomber du ciel, sa vérité, il éprouva soudain le désir impérieux d'être seul. « Oui, c'est ça, se dit-il encore une fois qu'il fut sorti prendre l'air dix minutes, comme il l'avait dit à leurs hôtes et à Leslie, encore absorbée par les revues luxueuses remplies d'intérieurs affriolants. C'est ça, des gens qui souffrent, admirables. »

Michel marcha ainsi les mains dans les poches, le long de la Cinquième Avenue, essayant d'imaginer toute l'organisation que nécessiterait le projet insensé qui venait de naître en lui alors qu'il regardait la paix du ciel de New York. Lorsqu'il remonta pour saluer les Eppelbaum et retrouver Leslie, il avait un visage transfiguré dont la pâleur n'échappa à personne.

— Sachez que je suis votre homme pour toutes sortes de choses, fit le procureur en lui serrant la main.

— Je n'oublierai pas, murmura Michel.

40

Une chaleur caniculaire étouffait Houston en ce milieu d'après-midi. Le soleil miroitait dans les tours géantes des pétroliers, au point que chaque rayon de lumière semblait ricocher à l'infini dans une féerie de verre et de feu.

— Ma parole, on se croirait à Bagdad ! fit Jenckins en s'extirpant péniblement de sa Bentley que le chauffeur avait pris soin d'arrêter juste devant le hall climatisé de la tour Exxon.

Le temps d'essuyer son front dégoulinant et il s'engouffra dans un des dix-huit ascenseurs ultra-rapides qui donnaient aux passagers la sensation de littéralement décoller dans les airs. Jenckins consulta sa montre. Il avait réservé un salon privé du Petroleum Club, à une heure où il savait l'endroit quasi désert. Powell l'attendait, un physicien très fiable qu'il avait déjà consulté au temps des forages pionniers du Texas, dans les années soixante, et dont il ne s'était plus passé depuis chaque fois qu'il devait évaluer le potentiel d'un site pétrolier supposé attractif.

— Merci d'être venu aussi rapidement, déclara Jenckins en lui donnant une poignée de main énergique. Asseyez-vous, il n'y a pas de temps à perdre.

Jenckins eut vite fait d'exposer la situation au physicien qui, pour approcher les soixante-dix ans, n'en était pas moins au fait de toutes les nouvelles méthodes d'évaluation des gisements.

— Cela me paraît incroyablement prometteur, fit le Texan pendant que Powell fronçait les sourcils sans un mot, penché sur le document qu'il lisait et relisait, chapitre après chapitre, graphique après graphique.

— Alors, qu'en dites-vous, Powell ? le pressa Jenckins.

— Une minute, Bill, laissez-moi me concentrer. La première impression est favorable, et pourtant...

Il laissa sa phrase en suspens et se plongea de nouveau dans la lecture des passages consacrés à l'évaluation topographique des réserves en hydrocarbures.

— C'est vraiment énorme, finit-il par déclarer en relevant la tête.

Jenckins, qui connaissait bien Powell, savait qu'il en fallait beaucoup pour susciter chez lui ce qui aurait ressemblé à de l'enthousiasme. Powell appartenait à cette génération de scientifiques de l'après-guerre qui avaient fait leurs classes et leurs preuves dans les laboratoires de recherche californiens avant de mettre leur savoir au service de l'industrie. Il en avait gardé une certaine nostalgie pour le travail de fond, sur les paillasses, le travail gratuit pour la grandeur de la science, qui permettait aux meilleurs de briller en décrochant un prix Nobel. Powell avait rêvé de ces honneurs-là, mais, issu d'une famille modeste, il ne disposait pas de la fortune nécessaire pour pouvoir se permettre de passer de longues journées, et parfois des nuits entières, à surveiller l'évolution d'infimes molécules piégées au fond d'une éprouvette. S'il était passé au privé, jouissant alors d'un confort matériel enviable, il conservait de son passage dans la recherche fondamentale l'esprit rigoureux et méthodique qui signale les véritables hommes de science. Il lui fallait toujours disposer des preuves précises et irréfutables de ce qui était avancé. En ce sens, il aurait fait un excellent magistrat.

— Je considère que ce document est incomplet, jugea-t-il après un examen minutieux des pièces. Je reconnais que l'exposé est très attrayant, et qu'il a dû être rédigé pour apparaître comme tel. L'ensemble est d'ailleurs très plausible, j'irais même jusqu'à dire probable.

— Mais alors ? s'impatienta Jenckins, qui, avant de partir pour Houston, avait demandé à son correspondant africain de se tenir prêt à agir dans les meilleurs délais

— Alors, probable ne signifie pas certain

— Certes. Que manque-t-il ?

— J'y viens, si vous ne m'interrompez pas toutes les trois secondes, mon cher Bill.

Habitué à commander, à décider, à repousser les importuns, Jenckins n'avait plus l'habitude qu'on lui parle de manière quelque peu abrupte, comme à un enfant turbulent qui mériterait d'être remis à sa place. Il ravala sa salive et écouta.

— J'ai pas mal voyagé en Afrique équatoriale dans ma jeunesse. À cette époque, les carottages sous-marins étaient quasiment aussi aventureux que, disons, les vols lunaires. Je me souviens d'une expédition avec des explorateurs d'Exxon. Au bord d'une plage, des enfants creusaient avec une simple pelle ou même avec leurs mains, et soudain, le sable ressemblait à une gigantesque tache de sang oxydé. C'était impressionnant. Je n'ai jamais vu plus fantastique. Le pétrole affleurait juste sous nos pieds, épongé par la silice. Les gamins remplissaient des récipients en plastique, de simples bouteilles de verre. Et c'est avec ça que leurs parents faisaient brûler des mèches de lampes pour s'éclairer, la nuit.

— C'est fascinant, admit Jenckins. Mais quel rapport avec notre affaire?

— Le voici. Lors de nos sorties au large, avec un bateau de recherche équipé de radars et de sondes pour forer en profondeur, il nous arrivait de trouver ce même pétrole, mais sa teneur, sa densité était si faible que le jeu n'en valait pas la chandelle. On aurait dit que plusieurs couches d'huile se succédaient, étanches les unes par rapport aux autres, et de plus en plus légères à mesure qu'on s'enfonçait. Bref, les quantités de pétrole étaient sans aucun doute importantes. Mais dépenser des centaines de millions de dollars pour pomper un pétrole presque aussi transparent que de l'eau minérale, cela n'aurait servi qu'à se ruiner. Sauf à vouloir se reconvertir dans le commerce de l'eau minérale!

— Je vois, fit Jenckins en hochant la tête. Et vous pensez que dans ce cas-là...?

— Tout est possible, Bill. En vérité, ce que vous me donnez là est incomplet. Je veux bien croire que les mentions *top secret* et *strictement confidentiel* apportent du crédit à l'importance de cette affaire. Mais vous savez aussi bien que moi combien des projets aussi mirobolants que désastreux ont porté ces mentions dûment tamponnées par la CIA ou d'autres agences de renseignement réputées sérieuses en Occident. Les Français, de vous à moi, ont accordé de l'importance à des enfantillages industriels comme les avions renifleurs dont le super-nez devait détecter le pétrole à dix mille mètres d'altitude! Et il y a eu des gens pour marcher, des gens pour accepter de débloquer des crédits, de financer des études...

Comme Jenckins paraissait résigné, lui qui avait un instant rêvé en prenant connaissance du document, Powell tempéra toutefois son jugement.

– Je vous parlais « en général », Bill. Maintenant, examinons cette affaire avec la distance nécessaire. Vous savez aussi bien que moi combien ce coin de l'Afrique passionne notre président. Ce n'est pas par hasard qu'il a fait une tournée sur place au début de l'été. Je conçois qu'il serait fâcheux de voir un pactole nous échapper pour cause de trop grande méfiance. Si vos sources sont sûres, alors il faut leur demander un supplément d'information.

– Quel genre ? demanda Jenckins qui, malgré lui, recommençait à y croire.

Powell réfléchit quelques secondes en se replongeant de nouveau dans le rapport rédigé par Michel Samara. Soudain son doigt pointa un paragraphe.

– Ici !
– Ici ?

Jenckins ne vit qu'un diagramme de chiffres censés correspondre à des densités d'huile.

– Voyez, Bill, il ne s'agit là que de relevés de surface, des densités de pétrole affleurant dans la première couche de roche immergée. Aucune mention n'est fournie sur la teneur cinq mètres plus bas, puis dix mètres, puis cinquante, voire cent mètres. Extrapoler les réserves à partir de la couche du haut, c'est courir le risque de valoriser un espace vide.

Le visage de Jenckins s'éclaira.

– Je comprends, je comprends, fit-il. Mais nous avons déjà rencontré, en Asie ou au Moyen-Orient, des gisements où la teneur, loin de décroître avec la profondeur, continue de croître.

– Exact, Bill. Le tout, c'est de vérifier. Je suis certain que la Tatoil dispose de ces données. Sinon, elle ne serait pas prête à investir les sommes annoncées pour un gisement intéressant seulement dans sa croûte superficielle.

– Je vais de ce pas demander à notre agent d'en savoir plus.
– C'est ça, fit Powell. Et n'hésitez pas à me demander une autre consultation.

Il jeta un coup d'œil à sa montre.

– Nous sommes ici depuis trente-cinq minutes. Je compte mon déplacement. Vous me devez cinq mille dollars.

Jenckins sortit son chéquier de la Chase Manhattan Bank et

remplit sans sourciller un chèque du montant indiqué. Puis les deux hommes quittèrent séparément le salon privé du Petroleum Club, d'abord Powell, le pas plus léger qu'en arrivant, sans doute ragaillardi par ces cinq mille dollars aisément gagnés, et après lui Jenckins, quelques minutes plus tard. Le soleil restait bien accroché aux étages supérieurs des tours environnantes. Les deux tours Enron, virtuellement détruites, pourtant, après le scandale retentissant de la firme de Houston. « Le pétrole, ça au moins c'est du solide, songea Jenckins en montant dans l'ascenseur. C'est pas comme la finance. » Manifestement, ce vieux routier des hydrocarbures avait encore quelques leçons de vie à prendre.

À peine arrivé à son ranch, il fila dans son bureau pour entrer en contact avec l'agent de Douala. Il ne le trouva pas à son hôtel et jugea plus prudent de ne pas lui envoyer de mail. Il préférait lui parler en direct, même en termes codés. Toutes les heures jusqu'à minuit, il composa le numéro de Cook, mais sans succès. Il se demandait ce que pouvait bien faire son agent, comme s'il avait ignoré que les meilleurs espions ne sont pas ceux qui épluchent des rapports à longueur de journée les fesses calées dans un fauteuil. Cook était un homme de terrain, et en Afrique, le terrain se labourait la nuit, à l'heure des esprits invisibles.

Cook rentra se coucher vers trois heures du matin, en compagnie d'une créature dont le corps semblait receler toutes les richesses qu'un homme peut rechercher chez une femme. À vrai dire, le corps des femmes africaines était pour Cook une mine d'informations, une source d'éternel renouvellement plus précieuse encore que tout le pétrole du monde, surtout à l'instant où il découvrait la fragrance d'une peau nouvelle, d'une chaleur encore inconnue.

Quand il éteignit les lumières, le jour se levait au Texas, et Bill Jenckins dormait encore.

41

Finalement, Fadhil avait réussi à troquer la camionnette des moines empestant les légumes recuits contre une Bentley légèrement cabossée, peu reluisante de l'extérieur, mais au moteur tournant comme une horloge, et surtout équipée d'une climatisation. Ce matin-là, l'ami de Michel, fidèle exécutant de ses volontés en Irak, avait quitté Bagdad de très bonne heure. Comme à son habitude, il était sorti par le quartier le moins surveillé de Saddam City, en direction de Diwaniya, au sud du pays. Les instructions de Michel Samara, qui l'avait joint depuis New York, étaient à la fois précises et floues. Quelques jours plus tôt, l'annonce avait été faite publiquement de la nomination de Raja Habib au Conseil irakien de gouvernement provisoire. En lisant son nom dans l'édition américaine du *Herald Tribune*, le fils de Thérèse Lemarchand avait sursauté. Il était resté un long moment le regard fixé sur ce nom écrit en grosses lettres, et aussi sur la photo de cette nouvelle promue que le journal publiait sur trois colonnes, et en couleurs. Cette sage-femme de cinquante-sept ans, issue d'une grande tribu du Sud, avait été autrefois l'amie de sa mère, quand le professeur vivait encore. Michel ne l'avait plus revue depuis plusieurs années, mais il avait reconnu sans peine, malgré le foulard qui cachait ses cheveux, son visage rond, presque poupin, et l'expression à la fois douce et volontaire de son regard. Elle avait étudié à Londres d'où elle était revenue diplômée du collège royal des obstétriciens. Chef de maternité, responsable du département de gynécologie, elle avait finalement dirigé un hôpital entier au moment de la première guerre du Golfe, lorsque la plupart des médecins étaient partis vers Bagdad. Une mission dont elle s'était sortie avec autorité, pour un salaire de trois dollars par mois...

Quand les troupes de Bush père et de ses alliés s'étaient retirées, permettant à Saddam Hussein et à ses fidèles de récupérer leurs prérogatives, elle avait dû laisser sa place à un directeur membre du parti Baas. Depuis toutes ces années, elle avait milité avec discrétion mais efficacité contre l'asservissement progressif des femmes et contre l'endoctrinement des jeunes enfants que l'islamisation du régime avait peu à peu gagnés. Après la chute du raïs, elle avait fini par accepter la proposition américaine d'intégrer le gouvernement provisoire. Chargée d'évaluer les besoins en soins de la population non hospitalisée, elle sillonnait maintenant le Sud, plus touché par l'offensive de la coalition. Et c'était désormais escortée d'une patrouille de marines qu'elle entrait chez les gens, au risque parfois d'être repoussée. Mais rarement. Raja bénéficiait d'une telle aura que, passé l'étonnement de la voir arriver avec des étrangers en armes, elle était reçue avec chaleur et simplicité.

Lorsque Fadhil entra dans Diwaniya – toujours les mêmes palmiers empoussiérés, toujours les mêmes détritus plein les rues –, il ignorait que la veille la représentante du gouvernement provisoire avait eu une réunion houleuse avec les médecins de la région, qui avait duré jusqu'à plus de deux heures du matin. Ses confrères, dont certains, des hommes, étaient à l'évidence jaloux de ses nouvelles prérogatives, l'avaient littéralement harcelée, des heures durant, pour lui réclamer qui des médicaments, qui des installations pour les prématurés, qui un générateur. La plupart savaient pertinemment qu'elle n'avait pour l'heure que son énergie à offrir, une force admirable qu'elle transportait jusqu'à Bagdad auprès des responsables américains chargés de l'aide et de la reconstruction. C'est donc une femme presque épuisée, mais souriante, qui accueillit Fadhil en cette fin de matinée, dans une modeste maison en pisé constituée de deux pièces assez vides dont le seul luxe était un gros ventilateur.

Le jeune ingénieur eut un haut-le-cœur en voyant les soldats américains stationnés devant la bâtisse. L'un d'eux examina attentivement sa voiture, un autre lui demanda ses papiers. Enfin il put entrer. Raja l'attendait, simplement assise sur un tabouret. Les jours sans sommeil avaient creusé sous ses yeux des cernes carmin, et s'il l'avait vue à cet instant, Michel Samara n'aurait pas reconnu la femme dont il avait vu le noble visage dans les pages intérieures du *Herald Tribune*.

— Tu viens de la part de la famille Samara ? demanda Raja en s'efforçant de sourire.

— Oui, de Michel, le fils de Mme Lemarchand.

— Ah, Thérèse, fit Raja les yeux mi-clos, avec un geste de la main pareil à un envol d'oiseau, comme si ce seul nom évoquait en elle des souvenirs précieux et très intimes. Je ne l'ai revue qu'une fois après la mort de son mari. Je revenais de Londres, j'étais passée par Paris. Quelle femme de valeur, exemplaire pour nous qui avons tant de combats à mener pour notre liberté. Et pour notre dignité, ajouta-t-elle plus bas.

Fadhil approuva d'un hochement de tête.

— Qu'est-ce qui t'amène ? voulut ensuite savoir le nouveau membre du gouvernement provisoire.

— D'abord, commença l'ingénieur, je vous félicite d'avoir accepté cette mission officielle. Cela n'a pas dû être facile, compte tenu du contexte militaire et politique.

— Tu as bien raison. Même mes frères, et mes sœurs aussi, m'ont battue froid. Ils ont considéré que j'avais pactisé avec l'ennemi. S'ils mesuraient toute l'énergie et la passion que je mets pour obtenir des améliorations dans la vie quotidienne de la population, ils ne seraient pas si ingrats. Mais qu'importe ! Ce qui compte à mes yeux, c'est que les choses avancent dans le sens du renouveau, sans idéologie ni parti pris. Je ne suis ni pour les Américains, ni pour les chiites contre les sunnites, vois-tu. Je suis pour l'Irak, pour notre pays. Et ce simple mot d'ordre devrait nous motiver tous, alors que certains mènent une guérilla aveugle, lâche et stérile.

— C'est aussi mon avis, fit Fadhil, visiblement impressionné par le charisme naturel qui se dégageait de Raja.

— En même temps, continua-t-elle, il faut être indulgent avec notre peuple. Il a souffert pendant plus de trente-cinq ans et tout à coup, il peut exprimer ses exigences et ses désirs. Il est normal que cela se fasse dans une certaine confusion et même dans la violence parfois. La violence a tant de fois et si longtemps régi nos comportements, du sommet de l'État au plus petit chef de tribu...

— Comment les choses se passent-elles avec les soldats ?

demanda Fadhil, jetant un coup d'œil vers les trois marines qui barraient la porte principale et profitaient par intermittence de la caresse d'air frais prodiguée par les pales du ventilateur.
Elle eut un large sourire.
– Ce sont des enfants ! Ils me faussent quelquefois compagnie pour aller acheter des glaces ou des chewing-gums ! Je pourrais me faire assassiner dix fois par jour ! En réalité, ils sont très jeunes et ne rêvent qu'à une chose, c'est de rentrer chez eux, de retrouver leur famille, leur fiancée, leurs copains ; de regarder des matchs de base-ball en croquant des corn flakes... Faire régner l'ordre, ce n'est pas leur affaire. Et accompagner une obstétricienne comme moi non plus. L'autre jour, comme je visitais une maternité, j'ai dû participer à un accouchement car la sage-femme en titre était malade. Ils sont restés là à deux mètres, le dos tourné. Le père du bébé voulait les faire sortir à coups de pied. Je suis intervenu en disant que s'il les touchait, je laisserais sa femme mettre l'enfant au monde toute seule. Je peux te dire que plus personne n'a crié. Sauf le bébé, quand il est né ! Et ça, c'était formidable. Même les soldats américains étaient émus. Le père était tellement heureux qu'il a offert du thé et des confiseries à tout le monde, et les colosses casqués n'étaient pas les derniers à piocher dans le couffin de loukoums, crois-moi !
– J'imagine la scène, fit Fadhil, à son tour gagné par l'émotion.
– Mais maintenant au fait, enchaîna brusquement Raja. Que veux-tu ?
Fadhil prit mille précautions pour exposer sa requête. Il fit valoir l'amitié qui la liait aux Samara, l'esprit brillant quoique parfois déroutant de leur fils Michel. Lorsqu'il développa le plan imaginé par son ami depuis New York, Raja écarquilla les yeux de surprise. Un peu de rouge lui monta même aux joues, comme si les paroles de Fadhil, en réalité celles de Michel répercutées par le jeune ingénieur, l'avaient littéralement électrisée.
– Quelle idée incroyable ! finit-elle par s'exclamer. Mais la logistique, qui assurera la logistique ?
– Michel a tout prévu, je crois, répondit Fadhil avec l'assurance de ceux qui aiment se sentir dépassés par des projets plus grands qu'eux-mêmes.
La femme médecin réfléchit silencieusement pendant quelques longues minutes. On n'entendait plus dans la pièce

que le ronronnement du ventilateur et les semelles des soldats qui tout à tour se relayaient dans le courant d'air frais.

— Je dois continuer ma tournée dans le Sud pendant encore une semaine, expliqua Raja. Il faudrait se tenir prêt pour quelle date ?

— L'idéal serait la fin du mois de septembre.

— Bien. Cela me laisse un peu de temps pour effectuer des repérages. Mais pourquoi à ce moment-là ?

— Je crois que c'est dans cette période que les Nations unies tiendront leur assemblée générale à New York. De nombreux chefs d'États sont attendus. Les médias du monde entier seront là, eux aussi.

— Évidemment, fit Raja songeuse.

Une femme d'une trentaine d'années, vêtue d'une longue robe et les cheveux cachés sous un foulard, fit soudain irruption dans la pièce. Les militaires l'avaient laissée entrer sans lui demander quoi que ce soit.

— Ma fille, Nour, dit Raja avec une fierté non feinte.

Fadhil se leva et inclina la tête avec une déférence qui fit sourire la jeune femme. Celle-ci s'inclina vers sa mère et lui murmura quelques mots à l'oreille. Puis elle s'effaça comme elle était venue, en adressant à Fadhil un regard plein de candeur.

— On m'attend dans un pavillon d'épileptiques, déclara Raja. Cette guerre, on ne le dit jamais assez, a rendu des gens fous, en tout cas nerveusement très malades. Eux aussi réclament de l'attention, et des soins appropriés. Même les bombes qui ne tuent pas laissent des traces indélébiles.

Elle se leva et prit fermement la main de l'ingénieur. À l'intensité de cette poignée de main, il comprit qu'elle ferait tout son possible pour le satisfaire, et Michel Samara avec lui.

42

— C'est vraiment sinistre, ces catacombes. On ne pourrait pas se retrouver dans un autre endroit ? insista Michel Samara au téléphone.

Il était revenu la veille des États-Unis après avoir rencontré une brochette d'opposants à la politique étrangère de George W. Bush, des membres du Congrès, quelques intellectuels et aussi deux représentants des vétérans du Vietnam que Leslie lui avait présentés. Il ressentait ce matin-là une sorte de gueule de bois, comme s'il avait bu du whisky pur. Assommé par le décalage horaire, il tombait de sommeil bien qu'il fût à peine midi. Deux cafés sans sucre l'avaient un peu secoué, mais la perspective de retrouver Claude Girard dans ce tunnel frais et noir, en compagnie des spectres, le rebutait d'avance.

— Très bien, fit l'agent français. Retrouvons-nous dans les jardins des Tuileries, près du bassin. À moins que vous ne préfériez le musée du Jeu de Paume. Il y a actuellement une exposition passionnante consacrée à l'art des fous. Je l'ai vue le lendemain de mon retour du Cameroun. Je vous assure qu'on y apprend des choses passionnantes.

— Je n'en doute pas, fit Michel. Mais je préfère vous voir en plein air, j'ai passé la nuit dans un avion qui faisait beaucoup de bruit, nos sièges étaient près du réacteur.

— Ah, fit mine de se lamenter Claude Girard, ce n'est pas comme notre bon vieux Concorde qu'ils ont mis au rebut un peu vite à mon goût. Mais je suis de mauvaise foi. Je suis un incurable nostalgique de tout ce qui s'est fait de grand sous de

Gaulle. Le Concorde, le *France*... Et aussi la participation des salariés aux profits du capital, car de Gaulle en remontrait aussi à la gauche, sur le terrain social... Mais j'arrête là mon coup de nostalgie. C'est vrai que le Concorde n'était pas vraiment un modèle d'économies en kérosène. Alors, à tout à l'heure, devant le bassin des Tuileries, près du marchand de glaces. Vous verrez, les sorbets sont fameux.

– Très bien, j'y serai à trois heures, répondit Michel avant de raccrocher.

Il se frotta les yeux. Un troisième café s'imposait.

Leslie avait proposé qu'il renonce à sa vie de rat d'hôtel et qu'il s'installe chez elle. Son appartement n'était pas grand, mais il était très clair et deux fenêtres au moins donnaient sur le parc du musée Rodin. En se penchant un peu, on pouvait voir les silhouettes impressionnantes des *Bourgeois de Calais* et un bronze en pied représentant Honoré de Balzac.

Michel avait accepté l'offre de la jeune femme sans se faire prier. Après toutes les épreuves qu'il avait traversées, tous ces chocs affectifs à répétition, il s'était aperçu qu'il aspirait à une certaine douceur dont Leslie était l'incarnation même, bien qu'elle fût en même temps remplie d'énergie, et de vie, surtout de vie. Michel s'était promis d'échapper désormais à l'emprise des morts. Le souvenir de Maureen resterait toujours en lui, comme ceux de Naas ou d'Ali, et bien sûr de son père. Mais il ne voulait pas se laisser happer par ce halo funèbre qui, si souvent, avait peuplé ses rêves et ne le quittait pas le jour venu, comme s'il avait été à son tour un mort vivant, une espèce de zombie portant par procuration les tourments de tous ceux qui souffraient. Il était certes profondément chrétien, mais il ne se sentait pas pour autant la vocation d'un martyr portant sur ses épaules le poids de la misère du monde.

Les quatre jours pleins qu'ils avaient passés ensemble à New York s'étaient révélés plus riches encore qu'il ne l'avait espéré. D'abord en raison des rencontres qu'ils avaient faites ensemble, ne se quittant jamais une minute, et ne se séparant jamais plus que de quelques centimètres. Et surtout parce que Michel s'était enfin senti tranquille, en paix avec lui-même, tant par la préparation de son projet que par la compagnie de cette femme libre qu'il avait non moins librement choisie.

Pour la première fois depuis bien longtemps, Michel avait commencé à penser au futur, lui qui n'avait eu jusqu'ici d'horizons que quotidiens, ou alors tournés vers le passé. Dans ses rêves new-yorkais, il s'était surpris à demander à Leslie s'ils auraient un enfant bientôt, si elle accepterait de l'épouser dans son pays, là-bas en Irak, dans une petite chapelle construite pour abriter d'autres amours. Une autre fois, il s'était réveillé en pleine nuit après qu'une voiture eut fait violemment crisser ses freins devant leur hôtel près de Central Park. Il avait alors cherché avec sa main la chaleur de Leslie, sa peau tendre, et la jeune femme s'était machinalement rapprochée de lui dans un mouvement animal qui l'avait laissé le souffle court, comme bouleversé par les sensations qu'il éprouvait à cet instant, le sentiment de l'amour qui renaît d'un puits qu'on a cru tari.

Quand il était seul avec Leslie, il remarquait combien elle s'efforçait de ne pas être trop pesante, de ne pas le questionner sur un sujet avant qu'il ne l'ait lui-même abordé. Et si elle l'interrogeait, c'était avec une délicatesse touchante et calculée. Il savait qu'à tout moment il pourrait garder pour lui ce qu'il n'avait pas envie de dire ou de partager. Quand, en revanche, il se lançait dans une réflexion à haute voix sur ce qu'il adviendrait de l'Irak où il aspirait de retourner vivre un jour, Leslie tremblait intérieurement mais n'en montrait rien, s'abstenant de lui demander s'il prévoyait de vivre là-bas avec elle. Comme il ne lui avait pas fait part de ses rêves, ou simplement par de brèves allusions amusées, elle n'avait pas osé pousser plus loin sur ce terrain. Avec lui, elle se comportait comme avec un animal sauvage qu'il faut savoir apprivoiser sans le brusquer, sous peine de le voir s'envoler alors qu'on croyait le tenir à portée de main.

Michel remuait toutes ces pensées quand il glissa dans un bain tiède en écoutant de la musique sur une radio de programmes classiques. Dans son enfance, sa mère avait formé son oreille aux grands sons de l'Europe, Vivaldi, Bach, Mozart. Il avait perdu leur contact lorsque, installés en Irak, ils s'étaient littéralement précipités sur les musiques arabo-musulmanes. Les amours de Michel avec la sublime Maureen avaient ajouté une dimension affective à cet élan nouveau. Mais maintenant que cette page-là était tournée, qu'il ne possédait plus le moindre enregistrement sonore de la jeune morte, Michel éprouvait le besoin d'écouter des pianos et des violoncelles, des plaintes de violon, la douce brise des harpes. C'est ainsi qu'il resta une bonne heure étendu dans la longue baignoire, à suivre un programme ininterrompu de morceaux choisis dans le meilleur répertoire du XVIIe et du XVIIIe siècle. De temps à autre, lorsque l'eau se refroidissait, il tournait le robinet d'eau chaude pour le faire couler une minute ou deux, avant de retrouver la pureté de la musique. Puis il finit par s'assoupir de nouveau, les coudes accrochés aux rebords de la baignoire, la pensée vagabondant vers quelque havre paisible où Leslie courait poursuivie par une ribambelle d'enfants blonds comme Michel, et frisés comme celle qu'il supposait être leur maman.

Claude Girard ne l'avait pas attendu pour déguster un cornet de sorbet au citron. Les deux hommes se serrèrent la main. Un peu de glace faisait briller la moustache de l'agent français. Il proposa à Michel de se rafraîchir, mais celui-ci déclina l'offre. Il était pressé de l'entendre.

— Les choses se présentent on ne peut mieux, commença Girard.

— Je préfère ça.

— Comme je vous l'ai déjà fait savoir, Jenckins a fini par mordre sérieusement à l'hameçon auquel Cook avait déjà lui aussi bien accroché. Je dois vous tirer mon chapeau car la réaction de Jenckins a été conforme à ce que vous attendiez.

— C'est-à-dire ?

— Il a consulté un expert en roches pétrolifères, un physicien je crois, ou un chimiste, ou les deux, peu importe. Et l'homme, qui connaît son affaire, a tiqué sur ce que vous aviez prévu.

— Les cartes de densité ?

— Exact.

— Qu'avez-vous fait ?

— Je m'attendais à une réaction en chaîne, qui n'a pas manqué de se produire. Si je résume, Jenckins a signalé à Cook que le document était incomplet, en raison de l'absence de ces données essentielles pour valider le tout. Aussitôt, Cook a cherché à me voir. Je l'ai fait un peu lanterner, assez pour mesurer combien il était désormais accroché à cette affaire. Au point qu'il m'aurait presque demandé de produire un faux pour rassurer ses supérieurs ! Avouez que c'est comique. S'il savait que tout cela est rigoureusement inventé.

— En effet, approuva Michel, pressé d'entendre la suite.

— Quand j'ai retrouvé mon ami de la CIA, j'ai vu qu'il n'avait pas beaucoup dormi, avec notre affaire. C'est fou comme le pétrole et l'argent qu'il suppose enflamment des esprits qu'on pourrait croire de prime abord assez froids

— Cela vous étonne ?

— Rien ne m'étonne vraiment, mais j'avoue que je suis toujours fasciné quand je vois se répéter des schémas vieux comme le monde, ou presque.

— Continuez.

— Voilà. J'ai dit à Cook que je n'étais pas en mesure de lui fournir ce qu'il demandait sur-le-champ, et surtout là-bas à Douala. Vous auriez vu la déception sur son visage. Cela en était... pitoyable. J'ai laissé passer un petit moment, il me regardait avec insistance et un peu de rancœur, comme si je venais de lui casser son jouet. Lorsque j'ai dit, feignant l'hésitation et la contrariété : « Il y aurait bien une autre solution, mais... », il ne m'a pas laissé finir ma phrase. Il s'est exclamé : « Dis vite ! » Résultat : il arrive demain à Paris par l'avion de six heures trente-cinq du matin. J'ai pris mes dispositions pour aller le chercher moi-même.

— Bravo, Claude ! fit Michel visiblement ravi de la tournure que prenaient les événements. Vous lui avez parlé d'Augagneur ?

— Bien sûr, mais sans mentionner son nom. J'ai insisté sur le fait que c'était un homme de confiance et qu'il pourrait nous arranger le coup.

— Vous avez donné des détails ?

— Aucun. Je crois seulement qu'il est dans de telles dispositions qu'il va se prendre lui-même dans son propre piège.

— Espérons, reprit Michel.

— Je suis confiant. Et Augagneur, de son côté, il a avancé ?

— Je crois que oui. Inutile de vous dire que je l'ai intéressé au résultat pour qu'il soit aussi impeccable sur cette deuxième étape qu'il l'a été sur l'opération de maquillage du brut irakien.

— Parfait, répondit Claude Girard. Certains jours, je me dis que j'aurais pu devenir riche, en faisant ce métier.

Ils se quittèrent sur ces mots. L'agent français disparut dans la bouche du métro Concorde. Michel, lui, longea la file de taxis garés devant le Prince de Galles et monta dans le premier du rang. On l'attendait à l'auditorium de la Grande Arche, à la Défense.

43

Tandis que le taxi traversait la grande avenue de Neuilly, Michel réfléchissait au piège dont il tissait chaque fil pour y faire tomber rien de moins que le président des États-Unis.

« Bush a menti à tout le monde. À son tour de subir le sortilège du mensonge », pensa-t-il tandis que le chauffeur pestait contre un car de touristes qui bloquait la moitié de la chaussée.

Depuis son enfance à Bagdad, tant sa mère que le professeur Samara avaient élevé Michel dans la détestation du mensonge. Il fallait toujours dire la vérité, quoi qu'il pût en coûter. C'est ainsi que le jeune garçon avait grandi dans ce culte du vrai, et il avait toujours eu l'instinct aiguisé pour reconnaître, parmi ceux qui croisaient son chemin, les gens sincères et les hypocrites, les honnêtes et les menteurs.

Avec le recul des événements, il s'en voulait d'avoir été ainsi dupe du discours belliciste américain. Le mensonge de Bush sur la nécessité d'une guerre contre l'Irak sous prétexte que Saddam Hussein possédait des armes de destruction massive, ce mensonge-là n'avait pas uniquement abusé les grandes puissances occidentales. Il l'avait abusé personnellement, lui, Michel Samara, dans sa chair et dans son cœur. Il avait fait basculer le peuple irakien dans un univers de drame et d'incertitude. Il avait aussi donné au peuple américain le sentiment d'avoir été bafoué, trompé, par le premier des siens, celui qu'il avait élu, mal élu certes, mais élu tout de même, comme président des États-Unis.

Alors que le taxi s'engageait enfin sur le pont de Neuilly,

Michel jeta un coup d'œil sur la Seine qui miroitait sous le soleil avec les chatoiements du Tigre. Pendant quelques secondes, cette sensation le troubla. Mentalement, il était soudain revenu à Bagdad, sur un de ces nombreux ponts de béton qui traversaient le grand fleuve où tant de fois, enfant, il avait observé le reflet changeant de son visage.

Combien étaient-ils à se sentir souillés, salis, par le mensonge de Bush, un mensonge d'État ? Pendant son séjour aux États-Unis, Michel avait été frappé de mesurer combien de citoyens américains, y compris dans le camp républicain, étaient estomaqués par l'aveu public de leur président. Non, avait fini par reconnaître George W. Bush, Saddam Hussein n'avait aucun lien avéré avec Ben Laden et les terroristes d'Al-Qaida. Non, avait encore ajouté l'hôte de la Maison-Blanche, nous n'avons pas trouvé d'armes de destruction massive. Et chaque jour, les informations s'accumulaient sur cette absence de preuve, sur ce qu'un ancien du Vietnam avait résumé à sa manière, lors d'un dîner avec Michel et Leslie : l'Irak ne valait pas une guerre, avait-il dit en cachant mal sa colère.

Bien calé sur la banquette arrière du taxi, Michel soupira profondément. Il avait encore à l'esprit quelques bribes de débats télévisés attrapées sur les chaînes d'information américaines, pendant que Leslie se préparait en chantonnant dans la salle de bains, essayant plusieurs coiffures, hésitant entre deux robes, entre deux bijoux ou deux paires de souliers. Elle sortait de temps à autre pour lui demander :

– Et comme ça, tu me trouves comment ?

Michel la voyait toujours ravissante, mais elle disparaissait aussi vite, insatisfaite, et repartait dans de nouveaux essais. Pendant ce temps, on débattait fermement sur Fox News sur le fameux mensonge présidentiel. De tout ce « bruit de fond », le géant blond avait retiré une conviction : même dans son pays, même parmi ses amis politiques, « W. » commençait à connaître de vraies difficultés. Il avait beau déclarer qu'il avait fondé ses choix sur les informations qu'il avait reçues, condamnant ainsi implicitement les services de la CIA et ceux du MI6 anglais, l'opinion publique américaine le tenait pour premier responsable du gâchis.

« En Amérique, on peut supporter beaucoup de choses, avait dit un membre républicain du Congrès invité à débattre avec le sénateur démocrate Ted Kennedy. On pleure nos morts en Irak, on ravale notre peine après le désastre de Columbia comme on avait ravalé nos larmes après la tragique mission d'Apollo 13. On accepte nos déficits commerciaux, et même la défaite de nos athlètes au mondial d'athlétisme. Mais le mensonge, non, on ne peut supporter. C'est dans le sang des Américains, peut-être notre inconscient puritain et protestant. Le mensonge est un crime politique impardonnable. »

Face à de tels propos, Ted Kennedy n'avait pu qu'acquiescer, presque surpris de voir un adversaire tenir un discours au moins aussi dur que le sien sur ce sujet : la vérité indispensable aux fondements d'une grande démocratie comme les États-Unis.

« Je vous rappelle, avait renchéri le plus jeune des frères Kennedy, que le président Bill Clinton a failli subir l'impeachment pour une misérable affaire de sexe ! Je doute que George W. Bush réussisse à s'en tirer alors qu'il nous a fourvoyés dans une affaire dont on ne sait plus comment sortir, alors qu'il aurait été si simple de ne pas s'y aventurer. »

Toutes ces paroles résonnaient dans la tête de Michel, tandis que le taxi s'approchait de la Grande Arche. Nixon était tombé pour une affaire de micros bêtement posés dans les locaux du parti démocrate, dans l'immeuble du Watergate. Ce n'était pas une violation si grave. Pourtant le président avait menti, et cela, on ne le lui avait pas pardonné. Clinton avait réussi à s'en tirer en faisant amende honorable, reconnaissant son tort d'avoir eu avec Mlle Levinsky des relations non convenables. Mais Bush n'était pas taillé dans le bois de ceux qui demandent pardon. C'était un de ces taureaux du Texas, entêtés jusqu'à la moelle. Il était prêt à rejeter la faute sur ses proches collaborateurs ou sur les Britanniques pour se sortir la tête haute et le menton en avant de ce mauvais pas. Michel savait qu'il fallait l'atteindre lui, « *in personal* », comme disaient les Américains. Et toucher ses intérêts financiers en le roulant dans la farine était le meilleur usage qu'il pensait pouvoir faire du mensonge. Retourner le mensonge contre un menteur, à la manière d'un boomerang, c'était sans doute le seul châtiment qui affecterait Bush « *in personal* ».

Michel tournait tout cela dans son esprit comme les facettes multicolores d'un Rubik's Cube. L'étape suivante supposait la collaboration active d'Augagneur, afin que Cook tombe dans le panneau. Le géant blond n'était pas inquiet. Il savait combien le cadre influent de la Tatoil était motivé par l'appât du gain. Le risque à courir était minime, comparé aux sommes en jeu et au surplus de commission promis au cas où tout se passerait comme prévu.

— C'est un documentaire sur les oiseaux migrateurs, fit Augagneur en accueillant Michel à l'entrée de l'auditorium. Un film était projeté sur un écran blanc très large, tandis que des piaillements se faisaient entendre de chaque côté grâce à des enceintes très puissantes.

— J'aime beaucoup venir ici, précisa Augagneur en prenant un siège au milieu de la salle. Je viens chaque fois que j'ai envie de changer de décor. Ils passent toujours des films montrant la nature, l'Afrique des savanes et des grands fleuves, l'Asie tropicale, la faune de la jungle, avec des sons parfaits. Je ne m'en lasse pas.

Pendant qu'il parlait, ou plutôt qu'il chuchotait, une formation d'oies sauvages glissait en forme de V dans un ciel immaculé.

— Ce film-ci est particulièrement remarquable, expliqua Augagneur. Les cinéastes ont volé sous les oies, à bord d'un ULM. Ils se sont entraînés pendant des mois avec elles, pour qu'elles s'habituent à la présence du petit engin à moteur. Quand on regarde ces images, et qu'on écoute ce son parfait, avec les cris et le battement des ailes dans le vent, on se croirait soi-même un oiseau, tu ne trouves pas, Michel ?

Son visiteur approuva. Il n'était guère familier du monde animal. L'Irak était surtout un désert traversé par deux fleuves. Des oiseaux faisaient bien quelques haltes sur les berges, à la tombée du jour, mais ils repartaient aussitôt et jamais ne lui serait venue l'idée d'aller les observer à la jumelle, comme il savait qu'on le faisait en France. Et d'abord, quiconque se promenait avec des jumelles du temps de Saddam Hussein était considéré comme suspect.

— C'est un drôle d'oiseau qui arrive demain d'Afrique, souffla Michel. Tu as préparé ce que je t'avais demandé ?

— Affirmatif, fit Augagneur. Un relevé des densités pétrolifères plus vrai que nature. Ton gars n'est pas cardiaque, au moins ?

— Cardiaque ? Je n'en sais rien. Pourquoi cette question ?

— Je plaisante. Le document que j'ai préparé montre des densités profondes en haute pression comparables aux meilleurs gisements d'Angola.

— Tu n'y es pas allé trop fort quand même ?

— Non. Je ne suis pas allé jusqu'aux résultats des plate-formes offshore situées dans l'enclave du Cabinda. Ce sont des chiffres plausibles, étayés et explicités par des commentaires tout ce qu'il y a de plus sérieux. Simplement, pour ceux qui connaissent un peu la partie, c'est explosif. Le sentiment de découvrir un continent inconnu, une sorte de sixième continent qui s'appellerait « *Terra petrolea* » !

— Oui, je comprends ce que tu veux dire.

— Tu vois, je suis le premier à savoir que tout cela est inventé, puisque je suis l'auteur de ces fausses cartes. Eh bien, quand je les regarde, je ne peux pas m'empêcher de penser : et si c'était vrai ! Je me dis que si je suis prêt à tomber dans mon propre piège, ton gars est cuit d'avance.

— J'espère bien. Il faudra être prudent, demain.

— Compte sur moi. J'ai déjà prévu la mise en scène. Il aura vraiment l'impression de forcer quelque chose comme Fort Knox.

— Bien.

— Toutes les instructions sont là, ajouta Augagneur en sortant de sa serviette une simple chemise cartonnée, fermée par un gros élastique noir. Avec les passes. L'escalier de service de la tour ne sera pas surveillé. Évidemment, il faudra qu'ils grimpent à pied. Surtout pas d'ascenseur.

— Et les caméras de surveillance ?

— J'en ai fait mon affaire dans l'escalier.

L'écran était maintenant envahi par un nuage noir et blanc, des milliers d'hirondelles partaient vers les pays chauds à la recherche de l'éternel printemps.

— Rien d'autre ? demanda Augagneur en écarquillant les yeux devant la féerie de ce spectacle.

— Rien d'autre, répondit Michel.

— Et pour l'enveloppe ?

Le colosse blond eut un rictus. Décidément, même face au spectacle le plus pur, son interlocuteur restait un homme d'argent au cœur matelassé de billets.

— Comme d'habitude. Le virement est prêt à partir. Le compte fournisseur est bien approvisionné.

– Et il le sera davantage encore quand ton gars repartira d'ici, je parie !

– Oui, tu peux parier, sourit Michel.

Ils se séparèrent sur ces mots. Des papillons avaient remplacé les hirondelles à l'image. Une nuée de papillons orange et noir, les fameux monarques qui fuient l'hiver canadien pour gagner la chaleur du Mexique. Michel pensa qu'il n'y avait que les papillons pour faire le chemin dans ce sens-là.

44

Claude Girard roulait Renault. Pour lui, il n'y avait pas mieux que les autos de la régie. Même quand un ministre du Commerce extérieur, bien mal inspiré, avait déclaré à l'étranger que les Renault rouillaient, il était resté sur ses choix premiers, comme avant lui son père. Depuis l'obtention de son permis au tout début des années soixante, il n'avait jamais fait la moindre infidélité aux voitures sorties des chaînes de montage du constructeur français, qu'il préférait aux modèles Peugeot ou à ceux de Citroën, même du temps où les deux groupes étaient distincts.

L'agent français avait débuté par une modeste R4, puis s'était aventuré, pendant sa jeunesse, au volant d'une R8 Gordini très sport. L'année de son mariage, il avait décidé d'entrer de plain-pied dans l'ère de la R16 couleur vert bouteille. S'il avait eu une famille nombreuse, sans doute se serait-il laissé tenter plus tard par le modèle Espace. Mais avec sa femme Louise, ils n'avaient pas eu d'enfant. Aussi avait-il offert à son épouse une petite Twingo rutilante et lui n'avait pas résisté devant le confort bourgeois des R25 qui avaient somptueusement traversé les années quatre-vingt-dix.

C'est ainsi qu'il se présenta de bonne heure à Roissy pour réceptionner son ami Cook. Il préférait ne pas avoir à surveiller ses propos en présence d'un chauffeur de taxi. Règle de sécurité numéro 1 : toujours se méfier de la moindre oreille indiscrète, même *a priori* inoffensive. Il avait dû se lever tôt, mais cela ne lui coûtait guère. Il avait gardé de son adolescence le plaisir intact de traverser Paris avant l'aube, quand les rues sont désertes et qu'on croit la Ville lumière allumée juste pour soi. La veille au soir, Michel Samara lui avait transmis le kit du parfait cambrioleur contenu dans la chemise préparée par Augagneur. Les plans étaient précis, les combinaisons chiffrées faciles à retenir, les passes apparemment simples à manier. Ce serait un jeu d'enfant. Trop facile peut-être. Claude Girard pensait qu'il devrait en rajouter un peu pour convaincre Cook qu'ils étaient bel et bien en train de commettre un véritable cambriolage digne du Watergate. Mais il préféra ne pas user de cette référence, qui laissait à tous les ressortissants américains de très mauvais souvenirs.

L'avion de Douala était annoncé avec près d'une heure de retard. Girard en profita pour acheter les journaux du matin et prit place dans un fauteuil métallique face à la grande porte coulissante des arrivées. Comme souvent, l'*Herald Tribune* était le plus complet dans la description du malaise qui gagnait chaque jour davantage l'Amérique. De New York à Washington, de la côte Est à Los Angeles, on ne parlait plus que du mensonge de Bush et de son état-major. La petite phrase « l'Irak ne valait pas une guerre » était désormais sur toutes les lèvres, et le camp républicain voyait s'effriter ses chances de conserver la Maison-Blanche. Arnold Schwarzenegger avait beau gonfler les muscles d'un Terminator tout sourires en Californie, sa baraka électorale ne rejaillissait en rien sur George W. Bush, dont les traits s'accusaient d'heure en heure, à mesure qu'il s'enferrait dans une défense peu crédible.

De son côté, le président français ne semblait guère enclin à sauver la mise du Texan. « Nous avons une amitié de deux cent vingt-cinq ans avec le peuple américain », avait ainsi déclaré Jacques Chirac à une équipe de télévision de CBS reçue à l'Élysée. Sous-entendu : cette amitié valait pour le peuple, mais pas pour son leader. Dans cette confusion diplomatique, George W Bush faisait feu de tout bois, allant même jusqu'à déclarer que le président russe Vladimir Poutine, l'homme de la répression à Moscou et en Tchétchénie, était « un brave type avec lequel il était bon de passer des moments ». Le président russe, qui ne perdait pas un instant le sens de ses intérêts, avait réussi à faire passer les exactions de son armée à Grozny pour une lutte légitime contre le terrorisme.

Il n'y avait pas de petit profit. Bush junior s'était aussi engagé à favoriser les investissements américains dans les infrastructures pétrolières russes en état de décrépitude avancée. Pendant que des GI's et des civils continuaient de mourir en Irak, pendant que l'opinion internationale découvrait combien elle avait été abusée avec ces histoires de menace imminente venue de Bagdad, le locataire de la Maison-Blanche s'acharnait à tromper les autres et à se tromper lui-même, comme s'il n'apprenait jamais rien de ses erreurs. Comme s'il n'en retirait que l'envie d'en commettre de nouvelles.

La presse dans son ensemble n'était pas très charitable – mais pourquoi l'eût-elle été ? – pour George W. Bush. Il apparaissait de plus en plus comme un benêt impulsif qui faisait honte à son peuple. La froideur avec laquelle il avait été accueilli lors de ses plus récentes apparitions publiques montrait que quelque chose s'était cassé entre les Américains et lui. Son espoir de voir les enquêteurs trouver enfin des armes de destruction massive en Irak était de l'ordre du mirage. Il le savait et on racontait qu'en privé il rêvait de brûler vif le patron de la CIA et celui des services secrets britanniques. Non pour avoir divulgué de fausses informations sur le fameux danger irakien. Mais pour n'avoir pas su garder le secret du mensonge jusqu'au bout...

Pendant ce temps à Bagdad, le bilan des victimes ne cessait de s'alourdir. Des GI's tombaient. Des civils tombaient. L'émotion fut à son comble lorsque des enquêteurs polonais travaillant main dans la main avec les troupes américaines mirent à nu des missiles français ensevelis dans une cache proche de Bagdad, en plein désert. Des missiles Roland estampillés « 2003 ». La polémique tourna court, et les journaux expliquèrent l'affaire dans le détail. Certes, il s'agissait bien d'armes françaises. Mais elles n'étaient plus fabriquées depuis le milieu des années quatre-vingt, avant même la première guerre du Golfe. Le président Chirac s'était expliqué clairement à ce sujet. Le général polonais à l'origine de cette découverte pour le moins troublante avait présenté des excuses publiques avant que les autorités américaines ne se hasardent à tirer parti de l'incident. On avait tourné la page aussitôt, mais le climat restait tendu. Y compris sur le terrain où le terrorisme sans visage continuait de tuer aveuglément.

Enfin le tableau d'affichage annonça l'arrivée du vol de Douala. Cook fut parmi les premiers à sortir, n'ayant pris qu'un bagage à main. Claude Girard le vit se détacher d'un groupe de danseurs folkloriques camerounais. Il lui adressa un signe, auquel son ami répondit aussitôt par un large sourire.

— Où m'emmènes-tu, *guy*? fit l'Américain à peine tombé dans les bras de Girard. Ce n'est plus l'heure de Paris *by night*, il me semble?

— Exact. Le jour se lève. Mais si ça te dit, je t'emmène boire un café sur les Champs-Élysées.

— *No!* Je veux dormir un peu dans un vrai lit. Ces sièges d'avion sont de véritables instruments de torture. Je me demande comment font les compagnies pour perdre de l'argent alors qu'ils nous entassent comme des sardines en boîte. Bientôt ils nous mettront une rangée de sièges au-dessus de la tête pour rentabiliser l'espace, ma parole!

— Je t'ai réservé une chambre à l'hôtel George V. Tu as les quais de Seine sur ta droite en descendant. Le Fouquet's et les Champs-Élysées en remontant un peu sur ta gauche. Ça te va?

— *Perfect*, Claude. On y va.

— C'est comme si on y était.

En route, Claude Girard expliqua les grandes lignes du programme. L'opération était prévue pour minuit. Il lui expliquerait pourquoi le moment venu.

— C'est dangereux? demanda l'Américain, soudain moins à l'aise.

— Un peu, enfin... fit semblant d'hésiter l'agent français, disons que les risques ont été calculés. Tout devrait bien se passer. Mais si tu veux, je peux faire le coup seul et te porter les documents après...

Cook fut comme piqué au vif.

— *What?* Mais il n'en n'est pas question. Je suis avec toi dans cette affaire. Je veux me rendre compte par moi-même. Et puis...

— Et puis?

— J'ai des instructions de Washington. Ils se méfient. Je dois garantir la provenance des documents et tout et tout. Tu comprends, nous devons prendre nos précautions. Tout cela représente beaucoup d'argent.

— Et beaucoup de pétrole, reprit au bond Claude Girard. Mais oui, je comprends. Mes services feraient preuve de la même méfiance, c'est bien naturel.

— Tu ne m'en veux pas de te dire cela? demanda Cook. Ce n'est pas toi qui es en cause...

– Je ne t'en veux absolument pas. Je te le répète : à ta place je ferais pareil. Tu connais Paris ?

– Je n'y ai mis les pieds qu'une fois et pourtant je peux te décrire pas mal de quartiers comme si j'étais un habitué.

– Ça par exemple ! Et comment donc ?

– Ma mère était une fan de Gene Kelly. Dans mon enfance, j'ai dû voir dix ou quinze fois *Un Américain à Paris* !

– Je comprends. Mais aujourd'hui, je te conseille surtout de te reposer. Les balades, ce sera pour demain. Tu auras besoin de toute ton énergie, cette nuit.

– Ah ? fit Cook en fronçant les sourcils.

Mais Claude Girard n'en dit pas plus. Devant le George V, un voiturier proposa d'aller ranger la R25. L'agent français fit un signe négatif de la tête. À personne il n'aurait laissé le soin de conduire son auto.

– Je dépose juste un ami et je repars, lança-t-il en baissant sa vitre.

Cook prit sa serviette et tendit la main à son ami.

– C'est entendu, rendez-vous ici à vingt-trois heures trente, précisa Girard.

– J'y serai, tu peux me croire.

– C'est ton intérêt, fit Girard en souriant.

Chaque fois qu'il jouait la comédie, il s'étonnait de sa propre personnalité. Lui qui aimait les choses claires et honnêtes, il se surprenait toujours d'être capable de duplicité. Surtout envers des personnes qu'il connaissait et pour lesquelles il avait quelques sentiments d'amitié sincère. Il démarra en se disant qu'il avait peut-être passé le plus clair de son existence à tromper la personne qui lui était la plus chère au monde : lui-même. Cette pensée l'irrita et il la dissipa en allumant sa radio sur un programme de musique classique. Mozart eut tôt fait de chasser ses idées sombres. Trois minutes plus tard, il sifflotait comme si de rien n'était.

45

À deux mois près, John Culvany était du même âge que George W. Bush. Il était né dans une ville pauvre d'Oklahoma et, comme beaucoup de jeunes Noirs de sa génération, il avait cru au grand rêve américain d'intégration au sein d'une société juste et tolérante. Démocrate de cœur, il avait vibré au discours du pasteur Martin Luther King sur l'avènement d'une Amérique fraternelle et acceptant les différences de peau. Il avait pleuré à la mort du pasteur, comme il avait pleuré la mort de Malcom X, et celle de Kennedy. Il avait pleuré aussi, au Vietnam, quand il avait vu ses copains descendus à bout portant dans les rizières hostiles où la mort rôdait. Il se souvenait encore, presque trente ans après, du goût du sang dans sa bouche, de ses tempes qui battaient trop fort chaque fois qu'avec ses hommes il se risquait sur le territoire du Viêt-cong. L'ennemi était sournois. Mais il était chez lui. Et la sournoiserie la plus grande, il l'avait trouvée sur le front des chefs politiques qui envoyaient les boys à la boucherie. « L'arrière, c'est le front de nos dirigeants », aimait-il à dire sans sourire. Là-bas il avait appris le désespoir, et parfois la folie. S'il ne s'était pas laissé glisser sur le chemin de l'alcool et des drogues hallucinogènes, il le devait sans doute à sa rencontre avec Linda, une jeune femme de bonne famille, blanche et blonde, qui apprenait les langues étrangères à Stanford. Il rentrait du Vietnam quand leurs chemins s'étaient croisés par hasard dans un aéroport. Ils ne s'étaient plus quittés. Avec ses primes de l'armée, il avait ouvert en 1978 une boutique de sport en plein cœur de New York, près du Madison Square Garden, où se jouaient chaque année les internationaux de Flushing Meadow. Linda travaillait comme interprète aux Nations unies. C'est là-bas qu'elle avait rencontré une jeune Australienne de vingt ans sa cadette, Leslie.

Un soir dans Broadway, John et Linda avaient invité à dîner Leslie et son colossal compagnon, Michel. Ils avaient parlé de choses et d'autres et les deux hommes avaient sympathisé à merveille. Au point que le lendemain Michel s'était rendu seul au magasin de John. Ce qu'ils s'étaient dit était resté leur secret. Mais lorsque Michel Samara partit rejoindre Leslie, John se précipita sur son téléphone et convoqua d'urgence quelques amis en qui il avait toute confiance. Un client aurait pu croire à la constitution d'une équipe de base-ball, voire de basket, tant les gaillards étaient solidement plantés, hauts comme des gratte-ciel, ou presque. Tous s'étaient connus avant que Saigon ne devienne Hô Chi Minh-Ville, et cela créait des liens.

Comme la plupart des vétérans du Vietnam, ces hommes gardaient une certaine rancœur envers des personnages comme Nixon ou Kissinger. D'une manière générale, les républicains leur sortaient par les yeux, et celui qui occupait la Maison-Blanche tout particulièrement. Il faut dire que « W » avait pu par piston échapper à la conscription. George Bush père était alors un ponte de la CIA, et il n'aurait pas laissé les tortionnaires viets toucher un cheveu de son fiston. Michel Samara s'était montré assez convaincant auprès de John pour que ce dernier reconstitue une sorte d'amicale dissoute, mais toujours prête à se reformer pour la bonne cause. Ensemble, ils avaient sérieusement tabassé un profanateur avéré du mémorial des combattants au Vietnam. Ensemble, ils avaient manifesté contre la guerre en Irak. Ensemble, ils se tenaient prêts désormais à jouer leur rôle dans le scénario imaginé par ce Franco-Irakien charismatique dont John leur avait parlé comme on parle d'un messie.

Ce matin-là, John avait fermé son magasin pour inventaire. Un client attentif aurait remarqué que celui-ci avait été dressé un mois plus tôt, mais nul ne s'en formalisa. On savait le commerçant un peu fantasque, assez porté sur le football américain pour fermer boutique les jours de match, quitte à regarder sa télévision au vu et au su des gens qui passaient dehors. On lui pardonnait ce plaisir comme ce menu mensonge, car sitôt le magasin était-il ouvert qu'il arborait un large sourire et faisait montre d'une patience à toute épreuve pour conseiller la clientèle.

Mais ce jour-là, on avait beau essayer d'apercevoir sa silhouette massive dans le fauteuil installé devant l'immense écran de télévision installé contre le mur du fond, John restait invisible. Il était arrivé quelques heures plus tôt à Houston et avait rejoint l'ancien capitaine Fleet, un autre héros du Vietnam, aussi blanc de peau que John était noir.

— Heureux de te revoir, fit John. C'est à peine si tu as changé ! Ça fait combien d'années, mon Dieu ?

— Évitons de compter, vieux frère, ce que je peux te dire, c'est que nous sommes restés presque aussi jeunes.

— Tu as raison. Où m'emmènes-tu ?

— À pied d'œuvre, fit son hôte d'une voix sentencieuse, comme s'il s'était de nouveau senti en mission, et en danger.

Ils avaient pris place dans une grosse Jeep dotée d'énormes pneus.

— On va quitter la route goudronnée dans vingt kilomètres, l'avertit Fleet, c'est pour ça que j'ai pris un « tout-terrain ».

— OK, approuva John, qui se cramponnait à la poignée fixée au-dessus dessus de la vitre. De quoi parle-t-on, en ce moment ?

— Les gens n'ont qu'un mot à la bouche, ou plutôt qu'un nom.

— Bush encore ?

— Mais non. Allez, devine.

— Schwarzy ?

— Gagné.

— Quelle calamité. Les républicains n'ont pas assez d'un benêt dangereux à la Maison-Blanche. Il leur faut en plus un monsieur Muscles en Californie !

— C'est ainsi. Mais nos amis ont bon espoir de le griller en vol.

— Comment ça ? Vu de New York, Terminator paraît imbattable. Ce n'est pas le cas ?

— Pas si simple. Toutes ses casseroles commencent à remonter en surface. Plusieurs femmes l'ont dénoncé pour harcèlement sexuel. Et un canard a déniché une vieille interview de lui où il proclame toute son admiration pour un certain Adolf Hitler. Pas mal, non ?

— Heureusement qu'il est né en Autriche. Sinon, on l'aurait eu comme candidat à la Maison-Blanche, fit John le regard fixe, absorbé dans ses pensées.

— Il est très populaire auprès des enfants, renchérit Fleet.

– Heureusement qu'ils ne votent pas !
– Oui. Il n'empêche que nous sommes dans un drôle de pays. On élit des guignols au sommet de l'État et après, on cherche à entraîner le monde entier dans nos errements.

La Jeep avait quitté la route et suivait maintenant une piste de sable dans un décor quasi désertique.
– Tu vas revoir des visages que tu n'as plus vus depuis...
– Depuis là-bas ?
– Oui, depuis là-bas.
John Culvany soupira. S'il avait su que sa rencontre avec Michel Samara le conduirait un jour au Texas, près des puits de pétrole qui avaient fait la fortune du clan Bush. Et en compagnie des mêmes hommes ou presque qui l'avaient servi chez les Viets. Ceux qui n'étaient pas morts.

Il avait fallu cette rencontre à Broadway avec Leslie et Michel, sous les auspices bienveillants de sa femme Linda. Puis cette rencontre secrète le lendemain matin, entre les chaussures de jogging et les cadres de raquettes de tennis en carbone. Là, Michel avait tranquillement exposé son plan, dans le moindre détail, gagné par un sentiment de confiance. D'abord sceptique, John avait peu à peu abandonné ses réticences, au point d'être envahi par une véritable vague d'euphorie au moment où Michel lui avait laissé entrevoir l'issue de l'opération. C'est cette euphorie qu'il espérait bien transmettre aux hommes qui avaient, près de trois années durant, vécu sous ses ordres. Ils avaient été bien inspirés : la plupart étaient revenus en vie, intacts, au moins dans leur corps. Pour le mental, chacun avait dû s'arranger avec ses propres démons.

La Jeep s'arrêta dans un espace entièrement désertique, en plein midi. La température était digne d'un après-midi à Bagdad. La plaine aride s'étendait à perte de vue, seulement entravée çà et là par de lointains reliefs, sans doute quelque chaîne de moyenne montagne. Le sol était inculte, trop chaud, soumis à des excès de chaleur insoutenables pour une quelconque production agricole. Seuls les traditionnels cactus tendaient désespérément leurs bras, pour une impossible étreinte.
– On va attendre ici, décida Fleet en coupant le contact.
– Ici ? Mais on est au milieu de nulle part, fit John.
Fleet éclata de rire.

— C'est justement pour cela que nous sommes là. Qui viendrait nous chercher au milieu de nulle part ?

— Bien vu. Et on attend quoi ?

— On attend que ça nous tombe du ciel.

John se mit à scruter l'horizon et à parcourir d'un regard avide le ciel immaculé. Il en profita pour expliquer à Fleet ce qu'il entendait réaliser précisément comme mission, dans quel délai et sous quelles conditions. Michel Samara avait insisté pour que ce volet texan se déroule sans effusion de sang. Il ne s'agissait pas d'employer les armes du camp qu'il entendait combattre. Cette condition avait paru chagriner Fleet, qui, en bon intoxiqué des combats, aurait volontiers battu le fer avec les « mousquetaires » du bushisme. Mais l'heure n'était plus à répandre le sang. Il n'avait déjà que trop coulé. Michel Samara avait parlé d'une sorte de chantage diplomatique. L'expression avait plu à John, qui l'avait répétée à Fleet.

— Que penses-tu de la situation chez nous ? demanda John à son vieux frère d'embuscades, en attendant que le ciel veuille bien parler.

— Je crois que nous nous trompons de valeurs. Le 11 septembre, Bush n'arrêtait pas de demander : « Mais pourquoi on nous a fait ça ? », « Mais pourquoi on ne nous aime pas ? ». Crois-tu que, depuis, il ait accompli ne serait-ce qu'une action pour être aimé, pour être seulement compris ? Au lieu de cela, nous persistons dans notre arrogance, et aussi dans la malhonnêteté. Poutine dit qu'il veut buter les Tchétchènes jusque dans les chiottes, mais nous lui déroulons le tapis rouge. Schwarzy a passé sa jeunesse à se gonfler de stéroïdes. On découvre qu'il était mufle avec les filles, pour ne pas dire plus, et qu'il lui est arrivé de glorifier Hitler, sans doute pour faire plaisir à son père qui était un policier autrichien encarté au parti nazi. Et après, on voudrait que les gens nous suivent dans nos aventures irakiennes, qu'ils nous soutiennent et, le cas échéant, qu'ils nous plaignent !

Fleet se tut brusquement. Des hélicoptères venaient de surgir au milieu de nulle part.

46

À onze heures trente précises, la R25 de Claude Girard se gara en double file dans l'avenue George V. Obéissant aux instructions données par l'agent français, Cook avait chaussé des baskets qu'il avait achetées au cours de l'après-midi, dans une boutique des Champs-Élysées. Il avait aussi fait l'acquisition d'un vêtement de sport sombre et d'une casquette noire. Il ne se sentait pas en danger, mais les instructions que lui avait données son ami l'avaient quelque peu intrigué. Et à dire vrai, excité.

Comme tous les agents de la CIA de sa génération, il gardait la nostalgie des grandes heures de la Guerre froide. Et parmi les sports préférés des espions de cette époque, le plus prisé consistait à subtiliser des documents secrets, ou mieux encore, à pénétrer par effraction les lieux où ils étaient cachés pour les photographier avec des appareils miniatures avant de les transmettre par microfilm. Cook, dans une vie précédente, avait excellé dans cet art de l'infiltration discrète. Il lui était ainsi arrivé de dérober des plans de missiles ou de calculateurs électroniques à usage militaire dans différents pays de l'ancien Pacte de Varsovie.

À la chute du Mur de Berlin, son cœur avait balancé. Certes, il s'était réjoui de voir soudain s'agrandir le camp de la démocratie. Mais en espion qui aime son travail, il avait instantanément éprouvé la nostalgie de ce qui s'effondrait sous ses yeux : un monde souterrain et nocturne, fait de rendez-vous secrets, de messages codés, de rencontres improbables où le risque et l'aventure avaient toujours leur part. Il avait rapidement demandé à être versé au renseignement africain, estimant qu'il sur le continent noir se livrait encore une des dernières batailles qui vaille. Troquant l'Est-Ouest contre le Nord-Sud, il était ainsi devenu, presque malgré lui, un vieux colonial. Il avait pris goût, les années passant, à un certain confort. Les affaires se traitaient à l'africaine, sans tension excessive. L'idéologie n'avait plus cours pour dresser les uns contre les autres. Il suffisait parfois de hausser un peu le ton et de sortir des dollars pour avoir entière satisfaction.

C'est ainsi que Cook devint à proprement parler un coq en pâte, s'enlisant doucement dans le bain doucereux des cocktails alcoolisés et des soirées se terminant souvent en compagnie d'une ou plusieurs tigresses assez peu farouches. L'envie de risquer sa peau lui avait passé peu à peu, et l'idée ne le traversait plus de se déguiser en Fantômas pour aller dénicher un quelconque secret d'État.

De retour à son hôtel après avoir fait ses emplettes, Cook avait pensé à l'équipée promise par Claude Girard. Et soudain il s'était senti rajeunir de quinze ou vingt ans. Monter à l'assaut d'une tour française, ce n'était pas narguer la Stasi roumaine ni les Vopos de l'ancienne Allemagne de l'Est. Mais l'enjeu était suffisamment important pour que la partie s'annonce passionnante.

Quand le portier de nuit vit Cook descendre en tenue de jogging, il lui marqua son intérêt en se fendant d'un large sourire.

— Bonne course à pied, sir, fit-il sur un ton déférent. Les quais de Seine sont à deux pas. Vous pourrez jouir d'une très belle vue, même la nuit, grâce aux halogènes des bateaux-mouches. Et à cette heure-ci, pas de canicule. On commence même à sentir la fraîcheur. Au bord du fleuve, ce sera parfait !

— Merci beaucoup, répondit l'Américain en improvisant une sortie en petite foulée. Bye bye !

Il traversa l'avenue sur le passage piéton et vint prendre place dans l'auto de son ami, qui avait fini par trouver une place devant le trottoir opposé. Quand il s'installa, Claude Girard lui serra une main distraite. L'agent français venait de monter le son de la radio. Sur France-Info, on annonçait de nouvelles découvertes d'armes en Irak. Mais pas d'armes chimiques. Des fusils, des mitraillettes, des lance-missiles à porter sur l'épaule. Girard pensait à Michel Samara. Que lui inspireraient ces révélations ? Cook avait écouté.

— Bah, qu'est-ce que les gens s'imaginaient ? Que Saddam enverrait son peuple au casse-pipe sans munitions ? Les Irakiens raffolent des armes, c'est bien connu. Et je sais qu'avant la guerre, Saddam a ouvert grands les dépôts. Quant à trouver des substances chimiques, je crains qu'on ne se soit trop avancé, mais à eux de gérer ça. Allez, Claude, on le fait, ce casse du siècle !

Cook avait le feu d'un débutant. L'agent français avait beau prendre des mines de conspirateur fiévreux, son complice se régalait par avance de ce qui allait suivre, comme un enfant à qui on a promis un bon film et un Esquimau à l'entracte.

L'auto fut retenue un moment dans les derniers cent mètres des Champs-Élysées, avant d'aborder le carrefour de l'Étoile. Touristes et Parisiens profitaient de la première fraîcheur de la nuit pour déambuler sous les lumières de la grande avenue. D'autres s'étaient aventurés en voiture et les embouteillages étaient aussi importants qu'aux heures de pointe, en plein jour. Les yeux de Cook brillaient comme s'il avait bu du champagne.

— C'est formidable, cette affaire, répétait-il à son ami qui restait le regard rivé devant lui.

Passée l'Étoile, ils avalèrent d'un trait la route qui menait au pied de la tour Tatoil. Claude Girard se gara sur une placette voisine du building, éteignit ses feux et attendit. Il consulta sa montre. Il était minuit moins trois minutes.

— Attendons un instant, souffla-t-il.

Pour ne pas déparer, Claude Girard portait une sorte de combinaison une-pièce d'un noir rutilant qui le faisait ressembler à un nageur de combat ou, ce qui était plus flatteur encore, à Cary Grant dans le film d'Hitchcock.

Quand il fut minuit pile, l'agent français donna un coup de coude à son ami.

— Maintenant, regarde !

Il claqua dans ses doigts et à peine le petit bruit sec avait-il crépité dans l'habitacle de l'auto, que la tour Tatoil sombra dans la plus complète obscurité. Claude Girard sourit.

— Magique, non ?

— *Damned !* Je suis éberlué ! s'écria Cook. Que s'est-il passé ?

— J'ai un fluide dans les doigts, plaisanta Girard.

Devant le visage interloqué de son complice, il expliqua :

— À minuit, tous les grands monuments publics de Paris s'éteignent, la tour Eiffel, l'Arc de Triomphe. Les grandes sociétés de la Défense, par souci d'économies, ont décidé de s'aligner.

Le patron de Tatoil gagne presque deux millions et demi d'euros par an, mais ces gars-là savent aussi être près de leurs sous. Allez viens, la voie est libre. Suis-moi. Je sais par où s'ouvre la caverne d'Ali Baba.

Ils contournèrent l'entrée principale et s'introduisirent dans la tour par le local des poubelles, dont Augagneur avait laissé un passe servant à déverrouiller la serrure. Les veilleuses éclaireraient faiblement l'entresol, mais, comme prévu, le gardien de nuit ne pouvait distinguer le moindre mouvement dans cette partie de la tour. Le réseau alimentant les caméras était malencontreusement tombé en panne en début de soirée. Augagneur avait bien fait son travail. Vu sa rémunération, c'était bien normal...

— On y va lentement et en souplesse. Il y en a plus de cinquante à grimper comme ça ! prévint Claude Girard. Tu comprends que la tenue de sport était de rigueur.

Cook ne répondit pas. Il maugréa pour la forme, en se disant que, si toute peine méritait salaire, tout salaire méritait aussi sa peine.

À mi-parcours, les deux hommes s'accordèrent cinq minutes de pause. Ils dégoulinaient sous leurs habits sombres, et les Batman du début faisaient un peu de peine à voir. Mais heureusement pour eux, aucun œil indiscret ne vint se poser sur leurs silhouettes un rien affaissées.

Quand enfin ils se présentèrent devant l'entrée de la Tatoil, Claude Girard sortit de sa poche intérieure une clé très plate terminée par un embout compliqué en forme de clé de serrage. Il la fit pénétrer dans une serrure centrale, puis la tourna dans le sens inverse des aiguilles d'une montre, se conformant ainsi aux instructions détaillées d'Augagneur. Un déclic très net se fit entendre dans le silence. L'agent français poussa la porte et la referma aussitôt derrière eux. Ils s'épongèrent le front et reprirent leur souffle. Muni d'un stylo-lampe, Claude Girard se dirigea ensuite dans l'obscurité comme s'il avait déjà traversé mille fois ces couloirs pourtant inconnus. Il avait appris le plan par cœur et sa mémoire ne lui faisait jamais défaut. Même après une escalade sportive comme celle-ci, il ne lui fallait pas trois secondes pour rassembler ses esprits.

— Suis-moi, et pas de bruit, souffla l'agent français.

Cook ne disait rien. On entendait seulement sa respiration suffocante de fumeur. Ils marchèrent ainsi à pas de loup dans la suite du mince faisceau lumineux, traversèrent une grande salle remplie d'ordinateurs aux écrans bleutés qui délivraient en continu le cours du pétrole brut sur toutes les places du monde, New York, Londres, Rotterdam. Parfois, un bip se faisait entendre, annonçant une nouvelle urgente sur le front pétrolier, mais à minuit, il n'y avait personne pour en prendre connaissance. L'activité commençait à six heures du matin pour les traders de Tatoil, qui négociaient la marchandise aux meilleurs cours.

Ils arrivèrent devant une porte en bois massif sur laquelle figurait une plaque dorée. Girard braqua le faisceau de lumière sur l'inscription qui se découpa dans l'obscurité. Les deux hommes purent lire : *Bureau des prospections*.

– C'est ici, fit l'agent français. Entrons.

– Tu as la clé ?

En guise de réponse, il sortit un autre passe, différent des deux précédents.

– Ma parole, s'enthousiasma Cook, tu es mieux équipé que saint Pierre !

– Chut, pas de bruit. Suis-moi. Tu n'as encore rien vu !

Les lieux étaient comme Augagneur les avait décrits sur son plan. Girard songea que le jeune as du pétrole aurait aussi fait un parfait agent de renseignement. Peut-être d'ailleurs en était-il un sans qu'il le sache. Tant de services se concurrençaient dans la grande maison, et Tatoil, comme Elf, avait la réputation de traiter certaines affaires avec les hommes de l'ombre. Le coffre-fort était à sa place, sous le tableau hyperréaliste d'un peintre américain représentant un champ pétrolifère en Alaska.

Claude Girard se dirigea d'un pas assuré vers le tableau et demanda à Cook de lui tenir le stylo-lampe.

– Dirige le faisceau à côté de la peinture, l'éclat du vernis dans la lumière m'éblouit un peu, fit l'agent français.

Son ami s'exécuta docilement. Il n'en perdait pas une miette.

– Je crois qu'on brûle, murmura Girard.

– On brûle ? s'inquiéta Cook.

– Une expression *typical french, my friend*. Pas de danger de cramer, rassure-toi.

– Alors, qu'est-ce que cela veut dire ?

– Simplement que nous sommes près du but.

– J'aime mieux ça. Déjà que je crève de chaud. Alors si nous devions brûler dans cette tour, au cinquante-septième étage, je préfère sauter tout de suite !

— Ne dis pas de conneries.

— Tu as raison, fit Cook en s'excusant.

Le souvenir du 11 septembre à New York lui revint soudain en mémoire, et il prit un air grave. Derrière le tableau apparut une plaque de métal traversée de plusieurs fils électriques sous tension. Un instant, Claude Girard parut hésiter. Il savait très bien quels gestes il lui restait à accomplir, mais il préféra suspendre son action quelques minutes pour faire monter dans l'esprit de son complice l'impatience en même temps qu'un peu d'anxiété.

— Un problème ? demanda Cook.

— Je ne sais pas. Non, je ne crois pas. C'est le circuit électrique. Je sais qu'un mouvement d'interrupteur éteint l'alarme. L'autre déclenche l'alerte.

— *My god*, il y a intérêt à être sûr de son coup.

— Plutôt, oui. Ça y est. Je crois que j'y suis.

— Tu crois ou tu es sûr ? fit Cook d'une voix blanche, comme s'il avait craint d'échouer si près du but pour une stupide histoire de bouton.

— Je suis sûr, ne t'inquiète pas, répondit Girard en regardant son ami droit dans les yeux, tout en se forçant à creuser la ride centrale de son front qu'il savait profonde. Intérieurement, il était aux anges.

Claude Girard désactiva comme prévu le circuit électrique. Ensuite, comme s'il avait passé son existence à fracturer en douceur des coffres-forts, il effectua délicatement la combinaison censée ouvrir la porte blindée.

Les deux hommes retenaient leur souffle. L'agent français, car il n'avait en réalité jamais œuvré dans ce domaine. Et Cook parce que cet instant magique où le secret va enfin être révélé résonnait au fond de lui comme un tendre souvenir de jeunesse. Pour un peu, il aurait versé une larme. Mais il ne pleurait jamais, sauf sous l'effet du brandy, quand au fin fond du Cameroun il entendait une voix de cow-boy chanter *Oklahoma*. Ce soir-là, il était rigoureusement à jeun.

Enfin la porte s'ouvrit. D'abord, ils ne virent rien du tout. Ou plutôt, rien ne retint leur regard précisément. Girard savait ce qu'ils cherchaient, mais il n'avait aucune idée de la couleur de l'enveloppe dans laquelle était déposé le faux document. Il savait simplement qu'il s'agissait d'une chemise assez peu volumineuse qui reprenait le rapport initial établi par Michel Samara, auquel avaient été adjointes les vraies-fausses cartes de densité pétrolifère.

– Tu regardes cette pile et moi celle-ci, indiqua Claude Girard, en choisissant pour lui la pile où il savait qu'il ne trouverait rien.

– C'est écrit quoi, dessus, à ton avis ? l'interrogea Cook.

– Comme tu peux le constater, la plupart des documents sont estampillés *Dossier interne, secret*. D'après ce que je sais, nous devons mettre la main sur une liasse d'une trentaine de pages, avec écrit dessus *Bonus*.

– Pourquoi *Bonus* ?

– Parce que ces gisements sont inespérés. Je sais que les quelques cerveaux de la Tatoil au courant du projet l'ont baptisé ainsi.

Claude Girard observa Cook qui cherchait frénétiquement dans la pile qui lui avait été impartie. Tout à coup, il s'arrêta sur une chemise dont l'intitulé l'intrigua. Le mot *Bonus* n'apparaissait pas, mais cette mention : *Projets Cabinda*. Il la tira pourtant à lui et ouvrit.

– *My God !* siffla-t-il.

– Qu'y a-t-il ?

– Il y a ça !

– Qu'est-ce que c'est ?

– Un rapport sur les manœuvres américaines dans la région, les pourparlers d'Exxon et de Chevron pour les puits offshore de Cabinda. Nous n'avons pas compris le retournement des Angolais et des Santoméens, à la fin, qui a fait capoter les projets d'investissement de nos compagnies. Ce texte explique la surenchère des Français avec l'appui des Britanniques et des Hollandais ! Quel coup fourré ! Je comprends mieux maintenant...

Pendant que Cook mordait à cet hameçon, Claude Girard loua en silence l'ingéniosité de Michel Samara. Pour donner plus de force au faux document qu'ils allaient ensuite dénicher, le colosse blond avait voulu que Cook mette la main sur un dossier qui lui était familier, dont il pourrait attester personnellement la validité. Par ricochet, les cartes de densité pétrolière lui apparaîtraient d'autant plus crédibles, et il s'enfermerait tout seul dans son propre piège...

Cook parut troublé par cette découverte. Il réfléchit quelques instants, essayant de recoller les morceaux du puzzle qui se dessinait sous ses yeux.

— Je crois que nous avons sous-estimé vos gars au Cabinda, lâcha-t-il en souriant. Heureusement que grâce à toi, nous allons pouvoir réagir, et de quelle façon !

— Sans doute, sans doute, approuva Claude Girard.

Moins de cinq minutes plus tard, le faux document sur les gisements offshore du Cameroun était entre les mains de l'Américain. Les deux hommes repartirent comme ils étaient venus, en veillant à ne laisser aucune trace de leur passage.

De retour au George V, avant même de se jeter sous la douche, nu comme un ver sur son lit, serrant son butin contre sa poitrine, Cook composa, fébrile, un numéro à Houston. La tonalité vint aussitôt. Il était sept heures du matin là-bas, et Jenckins attendait son appel.

47

L'horizon s'était assombri à Bagdad. Passée la liesse qui avait suivi la chute du dictateur, la population s'était prise à douter des intentions d'une armée dite de libération qui n'en finissait plus de malmener, de tabasser, d'enfermer, tout en laissant les pillards s'en prendre aux biens des gens qu'elle privait de tous moyens pour se défendre
Depuis plusieurs jours, Fadhil sillonnait la capitale d'hôpitaux en dispensaires, de cliniques en centres de soins pour convalescents. Il établissait pour lui des listes de noms, passait de longs moments en compagnie de blessés, leur tenait un discours qui chaque fois les laissait comme hypnotisés. La plupart du temps, ils lui faisaient répéter ses paroles, puis ils les répétaient à leur tour pour être certains d'avoir bien compris.
Mme Awa avait aussi facilité au jeune ingénieur l'accès des hôpitaux du sud du pays. Chaque fois, il était impressionné de voir combien les victimes du conflit étaient plus nombreuses que les évaluations officieuses qui filtraient de temps à autre. Si le décompte des marines tués était précisément établi jour après jour, avec une minutie presque obsessionnelle de la part des Américains, les civils irakiens étaient tenus pour quantité négligeable. Fadhil se souvenait que dix ans plus tôt déjà, au moment de la première guerre du Golfe, les pertes civiles irakiennes avaient été passées sous silence. On avait parlé ensuite de cinquante mille à trois cent mille morts...
Ce matin-là, il pénétra dans l'hôpital central de Bagdad où son ami Michel Samara avait été soigné. Il savait qu'il retrou-

verait à l'étage des enfants l'infirmière Nadia. Michel lui avait souvent parlé d'elle. Il attendait de la jeune femme une aide bien précise.

Quand il eut accès à la grande salle des malades, une panique indescriptible venait de saisir le personnel soignant et les patients en état de se rendre compte de ce qui arrivait. Plusieurs véhicules, dont une ambulance et un camion militaire, venaient cinq minutes plus tôt de déposer une dizaine de personnes gravement blessées après l'explosion d'un engin en pleine rue. Attentat, accident ? Nul n'était en mesure de comprendre ce qui s'était passé. Mais le sang avait coulé, une fois de plus, et les cris qui accompagnèrent l'intrusion de ces presque mourants firent frissonner Fadhil d'effroi. Il allait rebrousser chemin lorsqu'il aperçut, par une porte à la vitre cassée, une autre salle plongée dans la semi-obscurité, qui paraissait épargnée par l'affolement général. Il pressa le pas pour gagner ce qui ressemblait davantage à un lieu de sommeil.

Là, une trentaine de lits étaient alignés, chacun occupé par un enfant. Sans l'avoir vraiment cherché, il avait atteint son but. À une infirmière qui passait, il demanda si elle était Nadia. Sans un mot, la femme lui désigna du doigt une silhouette blanche penchée au-dessus d'un petit garçon auquel semblait manquer un bras. Fadhil songea que des Ali mutilés, il en existait maintenant de tous les âges, dans son pays. Et cela continuerait tant que cette guerre larvée se poursuivrait entre les occupants américains et des opposants sans vrai visage.

– Vous êtes Nadia ? fit l'ingénieur après que l'infirmière se fut redressée.

Elle le regarda d'un air méfiant.

– Pourquoi ? Que lui voulez-vous ?

– Ne craignez rien, lança aussitôt Fadhil, voyant que la jeune femme se tenait sur la défensive. Je suis un ami de Michel Samara et...

– Michel ! s'écria-t-elle. Enfin, des nouvelles de Michel. Dites-moi vite ce qu'il fait, et si Ali a pu être opéré en France.

Soudain, cet épisode si douloureux revint cogner dans la mémoire de Fadhil. Il réalisa que Nadia ne pouvait pas être au courant. Le chauffeur du monastère était venu chercher l'enfant, et plus personne n'était retourné à Bagdad pour annoncer la terrible nouvelle, l'explosion de l'auto sur une mine, le décès sur le coup d'Ali, puis celui d'Abdul après s'être traîné comme un misérable jusqu'au cloître... Ce drame n'était pas sorti de l'esprit de Fadhil, bien au contraire. Mais à force d'être confronté aux horreurs quotidiennes, son esprit semblait se purger naturellement, une sorte de toilette hygiénique pour pouvoir encaisser chaque jour une nouvelle dose de malheur. C'est pourquoi, en apercevant Nadia, il n'avait pas imaginé une seule seconde qu'il devrait se faire le messager du pire.

Devant son silence et ses balbutiements, elle comprit que quelque chose de grave était arrivé. Ils s'étaient retirés dans un minuscule cagibi dont les murs n'étaient rien d'autre que quatre draps tendus depuis le plafond. Nadia avait là son lit et un buffet rempli de linges et de quelques médicaments d'urgence. Elle fit asseoir Fadhil sur un tabouret bancal en bois. Elle avait pris place sur le bout de son lit. L'ami de Michel s'aperçut qu'elle tremblait comme une feuille en attendant qu'il lui raconte enfin ce qui s'était produit.

— Allez-y, fit-elle, je suis prête.

— Michel va bien, commença Fadhil, pressentant avec justesse que la jeune femme avait tout naturellement éprouvé des sentiments pour le beau colosse, avec sa voix douce et son sourire irrésistible.

— Je ne m'inquiétais pas pour lui, répondit-elle avec un peu de brusquerie, comme pour se défendre de le porter trop près dans son cœur. Il ne peut plus rien lui arriver, à lui, il est si fort. Il a la grâce, Michel. Mais Ali...

Fadhil hocha la tête, confirmant son pressentiment. Il veilla à choisir les termes, à parler par allusion.

— La voiture du monastère a roulé au mauvais endroit. Le petit n'a rien dû voir, rien sentir.

— Ça, fit Nadia en haussant les épaules, c'est ce qu'on dit toujours après. C'est ce que disent les vivants. Mon Dieu...

Elle se retint de pleurer, et l'ingénieur mesura tout le cran de la frêle infirmière qui fermait les yeux sans verser une seule larme. Elle cessa même de trembler. Au bout de quelques instants de silence, elle demanda :

— Vous êtes venu pour me dire ça ?

— Oui, mentit Fadhil. Mais pas seulement. Je voulais vous parler en particulier d'une idée de Michel.

Les yeux de Nadia s'agrandirent.

— Oui... Mais d'abord, où est-il, maintenant ?

— En sécurité, en France. Il est allé aux États-Unis, puis il est revenu.

Fadhil sentit que la jeune femme brûlait de lui demander autre chose, si par exemple il avait parlé d'elle, ou s'il avait une amie en France, mais elle s'en empêcha, et l'ingénieur put poursuivre. Il exposa sans être interrompu les grandes lignes du dessein poursuivi par Michel Samara. Quand il eut terminé, l'infirmière secoua la tête en signe d'incrédulité.

— Même avec des enfants ? demanda-t-elle surprise.

— Surtout avec des enfants, répliqua Fadhil. À condition qu'ils soient en état, évidemment.

— Bon, je vais réfléchir. Je suppose que Michel sait ce qu'il fait. Tout de même... Lorsque j'ai laissé partir Ali...

— Je vous comprends, Nadia, murmura Fadhil en posant une main sur son épaule. Cette fois, je vous promets que toutes les conditions de sécurité seront remplies.

— Je ne demande qu'à vous croire. Et puis, si c'est une idée de Michel... Revenez demain matin à la même heure. Je vais m'organiser.

Fadhil se leva. La jeune femme resta assise sur son lit, silencieuse, les épaules recroquevillées. Quand son visiteur eut disparu, une fois seule derrière ses murs de toile, elle éclata en sanglots, un mouchoir dans la bouche pour ne pas être entendue des petits blessés qui l'entouraient.

Lorsqu'il se retrouva seul dans la rue, Fadhil resta quelques instants sonné par cette entrevue. La jeune femme semblait si épuisée par ces nuits et ces jours entiers passés au chevet de presque morts, de vivants par miracle. Son visage, il le savait, allait le hanter longtemps, comme aussi les plaintes qu'il avait entendues provenant de plusieurs lits, où gisaient de petits mutilés.

Fadhil remonta une longue artère parallèle au Tigre lorsqu'il entendit au loin des cris puissants, une sorte de grondement. Devant lui, une poignée de marines couraient de part et d'autre. Certains donnaient des ordres en hurlant dans des talkies-walkies. D'autres restaient debout, impassibles, les mains posées sur leur fusil-mitrailleur, attendant de voir ce qui s'avançait vers eux. Fadhil vit d'abord un grand portrait qui semblait flotter au-dessus des têtes d'un groupe de manifestants qui s'avançaient, en vociférant. Leurs paroles n'étaient pas encore très distinctes, mais la figure brandie comme un étendard le devint très vite :

on avait ressorti un portrait en majesté de Saddam Hussein. Et dès que les slogans devinrent plus audibles, il fut clair que ces gens en colère demandaient le retour de Saddam Hussein, et que justice lui fut rendue.

« Si Michel voyait cela ! » pensa l'ingénieur en reculant, cherchant du regard par quel côté il pourrait filer. Forcément il y aurait du grabuge, des heurts et des affrontements, peut-être encore des blessés graves qui viendraient grossir en urgence le nombre des civiles irakiens hospitalisés.

La foule approchait comme une vague menaçante. Combien étaient-ils à hurler de la sorte « Reviens Saddam », « Saddam notre lumière », « Nous t'aimons encore, Saddam » ? Plusieurs centaines, assurément, qui offraient leurs poitrines à la mitraille toujours possible des soldats. Ces derniers venaient de prendre position et attendaient sans doute que les meneurs s'approchent encore avant d'ouvrir le feu.

Depuis plusieurs jours, lassés de subir les pillages et les violences, de ne rien pouvoir faire contre les agressions, contre les viols de leurs filles ou de leurs femmes, des Bagdadis anonymes avaient prévenu par voie de presse qu'ils allaient réagir. Ils marchaient maintenant, bien résolus à se faire entendre.

Craignant que tout cela ne dégénère, Fadhil s'enfuit par une petite rue aux abords des souks et partit se mettre à l'abri dans un des cybercafés qui avaient fleuri dans la capitale. Tout le paradoxe du pays était là : les gens mouraient de peur chez eux, mais, sur le Net, ils pouvaient désormais participer à des « chats » avec des parents ou des amis installés à l'étranger qu'ils n'avaient parfois plus revus depuis des années. L'Irak marchait sur la tête. L'abattement côtoyait l'ébullition, le désir de s'émanciper enfin de la dictature se heurtait aux exactions de délinquants que la police et l'armée américaine avaient un mal fou à contrer. Une fois en sécurité, Fadhil songea à Michel. Il se dit que son ami serait heureux d'apprendre que le projet se déroulait comme prévu.

48

John Culvany connaissait mal cette partie des États-Unis. Citadin jusqu'au bout des ongles, New-Yorkais avant d'être américain, il ne se reconnaissait que peu de liens, voire pas du tout, avec le Texas des grands espaces où la seule verticalité s'entendait en derricks. Peu avant de tomber dans ce *no man's land* où l'avait conduit l'ancien capitaine Fleet, ils avaient traversé un village baptisé tout simplement « Notrees », « Pas d'arbres ». Et comme le nom l'indiquait, ce lieu improbable était un morceau de désert adossé à un enchevêtrement de tuyaux multicolores semblables à un amas de spaghettis, à l'intérieur desquels circulait le sang noir du Texas. La plaine n'était qu'une sorte d'usine sans toit, entièrement dédiée au dieu pétrole. Tout ce qui bougeait, tout ce qui grinçait, tout ce qui roulait, tout ce qui était immobile aussi semblait réquisitionné au service de ce dieu unique, exigeant et insatiable. Il donnait beaucoup, il fallait en retour le servir jour et nuit. Et les bascules d'acier semblables à des têtes de chevaux pompant l'huile d'un mouvement perpétuel donnaient l'impression d'animaux dressés pour un exercice de gladiateurs aux jeux du cirque.

Deux hélicoptères s'étaient posés à une cinquantaine de mètres du 4 × 4 où attendaient John Culvany et Paul Fleet. Les pales des appareils avaient déclenché de véritables rafales de poussière, et Culvany s'était dépêché de remonter les vitres en attendant que cesse le mouvement des hélices.

Deux hommes descendirent de chaque hélicoptère, des solides gaillards eux aussi, en treillis de commando. Tous étaient des vétérans du Vietnam qui n'avaient plus avec l'armée aucun lien officiel. Mais dans leur tête, ils étaient toujours prêts pour l'aventure. Trois d'entre eux avaient servi dans l'unité mythique des Tiger Force, des snipers qui s'étaient illustrés à la fin de la guerre du Vietnam. Armés de M-107 de gros calibre et de fusils semi-automatiques 308, ils avaient protégé les *boys* à distance lors des combats les plus violents de ce conflit. Ces pilotes d'hélicoptère hors pair étaient capables de se diriger la nuit sans lumière tout en transportant des snipers pouvant toucher une cible avant même qu'elle s'aperçoive de leur présence. Il s'agissait d'hommes patients, maîtres de leurs mouvements. De vrais tireurs d'élite, d'une précision sidérante.

Fleet les accueillit chaleureusement et tous tombèrent dans les bras de John Culvany, qu'ils n'avaient plus revu depuis « là-bas ». Ils commencèrent par échanger des souvenirs de baroud, assis au pied du 4 × 4, en grillant quelques cigarettes et en ouvrant quelques canettes de bière que le capitaine Fleet avait pensé à mettre dans la partie réfrigérée du coffre.

Une fois vidé le sac à nostalgie, les anciens compagnons d'armes s'exprimèrent sur un mode très libre à propos de la guerre en Irak, qui semblait occuper leurs journées entières tant ils étaient ulcérés de voir leurs couleurs ainsi bafouées et ternies.

— C'est une honte, commença George Hanson, un des tireurs les plus doués de sa génération, qui avait sauvé bien des vies de marines en Indochine. Si le gouvernement voulait changer le régime politique à Bagdad, il aurait dû annoncer la couleur directement au lieu de faire dire des énormités à Collin Powell. Powell est un grand soldat, et Bush l'a utilisé pour convaincre nos militaires d'aller se battre pour dénicher des armes qui n'existaient pas. Bush ne se rend même pas compte qu'il ne s'est pas seulement décrédibilisé aux yeux du monde. Il a aussi perdu la confiance de l'armée.

Ses amis hochèrent la tête.

— Si nous étions dans une dictature d'Amérique du Sud, genre Chili de Pinochet, nous prendrions la Maison-Blanche avec trois snipers, s'amusa Kirk Mathews, le plus excité de la bande. Au Vietnam déjà, il était toujours prêt à « casser du Viet » et à venger les copains restés dans le bourbier des rizières. Ce serait une idée, non, de leur faire un peu peur, à nos politiciens !

— Tu n'es pas drôle, coupa Paul Fleet. Il ne s'agit pas de ça. Si on se lançait dans des opérations de ce genre, ce serait à désespérer de ce que nous sommes. Nous qui avons vu la guerre de près, nous n'avons pas à agir en irresponsables sous prétexte que Bush et les siens sont des irresponsables.

— Tu as raison, Paul, mais ce qui se passe là-bas devient intolérable. Quelle est la mission de notre armée ? Maintenir l'ordre ? Avec quels moyens ? Et qui sont les ennemis ? La Maison-Blanche a exigé de renvoyer tous les fonctionnaires baasistes de l'ancien régime. Vous savez comme moi que ces gens étaient au parti Baas car ils n'avaient pas le choix. Maintenant, ce sont des types qui nous tirent dans le dos et refusent d'être désarmés. Nous perdons un marine par jour en Irak, depuis que la paix a été officiellement déclarée. Ce n'est plus supportable. Je suis d'accord qu'il faut faire preuve de sagesse et d'esprit responsable. Mais ce Bush qu'on n'a jamais vu au Vietnam mériterait d'avoir un peu la frousse, non ?

Tous approuvèrent.

— C'est pour cela que notre grand Culvany a tenu à vous voir tous aujourd'hui, enchaîna Fleet.

— Ah bon, ce n'est pas pour nous refourguer des ballons de basket et des tee-shirts ! s'esclaffa Kirk Mathews.

— Le capitaine a raison, les gars, j'ai à vous parler d'un truc sérieux et grave, lança John, plus ému qu'il n'aurait voulu de se retrouver en compagnie de ses vieux frères d'armes.

En quelques minutes, il brossa un tableau des opérations envisagées, après avoir évoqué la personnalité de Michel Samara. Quand il en eut terminé, ses amis jugèrent tout à fait à leur portée l'action qu'il leur demandait. Il y en eut même pour trouver que le projet n'était pas assez radical.

— Nous ne voulons pas avoir de sang sur les mains, insista l'ancien soldat noir. Lorsque j'ai rencontré Samara, il m'a beaucoup impressionné par sa détermination tranquille. À un moment donné, je me souviens qu'il a prononcé une phrase de Ghandi. Il disait que si on entrait dans une logique « œil pour œil, dent pour dent », le monde ne serait bientôt plus peuplé que de borgnes et d'édentés !

— Mais que veut-il exactement, ton Michel Samara ? demanda George Hanson, avec son œil bleu et son regard acéré de faucon. Il veut se faire de la publicité ? Qu'on parle de lui ? Devenir célèbre ?

John Culvany réagit aussitôt.

– Je crois profondément qu'il ne cherche rien de tout cela. Quand il aura rempli ce qu'il appelle sa « mission pédagogique », je suis persuadé qu'il rentrera dans son pays, avec l'espoir qu'une véritable paix soit instaurée.

– Allons-nous le rencontrer ? demanda Mathews, intrigué.

– Probablement. Après la mission qui nous réunit aujourd'hui, je sais que je recevrai d'autres instructions. Il est très prudent pour communiquer. Il avance pas à pas, étape après étape. Il est plus jeune que nous tous, mais j'ai l'impression d'avoir rencontré un sage de l'Antiquité, un type comme détaché des réalités matérielles. Je ne vous dirais pas qu'il s'agit d'un pur esprit. Vous ne me croiriez pas et vous auriez raison. C'est un sacré athlète à la tête bien faite, et sa compagne est une fille extra. Voilà, ça va comme ça ?

– OK, fit George Hanson en frappant la main de John, comme deux basketteurs géants après un panier réussi.

Ils se rassemblèrent ensuite autour du capot de 4 × 4 et le capitaine Fleet déplia une grande carte d'état-major. C'était une carte un peu particulière, comme un réseau secret et extrêmement précis de traits et de coudes, de ramifications et d'arborescences, avec par endroits des concentrations de points noirs qui figuraient les derricks.

– Ici les blocs de la Zapata Oil de la famille Bush. Là les blocs d'Halliburton, commença Fleet. Comme vous pouvez le constater, le réseau est assez dense. Ces traits hachurés que vous voyez ici et là, ce sont les lignes à haute tension qui protègent les périmètres les plus sensibles.

– Tu veux dire... commença Mathews.

– Je veux dire qu'il faut survoler ces lieux à plus de trois cents mètres et viser juste du premier coup, puis redresser la barre à la verticale pour décamper avant que tout ne saute.

Les visages des anciens soldats s'illuminèrent quelque peu. Ces hommes étaient à jamais d'un autre métal, d'une autre eau que le commun des mortels. Le danger leur était une caresse, le risque une forme de drogue à laquelle ils avaient dû peu à peu se désaccoutumer, une fois rayés des cadres actifs. Certains avaient tenté de rempiler quelque temps après le Vietnam. Mais ils avaient rapidement décroché, découragés par le nouveau discours de l'armée. « On apprend maintenant aux soldats à éviter le combat le plus possible ! Bientôt, on sera des humanitaires ! » déplorait ainsi Mathews.

Les uns et les autres s'étaient recyclés dans des tâches de vigiles ou de gardiennage de nuit. Il leur arrivait de se retrouver pour des week-ends de chasse dans les Rocheuses, et de bivouaquer comme au temps de ce qu'ils continuaient d'appeler « le bon vieux temps », même si pas mal de leurs copains n'avaient pas survécu à ce temps-là.

— Évidemment, on aurait pu travailler à l'explosif, fit Hanson. Mais cela nous forcerait à nous poser.

— Trop dangereux, décréta Fleet. Ces zones sont aussi surveillées que les salles de coffre de la Continental Illinois ou de la Barclays. Il faudra privilégier l'effet de surprise, le « hit and run », ni vu ni connu. Ça va, pour les pilotes, le vol de nuit tous feux éteints ?

Les deux pilotes des appareils, qui n'avaient pas encore parlé, Tom Red et Dean Focus, hochèrent la tête en silence. Ils mâchaient l'un et l'autre du chewing-gum et le mouvement de leurs maxillaires avait quelque chose de résolu et entêté. Sans doute étaient-ils du genre à ne pas s'en laisser compter sur ce qu'ils avaient à faire ou pas. Ils connaissaient leur métier. Ils paraissaient n'avoir peur de rien, pas comme ces jeunes de dix-neuf ans dénués d'expérience que le Pentagone avait envoyés en Irak pour un combat terrestre éprouvant.

Lorsque tout fut discuté dans les détails, que John Culvany eut donné la date de l'intervention, le petit groupe se scinda en deux et repartit vers les hélicoptères qui ressemblaient dans le soleil de la mi-journée à deux gros insectes étincelants.

Fleet et John n'attendirent pas le décollage pour repartir à bord du 4 × 4. Ils n'échangèrent aucune parole jusqu'à Houston. À la radio, Tina Turner chantait *We are the champions*.

49

Cela faisait maintenant plus d'une heure que Jenckins essayait en vain de joindre la Maison-Blanche. Il tombait chaque fois sur une hôtesse à la voix suave qui l'orientait sur une boîte vocale. Le secrétariat du vice-président Dick Cheney était submergé d'appels depuis que la rumeur de sa soudaine disparition avait couru la veille. Personne ne s'était exprimé officiellement sur le sujet, pas même le porte-parole de la Maison-Blanche. Un communiqué de presse était en préparation, indiquant que M. Cheney, à la demande de George W. Bush, était en sécurité dans un endroit tenu secret. Mais le texte de ce communiqué n'avait encore été envoyé à aucun organe d'information.

Jenckins désespérait d'obtenir le renseignement qu'il cherchait lorsqu'une idée lui traversa l'esprit. À plusieurs reprises, il avait rencontré Howard Taylor, le conseiller spécial du président aux affaires énergétiques. Son bureau était proche du bureau ovale, signe de la grande attention que le Texan continuait de porter au pétrole. Taylor était en quelque sorte une courroie de transmission interne entre Bush et Dick Cheney. On disait aussi cet ingénieur tombé en politique, très proche de George Bush père, auprès duquel il prenait régulièrement de précieuses instructions quand il s'agissait de trancher sur des questions aussi sensibles que l'implantation de nouveaux pipe-lines dans les canyons du Nevada ou d'établissement de normes antipollution applicables à l'industrie pétrolière. D'une manière générale, Taylor épousait les vues du « clan » Bush en donnant l'air d'avoir satisfait les écologistes et les environnementalistes sur des points de détail. En un mot, Talylor était d'une habileté redoutable, jouant parfois du père Bush contre son fils et vice versa, ou de Dick Cheney contre Junior, avec l'assentiment du père quand il estimait que son fils, tout président qu'il était, se fourvoyait.

Jenckins et Taylor avaient sympathisé à l'occasion d'une tournée de ce dernier dans les Émirats, quelques semaines avant le début de la guerre en Irak. Dans le plus grand secret, les deux hommes avaient évalué les dégâts qui pourraient être causés par le conflit, et le type de matériaux à prévoir pour entamer au plus vite les travaux de réparation. Ils avaient chiffré l'ensemble à plusieurs centaines de millions de dollars, peut-être même à plus d'un milliard si les opérations se révélaient moins « chirurgicales » que prévues.

À demi-mot, sans s'appesantir sur les détails, Taylor et Jenckins s'étaient entendus pour que la compagnie de Dick Cheney soit la première informée de leur mission, pour qu'elle dispose d'un coup d'avance avant les appels d'offres officiels.

– Si on n'en profite pas quand on est au pouvoir, on n'en profitera jamais, s'était écrié Taylor avec une belle candeur et un sacré culot qui avaient ravi Jenckins.

Ce dernier aimait les hommes de la trempe de Taylor, qui ne cachent pas leurs ambitions dans un charabia psychologique auquel on ne comprend rien et qui fait perdre du temps à tout le monde. Et le temps des affaires, c'est de l'argent, rien que de l'argent. Ils le savaient aussi bien l'un que l'autre.

– Howard Taylor, fit Jenckins sur un ton péremptoire quand il retomba une nouvelle fois sur l'hôtesse de la Maison-Blanche en poste ce samedi matin.

Une sonnerie succéda aussitôt à la voix suave, une longue sonnerie qui semblait se perdre dans le vide. Au bout de quelques instants qui parurent à Jenckins exagérément longs, quelqu'un décrocha. L'expert pétrolier ferma les yeux. Depuis qu'à l'aube l'agent Cook lui avait transmis la réponse qu'il attendait, il n'y avait plus une minute à perdre. Ce pétrole d'Afrique, il le lui fallait. Les Français pouvaient plastronner devant la montée en puissance toute neuve du brut tchadien. Ils n'emporteraient pas au paradis leurs petits secrets camerounais, et tous ces blocs d'exploration offshore qu'ils croyaient soutirer au nez et à la barbe des compagnies américaines.

Jenckins eut un frisson. En reconnaissant la voix de Taylor, il fut traversé par cette sensation toujours bouleversante pour un commis de l'État, si corrompu soit-il, de faire le bien pour sa nation, pour le peuple américain pris comme une entité abstraite. Que les profits envisagés ne tombent que dans la poche d'un clan qui mettait le pétrole en coupe réglée ne lui effleurait guère l'esprit. Au contraire, c'est la conscience tranquille et le cœur léger qu'il entendait bien servir son pays en servant le « clan » des Texans auquel il appartenait lui aussi. Charité bien ordonnée commençait par soi-même.

— Que puis-je pour vous, Bill ? demanda Taylor.
— Qu'est-ce que c'est que cette rumeur sur Dick Cheney, Howard ? Du pipeau pour endormir tout le monde.
— Calmez-vous, Bill. Je vais vous expliquer. D'où m'appelez-vous ?
— De mon ranch.

Il y eut un silence.

— Votre numéro, c'est bien celui qui s'affiche sur le mouchard électronique ?

Et il énuméra les chiffres qu'il lisait.

— Exact, lâcha Jenckins contrarié de voir qu'à la Maison-Blanche les appels étaient filtrés, y compris ceux des « vieux amis » de la famille.
— Parfait, je vous appelle d'un autre poste. Ne vous éloignez pas. Je suis à vous dans deux minutes, OK ?
— OK.

Jenckins raccrocha avec le sentiment oppressant de perdre un temps précieux. À quoi donc jouait Taylor ? Voulait-il s'assurer de quelque chose avant de lui parler de Dick Cheney ? Devait-il solliciter une autorisation de George W. Bush en personne ? Et s'il ne rappelait pas, comment diable Jenckins remettrait-il la main sur le vice-président ?

L'attente dura moins de temps qu'il ne redoutait. Une dizaine de minutes s'étaient cependant écoulées. Assez pour inciter Jenckins à gamberger. Enfin son téléphone sonna et la voix enveloppante de Taylor le rassura.

— Bill, commença-t-il, ce n'est pas un vieux renard comme vous qui allez tomber dans ce piège grossier !
— Que voulez-vous dire, Howard ?
— Vous savez bien... Demain, c'est l'anniversaire du 11 septembre. Le président sera présent comme l'an dernier aux céré-

monies de Ground Zero. Et à sa demande pressante, notre bon vieux Dick ira incognito jouer au golf tranquillement dans l'endroit que vous savez.

— Le même que l'an dernier ?
— Je ne vous l'ai pas dit.
Jenckins soudain se détendit.
— Parfait parfait. Je me disais aussi, une disparition soudaine, ça ne tenait pas debout.
— Vous lisez trop la presse, Bill ! Vous savez bien que le sensationnel est le pétrole des médias. Regardez ce qui est arrivé au respectable *New York Times*. Leur rédacteur en chef a voulu se faire mousser en montant des coups à la noix, et le voilà démissionné !
— Vous avez raison, Howard. Cette presse est indécrottable. Et entre nous, rien ne nous oblige à raconter tous nos agissements. Est-ce qu'on dit à nos voisins ce qui nous occupe à longueur de journée ? Et eux, les journalistes, est-ce qu'ils nous racontent de quelle manière ils travaillent, comment ils obtiennent leurs soi-disant scoops ?

Jenckins s'arrêta là dans sa diatribe antipresse car l'heure tournait. Il appela l'aérodrome de Houston, et moins d'une heure plus tard, un petit Fokker s'élançait dans le ciel bleu en direction de Camp David.

Peu avant l'atterrissage, le grand manitou du pétrole irakien annonça son arrivée. Les autorités sur place transmirent son message et, quand l'avion se posa sur la piste, une voiture blindée de la présidence l'attendait.

— Quel bon vent ? demanda Dick Cheney en apercevant son vieux complice qu'un garde du corps avait introduit dans le somptueux bungalow qu'occupait le vice-président près du parcours de golf.

Et avant même que Jenckins ait pu répondre, le vieil ami de Bush père le gratifia de ce qu'il tenait pour une très bonne blague.

— Au fait, Jenckins, savez-vous pourquoi je me sens si bien quand je libère mon swing au milieu de cette verdure, seulement accompagné de quelques fidèles dans votre genre et d'un caddie aussi prévenant que silencieux ?

— Non, monsieur, fit Jenckins, avec le respect qu'il devait au rang de son interlocuteur.

– C'est pourtant simple. Il suffit de décomposer le mot « GOLF ». Vous permettez ? Alors, ouvrez bien vos oreilles, c'est imparable. « GOLF » signifie exactement *Gentlemen Only, Ladies Forbidden* !

Jenckins partit aussitôt dans un rire gras et bruyant, et les deux hommes communièrent un instant dans cette dérision machiste qui allait bien avec leur éducation misogyne. À croire qu'ils n'avaient pas été élevés par des femmes.

Dick Cheney avait les cheveux encore humides de sa douche. Il invita Jenckins à s'installer dans un fauteuil en rotin sur la terrasse puis lui demanda avec une molle curiosité ce qui l'avait décidé à venir le trouver ici.

– « W » craint pour moi ! Ce n'est pas touchant, cette marque d'attention ? Il me cache ici. Je peux jouir de Camp David sans le moindre délégué palestinien à écouter, ou sans avoir à écouter les vociférations de Sharon quand on essaie de lui parler d'un État palestinien. C'est ce qui s'appelle cent pour cent d'avantages et pas un seul inconvénient. Mais j'espère que vous ne m'apportez pas de souci ! Rappelez-vous que je suis ici pour le bien de l'Amérique ; si d'aventure il arrivait quelque chose demain à notre bien-aimé président.

– C'est une excellente nouvelle que je vous apporte, lança Jenckins d'une voix fiévreuse, tout en sortant une chemise de son cartable.

– De quoi s'agit-il ?

– D'abord lisez. Vous allez très vite comprendre.

Le vice-président appela un domestique et lui glissa quelques mots à l'oreille. L'homme disparut et revint au pas de course avec une paire de lunettes aux verres en demi-lune. Quand il eut terminé sa lecture, Dick Cheney n'était plus exactement le même. Ses joues avaient rosi à hauteur des pommettes, signe chez lui d'un profond trouble. Il jeta un rapide coup d'œil en direction de Jenckins puis se replongea dans la lecture du document, comme pour s'assurer qu'il n'avait pas rêvé.

– Je suppose que vous n'avez pas parcouru tout ce chemin pour me faire la blague de l'année, lança le vice-président quelque peu incrédule, une barre de perplexité creusant son front en son milieu.

– Vous supposez bien.

Il y eut un silence.

– Vous connaissez bien notre agent de Douala ?

— J'en réponds. Il a effectué une mission très périlleuse à Paris. Pour ce que j'en sais, ce n'était pas gagné d'avance.
— Et votre expert en gisements ?
— Je l'ai consulté avant de m'envoler pour ici. D'ailleurs, autant vous le dire, il n'est pas gratuit...
— Vous serez dédommagé de vos frais, Jenckins. Continuez.
— Il n'était pas convaincu par le premier document. Mais quand il a vu ce que j'avais reçu de Cook après sa « visite » à Paris.
— C'est incroyable, lâcha enfin Dick Cheney.
— Je ne vous le fais pas dire.
— Ces enfoirés de *frenchies* ! s'écria-t-il en bondissant de son fauteuil. On va leur faire voir ce que c'est que de nous casser la baraque jour après jour depuis des mois. Je voudrais voir sa tête, à Chirac, quand il apprendra que nous avons fait main basse sur le trésor qu'il voulait nous cacher !
— Évidemment, fit Jenckins, c'est une somme...
— Une somme ?
— Oui, cinq cents millions de dollars.
— Comment ?
— Cinq cents millions de dollars à virer dans les quarante-huit heures sur un compte en Suisse, rien que du classique. Et signature du protocole à Douala dès demain avec les autorités camerounaises pour doubler ceux que vous appelez ces enfoirés de *frenchies*.
Dick Cheney prit sa respiration et se mit à tourner en rond sur la terrasse. Puis il s'absenta quelques instants.
— Je reviens, fit-il.
Jenckins comprit que le vice-président avait à consulter côté Bush. Appela-t-il Bush père, ou Bush fils ? Ou les deux ?
Au bout d'une petite demi-heure, il revint avec l'air impérial d'un César sur le point de prononcer son historique *veni, vidi, vici*.
— Tout est en ordre, Jenckins. On fonce. Le patron dit qu'on va réclamer quatre-vingt-sept milliards de rallonge au Congrès pour l'Irak. On peut bien investir un petit demi-milliard supplémentaire dans une affaire qui s'annonce gigantesque.
— Je ne vous le fais pas dire, mais je voulais m'assurer que...
— C'était votre devoir.
Le deuxième personnage le plus important des États-Unis fit venir sa secrétaire auprès de lui et dicta cette lettre en urgent

pour qu'elle la tape aussitôt : « Je, soussigné Dick Cheney, vice-président des États-Unis, et mandaté par le président George W. Bush, confie ce jour à M. Bill Jenckins, représentant plénipotentiaire des intérêts pétroliers américains à l'étranger, toute l'autorité nécessaire et les pouvoirs assortis pour conclure dans les meilleures conditions tout accord avec l'État du Cameroun qu'il jugera bon pour notre pays. »

Comme dans la théorie des dominos, tout s'enchaîna ensuite sans accroc. Jenckins repartit avec son pouvoir. Le lendemain après-midi, il signait en grande pompe un accord historique dans la grande salle des réceptions du ministère du Pétrole de Douala. Le compte suisse abondé fut l'un des nombreux sous-comptes ouverts au nom de l'Irak par Michel Samara, qui vit avec plaisir l'argent américain renflouer les caisses de son pays mutilé, dans la perspective de jours meilleurs. Quant aux officiels camerounais, ils furent amplement dédommagés pour avoir servi de leurres à une opération dont un huissier de justice international choisi par Michel fut à la fois témoin et garant. Il ne s'agissait de voler personne, seulement d'enfermer le clan Bush dans un piège. Il venait de s'y jeter à pieds joints.

Lorsque Michel fut avisé de la réussite de l'opération, il pensa sérieusement qu'il était en passe de gagner son ahurissant pari.

50

Ce matin-là, quatre Boeing d'une compagnie privée suisse atterrirent sur les pistes de l'aéroport international de Bagdad. Depuis plusieurs semaines, un trafic aérien régulier avait repris entre la capitale irakienne et plusieurs capitales du Moyen-Orient, mais aussi avec Genève et Paris. Officiellement, ces quatre avions avaient été affrétés par la Croix-Rouge pour emmener un millier d'Irakiens blessés pendant la guerre dans des centres de convalescence. Il ne s'agissait pas de blessés nécessitant encore des soins chirurgicaux. La plupart étaient en mesure de marcher seuls, bien qu'aidés de béquilles. Il y avait là beaucoup de jeunes femmes et d'adolescents, des hommes de cinquante ou soixante ans, quelques personnes plus âgées encore, mais dont l'état était jugé assez satisfaisant pour supporter le voyage vers l'Europe.

Quelques jours plus tôt, à Genève, le directeur de la Croix-Rouge Bruno Asper avait reçu dans son bureau un colosse blond de nationalité franco-irakienne qui avait fait connaître son intention d'offrir une somme importante à l'organisation caritative. Il avait demandé qu'en contrepartie un certain nombre de blessés soient accueillis dans des institutions de soins et de repos pour fuir un univers où le délabrement avait suivi la folie des bombardements. Visiblement très au fait des pathologies qui avaient surgi en Irak, le colosse blond avait expliqué combien les blessures physiques, souvent terribles, s'accompagnaient le plus souvent de déséquilibres psychologiques graves pour cette population qui avait vécu dans la peur, dans les cris, dans le feu roulant de la mort.

Bruno Asper était un de ces patrons pragmatiques qui avaient fait le rayonnement de la Croix-Rouge. Âgé d'une cinquantaine d'années, il avait parcouru tous les théâtres de la souffrance humaine, de l'Éthiopie au Bangladesh, et plus rien ne semblait devoir l'étonner quant au sort que les hommes pouvaient réserver à d'autres hommes. Il s'établit avec Michel Samara une complicité immédiate, que la somme apportée par le colosse blond ne fit que renforcer.

– Ces blessés arriveront à Genève, expliqua Michel. Je me charge de retenir les avions pour Bagdad. J'aurais en revanche besoin de personnel médical de la Croix-Rouge à titre d'accompagnateurs. Et aussi d'une démarche de demande de visas collective au titre de l'humanitaire pour tous ces gens que je prévois de faire transporter.

– Pour les visas de blessés de guerre, nous avons l'habitude, observa Asper. Quant au personnel médical, vous pensez à combien de personnes ?

– Une petite centaine, à raison de vingt par avion. Surtout des infirmières, quelques médecins, et aussi des bénévoles habitués à tenir compagnie aux blessés, enfin, vous voyez...

Bruno Asper avait acquiescé. Michel Samara avait omis de lui dire une chose, qu'il n'apprit qu'au moment de l'arrivée des quatre avions à Genève Cornavin. Le vol se poursuivait vers les États-Unis. Avec un millier de blessés convalescents sortis du cauchemar irakien.

– Ils reviendront sains et saufs dans trois jours, parole d'homme, lui avait fait savoir Michel Samara dans un e-mail, pendant que les quatre avions filaient déjà par-dessus l'Atlantique pour rejoindre leur destination finale.

À Bagdad et jusque dans le sud du pays, avec la complicité de l'infirmière de l'hôpital central et de la ministre Raja, Fadhil avait réussi à repérer et à rassembler les candidats au voyage. Une somme confortable avait été promise à chacun s'il acceptait ce déplacement aux États-Unis. Des journées entières, le jeune homme avait dû mille fois demander, se faire accepter des familles, expliquer, répéter, rassurer, s'engager parfois par écrit sur la quantité d'argent promise, verser des gages aux plus méfiants. Mais la plupart des candidats au voyage ne s'étaient pas fait prier pour aller témoigner en Amérique de leurs blessures, de leur colère et de leur chagrin. En revanche, Fadhil resta toujours évasif sur la manière dont leur témoignage serait transmis. Aucun ne pouvait se douter du caractère grandiose de l'événement imaginé par Michel Samara.

L'intérieur des Boeing avait été aménagé pour que les passagers puissent étendre leurs jambes sans difficulté. Fadhil s'était assuré au préalable qu'aucun n'avait d'appréhension à monter dans un avion. « Un avion suisse, comme ça, vous êtes certains qu'il est neutre », avait-il plaisanté avec un vieil homme qui s'inquiétait de la nationalité de l'équipage. Comme prévu, les autorités américaines contrôlant l'aéroport de Bagdad ne firent aucune difficulté à laisser tous ces gens embarquer. Ils ne pouvaient deviner qu'une quinzaine d'heures plus tard, ces hommes et ces femmes, et ces adolescents ébahis, verraient par les hublots se profiler la statue de la Liberté.

Les instructions de Michel Samara avaient été suivies à la lettre. Le personnel de la Croix-Rouge se montra d'une extrême prévenance envers ces voyageurs d'un genre particulier. Et lorsque Fadhil, quelques minutes avant le décollage, réunit tous les soignants pour leur indiquer le changement de programme et le « détour » de trois jours par les États-Unis, la plupart manifestèrent à peine leur surprise. Comme si ce crochet de plusieurs milliers de kilomètres s'inscrivait dans la logique du destin.

Ils se posèrent à New York dans la soirée du 10 septembre. Un soleil de miel dardait ses derniers rayons sur l'Hudson lorsque les avions survolèrent la ville martyre. John Eppelbaum, le shérif de la ville, avait été sensible au projet de Michel Samara, que ce dernier avait pris la peine de lui exposer une semaine plus tôt, sous couvert de la plus grande discrétion. « Je vous avais dit que j'étais votre homme pour toutes sortes de choses », avait-il rappelé à Michel, touché d'avoir ainsi été mis dans la confidence, et désireux d'apporter sa pierre. C'est ainsi qu'il donna les ordres nécessaires aux aiguilleurs du ciel pour que les quatre appareils en provenance d'Irak *via* Genève puissent se poser en toute discrétion, à l'abri des regards de la police fédérale, sur les pistes périphériques de dégagement réservées aux atterrissages d'urgence ou forcés, les jours de tempête de neige ou de brouillard. Eppelbaum avait dépêché une noria d'autobus Pullman équipés de tout le confort nécessaire pour accueillir avec le plus grand soin ce morceau de peuple irakien qui foulait ainsi pour la première fois de son existence la terre de son ennemi.

Michel Samara était là pour accueillir tout son monde, et c'est avec une émotion intense qu'il tomba dans les bras de Fadhil et qu'il serra contre lui la jeune infirmière qui avait veillé sur ses jours et ses nuits, pendant son coma et sa convalescence. Pour ne pas attirer trop l'attention, Eppelbaum avait réquisitionné les bâtiments universitaires du campus de Columbia pour héberger les voyageurs. À huit heures du soir, après un dîner servi par les bénévoles de l'association Human Rights Watch, le groupe imposant fut convié à participer à une brève réunion dans le plus vaste amphithéâtre de Columbia, là où d'ordinaire les plus éminents professeurs et professionnels des médias enseignaient à leurs étudiants les grands principes de la liberté de la presse.

Ce n'est pas sans un serrement au cœur que Michel monta vers la chaire. Il n'était guère habitué à s'exprimer en public. Surtout devant une assistance aussi nombreuse. Il chercha du regard Fadhil et l'infirmière qui avaient pris place dans les premiers rangs. Il embrassa aussi toute cette foule d'hommes et de femmes, jeunes et moins jeunes qui portaient dans leur chair les stigmates de ce rude conflit. Il songea que son père le professeur Samara aurait été fier de ce qu'il était en train d'accomplir. En gravissant les quelques marches qui menaient à la tribune, il se rappela le cérémonial qui consistait pour son père à rejoindre de la même manière, de son pas lent et sûr, la grande estrade d'où il dispensait son savoir. Michel, lui, n'avait pas de science à donner à son auditoire. Seulement une allocution à prononcer, dont il n'avait pas appris le premier mot, car chaque mot était dans son cœur. Il parla dans sa langue paternelle, un arabe tout à la fois précis et imagé. John Eppelbaum, qui avait pris place auprès de Fadhil et de l'infirmière, reçut la traduction simultanée de ses propos.

— Mes amis, commença Michel, il est des moments de la vie où l'on se sent si désespéré, si meurtri, que l'on se croit seul au monde, et impuissant pour enrayer l'inexorable avancée du malheur. Je vous ai voulu mille car je sais qu'être un millier comme un seul homme, c'est avoir ses forces et son courage multipliés. Vous n'avez rien à craindre, s'il faut se battre désormais, ce ne sera pas les armes à la main, et ce ne sera pas contre des bombes lâchées en pleine nuit d'un ciel familier devenu tout à coup hostile. Demain, vous allez devenir les héros d'un événement qui nous dépassera tous, y compris moi qui l'ai imaginé lorsque j'étais détenu et battu au camp Cropper, près de cet aéroport de Bagdad d'où vous avez décollé hier. Il vous suffira demain de vous montrer tels que vous êtes, sans un mot, sans un cri, de vous montrer comme vous avez toujours été, dignes, fiers, pour que par votre seule présence quelque chose change dans l'ordre des choses. Je vous souhaite une bonne nuit. Demain, les mêmes autobus qui vous ont amenés de John Kennedy à Columbia seront là à neuf heures du matin pour vous conduire vers le but de ce voyage en terre américaine. Croyez-moi, ce sera un grand jour. Bonne nuit à vous tous.

Un bref silence ponctua l'intervention de Michel. Puis quelques applaudissements crépitèrent ici et là dans l'amphithéâtre, avant d'embraser la salle entière. Michel sourit. Même au premier rang, nul ne remarqua que deux larmes s'étaient formées au bord de ses paupières, qu'il essuya d'un revers négligent de la main.

Une auto l'attendait devant le bâtiment de l'université. Plusieurs grandes chaînes de télévision avaient été prévenus par Eppelbaum d'une opération imminente sur laquelle il ne pouvait rien dire, excepté qu'elle occuperait rapidement la une des médias du monde entier. Dans l'auto aux vitres fumées l'attendait Leslie. Le shérif de New York s'y engouffra en compagnie de Michel, et donna une adresse au chauffeur. La sienne, sur la Cinquième Avenue.

Lorsqu'ils se présentèrent à l'appartement, deux patrons de télévision attendaient déjà, et aussi le rédacteur en chef du *New York Times*. Mme Eppelbaum avait déjà servi des boissons fraîches et les journalistes évoquaient avec passion les derniers rebondissements en Irak, la multiplication des attentats suicide, et aussi l'élection que tous jugeaient calamiteuse d'Arnold Schwarzenegger au Capitole de Sacramento, en Californie.

Le silence se fit quand ils virent se découper la silhouette imposante de Michel Samara qui leur tendit une main franche et décidée. Eppelbaum leur rappela la règle sur laquelle ils s'étaient entendus : aucune fuite ne devait intervenir avant le début réel de l'événement, c'est-à-dire à treize heures le lendemain, heure de Washington. Si Michel avait pris le soin de réunir des médias concurrents, c'était pour leur exposer son projet, les éclairer sur ses motivations et sur son mode opératoire. Il était prêt, le cas échéant, à en assumer toutes les conséquences judiciaires.

Les trois représentants de la presse bombardèrent Michel de questions une fois qu'il eut achevé son bref exposé. Il y répondit avec calme et assurance, sans précipitation, témoignant d'une sérénité à toute épreuve. Il donna sous enveloppe cachetée à chacun des visiteurs la copie des contrats signés en Afrique par Bill Jenckins au nom du vice-président des États-Unis, en précisant que l'essentiel des sommes avait été versé sur un compte bloqué contrôlé par un huissier international. Et que les fonds manquants avaient été utilisés pour organiser le déplacement de mille Irakiens en Amérique, un des volets les plus spectaculaires, mais pas le seul, de l'opération « W ».

Le rédacteur en chef du *New York Times* avait gardé deux pages vierges en début d'édition et sa manchette pour annoncer en gros titre et avec un luxe de détails le piège financier dans lequel Dick Cheney était tombé en Afrique, avec le coût du faux pas, cinq cents millions de dollars qui risquaient de coûter très cher au camp républicain, et aux Bush en particulier. Pour ne pas être en reste, CBS et CNN dévoileraient l'affaire dès sept heures du matin dans la presse et au journal télévisé. Ce serait le premier coup de semonce d'une journée qui s'annonçait riche en rebondissements. Mais la soirée réservait encore des surprises à ceux qui, à la Maison-Blanche, croyaient pouvoir dormir sur leurs deux oreilles.

Vers dix heures du soir, Michel Samara quitta le couple Eppelbaum en compagnie de Leslie. Ils regagnèrent leur hôtel des abords de Central Park. Michel sentait maintenant sur ses épaules le poids de toutes ces montagnes qu'il avait le sentiment d'avoir déplacées. Dans l'obscurité de la chambre, il serra contre lui le corps dénudé de Leslie et ils firent l'amour très doucement, très longtemps, sans un mot. Vers minuit, une petite alarme se fit entendre sur son ordinateur portable. Il se releva pour lire l'e-mail urgent qui venait de lui arriver. Le message venait du Texas. Il lui annonçait que le puits numéro 1 du champ de la Zapata Oil, propriété personnelle du clan Bush, venait de s'embraser pour des raisons encore mystérieuses. Dix minutes plus tard, un flash à la radio annonça l'accident sans parler d'attentat. Mais visiblement, une mauvaise nuit commençait pour le président.

51

Un jour nouveau se levait sur l'Amérique. Dès l'aube, Michel avait entrouvert les yeux. Les premières lueurs du soleil étaient venues chatouiller son visage à travers la fenêtre dont il n'avait pas tiré les rideaux. Leslie dormait encore, blottie contre lui, et prononçait parfois dans son sommeil des mots incompréhensibles ou des morceaux de phrase avec une voix de petite fille. Michel la regardait en éprouvant les sentiments partagés qu'il avait chaque fois ressentis lorsqu'une femme lui avait fait battre le cœur : l'envie de la posséder entièrement et la crainte de la perdre.

Michel se leva sans un bruit et passa dans la salle de bains où il prit une douche à peine tiède. Il faisait très chaud dès le matin, à New York. La veille au soir, de nombreuses délégations de chefs d'États étaient arrivées à JFK pour assister à la session des Nations unies. Dans ce tohu-bohu avec escortes motorisées et concerts de Klaxon, nul n'avait prêté attention aux autobus Pullman qui avaient discrètement rejoint le campus de Columbia. Le président Chirac et le chef d'État brésilien Lula da Silva promettaient d'être les héros de la fête onusienne, une fête qui s'annonçait tristement depuis les attentats dont avaient été victimes plusieurs responsables de l'organisation en Irak. Les médias attendaient beaucoup du discours du secrétaire général Kofi Annan. On ne donnait en revanche pas cher de l'intervention de George W. Bush, prévue le lendemain ; certaines fuites orchestrées par la Maison-Blanche présentaient ce dernier comme désireux de renouer les liens avec l'ONU pour empêcher son armée de sombrer totalement dans l'impasse irakienne.

Un peu avant sept heures du matin, Michel s'habilla légèrement et rejoignit la salle du breakfast, son transistor à la main et son ordinateur portable sous le bras, qu'il connecta à une prise de téléphone voisine. Il s'installa sur la terrasse qui donnait sur le jardin intérieur, d'où il pouvait apercevoir les calèches à chevaux stationnées devant la grande entrée de Central Park. On lui porta un solide petit déjeuner avec une double ration de café, des céréales et un jus d'oranges de Floride fraîchement pressées.

Il se sentait très décontracté, presque libéré du poids qu'il portait depuis si longtemps. Cette journée serait sa journée, et il comptait bien en déguster chaque instant. À sept heures pile, il alluma la radio et écouta le flash d'information. À peine lancé le jingle, il sentit à la voix du présentateur que quelque chose d'extraordinaire se passait.

« Une étrange journée vient de commencer pour notre pays, lança le journaliste, dont la voix d'habitude bien assurée, et très mesurée, trahissait une grande excitation. Ce matin vers une heure, des charges explosives envoyées manifestement d'un lance-missiles aérien ont fait exploser l'un des principaux puits de pétrole du Texas, propriété de la Zapata Oil chère à la famille du président Bush. Les lieux ont aussitôt été investis par les pompiers et encerclés par l'armée. Aucune équipe de reportage n'a pu se rendre sur place, et ce qui ressemble fort a un attentat n'a pas été revendiqué. »

Un large sourire illumina le visage de Michel, qui ouvrit aussitôt son ordinateur portable. Pendant que le journal parlé se poursuivait, il rédigea un texte de trois lignes qu'il envoya instantanément à de nombreux organes de presse américains et internationaux, en ayant pris soin au préalable de masquer l'origine de son e-mail. Trois lignes qui allaient faire l'effet d'une nouvelle explosion. Quand elles parvinrent sur les écrans d'ordinateurs, le journaliste décortiquait le deuxième gros sujet de la matinée : le piège dans lequel étaient tombés Dick Cheney et ses hommes du pétrole en Afrique. Un contrat mirobolant avait été signé avec le Cameroun moyennant cinq cents millions de dollars, pour des gisements abusivement présentés comme mirifiques. Jenckins, joint au téléphone par un reporter, avait refusé de répondre aux questions. Quant au vice-président, censé être caché dans un endroit secret, il avait déjà fort à faire avec l'explosion nocturne du puits texan.

Un militaire expert en opérations commando était interviewé à l'antenne lorsque le présentateur l'interrompit brusquement.

« Excusez-moi, mon général, priorité à l'actualité chaude et directe, nous vivons décidément une matinée très particulière, et il n'est que sept heures douze. Gageons que cette journée va nous réserver d'énormes surprises... Nous recevons à l'instant une demande signée d'un mystérieux Ange de Bagdad, qui promet de poursuivre la destruction jusqu'au dernier des puits de pétrole texans accaparés, je cite, par la clique Bush, si le président ne présente pas dans les meilleurs délais ses excuses au peuple irakien qu'il maintient dans une oppression inacceptable, fin de citation... »

Un silence se fit dans le studio. Autour de Michel, seuls deux employés assuraient le service du breakfast. Ce n'était pas encore l'affluence de neuf heures, lorsque toutes les tables étaient occupées. Le géant blond éteignit l'écran de son ordinateur et se tartina tranquillement deux biscottes.

« Cette fois, songea-t-il, le sort en est jeté. »

Dix minutes plus tard, un gamin d'une quinzaine d'années, le crâne dissimulé aux trois quarts sous une casquette de baseball fit irruption dans la salle avec une pile de *New York Times*. N'apercevant que Michel, il s'apprêtait à tourner les talons. Mais celui qui se faisait appeler l'Ange de Bagdad lui fit signe d'approcher. Il lui acheta toute sa pile de journaux et le gamin s'éloigna en s'étranglant de « *thank you, sir* », d'autant que Michel avait plaqué dans la main du petit vendeur un billet de cent dollars sans songer une seconde à réclamer sa monnaie. Il prit deux exemplaires, un pour lui et un pour Leslie, puis confia le reste du paquet à l'un des serveurs.

– Aujourd'hui, c'est moi qui offre les journaux, lança-t-il.

Le personnel, qui ne comprenait pas bien la joie apparente de Michel, remercia d'un air dubitatif, comme s'il y avait eu dans ce geste une intention qui lui échappait.

Sur six colonnes à la une, le grand quotidien new-yorkais annonçait le scandale de ce qu'il appelait l'Africagate. Les fac-similés des documents étaient impeccablement reproduits, assortis d'un long article factuel inspiré jusque dans le moindre détail par Michel.

Le journal avait eu le temps de faire réagir Dick Cheney et Bill Jenckins, qui avaient tous deux répondu par un lapidaire « *no comment* ». L'expertise d'un expert pétrolier sur les documents était accablante pour ceux qui avaient pu gober une telle méga farce à cinq cents millions de dollars.

Michel exultait. Vers sept heures trente, il remonta dans la chambre où Leslie terminait sa nuit en s'étirant comme un fauve, à demi nue en diagonale sur le grand lit. Michel ouvrit le *New York Times* sur ses jambes en s'écriant :

– Je vais couvrir ton corps des plus tristes infamies !

Il s'assit auprès d'elle et, d'une pression sur la télécommande, se brancha sur CNN. Pat Paterson, le correspondant de la chaîne au Texas, était interrogé en direct par Jim Bellow, le présentateur vedette des studios de New York. Derrière le journaliste mais à une certaine distance, s'élevait un imposant nuage de fumée noire d'où émergeait une immense flamme.

« – À l'heure où je vous parle, les pompiers n'ont pas encore totalement maîtrisé le foyer d'incendie, expliquait le journaliste. Il faut savoir que ces puits sont imbriqués dans un réseau très serré de tuyaux toujours traversés de matière inflammable, si bien que l'urgence était de sécuriser un certain périmètre.

« – Et cet "Ange de Bagdad" ? demanda Jim Bellow. A-t-on à Houston une idée sur son identité ? »

Pat Paterson laissa passer un silence après la question puis se racla la gorge.

« – Excusez-moi, beaucoup de fumée âcre dans l'air... L'Ange de Bagdad ? Non, c'est une véritable surprise que l'attentat de cette nuit ait été revendiqué de la sorte. Aucun mouvement islamiste n'a jamais porté un tel nom et comme vous le voyez, accoler un ange à Bagdad brouille les pistes, dès lors qu'il s'agit d'une référence chrétienne dans un pays musulman. Nous n'en sommes qu'au stade des suppositions. La police fédérale se concentre pour l'heure sur le mode opératoire. Apparemment, des hélicoptères se seraient approchés cette nuit des puits de la Zapata Oil. Pourtant nul radar ne les a signalés, et les gardiens n'ont rien vu. Ils auraient entendu un bruit lointain de moteurs, mais le tir semble avoir été lancé d'une distance assez éloignée.

« – Du travail de professionnels, alors... risqua Jim Bellow.

« – Oui, il faut être sacrément adroit pour réussir une telle opération qui rappelle certains commandos aéroportés du Vietnam, mais une fois encore, la police n'est qu'au stade des suppositions. »

Lorsque New York reprit l'antenne, ce fut pour aborder la deuxième grande page de l'événement qui secouait l'Amérique : la supercherie qui avait coûté quelque cinq cents millions de dollars au clan Bush, dans une périlleuse manœuvre africaine. Pendant que la carte agrandie du Cameroun s'inscrivait à l'écran, le commentateur essayait de dénouer les fils apparemment complexes de cette affaire. L'idée ne lui vint pas, et comment aurait-elle pu lui traverser l'esprit, que l'explosion d'un puits de pétrole au Texas et le coup fourré africain étaient l'œuvre diabolique du même auteur, le désormais fameux autant qu'invisible « Ange de Bagdad ».

Vers huit heures, Michel et Leslie prirent la route de Columbia University où leurs hôtes irakiens avaient passé pour la plupart une excellente nuit. Les plus jeunes avaient envie d'aller voir New York et ses gratte-ciel, mais il fallut leur rappeler que le moment n'était pas encore venu de se détendre. La vingtaine de bus Pullman avaient pris place sur le grand parking de l'entrée. La consigne donnée aux chauffeurs était d'espacer chaque départ de cinq minutes afin de ne pas créer une concentration trop visible jusqu'à Washington, le but du trajet.

Michel et Leslie prirent place à bord de l'auto de John Eppelbaum. Fadhil aussi les avait rejoints, ainsi que la jeune infirmière de l'hôpital de Bagdad, tout intimidée soudain de participer à un événement dont elle ressentait qu'il serait probablement unique dans son existence.

Pendant ce temps à la Maison-Blanche, passé le moment d'abattement qui avait suivi l'annonce en cascade des mauvaises nouvelles, George W. Bush se montrait plus résolu que jamais à démasquer ceux qui se cachaient derrière ces manipulations insensées. Dès huit heures, il avait convoqué dans le bureau ovale son vice-président Dick Cheney et le patron de la CIA George Tenet. Bush junior était presque aussi pâle qu'à l'instant où il avait appris les attentats du World Trade Center.

— Ils ont osé faire ça au Texas ! répétait-il incrédule, les poings serrés. Et cet Ange de Bagdad, qu'est-ce que c'est que ça, Tenet ?

Le patron de la CIA s'était contenté d'un soupir soulignant tout à la fois son ignorance et son impuissance. Dick Cheney arguait que, d'après Jenckins, l'opération pétrolière avait été menée avec toutes les garanties de sécurité.

— La preuve que non, coupa « W » avec humeur.

Un peu après neuf heures, dans un climat de tension extrême entre les trois hommes, le téléphone portable du vice-président sonna. C'était justement Jenckins. Le proconsul du pétrole au Moyen-Orient s'excusa plusieurs fois de le déranger, mais c'était important.

— Je vous écoute, fit Cheney en s'éloignant au fond du bureau. Que se passe-t-il ?

— J'ai reçu un appel il y a cinq minutes, d'un portable au numéro masqué.

— Et alors ?

— Il s'agissait d'un homme dont je n'ai pas reconnu la voix et qui parlait notre langue comme vous et moi, avec un drôle d'accent pourtant, comme un mélange d'arabe et d'autre chose, du français peut-être.

— Continuez.

— Il n'a pas voulu me dire son nom mais il a ajouté qu'il me connaissait très bien du temps où je séjournais en Irak. Il m'a rappelé quelques événements auxquels j'avais participé sur place, et s'il n'y était pas lui-même, je peux vous dire qu'il avait de fameux renseignements.

— Et alors ?

— Alors il m'a dit qu'on ne le connaissait pas encore très bien aux États-Unis mais qu'il espérait devenir bientôt assez populaire par quelques actions d'éclat. J'ai cru qu'il se moquait de moi, mais il m'a tout de même donné des détails troublants qui attestent sa connaissance de mes faits et gestes en Irak. Comme je restais muet, il m'a lancé : « Je crois que vous allez me connaître sous mon nom d'artiste. » Sur le coup, j'ai été soulagé. Je me suis dit qu'il s'agissait sans doute d'un de ces types qui se poussent du col quand ils ont bu ou fumé un peu trop. Mais après, il m'a demandé si j'avais déjà entendu parler de l'Ange de Bagdad.

— L'Ange de Bagdad ?

— Oui. Je lui ai fait répéter. Puis il a dit tout de go : « Eh bien, je suis l'Ange de Bagdad. » Et comme je faisais mine de ne pas le croire, il a ajouté : « Vous ferez mes amitiés à ce vieux Cook lorsque vous repasserez ramasser votre ardoise au Cameroun ! »

— Nom de Dieu ! fit le vice-président. Alors vous croyez que...

— Que ce type est derrière le coup fourré africain, oui. Comme il est à l'origine du joli feu d'artifice de cette nuit près de Houston.

De l'autre côté du bureau ovale, George W. Bush entendait la conversation de Dick Cheney avec son interlocuteur. Son expression changea quand il eut compris que l'Ange de Bagdad pouvait être le cerveau des deux coups bas portés à son administration et à ses puits de pétrole.

— Que vous a-t-il dit encore ? demanda le vice-président à Jenckins qui se sentait soulagé de vider son sac.

— Il va me rappeler dans cinq minutes. Avant de raccrocher, il m'a demandé... de vous joindre.

— Mais pour quoi faire ? fit Dick Cheney soudain sur la défensive.

— Il veut vous parler en direct, je crois qu'il a un message important à communiquer au président, c'est du moins ce qu'il m'a dit.

Et, après un bref silence :

— M'autorisez-vous à lui donner votre numéro de téléphone ?

Dick Cheney réfléchit. Au point où en était la situation, il n'avait guère les moyens de refuser. Il comprit qu'il devait décider rapidement.

— C'est bon, dites lui qu'il peut me joindre, le plus vite sera le mieux.

— Il ne va pas tarder à m'appeler de nouveau. Je lui transmets le message avec votre numéro. Vous savez...

— Quoi ? demanda Dick Cheney d'une voix blanche.

— Je crois qu'il prépare encore quelque chose. Avant de raccrocher, tout à l'heure, il a dit : « La journée ne fait que commencer. »

Le vice-président ne répondit pas. Il pressa le bouton pour clore la communication. Il suait du front et but d'un trait un grand verre d'eau froide en ne laissant au fond qu'un lit de glaçons.

— Un problème ? demanda George W. Bush.

— Non, répondit Dick Cheney. Enfin, si... On va me rappeler.

— Qui ça ?

Le vice-président fixa son interlocuteur d'un œil où se reflétait un sentiment d'inquiétude et de crainte.

— L'Ange de Bagdad, Président.

52

La conversation avait été brève et dense. Ceux qui y assistèrent, Dick Cheney et le patron de la CIA George Tenet, garderaient longtemps le souvenir de cet éclat de rage froide qui passa dans l'œil du président. S'ils n'entendirent rien de ce que disait l'homme mystérieux qui se présentait comme l'Ange de Bagdad, ils restèrent interdits devant les réponses sèches et laconiques de « W », qui paraissait de plus en plus exaspéré. Cela donnait ce type de propos :

« *Yes... What ?*... C'était donc vous qui... Mais qui êtes-vous, espèce de... OK... » Un soupir puis de nouveau : « OK... Mais vous êtes complètement fou !... » Un silence encore : « OK... Non, c'est hors de question. » Un regard de haine et de panique mêlées en direction de Dick Cheney et de George Tenet, puis : « Si vous y tenez. Mais je vous ferai arrêter aussitôt après votre mascarade... Quoi ? Mais comment est-ce possible, nom de Dieu !... OK, OK, OK. »

Il raccrocha. L'espace de quelques secondes, qui leur semblèrent des heures, les trois hommes se regardèrent sans prononcer un mot.

— Ce type est un fou, finit par laisser tomber le président. Mais un fou intelligent et extrêmement bien organisé. C'est à croire que nous avons quantité d'ennemis sur notre territoire, y compris parmi nos compatriotes.

George Tenet s'apprêtait à répondre, mais George Bush le coupa d'un geste de la main.

— Vous, ce n'est pas la peine. J'ai assez couvert la faiblesse de la CIA depuis deux ans pour être dispensé de vos propos lénifiants sur les mesures que vous allez prendre. C'est trop tard, mon vieux. Je suis au pied du mur et ce type mettra ses menaces à exécution si je n'obtempère pas dans une heure.

— De quoi vous a-t-il menacé ? demanda Dick Cheney avec la voix flûtée d'un petit garçon peiné d'avoir été pris en faute et qui cherche par tous les moyens à se faire pardonner.

Le regard du président jeta des étincelles. Si le vice-président n'avait pas été un intime de son père et de tout le clan Bush depuis plusieurs décennies, sans doute l'aurait-il couvert d'injures. Après tout, il aurait suffi que le vieux Dick ne se montre pas aussi léger et cupide sur cette affaire de pétrole africain pour qu'il ne soit pas contraint d'accepter un sinistre chantage qui risquait de lui faire perdre la face aux yeux du monde entier. Dick Cheney était un de ces Texans indécrottables qui pensent que la richesse est une fin en soi en même temps qu'un dû tombé du ciel pour récompenser leur génie. George W. n'avait pas oublié le jour de son enfance où il était allé pour la première fois chez « l'oncle Dick » avec son père. C'était un dimanche et ils avaient quitté leur maison « entre hommes », laissant maman Barbara devant ses cookies et son tricot. Il était prévu que les deux hommes flanqués du gamin s'en aillent à cheval chasser la grouse, dans la grande tradition des pionniers de l'Ouest. Sur un panneau érigé à l'entrée du ranch des Cheney figurait en toutes lettres cette inscription : *Et le septième jour, Dieu créa le Texas*.

C'est dans cet esprit de peuple élu et dominateur qu'avait grandi le petit George W. Bush. Cancre à l'école, connu à Midland, sa ville natale, comme un agité multipliant les bagarres et les cuites, il avait toujours confondu Dieu le Père et son propre père, et c'était chaque fois ce dernier qui devait réparer les frasques de son fils. Ses beuveries, ses propos racistes, son incompétence notoire, sa pleutrerie face au risque d'être envoyé au Vietnam, tout cela passa presque inaperçu, car George Bush père avait de nombreux et puissants amis qu'il savait acheter pour les inciter à fermer les yeux. Si bien que, lorsque le fiston entama sa rédemption après sa rencontre avec la belle Laura qui animait la bibliothèque municipale de Midland, les amis des Bush, baptisés FOB's *(friends of the Bushes)* surent se placer pour recevoir une part du gâteau dont allait s'emparer le jeune

Texan assagi et reconverti aux idées du bon Dieu, un gâteau gros comme la Maison-Blanche.

— Maintenant, sortez, murmura froidement le président.

— Comment ? demanda le patron de la CIA.

— Je n'ai plus besoin de vous. Partez maintenant. Je veux être seul.

Les deux hommes se gardèrent bien d'insister, trop heureux d'échapper à la tension qui régnait dans le bureau ovale. Si la CIA avait fait son travail, l'homme qui agissait derrière le masque de l'Ange de Bagdad aurait de longue date été identifié et mis hors d'état de nuire. Mais à présent, c'était trop tard. Son ultimatum était tombé. Il fallait s'exécuter pour éviter le pire, des attentats en chaîne dans les complexes pétroliers texans, et une ardoise de cinq cents millions de dollars qui mettait en danger les fondements financiers de son comité de réélection. Depuis que la popularité du président avait chuté, suite à l'enlisement des troupes américaines en Irak, son staff chargé de préparer les élections présidentielles de 2004 avait tiré à plusieurs reprises la sonnette d'alarme. Les fonds rentraient en quantité bien modeste comparé à ce qui serait nécessaire pour affronter le candidat démocrate. Le nom de ce dernier n'était pas encore connu, mais, quel qu'il fût, il serait un challenger coriace pour le président sortant.

George W. Bush le savait. Pour espérer l'emporter, il devait certes restaurer son image, ce qui allait se révéler d'autant plus délicat que ce fameux Ange de Bagdad le talonnait en interpellant sa conscience. Il devait aussi être en mesure de mener une campagne intense et très voyante, un de ces grands shows permanents dont l'Amérique était friande, et semblable à une superproduction hollywoodienne. Le succès de son ami Schwarzy en Californie l'avait édifié. Mais pour cela, il fallait disposer du nerf de la guerre. Et le comité de réélection faisait grise mine. Même les entreprises qui d'ordinaire s'empressaient d'envoyer leur obole au candidat républicain se montraient avares et timorées. Il fallait les relancer régulièrement et leurs réponses tardaient, comme si elles avaient attendu de voir comment le fils Bush allait se tirer du piège dans lequel il s'était fourvoyé tout seul.

On frappa discrètement à la porte du président. Il ne répondit pas. Un petit homme gris entra sans se faire remarquer. Doucement il se dirigea vers le bureau ovale, une dépêche à la main. Il la déposa près de George W. et repartit comme il était venu.

Bush junior resta quelques instants comme perdu dans un songe, immobile, presque absent à lui-même, son œil bleu à demi fermé, pareil à un dormeur luttant contre l'envie de se réveiller tout à fait.

Puis son regard tomba sous la dépêche que le petit homme gris avait glissée dans son champ visuel avec l'espoir qu'il finirait par en prendre connaissance.

Il lut :

> *Washington DC, 10 septembre, 10 h 03.*
> *Direction de prévention des suicides dans les armées américaines.*
> *Depuis le début des opérations en Irak il y a six mois, onze GI's et trois marines se sont donné la mort. Le taux des suicides en Irak, rapporté au nombre de militaires déployés, est de dix-sept pour cent mille. Il était de neuf pour cent mille en 2002 pour l'ensemble des armées.*
> *Par ailleurs, quatre cent soixante-dix-huit soldats ont été renvoyés dans leurs familles par les autorités militaires en raison de leur état de santé mentale. Une équipe américaine de psychiatres de retour d'Irak s'alarme du taux anormalement élevé de suicides dans les rangs des GI's, qu'elle attribue au stress des combats et à la durée de leur mission. Les équipes médicales présenteront d'ici huit jours des recommandations en la matière.*

Le président relut à plusieurs reprises la dépêche puis la repoussa d'un geste brusque avant de plonger son visage dans ses mains. Était-ce la succession des événements de cette matinée ? Il se surprit tout à coup à sangloter. Lui, le dur à cuir, le réputé sans pitié, l'intraitable conquérant du bien plus prompt aux coups de poing qu'aux coups de cœur, il pleurait.

C'était une belle journée sur Washington. Un ciel sans nuage dessinait la vie en bleu. George W. Bush regarda un instant au loin et songea aux grands espaces du Texas en se disant qu'il aurait dû sans doute savoir faire preuve dans son existence d'une plus grande sagesse, d'un plus grand courage, d'une plus grande tolérance aussi. Le discours de l'Ange de Bagdad l'avait complètement dérouté. Lui qui s'attendait à un bras de fer avec un bandit assoiffé de puissance et d'argent qui aurait parlé le même langage que lui, il s'était trouvé confronté à un inconnu intraitable, d'un calme sidérant, aux idées pleines de sagesse et de générosité, une sorte de Gandhi qui aurait brandi ses menaces pour mieux installer la paix dans le cœur des hommes prisonniers de leurs passions. L'« Ange » lui avait promis de lui rendre l'essentiel des cinq cents millions de dollars à condition qu'il suive à la lettre ses instructions. Il pensa qu'il n'avait plus le choix. Pour la première fois depuis bien longtemps, George W. Bush s'apprêtait à obéir.

Il prit quelques feuilles blanches et dévissa le capuchon de son stylo à encre. Puis lentement, d'une main gauche, comme assoupie elle aussi, il essaya d'écrire. Après plusieurs tentatives qui se terminèrent chaque fois au panier, le président renonça. Lui qui parlait toujours avec un discours soigneusement rédigé sous les yeux, et corrigé par ses soins jusqu'au dernier moment, il ne réussit pas à aligner deux lignes cohérentes et, surtout, convaincantes. « W » n'était pas homme à parler avec ses sentiments, avec son cœur et ses tripes. Cette fois pourtant, il faudrait bien.

À bord des bus Pullman, les blessés irakiens contemplaient le paysage entre New York et Washington les yeux écarquillés. L'ambiance était détendue, mais, à mesure qu'ils approchaient du but, le silence se fit, un silence rempli d'impatience et d'une légère appréhension. Après son bref dialogue avec George Bush, Michel Samara avait fait passer la nouvelle dans chacun des bus : le millier de blessés serait reçu en grand apparat dans les jardins du Capitole. La plupart n'en croyaient pas leurs oreilles.

– À la Maison-Blanche ? Nous allons à la Maison-Blanche ! s'exclamait une femme dont le visage avait été sérieusement brûlé par une déflagration.

– S'ils nous voient au pays, que vont-ils penser ? s'inquiétait un homme d'un certain âge à qui manquait l'usage d'une main, suite à l'explosion d'une mine.

– Puisqu'il paraît que nous sommes invités ! rétorquait un jeune homme visiblement très excité à la perspective d'entrer dans le saint des saints du pouvoir américain. Et dire que nous allons être reçus par le président !

– Ça, j'attends de voir, reprit le vieux. Ces gars-là se cachent tout le temps, c'est bien connu. Ils envoient toujours des sous-fifres. Et puis de nous voir éclopés comme nous sommes, ça va lui donner la honte, alors...

Le jeune homme haussa les épaules. Lui, il était certain que le président les accueillerait. Il ne se trompait pas.

Manifestement, des consignes très précises avaient été données aux autorités policières et militaires qui gardaient l'accès du Capitole. Une fois la vingtaine de bus garés aux abords de la Maison-Blanche, des hommes en uniforme montèrent deux par deux à l'intérieur de chaque véhicule et procédèrent avec mille précautions à un contrôle électronique sur chacun des passagers. L'Ange de Bagdad avait assuré « W » qu'aucun de ces visiteurs inattendus ne serait armé. Moins de dix minutes plus tard, les bus pénétrèrent dans l'enceinte du bâtiment. Michel Samara avait prévenu suffisamment tôt les chaînes de télévision américaines et la plupart des grands médias étrangers présents dans la capitale fédérale pour qu'un attroupement de centaines de reporters et de cameramen, sans compter les photographes et les représentants de la radio, de la presse écrite et des journaux en ligne, se forme devant le bâtiment officiel.

Tous n'étaient pas accrédités auprès de la Maison-Blanche, mais en ce jour marqué entre tous du caractère de l'exception, le pouvoir américain ouvrit ses portes.

Plus d'un millier de chaises avaient été disposées en hâte sur la grande pelouse d'où le président prononçait d'ordinaire ses discours à l'Amérique et au reste du monde par beau temps. Des employés réquisitionnés de toute urgence avaient rassemblé le mobilier de plusieurs dizaines d'administrations pour que chaque ressortissant de la nation irakienne puisse s'installer confortablement.

Comme dans un théâtre de plein air, chacun prit peu à peu sa place, et à onze heures du matin, seule restait encore vide la petite estrade d'acajou sur laquelle était plantée un micro. Des boissons furent servies, ainsi que de petits sandwichs à la viande et aux légumes, mais sans porc.

Michel s'était installé dans un angle, anonyme au milieu de cette foule immense qu'il avait réussi à déplacer jusqu'ici. Il tenait discrètement la main de Leslie et, pareil à un enfant à qui on a promis la lune, il attendait celui qui viendrait la décrocher pour lui.

Ce ne fut pas très long.

À la fin de leur conversation téléphonique, l'Ange de Bagdad avait indiqué à George Bush que, s'il se montrait conciliant, il pourrait tirer profit de l'opération en s'en proclamant l'initiateur. À un président abasourdi, il avait cité le poète français Jean Cocteau : « Ces événements nous dépassent. Feignons de les avoir organisés. » « W » s'était raccroché à cet espoir. S'il respectait à la lettre les instructions de l'ange mystérieux, peut-être son peuple lui saurait-il gré de cette initiative pour le moins forcée...

Enfin il apparut. Souriant mais l'air pénétré de ce qu'il allait déclarer dans un instant. Il eut une hésitation lorsqu'il se trouva en face de cette foule qui, spontanément, en le voyant marcher dans sa direction, s'était levée. Malgré son trouble, il put regarder ces hommes aux chairs abîmées, ces visages esquintés, ces corps rendus douloureux et infirmes par une guerre que lui, « W », avait voulue.

Il était là, devant lui, cet Irak qu'il avait blessé en croyant le libérer. Certes, ces hommes et ces femmes ne vivaient plus sous le joug d'un dictateur, mais ils portaient en eux la marque de violences qu'ils auraient voulu éviter. Eux au moins étaient vivants, mais combien de proches morts à jamais chacun de ces regards avait-il vus, combien de cris et de chagrins inconsolables ces survivants avaient-ils entendus et supportés, impuissants.

George W. Bush scruta cette masse humaine en cherchant de droite et de gauche si par hasard ne s'imposerait pas à lui, telle une évidence, le visage de l'Ange de Bagdad. Mais ne voyant rien d'autre que cette population aux cheveux aile de corbeau, il agrippa la tribune en bois et se racla la gorge.

Déjà les flashes des photo-reporters crépitaient, les caméras se mirent à ronronner, les micros flèches à se tendre, et aussi des centaines d'appareils à cassettes miniatures. Tous reproduiraient, propageraient bientôt comme une tempête les propos du président. À travers le monde entier, et jusqu'en Irak.

Mais quels propos ?

Perdu dans la foule de ses frères de cœur, ne perdant pas un souffle de ce qui se déroulait sous ses yeux, Michel Samara eut pour la première fois de son existence le sentiment d'avoir été écouté du ciel, béni de Dieu, respecté et récompensé dans son combat d'homme face aux forces de la bêtise et de la cruauté.

Bush junior ne sortit aucune feuille de papier de sa poche.

Lui qui d'ordinaire contrôlait chaque mot, surtout depuis que ses bourdes à répétition avaient fait le plaisir des humoristes et la hantise de son camp, il se présenta sans texte, seul et comme nu.

Ce ne fut pas à proprement parler un discours. L'onde d'émotion qui passa dans l'assistance composée de ces Irakiens silencieux gagna peu à peu tous les observateurs, à commencer par les représentants des médias. Le président n'avait pas son habituelle voix coupante et sèche, son habituel rictus, son habituel air goguenard et méprisant. C'était un homme, tout simplement. Un homme acculé à la sincérité.

« Permettez-moi de vous dire : mes amis. »

L'intervention dura moins de quatre minutes. Un colosse blond était sorti de la foule pour traduire en arabe chacun de ses propos. On voyait bien que, en les écoutant avant de les tourner dans la langue des incroyables visiteurs de la Maison-Blanche, lui aussi était touché. Le président avait parlé comme jamais on ne l'avait entendu. Un silence profond accueillit ses paroles. Et quand il annonça que les ordres avaient été donnés pour que les Nations unies et les organisations humanitaires prennent le relais des troupes américaines en Irak, une salve d'applaudissements éclata dans chaque rang, y compris, ce qui était plus surprenant, parmi la communauté internationale des journalistes.

Avant de se retirer, « W » tendit la main à son interprète qui s'était fidèlement acquitté de sa tâche. Michel Samara serra ainsi la main de son ennemi et lui sourit avec insistance.

— Vous avez devant vous un ange heureux qui va repartir à Bagdad le cœur confiant, murmura-t-il.

Et devant un George Bush ébahi, le colosse blond marcha d'un pas lent et assuré en direction des siens. Bientôt, on n'aperçut plus que sa chevelure d'or au beau milieu de la foule d'hommes et de femmes qui entreprit de le suivre comme on suit la lumière.

Photocomposition *CMB* Graphic
44800 Saint-Herblain
Achevé d'imprimer en février 2004
sur presse Cameron
dans les ateliers de
Bussière Camedan Imprimeries
à Saint-Amand-Montrond (Cher)
pour le compte des Éditions 1
31, rue de Fleurus, Paris 6ᵉ

Dépôt légal : février 2004.
N° d'éditeur : 13668/01.
N° d'impression : 040489/4.

Imprimé en France